"上海交通大学双一流建设项目"资助成果

跨学科
诗学论丛

中国新诗研究所 编

中国当代诗歌翻译的
文化选择

熊辉 著

中国社会科学出版社

图书在版编目(CIP)数据

中国当代诗歌翻译的文化选择/熊辉著. —北京：中国社会科学
出版社，2021.6

（跨学科诗学论丛）

ISBN 978 - 7 - 5203 - 7910 - 6

Ⅰ. ①中… Ⅱ. ①熊… Ⅲ. ①诗歌—翻译—研究—中国—当代
Ⅳ. ①I207.22

中国版本图书馆 CIP 数据核字(2021)第 027704 号

出 版 人	赵剑英
责任编辑	郭晓鸿
特约编辑	张　剑
责任校对	师敏革
责任印制	戴　宽

出　　版	中国社会科学出版社
社　　址	北京鼓楼西大街甲 158 号
邮　　编	100720
网　　址	http://www.csspw.cn
发 行 部	010 - 84083685
门 市 部	010 - 84029450
经　　销	新华书店及其他书店

印　　刷	北京明恒达印务有限公司
装　　订	廊坊市广阳区广增装订厂
版　　次	2021 年 6 月第 1 版
印　　次	2021 年 6 月第 1 次印刷

开　　本	710 × 1000　1/16
印　　张	19.5
插　　页	2
字　　数	227 千字
定　　价	108.00 元

目　　录

绪论 ……………………………………………………………（1）

第一章　诗歌翻译与国家诉求 ……………………………（17）

　第一节　"十七年"翻译诗歌的解殖民化 ………………（17）

　第二节　个人审美与时代诉求的强力结合 ……………（40）

　第三节　"共名"时代的情感诉求 ………………………（54）

第二章　诗歌翻译与自我抒情 ……………………………（78）

　第一节　作为替代性写作的诗歌翻译 …………………（78）

　第二节　历史束缚中的自我歌唱 ………………………（81）

　第三节　翻译中的诗艺探索 ……………………………（99）

第三章　诗歌翻译与个人志趣 ……………………………（132）

　第一节　朝圣路上的文学姻缘 …………………………（132）

　第二节　以翻译之名遨游诗海 …………………………（145）

　第三节　翻译与作家梦 …………………………………（169）

第四章　诗歌翻译与"赞助人" ···（200）

　第一节　私人交流与翻译选择 ···································（200）

　第二节　出版需要与诗歌翻译 ···································（210）

第五章　诗歌翻译与苦难担当 ·····································（257）

　第一节　诗歌翻译对苦难的担当 ·································（257）

　第二节　诗歌翻译对人类命运的见证 ···························（280）

后记 ···（306）

绪　　论

　　鸦片战争之后，海禁既开，西方的"器物""政治""文化"等涌入东土，中国人主动或被动翻译介绍西方文学的历史由此启幕。马君武、苏曼殊、梁启超乃至胡适、鲁迅等先贤，成为其时诗歌译介领域的领潮人。待到五四前后，现代文体意义上的诗歌翻译才正式登台，几经波折而绵延至今，演绎出自身独特的历史和知识谱系。

一

　　诗歌翻译可谓"难度写作"，不只原文的情感内容难以充分呈现，就连语言和文体形式也无法从一种语言移译到另一种语言。因此，胡适、徐志摩等人向来感叹"译诗难"，尽管他们通过努力为中国读者带来了美国或英伦的华美诗篇。

　　倘若从解构的立场出发，根据美国华人学者刘禾的观点，由于两种语言天生不对等，故翻译得以展开的基础和前提就不成立，但翻译活动还是得以延续而非消停，因此，翻译研究不能停留在语言和意义的对等上，而应该考察两种语言在不可能逐一对应的情况下，翻译活动展开的背后到底发生了什么？两种语言之间究竟是怎样协商和妥协的？由此而生的问题是，中国诗歌在与外国诗歌遭遇的时候，二者是怎样实现翻译转换的。首先就语言而论，新学诗的创作可谓是在维护传统诗歌形式的基础上，专注于引进外国的语言词汇。如前所说，汉语与英语殊异，且英语世界的很多日常用语是汉语中所没有的，比如种姓制度、国会之类，因此谭嗣同等人采用音译的方式来翻译中国语言中没有的外来之物。于是我们才会读到"纲伦惨以喀私德，法会盛于巴力门。大地山河今领取，庵摩罗果掌中论"这样新潮而又蹩脚的诗章。实践证明，一首诗中的音译词汇超过一定比重，就会给读者的理解造成困难，如何应对汉语中没有的外来之物，成为当时学界关注却似乎又无能为力的难题。

周作人在《新文学的源流》中认为，中国文学语言的变化并非外力作用的结果，而是"旧皮囊盛不下新东西"，其内部发展要求语言做出相应的改变。按照周氏的分析，语言雅俗的二元变奏至民初便是"俗"占据了波峰，因此语言的白话化成为潮流。胡适的"八不主义"似乎与周作人的看法殊途同归，但各自观点的内在肌理却差别很大，后者的主张取材于美国女诗人洛威尔（Robert Lowell，1917—1977）"意象派宣言"中的六戒条，而且列举英国浪漫主义诗歌与民歌和歌谣的密切关系，但丁采用意大利方言创作《神曲》而大获成功等事例，来证明中国诗歌走"民间""口语"道路的正确性，凭附的完全是"外力"。即便是从中国语言文字内部寻找"革命"的动力，当时很多"新派人物"也无非是看到了国语的不足。胡适、傅斯年等人明确指出，中国语言在语法和表意上不及西语精密，逻辑性不够强，应当吸纳西方语言的优长来弥补自身的缺陷。于是，带着民族语言虚无主义的情绪，很多激进人士甚至认为要把中国文字从象形的"会意"改变成抽象的"拼音"。代表者如钱玄同在《中国今后之文学问题》中说："欲废孔学，不可不先废汉字；欲驱除一般人之幼稚的野蛮的顽固的思想，尤不可不先废汉字。"傅斯年在《汉语改用拼音文字的初步谈》中认为，白话文之后是"拼音文字的制作。我希望这似是而非的象形文字也在十年后入墓"。在这股思潮的影响下，时逢波兰籍犹太人柴门霍夫博士（Ludwig Lazarus Zamenhof，1859—1917）创立世界语的宗旨与五四新文化运动自由平等的价值取向一致，因此，蔡元培、鲁迅、周作人、胡愈之等人积极推广世界语；另一原因当然也是对中国既有语言的贫弱表示不满。同时，世界语倡导的"世界大同、人类一家"的理想，也得到了孙中山、陈独秀、钱玄同等人的支持，我们不得不感叹，五四时期真是一个与国际接轨的"先进"时代。

从语言和形式的角度出发，如何为中国新诗找到合适的书写方式，成为新诗革命者面临的迫切任务。鲁迅的观点虽然没有钱玄同和傅斯年那么决绝，但他还是将改造中国语言的希望寄托在引进外来语言要素的身上，在《关于翻译的通信》中，他认为"宁信而不顺"的翻译可以医治中国语言的疾病："要医这样的病，我以为只好陆续吃一点苦，装进异样的句法去，古的，外省外府的，外国的，后来便可以据为己有。"鲁迅为中国语言的发展指出了一条可行性极强的道路，季羡林先生在谈翻译时曾说，中华民族的文化之所以能一直源远流长，"长葆青春，万应灵药就是翻译"。墨西哥著名诗人奥克泰维欧·帕斯（Octavio Paz，1914—1998）在《翻译：文学与字母》（*Translation：Literature and Letter*）中，这样论述了翻译诗歌对译语诗歌的促进作用："西方诗歌最伟大的创作时期总是先有或伴有各个诗歌传统之间的交织。有时，这种交织采取仿效的形式，有时又采取翻译的形式。"在后殖民时代，人们对翻译中的"异化"有不同的理解，与鲁迅通过异化翻译引进外国语言元素来丰富汉语表达不同，美国学者韦努蒂（Lawrence Venuti，1953—　）在《译者的隐身——一部翻译史》（*Translator's Invisibility*：*A History of Translation*）中，对异化的理解则是站在非民族主义的立场上，提议作为强势文化代表的英语在翻译第三世界文学的时候，应该尽可能保留原作的风貌，其目的不是要英语去学习其他语种的表达，而是要尊重并维系世界文学的多样性，避免强势文化对弱势文化的吞噬。这涉及斯皮瓦克（Gayatri C. Spivak，1942—　）所说的"翻译的政治"，在跨文化、跨民族、跨种族乃至跨地域的翻译交流中，身份、地位或者性别的差异决定了我们在翻译原文时就开始了原文意义的"播撒"和"延宕"。对于清末民初的中国文学而言，盲目自大的士大夫、全面否定传统的偏狭者或冷静客观看待民族差距的有识之士，他们在对待外国文学和翻译的功用时，自然有各自不同的态度，承认翻译可以改善中国语言表达的思路相对而言具有合理性。

清末时期的马君武、苏曼殊等人的诗歌翻译具有强烈的归化色彩，其语言和形式的"中国化"让读者毫无欣赏外国诗歌的感觉，这样的翻译不会对中国诗歌带来任何新质，无法改造中国语言，更不能动摇古诗的格律形式。反倒是胡适出于"译意"的需要，将蒂斯代尔（Sara Teasdale，1884—1933）的一首《屋顶上》（*Over the Roofs*）翻译成口语和非古体诗形式，让胡适等"踏破铁鞋无觅处"的人在焦急中看到了希望，无意中契合了他提倡的新诗形式主张，便被胡适视为新诗成立的纪元。其实，被视为中国新诗的又何止一首《关不住了》，自五四以后，翻译诗歌在很多诗人或批评家的心目中均被视为中国诗歌的构成部分，并且也恰恰是这些译诗证明了新诗创作的成绩。此种情况，又何止中国诗坛，赵毅衡先生在《远游的诗神》中讲述了发生在美国新诗运动中的类似情况："大杂志不得不接受新诗运动的胜利，其标志之一是它们紧跟小杂志发表中国诗的翻译。"如果某一时期的杂志上大量发表与某一诗歌运动倡导的诗体相类的诗歌就标志着该诗歌运动的胜利的话，那白话译诗大量出现在五四时期的刊物上也就证明了中国新诗运动的成功。

当然，将翻译诗歌划入民族诗歌的行列，绝非美国新诗运动或中国新诗革命的首创，19世纪中叶，菲茨杰拉德（Edward Fitzgerald，1809—1883）将古波斯诗人莪默·伽亚谟（Omar Khayyam，1040—1123）的《鲁拜集》（*Rubaiyat*）翻译到英国，使其成为英语世界的名篇，庞德（Ezra Pound，1885—1972）翻译的《神州集》（*Cathay*）成为美国诗歌史上的经典之作。1929年，艾略特（T. S. Eliot，1888—1965）在《庞德诗选》（*Selected Poems of Ezra Pound*）的序言中说："《神州集》将被视为'二十世纪诗歌的杰作'，而非某种'译诗'。一代自有一代之翻译。质言之，我们今日所知道的中国诗，不过是庞德发明出来的某种东西。我们与其说有一种自在的中国诗，等待着某位举世无双的理想的翻译家去发现，毋宁说庞德以其传神的翻译丰富了现代英语诗歌的宝库。"此番言论，已经触及了翻译与创作的关系，并认识到诗歌翻译是特殊形态的创作，表明翻译诗歌在民族诗歌发展进程中所扮演的独特角色。

二

每一时代的翻译诗歌对建构中国新诗乃至社会文化都发挥了各不相同的功能。与20世纪二三十年代支撑新诗的文体地位不同，抗战时期的翻译诗歌则具有浓厚的"反战"或"反抗"色彩。

中国目前翻译文学史的梳理或书写良莠不齐，有些学者以为抗战到来之后，中外文学交流便进入了寒冬，一切都让位于民族的抗战，翻译文学便不及之前繁荣。比如湖南师范大学出版社推出的《现代中外文学比较教程》，对中外文学关系的概述只推进到了 20 世纪三十年代中期，余下的十年涉及较少。王秉钦先生在《20 世纪中国翻译思想史》中认为："八年抗战，翻译界和全国各界人士一样，把全部力量集中到救国图存争取解放的事业上去了。这一时期，我国的翻译事业放慢了发展的脚步，进入了现代翻译史上一段芜滥沉寂的时期。"其实，抗战期间的文学翻译活动依然十分兴盛，而且翻译格局和翻译风格也可谓精彩纷呈。抗战开始之后，沦陷区、"孤岛"、大后方、解放区等因为各自的语境和价值观念的差异，演绎了不同的文学翻译图景，比如抗战大后方集中力量翻译了很多战争题材的作品和充满了被压迫阶层反抗声音的作品，当然也有纯文学作品和艺术主张的译作，中国共产党在重庆公开出版的《新华日报》则注重苏联文学的译介等。李今教授在《二十世纪中国翻译文学史》（三四十年代·苏俄卷）中的统计也可为据："从 1917 至 1927，第一个十一年的译作共有 530 种，1928 至 1938，第二个十一年的译作 1619 种，后十一年大约是前十一年，即五四时期的 3 倍；1939 至 1949 第三个十一年的译作计有 1689 种，大约是第一个十一年的 3.2 倍，比第二个十一年增长 70 种，略有上升。"当然，翻译文学繁荣的量化指标体现在两个方面：一是译作的出版数量；二是报纸杂志上刊登的译作数量。单凭出版数量来确定翻译文学是否繁荣有偏颇的一面。但从以上翻译文学作品数量的对比可以粗略地看出，抗战时期虽然全国的政局和形势十分动荡，但翻译文学在整体上还是有了较大的发展，取得了现代文学史上最大的收获，翻译诗歌同样如此。

抗战时期的翻译诗歌是中国救亡诗或朗诵诗的构成部分，发挥了抗战诗歌积极的社会作用。楚图南先生在《说新诗》中这样评价抗战时期的诗歌："救亡歌曲和朗诵诗之特别发达，不但是鼓舞了前方的士气，也振作了后方的民气。"像高尔基、马雅可夫斯基、普希金、惠特曼等人的诗歌作品被翻译进中国之后，在形式上和情感上都"归化"成了中国的抗战诗歌，从而成为抗战文学序列中的重要环节，因此也发挥了振作"民气"的社会功能。随着抗日救亡运动的高涨，民众的抗战力量得到了肯定，要赢得抗战的胜利，必须调动广大民众的热情。但广大民众"还有百分之八十是文盲。换句话说，还有百分之八十不识字的抗敌民众预备着上前线，假如这百分之八十预备上前线的战士没有能力和没有机会看我们的宣传文字，他们的抗敌情绪不高涨，他们对抗敌的理解也不够"（陈纪莹：《序〈高兰朗诵诗集〉》），那要取得抗战的胜利是很困难的。为了更广泛深入地发动人民群众参与抗战，于是浅显易懂的朗诵诗歌异军突起，很快便由延安、重庆、武汉、桂林等地向全国各地扩散开来，国立西南联合大学（简称西南联大）的朗诵诗歌运动也如火如荼地开展起来。联大朗诵诗歌最有力的倡导者当属闻一多，他在课堂上朗诵田间的诗歌，称田间为"时代的鼓手"，呼吁更多"鼓手"的出现，还在大大小小的文艺活动上提倡朗诵诗歌。在他的指导下，新诗社举办过多次大型诗歌朗诵活动，听众每次都在千人以上。杨周翰先生在这种浪潮下翻译了风行美国的朗诵长诗，即戴文波的《我的国家》，表达出中国人民对民主社会的向往。

对广大人民来说，抗战时期的中国社会充满了双重压迫：一是必须面对日本侵略的战争压迫；二是必须面对国内统治阶层的阶级压迫。尤其对于有志于社会革命的进步人士而言，这两种压迫都会激发他们的反抗情绪。因此，抗战时期的诗歌翻译除了具有反战的时代性之外，也具有反抗阶级剥削和压迫的革命性特征。比如对舍甫琴科诗歌的翻译，舍甫琴科是19世纪乌克兰伟大的人民诗人和民主革命者，他出身农奴，其作品题材多以解放农奴为主，内容充满了对沙皇制度的仇视、对革命的热情以及对人民力量的自信，对乌克兰现实主义诗歌的发展和俄国革命都产生了极大的影响。该时期以《乌克兰诗人雪夫琴可底诗》为名译入了6首诗歌。另一位俄国诗人莱曼托夫（后译作莱蒙托夫）出生于俄国贵族家庭，其作品多塑造与上流社会作抗争的叛逆形象。普希金去世后，莱蒙托夫愤然写下《诗人之死》，直言罪魁祸首是俄国上流社会，触怒当局从而被捕流放。莱蒙托夫诗如其人，该时期翻译了他的《匕首》《帆》和《在牢狱中》等作品，借此暴露了中国抗战时期尖锐的社会和阶级矛盾。雪莱是英国浪漫主义诗人的代表，其诗作具有明显的革命气质和理想情怀，抗战时期翻译了他的《给英国的男子》（Song to the Man of England，现在通译为《致英国人之歌》）一诗。本诗写于1819年秋，英国曼彻斯特几万名群众集会要求改革现有制度和普选权，遭到当局镇压并打死打伤数百人。远在意大利的雪莱闻讯后义愤填膺地写下了这首诗。本诗言辞慷慨激烈，充满了极强的战斗性和鼓动性，因此在很长时间内出版商未敢承印，直到雪莱去世十多年后才发表。这首政治抒情诗表现出雪莱对压迫阶级的强烈不满，希望英国人能站起来反抗剥削和压迫，将丰收的粮食、纺织的布匹、锻造的武器、建造的大厦从暴君手中夺回来。穆旦先生在谈论雪莱时指出："诗人生活在王权和教会的双重统治下，他要以诗来对阶级压迫的种种罪恶现象做斗争，……当诗人以坚决的革命者的身份来讲话的时候，他的诗就包含着清醒的现实感觉，他的刻绘就中肯而有力，他的声音也成了广大人民的呼声。"（穆旦：《雪莱抒情诗选·

译者序》）《给英国的男子》这首诗被翻译到中国之后，同样引起了中国进步人士的同情，点燃了他们反抗剥削和压迫的革命火种。

需要特别提及的是，抗战时期的诗歌翻译在响应时代号召而汇入抗战洪流的同时，也没有忘记对诗歌审美性的追求。该时期除大量翻译了俄苏诗歌之外，英国诗歌的翻译也成为战乱中一道耀眼的风景线，重庆出版的《时与潮文艺》《世界文学》《火之源文艺丛刊》《诗丛》《文艺月刊·战时特刊》《文艺先锋》等杂志和桂林出版的《文学报》《诗创作》《野草》《文艺》（桂林《大公报》副刊）等杂志上刊登了方重、袁水拍、杨宪益、施蛰存等人翻译的英诗作品，重庆大时代书局、桂林雅典书屋等出版了曹鸿昭、徐迟、柳无垢等人翻译的莎士比亚、雪莱和拜伦等的诗歌集。从时间和创作风格上讲，抗战时期翻译的英国诗歌主要由古典时期的诗歌、浪漫主义诗歌和当代战时诗歌三部分构成，显示出该时期诗歌翻译选材的丰富性和审美价值的多元性。在英国古典诗歌翻译方面，方重先生在抗战大后方对乔叟的翻译谱写了中国现代翻译史上的新篇章，不仅具有里程碑意义，而且标志着乔叟在中国译介高峰的到来。为什么方重先生会在抗战时期倾其所能来翻译乔叟的长篇叙事诗呢？根本原因是他希望把乔叟这位伟大的现实主义作家介绍到中国来，让中国读者能阅读到优秀的外国文学作品，是译者的审美立场而非功利目的，这一点方重自己说得很清楚："有感于当时尚未有人把乔叟这位英国文学史上为现实主义文学奠基、为文艺复兴运动铺路的承前启后的伟大作家的作品介绍到中国来，遂发愿翻译。"（方重：《〈坎特伯雷故事〉译本序》）莎士比亚的戏剧在抗战时期得到了很好的译介，不只推出了《莎士比亚戏剧全集》，还出版了莎士比亚诗歌的单行本及零散翻译的多首诗歌，成为抗战时期翻译出版莎士比亚作品较为集中的地域，表明翻译文学在应对抗战的时代需求之外，也没有放弃对文学性和艺术性的坚守。

中国新诗经过草创期之后，在 20 世纪 20 年代中后期开始进入创格阶段，有意识的形式建构成为很多诗人创作的艺术追求。因此，进入抗战时期，新诗在语言和形式上已经取得了文坛地位，也逐渐积淀起了自身的艺术经验，翻译诗歌在语言和形式上带来的新质对新诗发展而言，起到了丰富和完善的作用，而非五四前后的开创性突破。比如战时文艺界出现的马雅可夫斯基翻译热潮，不仅对繁荣抗战诗歌起到了积极的推动作用，而且带动了整个中国抗战诗歌文体的发展，比如街头诗、政治讽刺诗和朗诵诗等诗体的创作，几乎都受惠于马雅科夫斯基诗歌的译介。又比如惠特曼诗歌的翻译在抗战时期产生了深远影响，很多读者从他的诗歌中找到了抗战的激情和民主自由的希望，反映在抗战大后方的诗歌创作中则体现为很多诗人都以惠特曼作品的情感来主导自己的诗歌创作。根据李野光先生在《惠特曼研究》第四章中的描述，从延安的期刊到陕甘宁边区的壁报，从大后方的重庆和昆明等地到南方的香港，到处都有惠特曼的诗歌。惠特曼的诗歌对艾青、蒲风、何其芳等人的创作在艺术表现方式上也产生了一定的影响。我们可以从艾青在大后方创作和发表的诗篇为例进行说明，比如名篇《向太阳》是他创作的第一首长诗，也是 20 世纪 30 年代新诗史上的杰作，该诗于 1938 年发表在重庆出版的《七月》杂志上，其体现出来的高度热情及对光明、未来的追求和信心与惠特曼《草叶集》中很多诗篇表现出来的主题思想如出一辙。我们都知道，惠特曼的诗歌以饱满的热情赞扬了劳动人民、以豪迈的激情鼓舞着人们为自由和民主而战、以满腔希望憧憬着祖国未来的勃勃生机。艾青的《向太阳》同样表达了诗人对一个饱经磨难的民族抱有坚定的希望，全诗以"太阳"这个主体意象来象征中华民族的觉醒和希望，第 4、5 节体现出诗人对创造性的劳动、民主、自由、平等、博爱和革命精神的礼赞，第 6、7 节歌颂了祖国山河的苏醒和中国人民即将迎来的新生，最终体现出诗人对抗日战争的胜利充满信心，对民族未来的构想也似惠特曼在《你，民主政治哟》一诗中所吟唱的那样，中华民族必将是"最辉煌的民族"。被视为《向太阳》姊妹篇的长篇叙事诗《火把》1940 年发表在重庆出版的《中苏文化》上，是艾青抗战以来追求民主、自由和国家独立统一主题的升华，再次回应了惠特曼诗歌创作的情感底色。惠特曼对祖国的热爱之情点燃了抗战时期中国诗人敏感的心思，他们纷纷创作诗篇来表达对中国土地的热爱，以唤起中国人强烈的民族意识和国家意识，从而坚决抵抗日本的侵略并最终迎来民族的新生和国家的统一。据研究资料表明，"中国文学界参与过翻译、评介和研究惠特曼，或承认自己受过惠特曼影响的著名老作家、诗人、学者和翻译家，据十分粗略的调查统计，为数当在五十人以上"。（李野光：《惠特曼评传》）对于这样一位外国诗人，我们理当从译介学的角度去研究其在中美文学关系中的重要地位，从比较文学影响研究的角度去考察其作品的翻译对中国现代文学产生的影响。

当然，抗战时期的中国被政治分割成解放区、沦陷区、国统区以及上海孤岛，由于各个区域的文学价值取向存在明显的差异，因此对该时期诗歌翻译的整体论述就会面临很多难题。以上所述，也许仅仅是抗战时期诗歌翻译面貌之一斑，难以呈现其丰富性和复杂化。

三

翻译诗歌与中国社会和文化现实的紧密联系，近乎惯性似的延续到中华人民共和国成立后的翻译活动中，但每一时期的诗歌翻译都体现出不同的时代特点，辉映出中国新诗坛灿烂而绚丽的景观。

"十七年"翻译诗歌从国别、主题到译者的翻译选材等，都具有明显的"阶级"、"国家"或"同盟"色彩，而且这种政治性情感成为"十七年"译诗情感的唯一基调和主要旋律，除此之外的诗歌翻译作品很难找到生存的空间，或者只能以"黄皮书"的形式"内部发行"。尽管如此，"十七年"间中国北有《翻译通报》，南有《翻译》等专门的翻译期刊，并且出版了很多译诗集，出现了大批诗歌翻译者，形成了较为丰富的翻译图景。因此，有必要研究"十七年"翻译诗歌对中华人民共和国政治诉求和国家情感的正面意义和文学史价值，突破"启蒙"、"革命"和"言志"的阐释体系，超越"传统/现代"或"域外/境内"的二元研究模式，展示该时期翻译诗歌与中国政治转型的基本轨迹与本真面貌。同时，我们应揭示在该时期重要诗人与译者的生命意识、精神世界、情感体验以及翻译选择与中国政治策略之间极为密切的各种潜隐关系；展示"十七年"翻译诗歌与中国政治、文化和文学之间多元的"融合"空间，探讨在特殊的时代语境中政治取向对译诗题材的选择或政治对翻译诗歌不可规避的影响，从而阐明翻译诗歌在"十七年"政治语境下存在的合法性以及二者不可辩驳的艺术和现实关联。从社会文化语境的角度来讲，社会主义中华人民共和国的成立以及"万隆会议"的召开确立了中国在国际社会中的形象，同时也与亚非拉和社会主义国家结成了新的同盟关系，这直接影响到"十七年"翻译诗歌以及跨文化交流的目的性和选择性。中华人民共和国的成立为文化事业的发展制定了新的路线，新的文化政策直接影响到国内的诗歌翻译活动，翻译"赞助人"系统中的出版社、译者乃至读者等都会受到中华人民共和国成立之初文学事业发展规划的制约。因此，国际、国内的政治语境形成了"十七年"诗歌翻译展开的真实背景，同时决定了该时期翻译诗歌的意识形态特征和"无名"时代中国社会的情感诉求。由此带来了翻译诗歌选材的变化。首先，该时期主要选择亚非拉等国的作品进行翻译，体现出翻译诗歌"政治同盟"的特征。比如冰心曾说，那些"充满着强烈的爱国主义和愤怒反抗的呼吼"的作品，成为她翻译的首选。其次，选择被压迫人群的作品进行翻译，体现出翻译诗歌的阶级性特征。不只亚非拉国家的人民长期受到西方殖民主义的压迫和剥削，就是英美国家内部的底层人民也充满了反抗的声音，十七年间翻译诗歌除了选择亚非拉国家的作品之外，也翻译了大量西方国家的诗歌，但这些诗歌多是无产阶级或受难阶层的作品。比如邹绛等人翻译黑人诗歌的目的就是要揭示美国这个所谓的民主国家依然存在着的压迫和剥削，生活在美国的底层人民还需要通过革命的方式来求得自我解放，如同中国人民的民主革命一样。最后，选择社会主义国家或具有共产国际情怀的作品进行翻译，体现出翻译诗歌的国家立场。

"十七年"翻译诗歌情感具有鲜明的国家意识。翻译诗歌主要反映人民在新社会里的豪迈激情，比如《和平的旗手》应和了人们在社会主义新中国对各项事业充满了热情；翻译诗歌表达了社会主义建设的激情，对苏联诗歌的特别关注与当时中国社会现实有关，与中苏之间空前的友好关系密不可分，同时也应和了社会主义新中国各项事业的建设和发展，比较贴切地道出了人民充满热情地建设新中国、争取国际友好交往的愿望，表现了人们对新社会的情感。诗集《凯尔巴巴耶夫诗选》表达了中国与苏联相同的社会主义建设情感，其中《阿姆—达利亚河》一诗表现的就是在沙漠中修建运河以改善土库曼人用水的困难，这种建设激情与 1958 年前后中国的"大跃进"思想有诸多相似之处。当然，该时期的翻译诗歌也体现出个人审美与时代诉求的强力结合："十七年"是民族激情高涨且"劳工神圣"的时期，政治抒情诗成为国内诗歌创作的主导，诗人多抒发对新社会、国家和人民的热爱之情。在一元化审美和政治意识空前浓厚的语境下，此种文学诉求势必要求翻译文学同样具备"颂歌"的品格。在表现形式上，该时期的翻译诗歌采取了国内创作新诗时的大众化方向，在语言表达上追求明白晓畅，在形式上多以自由诗为主，显示出新诗创作对诗歌翻译的单向度影响，从侧面表明该时期国家权利和意识形态的强大操控力。

"文化大革命"时期的诗歌翻译并未停滞，反而进入了更为潜隐的繁荣期。很多之前从事创作的诗人，因为特殊的环境失去了发表作品的机会，于是转向翻译外国诗歌，一则可以发表作品，二则可以借翻译抒发自我情感，三则可以在翻译中保持诗歌艺术探索的连续性。比如何其芳、穆旦、郭沫若等人，在该时期翻译了大量的外国诗歌作品，而且这些作品的内容多是对个人情感的抒发，而非国家或集体意识的呈现。译者缘何在制约性极强的语境下翻译抒发个人情感的诗篇？翻译外国诗歌可以抒发译者的自我情感。"文化大革命"期间，"牛鬼蛇神"们完全失去了创作和发表作品的权利，哪怕是歌颂主旋律的作品也找不到发表的地方。在这种严峻的形势下，强烈的时代情感和个人积郁找不到宣泄的通道，作家纷纷"转行"干起了消闲的杂事，诗人们只能采取迂回的方式，借助翻译来表达他们在"共名"时代的"无名"情愫。在创作环境不自由的时候，翻译作品可以用原作者的身份来掩盖译者的主观意图，从而逃脱社会的问责，达到表现译者情感的目的。在"文化大革命"的十年动荡岁月里，很多文化人被关进

"牛棚"，白天接受轻重不等的批斗，晚上拖着沉重的步子回家，抒发自我情感的创作空间遭到了无情的挤压，于是转而翻译那些抨击现实、追求自由和光明的诗篇，以慰藉被压抑的心理。其实像郭沫若这样的"显赫"人物，在"文化大革命"期间也有难言的悲痛，他在此期间翻译的《英诗译稿》，其实也是浇心中的"块垒"。穆旦同样如此，他在此期间翻译的英美诗歌是他一生中难得的文学成就，有论者认为翻译是他的一种"幸存"，他在翻译中释放了压抑的心情，延续了对中国现代主义诗歌艺术的探索，否则，我们看到的将是另一个穆旦。而何其芳的大部分译诗贴切地表现了他在"文化大革命"期间的生活境遇。在此期间，何其芳、穆旦等人还借助翻译来实验自己的诗歌形式主张。在新文学运动早期，很多先驱者力图通过翻译诗歌来证明新诗形式自由化和语言白话化的合理性，为新诗理论的"合法性"寻找证据。同样，何其芳翻译海涅和维尔特的诗歌作品，也是要为他的格律诗主张寻找合适的标本，其译诗采用了原诗的韵脚和顿数，基本实现了他"整齐的顿数"及"有规律地押韵"的格律诗主张，因此卞之琳说何其芳"在译诗上试图实践他的格律诗主张"（卞之琳：《何其芳晚年译诗》），这个评价是有据可循的。不过，对"文化大革命"时期创作和翻译关系的研究涉及社会文化、人物心理以及时代语境等诸多庞杂内容，不能简单论之。

新时期以来，翻译诗歌迎来了更为宽松的语境，译者怀着各种美好的憧憬踏上了翻译的征程。人们对翻译诗歌的认识也经历了不同的阶段，翻译语言学派逐渐让位于翻译文化学派和翻译社会学派，尤其是解构主义和后殖民理论的兴起，进一步改变了人们对既往翻译的认识。勒菲弗尔明确提出翻译的文化转向，将"赞助人系统"视为影响翻译活动的各种因素之集合，从而将人们的视线引向了文本之外。所谓的"赞助人系统"包括原作者、译者、读者、出版社等，而赵毅衡先生翻译美国当代诗歌的时候，完全是因为要与诗人见面，必须找到共同的话题，必须言及他阅读了对方的作品，才能进行一次顺畅的交流，因此他阅读并翻译了那些诗人的作品；西班牙语诗歌翻译家赵振江先生则是在出版社的邀约下，完成了对多位拉美诗人及西班牙诗人的翻译，没有出版社或第三方的委托，他的诗歌翻译也许要缓慢得多，而且选中的翻译目标也会有所差异。中国新时期以来的诗歌翻译存在多元化的价值取向，有些译者将其视为个人毕生的追求，比如钱钟书谈翻译，借助说林纾来表达自己纯学理上的翻译见解；诗歌翻译是飞白先生的父亲汪静之未竟的事业，故飞白穷其一生都在诗海里遨游，翻译了数量巨大的外国诗歌；而德语文学翻译家杨武能先生则是怀着儿时的梦想，通过翻译德语诗歌和其他文学来实现自己的作家梦。在新的时代语境下，知识分子怀着对生活与精神自由的期待，开始思考人类的"共同命运"，表现出对现实苦难的担当意识和救赎情怀，比如张曙光、黄灿然、林以亮、绿原等人对波兰流亡诗人米沃什的翻译，体现出对人类命运的关注，而诗人王家新则选择具有苦难意识和悲剧命运的诗人作为翻译对象，体现出他与那些诗人在心灵和情感上的相通。如此风格多样而又目标迥异的诗歌翻译，映衬出新时期以来中国诗歌发展的内在诉求，投射出当代诗歌翻译的时代面影。

本书所辑，大都是以译者为中心去谈论翻译诗歌的概况、诗歌翻译思想以及翻译诗歌的影响等内容，注意力并不完全停留在文学交流层面，而是力图凸显译者所为与时代的紧密关系，以及译者内心的情感纠葛和担当意识，进而勾勒出当代诗歌翻译的总体面貌和历史走向。

第一章　诗歌翻译与国家诉求

文学翻译具有鲜明的目的性，诗歌翻译亦然。中华人民共和国成立后，面对国内经济建设和社会政治制度的完善，加上对外交往的需要，文学担负起了沉重的时代责任。与此相应，诗歌翻译也参与到了新社会各项事业的建设中，比如社会主义经济建设、社会主义农业发展、中华人民共和国外交事务以及对欧美国家封锁的突围等，甚至与抗美援朝战争也发生了必要的联系。因此，"十七年"诗歌翻译真切地反映了国家和民族的诉求，为中华人民共和国的发展和外交开拓了广阔空间。

第一节　"十七年"翻译诗歌的解殖民化

20 世纪中期亚非拉大量殖民地国家的独立宣告了殖民主义时代的终结，政治干涉、经济剥削或军事侵略的殖民手段不再适合帝国主义对落后国家的控制，世界开始进入后殖民主义时期。据希德尔斯顿所言，"后殖民主义是在政治、经济、文化和哲学上对殖民主义做出的多样化的反应，是一个广义的术语，用来指紧随殖民统治而来的影响",① 因此"二战"之后英美列强的文化霸权主义和政治强权均属后殖民主义时期采用的新殖民手段。从民族发展的角度讲，中华人民共和国成立的伟大意义在于结束了自鸦片战争以来中国社会的半殖民地状态。然而，中国文学的半殖民地属性却难以在短时间内彻底根除，不仅因为半殖民文化有自身的发展惯性，而且新的文化殖民形态和霸权主义政治又会乘势入侵。因此，中国文学在中华人民共和国成立后相当长的一段时期内还肩负着解殖民化的重任，而翻译诗歌作为民族文学的构成部分，它在文化地位、文化身份和文本选择中具有明显的目的性，故而"十七年"翻译诗歌在新的时代语境下显示出较强的解殖民化特征。

一

伴随着西方强势文化对外殖民的兴起与衰落，解殖民化这股力量也经历了由"潜"到"显"的发展过程。解殖民化最初诞生于社会政治学领域，比较集中地使用在非洲及部分亚洲殖民地国家的主权斗争上，后来才逐渐被挪用到文学研究领域，成为后殖民文学理论的重要术语。

解殖民化译自英文"Decolonization"，也有人将之译为"非殖民化"或"去殖民化"，它是后殖民语境下人们立意解构帝国主义文化的中心地位和话语权力而提出的概念，目的是寻求昔日的殖民地文学与宗主国文学之间的平等对话和交流，进而推进世界文学的多元化发展。对殖民的解构主要依靠被殖民国家的努力，任何强势文化都不会从支配地位上主动撤离，因此对弱势文化而言，消除殖民

---

① Hiddleston, Jane, *Understanding Movements in Modern Thought: Understanding Postcolonialism*, Durham, GBR: Acumen, 2009, p. 24.

化是一项主动争取而非被动受益的文化活动。在西方后殖民文学理论中，人们常采用主动的"Decolonizing"而非被动的"Decolonized"去做"Decolonization"的形容词性修辞格，表明该词更多地具有主动的色彩。所以，与非殖民化或去殖民化相比，解殖民化更能突出弱势文化抗争强权的主动性，故本书采用"解殖民化"这一术语。根据后殖民翻译理论家罗宾逊的理解，"解殖民化是一个解除殖民化有害影响的渐进过程，尤其是消除殖民化状态下的集体自卑情结，亦即与先前帝国力量相比欠现代、欠教育、欠理智、欠文明和欠开化的殖民地意识"。[①] 贝茨曾以"解殖民化"为题撰写了一本专著，他认为："解殖民化最先是由政治历史学家和政治科学家在观察民族或国际问题、政党的形成、群众的抗议、民族国家的建立以及大国的竞争等问题后提出的话题。虽然解殖民化仍然是社会科学家关注的主题，但它最近在文学批评中却占据着显著的位置，在语言和文化语境的讨论过程中，其自身便是文化人类学的预示，被频繁地描绘成殖民或后殖民过程中新的混合体。"[②] 贝茨对解殖民化的认识具有历时性眼光，把握住了解殖民化的复杂性与跨学科性特征。

解殖民化最初是政治和社会学术语。西方最早专门探讨解殖民化的专著是1962年布雷顿的《尼日利亚的权力与稳定：解殖民化的政治》[③]，主要从政治学的角度论述解殖民化在平衡各种社会力量中的作用。殖民化与解殖民化并非单纯的二项对立模式，它从开始就糅合了殖民主义、种族（民族）主义以及解殖民化等夹缠不清的复

---

① Douglas Robinson, *Translation and Empire*：*Postcolonial Theories Explained*, Manchester：St. Jerome Publishing, 1997, p. 115.

② Raymond F. Betts, *Decolonization*, New York：Routledge, 2004, p. 4.

③ Henry L. Bretton, *Power and stability in Nigeria*：*The Politics of Decolonization*, New York, F. A. Praeger, 1962.

杂因素。比如 1968 年巴斯丁和本达合著的《现代东南亚史：殖民主义、民族主义和解殖民化》①认为，解殖民化、殖民主义与民族主义几乎是三位一体地参与并建构了东南亚国家的现代化进程。在解殖民化理论的发展历程中，贝茨做出了承上启下的特殊贡献，他 1998年出版的专著《解殖民化》（Decolonization），内容包括"帝国的黄昏""帝国的海洋变迁""不稳定与不确定""乡村与城市"等 10 个方面的内容，首次带着世界性的眼光来打量欧洲殖民文化的衰败以及解殖民的诸多可能性。解殖民化在 20 世纪 80 年代初出现在文学研究中。将解殖民化用于文学研究的成果应该首推 1980 年钦维祖和麦杜布克等人编撰的《朝向非洲文学的解殖民化》②，此书于 1983 年和 1985 年分别在美国哈沃德大学出版社及英国劳特利奇出版社出版，文学中的"解殖民化"概念和解殖民主题随即受到重视。随后，人们开始从解殖民化的角度去探讨女性文学，史密斯和沃特森编选的《殖民与解殖民主题：女性自传中的性别政治》③，注重在后殖民语境下挖掘女性生活经历中的解殖民趋势。也有人认为，不只是亚非拉国家的文学具有解殖民化特质，包括像英国那样的宗主国文学同样含有解殖民的因素，比如劳伦斯在《解殖的传统：20 世纪英国文学经典新论》④一书中认为，在 20 世纪殖民文学和反殖民文学盛行的情况下，"解殖民"是与"殖民"并行不悖的 20 世纪英国文学传统。

---

① John Sturgus Bastin & Harry Jindrich Benda, *A History of Modern Southeast Asia*：*Colonialism*，*Nationalism*，*and Decolonization*，Englewood Cliffs，N. J.，Prentice-Hall，1968.

② Chinweizu，Onwuchekwa Jemie and Ihechukwu Madubuike，*Toward the Decolonization of African Literature*，Enugu，Nigeria：Fourth Dimension Publishers，1980.

③ Sidonie Smith and Julia Watson，edited，*De/Colonizing the Subject*：*the Politics of Gender in Women's Autobiography*，Minneapolis：University of Minnesota Press，1992.

④ Karen R. Lawrence，edited，*Decolonizing Tradition*：*New Views of Twentieth-century "British" Literary Canons*，Urbana：University of Illinois Press，1992.

　　由于现代中国社会处于半殖民化状态，因此所有关于殖民地国家的解殖民化讨论都很难波及于此。但实际上，中国社会文化自近代以来在与西方强势文化的遭遇中，自身的主体性不断地被削弱。西方思想、词汇以及表达不断地侵入文学的内部肌理，中国文学的殖民化已成为事实，翻译文学在这场旷日持久的文化战争中扮演着殖民化与解殖民化的复杂角色。对中国文学和文化的解殖民化研究最早兴起于西方学术界和海外华人学术圈。西方国家对中国解殖民化的研究主要集中在香港：葛纳撰写的《英属香港：从重新占领到解殖民化》①，是对香港社会解殖民化进程的全面剖析；克拉克撰写的《艺术香港：文化与解殖民化》②，分析了香港艺术所承载的多元文化特征与解殖民化的特殊性。海外汉学界对中国现代文学以及翻译文学的解殖民化研究主要以华人学者为代表。比如叶维廉在《殖民主义：文化工业与消费欲望》中指出，中国现代文学（含翻译文学）中的救亡与启蒙主题遮蔽了其殖民化与反殖民化的特征。史书美在《现代的诱惑：书写半殖民地中国的现代主义（1917—1937）》③中认为，殖民主义在中国具有"不完整性"特点，处于半殖民社会中的中国现代知识分子在吸纳西方文化时具有分层的特点，即她所谓的"分岔策略"（the Bifurcation Strategy），这其中包含着部分学人的解殖民化努力。但海外汉学家关于中国现代文学解殖民化的研究主要基于中国台湾、香港和澳门的立场，缺乏充分且深入地对大陆半殖民化社会状态中的解殖民化研究，当然更没有将解殖民化推延

---

　　①　Erik Thomas Ganer, *British Hong Kong*：*From Re-occupation to Decolonization*, Ithaca, New York：Cornell University, 1999.

　　②　David Clarke, *Hong Kong Art*：*Culture and Decolonization*, London：Reaktion, 2001.

　　③　Shih Shu-mei, *The Lure of the Modern*：*Writing Modernism in Semicolonial China*, *1917—1937*, Berkeley and Los Angeles：University of California Press, 2001, p. 38.

到现代翻译文学领域。

　　中国文学界对解殖民化的研究经历了从理论译介到具体研究的过程。20 世纪中后期，解殖民化随着后殖民理论的中兴进入中国文学研究界。香港自近代以来的殖民地身份让它成为中国接受和研究解殖民化问题的前沿阵地，许宝强等人选编的《解殖与民族主义》于 1998 年在香港牛津大学出版社出版，该书选译了国外解殖民化研究的前沿成果，是中国最早专门翻译介绍解殖民化问题的著作，中央编译出版社2004 年出版了该书的修订本。中国文学界和翻译界对解殖民化的研究出现在 21 世纪初叶，且常夹缠在后殖民理论的研究中。比如王东风的《翻译研究的后殖民视角》在探讨后殖民翻译理论的基础上，分析了解殖民化与翻译策略的相关问题。① 专门探讨中国现代翻译文学中的解殖民化特质的成果极稀，目前主要有两篇英语硕士学位论文涉及此题：一是《解殖民化与文学翻译：后殖民语境下翻译研究新视角》（刘小玲，新疆大学，2006 年）；二是《从后殖民主义角度解析中国文学翻译中的解殖民化》（李峥，天津大学，2012 年）。此二文的研究视角和研究对象颇具创新性，但对解殖民因素的挖掘还欠深入，很多论述停留在个别文本或译者身上，难以勾勒出研究对象的复杂面貌。目前国内解殖民化研究还处于起步阶段，翻译文学领域的解殖民化研究更显滞后。特殊时代使然，"十七年"翻译文学的解殖化特征尤为明显，鉴于它在中国文学和文化主体建构过程中所扮演的重要角色，对其解殖民化的研究应该成为亟待开展的重要课题。

　　据后殖民理论家罗宾逊的理解，从资本主义殖民到后殖民的演进过程中，翻译曾作为殖民统治的手段，帮助殖民主义者向亚非拉国

---

① 王东风：《翻译研究的后殖民视角》，《中国翻译》2003 年第 4 期。

家输入殖民理念；在后殖民时期，翻译又成为殖民者掩盖文化不平等现象的手段，帮助殖民国家对落后国家实施隐形的文化殖民；但与此同时，每个时期的翻译亦是一种解殖民化的手段。① 恰如中华人民共和国成立初期周恩来先生所言："掌握了外语可以把外国人的长处介绍到中国来提高我们中国的经济和文化。掌握了外语可以把我们中国的革命经验介绍出去，扩大我们的革命影响，加强对帝国主义的打击。"② 从这个角度来看，翻译无疑具有对抗帝国主义的强大力量，中国社会文化可以借助翻译提高自己，然后再借助翻译去"打击"帝国主义强势文化。虽然中华人民共和国成立以后，我们是一个拥有独立主权的民族国家，但半殖民化社会的影响依然存在，而且东西方文化和经济地位的差异并没有因此而缩小，英美发达国家对弱小国家的控制欲望也没有消失，中国在国际社会上依然面临着政治霸权和文化殖民的危险。因此，"十七年"的诗歌翻译表现出浓厚的政治价值取向，其借助翻译选材和翻译策略来形成与欧美发达国家的对抗之势。

"十七年"翻译诗歌通过与苏联和亚非拉文学的结盟，寻求对抗英美文化殖民的协助力量；通过对美国黑人诗歌及左翼文学的翻译，寻求从内部解构英美文化殖民的反抗力量，进而凸显出自身在捍卫民族文学和民主政权的过程中独特的解殖民化特征。

二

面对半殖民社会遗留的殖民文化因素和后殖民时期强权政治的压力，"十七年"翻译诗歌只能借助翻译弱小民族和社会主义国家的

---

① Douglas Robinson, *Translation and Empire*: *Postcolonial Theories Explained*, Manchester: St. Jerome Publishing, 1997, p. 31.

② 陈福康：《中国译学史》，上海人民出版社 2010 年版，第 327—328 页。

诗歌来增强自身对抗欧美文化霸权的力量，成为中华人民共和国成立后解殖民化的重要文学手段。

中华人民共和国面临着以英美国家为首的资本主义阵营的政治经济制裁，为瓦解强权政治下的外交孤立和文化渗透，"十七年"翻译文学开始与社会主义国家结盟，寻求解构强权的支援力量。中华人民共和国成立之初，面对英美国家的经济封锁，以及长达十二年之久的民族与民主战争带来的经济破坏，我们亟待展开社会主义经济建设，而苏联作为社会主义阵营的领头人和有建设经验的国家，无疑成为中国效法的榜样。因此，反映苏联社会建设的作品成为"十七年"翻译的重点对象。苏联建国之初，要求文艺工作者紧紧围绕社会经济建设展开创作，比如卫国战争结束后的诗人"是被他们人民的利益所鼓动的——他们的人民正在热心地工作着，为了使苏联社会的经济和文化得到更进一步的发展而执行伟大的斯大林计划"。[①] 这样的文艺倡导比较贴切地道出了中华人民共和国刚成立后的几年时间里人们的心声，那就是充满热情地建设中华人民共和国、争取国际友好交往以及表达人们在新社会里的内心情感。《凯尔巴巴耶夫诗选》为什么会被翻译到中国，译者后记如是说："我们中国人民，如毛主席所说，原来是'一穷二白'，但在党的正确领导下，打退了国内外敌人的进攻，也正在以翻江倒海之势向大自然进军，迅速而胜利地改变着大自然的面貌。我们读着凯尔巴巴耶夫这些歌颂劳动，歌颂建设的诗篇，会特别感到亲切。"[②] 凯尔巴巴耶夫的诗歌表现了苏联人民战山斗水的激情，比如《阿姆—达利亚河》一诗表现的就是

---

① ［苏联］培·梭罗甫约夫：《苏联最近的诗歌》，邹绛译，载《和平的旗手》，文化工作社1953年版，第4页。

② 邹绛：《译后记》，载《凯尔巴巴耶夫诗选》，人民文学出版社1958年版，第66—67页。

在沙漠中修建运河以改善土库曼人用水的困难，这种建设激情比较符合 1958 年前后中国的"大跃进"思想。

中华人民共和国的成立预示着无产阶级革命的胜利和社会主义国家的建立，而这恰好成为"冷战"时期欧美强权国家锐意斗争和瓦解的对象。为进一步巩固无产阶级专政并寻求国际社会的支持，以对抗强权政治，"十七年"翻译文学注重对亚非拉无产阶级革命文学的翻译。长诗《苏赫·巴托尔之歌》的翻译就体现了出版者的政治立场和社会革命意识，该长诗重点描写了草原人民在俄国十月革命的感召下启动革命的步伐，苏赫·巴托尔于 1920 年到莫斯科会见了伟大的革命导师列宁之后建立了蒙古人民革命党，由于苏联的支持而很快获得了革命的成功，从此蒙古人民"从一片漆黑的封建主义/绕过了资本主义，/我们前进着，/战斗着，就是为了要/实现我们的理想"。① 蒙古人民共和国的建立与中华人民共和国的建立有很多相似之处：从内部来说，在 20 世纪 50—60 年代的语境下两个国家的革命都离不开英雄人物的领导，离不开人民的支持和奋斗，并且两个国家都是从封建社会直接过渡到社会主义社会；从外部来讲，两个国家的革命都受到了俄国十月革命的影响，共产党的建立和革命历程也有很多相似之处。聂鲁达是"十七年"拉美文学译介的重点作家，1959 年邹绛和袁水拍等人翻译的《葡萄园和风》在上海文艺出版社出版，该作具有明显的"革命"色彩，反映了各国人民为争取民族独立和民主自由所作的不懈努力与抗争。聂鲁达的诗歌创作始终将世界人民的反法西斯战争和政治追求作为主要观照对象，他大学毕业后被派往亚洲、拉美和欧洲的很多国家从事外事工作，

---

①　［蒙古］策维格米丁·盖达布：《苏赫·巴托尔之歌》，邹绛译，上海文艺出版社 1962 年版，第 250—251 页。

1936 年在马德里任职期间恰逢西班牙爆发内战，他对西班牙人民反法西斯战争深表同情。后来智利人民阵线在大选中获胜，聂鲁达于 1945 年 7 月加入智利共产党，因为智利政局的变化不得不于 1949 年 2 月流亡国外，被吸纳为世界和平理事会会员并获斯大林国际和平奖。聂鲁达的作品"描写了拉丁美洲的锦绣山川，也叙述了拉丁美洲人们反抗殖民主义奴役的历史"，① 对其作品的翻译介绍顺应了当时中国人在文学审美上的阶级情感取向。因为"同属第三世界，我国亚非拉文学的翻译倾注了特别的关注；同样因为都是受压迫受剥削的民族，我国对亚非拉各国民族所遭受的苦难深表同情，对他们的独立斗争给予支持，对于他们建设国家的热情给予赞扬，这些感情都反映在文学翻译的选材和译介过程中"。② 当时翻译界对拉美文学作品的选择具有较强的针对性，目的是要让中国人民"清楚地看到和平民主阵营的无比的优越性，劳动人民对幸福的热爱，对帝国主义战争狂人的愤怒控诉，以及对人类美好前途的坚强信念"。③ 翻译聂鲁达的诗歌与原作高度的人民性及诗人作为知识分子的社会担当意识有关，聂鲁达创作诗篇的唯一目的是让智利人民在"尊严的领土上自立"。比如《铜的颂歌》一诗就是号召矿工们摆脱先前被压迫被奴役的生活，摆脱外国的殖民掠夺和控制而投入到新生活的建设中，此诗中的"铜"既为智利历史的见证者，又为智利人民不屈的民族精神。④ 聂鲁达为人民的自由与独立而敢于在"残酷的国家

---

① 陈光孚：《译本前言》，载《聂鲁达抒情诗选》，邹绛、蔡其矫等译，四川文艺出版社 1992 年版，第 11 页。

② 周发祥等：《二十世纪中国翻译文学史》（十七年及"文革"卷），百花文艺出版社 2009 年版，第 156 页。

③ 邹绛：《葡萄园和风·内容提要》，上海文艺出版社 1959 年版，扉页。

④ ［智利］聂鲁达：《聂鲁达抒情诗选》，邹绛、蔡其矫等译，四川文艺出版社 1992 年版，参见第 103—110 页。

里"创作具有抗争精神的诗篇的行为，是任何民族任何时代都需要的，将其作品翻译介绍到中国文坛，无疑也会促发作家的创作责任感，满怀热情地为中华人民共和国建设和人民生活而歌唱。

面对帝国主义不死的"亡我"之心，"十七年"翻译诗歌一方面要与社会主义国家和亚非拉弱小国家结盟，另一方面也要从民族文学内部生发出强大的爱国热情，才能在增强自身解殖民化力量的同时，借助他力来对抗强权政治和后殖民扩张。因此，"十七年"翻译诗歌对亚非拉民族主义诗歌倾注了浓厚的热情。中华人民共和国成立"十七年"是一个民族激情高涨且"劳工神圣"的时期，表现政治"中心"题材的作品成为国内创作的主导，作家多抒发对新社会、国家和人民的热爱之情。在一元化审美和政治意识空前浓厚的语境下，势必要求翻译文学同样具备"颂歌"的品格。以泰戈尔（Rabindranath Tagore）《吉檀迦利》的翻译为例，作品抒发了诗人对有悠久历史文化的祖国、爱和平的劳动人民和雄伟美丽的山川的热爱和赞美之情，显示出诗人对祖国未来的美好构想。泰戈尔无疑"是属于印度人民的，印度人民的生活是他创作的源泉。他如鱼得水地生活在热爱韵律和诗歌的人民中间，他用人民自己生动朴素的语言，精炼成最清新最流丽的诗歌，来唱出印度广大人民的悲哀与快乐，失意与希望，怀疑与信仰。因此他的诗在印度是'家弦户诵'，他永远生活在广大人民的口中"。① 由此可以看出，泰戈尔被描述成当时中国理想的作家形象，其具有民族主义情结的诗作也被看作中华人民共和国理想的赞歌。中华人民共和国之所以会大量翻译泰戈尔的作品，除泰氏本人具有强烈的民族主义情结之外，也与他对中

---

① 冰心：《〈吉檀迦利〉译者前记》，《冰心译文集》，译林出版社1998年版，第680页。

国特殊的情感密不可分。据悉早在 1881 年，泰戈尔便创作了《死亡的贸易》来谴责东印度公司向中国倾销鸦片以毒害中国人民的罪行；1916 年在日本公开发表演讲，谴责日本军国主义对中国山东的侵略行为；1937 年多次发表公开信和诗篇，谴责日本帝国主义的侵华行径，站在中国人民的立场上支持正义的斗争。[①] 泰戈尔的这些行为赢得了中国人民的尊重，翻译介绍其作品自然成为首选。非洲文学的翻译也在这一时期拉开了序幕，且选译的作品同样具有较强的民族情感。比如冰心曾翻译了加纳诗人以色列·卡甫·侯的《无题》、波斯曼·拉伊亚的《科门达山》、约瑟夫·加代的《哈曼坦》和玛提·马奎的《我们村里的生活》等，这 4 首译诗以《加纳诗选》为题于 1962 年 12 月发表在《世界文学》上，是中国翻译文学史上翻译发表加纳文学作品最集中的一次。其中，《无题》中有这样的诗句："如果我被迫去恨/那曾经哺育过我的祖国，/去讨普通异邦人的喜欢——/那么就让船开走吧，/我步行走去。"因为要讨殖民国家的喜欢而让诗人去憎恨自己的国家，那他宁愿舍弃物质上的便利而选择"步行"，该诗不仅具有浓厚的爱国热情，而且包含着诗人内心与殖民国家对抗到底的强大力量。

为什么"十七年"会翻译大量亚非拉国家的诗歌呢？因为亚非拉文学作品蕴含着强大的解殖民化力量，"都充满着强烈的爱国主义和愤怒反抗的呼吼，因为他们都受过或还受着西方帝国主义者的压迫"。[②] 20 世纪 50 年代以后，亚非国家因为万隆会议的召开而空前团结起来，客观上强化了中国与这些国家的文学交流。冰心在 1956

---

① 冰心：《纪念印度伟大诗人泰戈尔》，《冰心译文集》，译林出版社 1998 年版，第683 页。

② 冰心：《我和外国文学》，《冰心译文集》，译林出版社 1998 年版，第 675 页。

年重版纪伯伦的《先知》时说："在划时代的万隆会议召开以后，同受过殖民主义剥削压迫的亚非国家的亿万人民，在民族独立的旗帜下，空前地团结了。"① 冰心曾多次表明她不敢轻易翻译西方国家的文学，但对亚非拉文学作品"就爱看，而且敢译"，只要那些作品是作家"自己用英文写的"，② 很显然，冰心在这里传达出一种非常明显的国家情感立场，那就是中国人的情感与西方国家相隔而与亚非拉相通。同时，由于国际地位和政治立场，中国对拉美文学的翻译具超前性，即先于世界其他国家去关注并翻译拉美文学。恰如台湾学者所言："由于'魔幻现实主义'小说的成就，拉丁美洲各国的文学已引起世界的注意。但在大陆，基于'第三世界'的政治观点，从五十年代就重视拉美文学。近年来由于'拉美'热的刺激，翻译工作更是有增无减。"③ 由此可推导出中国 20 世纪 50 年代翻译文学选材的政治主导性，文学价值反而居于选材标准的次席，因此才会在魔幻现实主义兴起之前就对拉美文学的译介发生兴趣。

"十七年"翻译诗歌除大量翻译苏联和亚非拉国家的诗歌外，也会翻译欧洲被压迫国家和民族的诗歌或小说，比如对阿尔巴尼亚作家帕拉希米讲述德国法西斯侵略行径的小说《巡逻》的翻译，同样具有很强的同盟色彩，构成了对后殖民时期霸权主义的解构。

三

从表面上看，1957 年"反右"运动的扩大化将很多译者打成"右派"，失去了发表和出版译作的权利，加上政治思想统治的进一

---

① 冰心：《〈先知〉前记》，《冰心译文集》，译林出版社 1998 年版，第 676 页。
② 冰心：《我和外国文学》，《冰心译文集》，译林出版社 1998 年版，第 674 页。
③ 吕正惠：《大陆的外国文学翻译》，（台北）"行政院"文化建设委员会 1996 年版，第 100 页。

步强化，与主流意识形态以及社会主义建设不相吻合的英美诗歌翻译遭到禁止，导致英美诗歌翻译呈现出不可逆转的倒退之势。从更深层次的文化批评出发，"十七年"英美诗歌翻译的锐减与其解殖民化努力有关，翻译界人为地压制英美诗歌的翻译以削减其强势文化的地位，同时尽量翻译英美强势文化内部包含的具有反抗性的作品，从而获得解构殖民文化的双重效果。

相较于亚非拉诗歌翻译的热潮，"十七年"对英美诗歌的翻译出现了滞后状态。中国共产党在中华人民共和国成立后领导了一系列的政治和经济运动，比如土地改革、抗美援朝、镇压反革命以及"三反""五反"运动等，同时也在文艺领域掀起了系列的批判运动，"对扫除文艺领域的封建主义、资本主义的糟粕，破除资产阶级唯心主义的桎梏，无疑起了积极的作用，但同时也产生了某些消极的影响，在一定程度上导致了英美文学翻译出版的停滞不前"。[①] 据台湾学者统计，从中华人民共和国成立之初到"反右"运动兴起期间，大陆"总共翻译了五千三百六十种左右的外国文学作品"，[②] 而据孙致礼先生的统计，从 1949 年至 1966 年间，"先后出版了 245 种英国文学译作和 215 种美国文学译作"，英美文学翻译的总数量 460 余种，相对于台湾学者统计的 1949 年至 1958 年间的 5360 余种之说，且不论 1959 年至 1966 年间的翻译数量，其所占比重不到十分之一。而无论是在国际政治舞台上，还是在文化交流领域，英美国家所处的强势地位均不可动摇，那为何中国对英美文学的翻译数量如此稀少？这就不能不涉及当时中国的对外政治策略。万隆会议之后，中

---

① 孙致礼：《1949—1966：我国英美文学翻译概论》，译林出版社 1996 年版，第 4 页。
② 吕正惠：《大陆的外国文学翻译》，（台北）"行政院"文化建设委员会 1996 年版，第 8 页。

国与亚非拉等所谓的"第三世界"国家结成政治同盟，以对抗欧美国家的殖民政治和霸权主义外交。与此相应，文学翻译作为对外交流的重要手段，开始人为地压制对英美文学的翻译，转而对弱小民族国家的文学产生浓厚兴趣，于是出现了"十七年"英美文学翻译的缺失，以及亚非拉文学翻译的兴盛。

从英美诗歌内部寻找对抗主流政治意识形态的力量是中华人民共和国成立后文学界解构后殖民时期强权的手段之一。实际上，不只是亚非拉国家的文学才具有解殖民化特质，包括像英国那样的宗主国文学同样含有解殖民的因素，比如劳伦斯在《解殖的传统：20世纪英国文学经典新论》① 一书中认为，在 20 世纪殖民文学和反殖民文学盛行的情况下，"解殖民"是与"殖民"并行不悖的 20 世纪英国文学传统。英美文学中的解殖民化主要体现为对殖民制度的批判，或者国内有关人士对来自主流社会压力的反抗，因此翻译富于反抗精神的黑人作品成为"十七年"翻译文学的一大特色。"十七年"间，先后有如下关于黑人生活的作品以及黑人作家的作品被翻译到中国：1951 年 2 月，三联书店出版了董秋斯翻译的斯坦贝克等人撰写的《美国黑人生活纪实》；1951 年 6 月，作家出版社出版了朱绮翻译的赖特撰写的《黑孩子》；1952 年 6 月，文化工作出版社出版了邹绛翻译的休士等人创作的《黑人诗选》；1953 年 4 月，中央电影局出版了黄鸣野等人翻译的季洛姆创作的《黑人》；1954 年 7 月，文艺联合出版社出版了施咸荣翻译的休士等人创作的《黑人短篇小说选》；1955 年 2 月，中国青年出版社出版了黄钟翻译的休士等人创作的《黑人短篇小说集》；1957 年 12 月，作家出版社出版了张

---

① Karen R. Lawrence, edited, *Decolonizing Tradition*：*New Views of Twentieth-century "British" Literary Canons*, Urbana：University of Illinois Press, 1992.

奇翻译的休士等人创作的《黑人诗选》；1959 年 4 月，人民文学出版社出版了维群翻译的杜波依斯撰写的《黑人的灵魂》等 8 部作品。

　　对黑人诗歌的翻译意在揭露美国社会的黑暗和不公正现象，消解其强大的政治形象，达到解殖民化的目的。"十七年"对黑人作品的翻译具有明显的阶级立场，目的就是要突出生活在美国底层的人民需要通过革命的方式来求得自我解放，如同中国人民的民主革命一样。黑人是美国的合法公民，他们长期在资本家和种植园主的剥削和压榨下过着艰难的生活，与社会主义国家人民一样对美帝国主义充满了愤恨。有色人种在西方国家一直受到排挤和压制，早年留学美国的中国学生也不例外①，他们"需要白天读书，晚上打工，以维持学业和生计。同时，他们还要忍受白人社会的种族歧视，面对与中国截然不同的文化震荡和远离亲人的痛苦，他们心灵上承受的压力可能远远超过了体力上所承受的压力"。② 因此，很多中国人对以美国为代表的西方国家怀有敌对情绪，与当地受压迫的黑人在心灵上构成了同盟关系。通过翻译黑人文学作品来了解他们的生活情况，自然会满足同处"被压迫民族"地位的中国人的阅读期待，在美国内部寻找到了解殖民的力量和"盟友"。

---

　　① 比如胡适留学美国时曾与韦莲司相恋，但由于"当年美国的种族主义偏见颇深，在他们眼中华人简直连黑奴都不如。怕别人议论，韦母便多方阻拦这一对跨国姻缘"（丁国旗：《中国十大情圣》，郑州大学出版社 2005 年版，第 14 页）。比如闻一多在科罗拉多大学时，学生办的周刊上发表了一首美国学生写的题为"The Sphinx"的诗，说中国人的脸看起来沉默而神秘，就像埃及的狮身人面像，闻一多为此写了一首"Another 'Chinese' Answering"的诗加以回击，他在诗中着意歌颂中国的地大物博和光辉历史。同样是在珂泉大学，闻一多还因为毕业典礼的事情深受伤害。按珂泉大学惯例，毕业生一男一女地排成纵队走向讲台领毕业文凭，美国女生却没有一个愿意和中国学生排在一起，校方迫不得已只能让中国男学生自行排成两行走上台去。闻一多一直为此事愤愤不平，他甚至还为中国人在理发店遭到拒绝而"脸红脖子粗的悲愤激动"［梁实秋：《谈闻一多》，（台北）传记文学出版社 1987 年版，第 47 页］。又如朱湘在美国留学的时候"难以忍受美国种族主义的侮辱歧视，被逼屡屡转学"（乐齐：《素描朱湘》，载《精读朱湘》，中国国际广播出版社 2006 年版，第 10 页）。这样的例证不胜枚举。

　　② 陈潮：《近代留学生》，中华书局 2010 年版，第 36 页。

　　"十七年"翻译诗歌往往站在国家利益的立场上，偏重于对被压迫民族或被奴役人民诗歌的翻译，黑人诗歌的译介就是要将美国置于敌对阵营加以批判和"暴露"。美国作为当时资本主义阵营的领头羊，所有的社会主义国家对它都采取批判的态度，认为世界上有"两个美国"，"一个美国是极想征服整个地球的帝国主义豺狼的美国。……但是也有'另外一个美国'，劳动人民的美国，人民大众的美国，这些人民一想到战争，一想到让他们自己和他们的孩子为了那一撮银行家和工业家的巨大剩余价值而被杀死的这件事，就充满了憎恨"。① 这段话出自苏联作家笔下，但同样反映出那一时期中国对美国的态度和立场。抛开劳动人民相通的情感，中国与美国之间由于政治立场的不同而处于敌对状态，对之加以批判和暴露也正符合社会主义国家的政治立场。

　　除黑人诗歌作品具有反抗性外，美国左翼作家的作品同样充满了对美国当局的控诉之音，这也成为中国文学对抗强权政治的倚重力量。因此，在诗歌翻译之外，"十七年"翻译文学对美国左翼作家的重点译介彰显出该时期翻译浓厚的意识形态色彩和政治目的，具有浓厚的解殖民化特色。杰克·伦敦、厄普顿·辛克莱、霍华德·法斯特等成为重点译介的作家，尽管杰克·伦敦曾发表过大量的辱华小说如《黄祸》、《中国佬》和《空前绝后的入侵》等，但因为其作品具有浓厚的社会主义色彩而受到中国译者的重视，成为"十七年"美国文学翻译的重点。霍华德·法斯特曾是美国共产党员，他绝非美国文坛的一流作家，但他的主要作品被翻译到中国，甚至连一些艺术价值不高的作品也被翻译成中文出版，共计翻译出版了法

---

　　① ［苏联］培·梭罗甫约夫：《苏联最近的诗歌》，邹绛译，载《和平的旗手》，文化工作社1953年版，第5页。

斯特的作品 20 种，仅次于吐温和伦敦位列第三，① 对于一个文学成就并不突出的作家而言，其在中国的礼遇可谓非同凡响。但值得注意的是，对法斯特作品的翻译集中在 1950 年至 1957 年，此外十七年间再没有出版他的任何作品。对于法斯特这样一位炙手可热的共产党作家，为什么中国会在 1957 年之后停止对他作品的翻译出版呢？1957 年 2 月 1 日，法斯特在美国头号大报《纽约时报》上发表了他的脱党声明，同时在文学刊物《主流》以及《工人日报》"星期周刊"上散布反对共产党的言论，国际共产主义阵营内部一片哗然，法斯特也被树为共产党的死敌。因为政治身份的转变，中国旋即将法斯特的作品列入禁止翻译出版的行列，并迅速展开了对他的批评，短短几年时间里，这位美国作家在中国翻译界的命运就经历了多舛的变化。究其原因，实乃与中国"十七年"翻译文学的政治立场和社会意识形态有关，大凡外国左翼作家或共产党人士的作品均会受到青睐，而那些与社会主义国家和共产党意志对立的作家作品，必然遭遇无情的批判和禁止。

需要指出的是，尽管"十七年"翻译诗歌借助美国黑人作品和被压迫阶层作品中的反抗力量来增强自身的解殖民化，但却不能将它们视为解殖民化的等效物。二者在表象上都是对美国政治的反抗，但被压迫阶层对美国主流政治的反抗属于阶级或种族对抗，而中国文学对美国强权政治的反抗属于后殖民语境下的解殖民化努力。

四

"十七年"翻译诗歌的解殖民化不仅增强了中国当代文学与苏联

---

① 根据《17 年间我国美国文学翻译出版一览表》整理出该数据，见孙致礼《1949—1966：我国英美文学翻译概论》，译林出版社 1996 年版，第 231—239 页。

和亚非拉文学的交流，缓和了国际、国内紧张的政治氛围，而且捍卫了新生政权的尊严和国家的独立。但与此同时，"十七年"翻译诗歌对解殖民化的诉求也带来了很多负面影响，比如苏联文学对中国文学主体性的削弱、翻译选材的政治性目的以及英美经典文学翻译的缺失等。

"十七年"翻译诗歌在与苏联和亚非拉文学结盟以增强解殖民化力量的同时，也有被同盟国文化牵制而失去自我主体性的危险。尤其是面对社会主义阵营中的强国苏联时，"十七年"翻译文学的主体性更有可能遭到削弱。中华人民共和国作为新生的社会主义国家，成立后面临着英美强权国家的经济和政治封锁，在它们大力推行后殖民政策的语境下，新生政权必须加强和社会主义国家的结盟意识。而要在结盟的过程中保持中国文学的独立性是很困难的事情，因为如果要"谈论中国化，必须充分假设中国自信其文明相对于世界的其他地方而言具有绝对的中心性（Centrality）"，① "十七年"文学在与苏联文学的交流中难有"中心性"可言，因此落入其英美文学接受视域也就不可避免。在中华人民共和国成立的"十七年"间对英美文学的接受和翻译，受制于苏联的外国文学接受视野，也就是说中国对英美文学的接受没有自己的立场和甄别标准，而是跟随苏联的脚步去选译一些现实主义作品。这样一来，"十七年"翻译文学中的所谓英美文学部分，某种意义上也可归入苏联文学的翻译，中国英美文学接受的苏联立场可以从几本文学史的翻译得到印证。当时中国从苏联翻译出版了《英国文学史纲》、《英美文学史教学大纲》以及《十八世纪外国文学史》、《西欧文学简论》等文学史著作，为

---

① 刘禾：《跨语际实践——文学，民族文化与被译介的现代性（中国，1900—1937）》，宋伟杰等译，生活·读书·新知三联书店2002年版，第5—6页。

什么要选用苏联人撰写的英美文学史著作，而不直接从英美国家翻译呢？众所周知，文学史的书写不光涉及作品和文学事件，它还贯穿着作者的述史立场和问题意识。苏联人书写的英美文学史必然烙上他们文学理念的印迹，从而有意识地遮蔽他们并不认同的文学作品，因此中国人从苏联翻译过来的英美文学史就是苏联文化过滤后的产物，必然是苏联接受视野中的英美文学史。从具体的作品翻译来看，中国对英美作家作品的选择也受到了苏联接受视野的限制。根据 1958 年《苏联大量翻译外国作品》一文的介绍，英国文学作品的数量在苏联翻译文学史上居第三位，被翻译最多的作家是莎士比亚、狄更斯、笛福、斯威夫特和高尔斯华绥等所谓的现实主义作家。[1] 就中国"十七年"间对英国文学的翻译而言，戏剧翻译主要集中在莎士比亚和萧伯纳的作品，小说翻译主要集中在狄更斯和高尔斯华绥的作品，诗歌翻译主要集中在雪莱和拜伦的作品，以上六位作家作品的翻译几乎占了"十七年"英国文学翻译的三分之一，[2]比较符合苏联人对英国作家作品的选择范围。"十七年"英国作家作品的翻译再次表明，苏联的审美立场和标准制约着中国对英国文学的接受。

"十七年"美国文学的翻译同样折射出苏联审美视域的影响。苏联对美国文学的接受主要停留在底层描写和民族革命方面，恰如美国文学史专家斯比勒在评价苏联人对美国小说的接受时所说："如果小说在创作方法上是现实主义的、幽默的或英雄主义的、反映民主

---

① 《译文》编辑部编写：《苏联大量翻译外国作品》，《外国文学参考资料》1958 年第 2 期。

② 孙致礼：《1949—1966：我国英美文学翻译概论》，译林出版社 1996 年版，第 221—230 页。根据《17 年间我国英国文学翻译出版一览表》统计，共计翻译出版英国文学作品 245 种，其中莎士比亚作品 36 种，萧伯纳作品 8 种，狄更斯作品 16 种，高尔斯华绥作品 10 种，拜伦作品 5 种，雪莱作品 7 种，共计 82 种，大约占 1/3 的比重。

思想的，讲述的是关于大城市生活的（关于边疆冒险的就更好）或者刻画的角色是代表美国劳动大众的，那么这样的作品就会赢得他们的青睐。"① 斯比勒同时指出，苏联翻译得最多的美国作家分别是杰克·伦敦、马克·吐温和厄普顿·辛克莱。由于杰克·伦敦和厄普顿·辛克莱是美国现实主义小说的代表人物，而且他们的作品都和披露工人运动以及资本主义的黑暗有关，后者还是美国狂热的社会主义分子，中国对他们作品的翻译由来已久，早在抗战期间便掀起了翻译的热潮。而马克·吐温的语言富有幽默诙谐的特征，其作品揭露了美国虚假的社会现实，比如家喻户晓的《竞选州长》便是例证，对他的翻译也比较符合中国人对批判美国社会的期待。尽管如此，我们还是不能否定"十七年"间中国对美国文学的翻译受到了苏联美国文学接受视域的影响，就马克·吐温的译介而言，"苏联差不多每一个儿童都读过马克·吐温的《汤姆·索耶传》和《哈克贝利·芬传》；苏联各大学的文学系对马克·吐温的作品做过多次的专题研究"。② 想必在苏联"老大哥"的带动下，新生的社会主义中国也加大了对马克·吐温等人作品的翻译。据统计，"十七年"美国文学翻译出版的数量为 215 种，其中吐温作品的翻译数量为 29 种，伦敦作品的翻译数量为 23 种，其他现实主义作家辛克莱和德莱赛作品的翻译数量为 10 种，这些在苏联译介中排名前三的作家，其作品几乎也占了整个美国作品翻译的三分之一。③

　　"十七年"翻译诗歌虽然让译者在浓厚的政治意识形态语境下失

---

① Robert E. Spiller etc. , Ed. , *Literary History of the United States*, New York：Macmillan Co. , 1948, pp. 1384 – 1385.

② Robert E. Spiller etc. , Ed. , *Literary History of the United States* (Ⅱ), New York：Macmillan Company, 1948, p. 1385.

③ 《17 年间我国美国文学翻译出版一览表》，见孙致礼《1949—1966：我国英美文学翻译概论》，译林出版社 1996 年版，第 231—239 页。

去了选材的自由，但其在政治的操控下与亚非拉民族文学的结盟却增强了其解殖民化的效果。任何文学翻译活动作为社会上层建筑的构成部分都不可能独立于一定的文化语境而存在，"十七年"翻译文学的选材不可避免地会受制于强大的"赞助人"系统。翻译文化学派领军人物安德烈·勒非弗尔对赞助人做过这样的界定："赞助人可以是个人，比如麦迪琪、麦西那斯或路易斯十六；也可以是群体，比如宗教组织、政治党派、社会阶层、皇家朝臣、出版机构或媒体（报纸、杂志和影视公司），等等。"① 正是这些赞助人决定了翻译选材、翻译改写和翻译传播与接受。以冰心的文学翻译为例，她对泰戈尔的翻译是"应人民文学出版社之约"，从英文中转译作品也是为了完成"上头交给的任务"②。冰心对尼泊尔国王马亨德拉的《马亨德拉诗抄》的翻译就是根据英译本翻译的，对马耳他总统布蒂吉格散文诗《燃灯者》的翻译依据的也是英译本。为什么冰心会一再违背自己不主张重译的翻译选材原则呢？冰心一说是"上头"交给的任务，一说是"有关方面"的安排，其实也就证明了她的文学翻译活动在特定的历史语境下必然会受到诸多社会因素的牵制。"十七年"间，中华人民共和国为了加强和亚非拉国家的政治联系，增强解构英美强势文化的目的，鼓励并倡导人们翻译亚非拉国家的文学成了一项关乎政治的战略手段。这在客观上促进了中国对外关系的开展，也为中国对抗霸权政治赢得了国际支持，是后殖民时代中国文学解殖民化的有效方式。

中华人民共和国成立初期，文化界对文学翻译保持着十分谨慎的态度，为避免其语言的殖民化倾向而发出了捍卫汉语纯洁性的号

---

① Lefevere, André, *Translation, Rewriting and the Manipulation of Literature Fame*, New York: Routledge, 1992, p. 15.

② 冰心:《〈冰心译文集〉序》，译林出版社 1998 年版，第 2 页。

召，具有十分明显的解殖民化意向。1954 年 8 月，茅盾在全国文学翻译会上呼吁翻译工作者要用"纯粹的本国文字"去翻译外国文学作品，不能让外国文字的语法和词汇损害了汉语："每种语文都有它自己的语法和词汇的使用习惯，我们不能想象把原作逐字逐句，按照其原来的结构顺序机械地翻译过来的翻译方法，能够恰当地传达原作的风貌；我们也不能想象这样的译文是纯粹的本国文字。"此话立意在反对机械的翻译方法，但客观上却具有很强的解殖民化意图，它拒绝外国语言的词汇和句法侵入到中国文字中，避免了中国语言遭遇外国殖民的危险。但我们却不能为此而拒绝中外文化间的交流，而应该在翻译的过程中保持汉语的主体性，用汉语的语言和思维去应对外国文字，这样既能保证翻译的顺利开展，又能避免翻译引发的汉语欧化之弊。由此，茅盾认为优秀的译者应当"一方面阅读外国文字，一方面却以本国的语言进行思索和现象（想象）；只有这样才能使自己的译文摆脱原文的语法和词汇的特殊性的拘束，使译文既是纯粹的祖国语言，而又忠实地传达了原作的内容和风格"。① 因此，理想的翻译一方面能传达出原作的风格和内容，另一方面也具有解殖民化的能力，保证本国语言在翻译中的绝对主体性。

中华人民共和国成立后，文学翻译事业迈入了崭新的阶段。翻译工作者实现了有计划有组织地翻译外国文学的夙愿，北京的人民文学出版社和上海的新文艺出版社②先后推出了"外国文学名著丛书"与"古典文艺理论丛书"的翻译计划，各出版社和高校注重翻

---

① 茅盾：《为发展文学翻译事业和提高翻译质量而奋斗》，《译文》1954 年第 10 期。
② 新文艺出版社于 1952 年 8 月成立于上海，由群益出版社、海燕书店、大孚图书公司合并组成。后又吸收新群出版社、文化生活出版社、平明出版社、光明书局、潮锋出版社、上海文艺联合出版社和上海出版公司。1959 年 7 月与上海文化出版社、上海音乐出版社合并成立上海文艺出版社。1978 年 1 月 1 日，上海新文艺出版社和人民文学出版社上海分社的外国文学编辑室合并，成立上海译文出版社。

译人才的培养和储备，保障译者的经济和社会权益，"十七年"翻译诗歌迎来了发展的黄金期。如何在后殖民语境中认识该时期的翻译诗歌，如何在文化交流之外挖掘该时期翻译诗歌及其他文学的价值，在审美价值之外体认到它的文学史价值和历史意义，是今后"十七年"诗歌翻译研究中必须认真加以厘清的内容。

第二节　个人审美与时代诉求的强力结合

中华人民共和国成立后相当长一段时期内，由于社会发展的需要，个人情感往往淹没于国家和民族情感的洪流中。对诗歌翻译而言，很多译者迫于社会需要而无奈地放弃自己喜欢的作品，转而翻译时代需要的诗篇；也有些译者将个人喜好与时代诉求相结合，翻译出既表现个人感情又传递时代情感的作品，在个人抒情和时代精神之间找到了较好的平衡点。从这个角度出发，我们认为冰心的诗歌翻译历程浓缩了"十七年"诗歌翻译的总体特征，本节试图以此为例进行论述。

冰心是中国现当代文学史上集诗人、散文家和文学活动家于一身的"世纪老人"，其创作成就业已成为学界研究的重要内容，而其作为翻译家的身份"也许还鲜为人知"。事实上，冰心从 20 世纪 30 年代早期开始涉足翻译，至 80 年代后期，一共翻译了 8 个国家 19 位作家的作品，涉及诗歌、散文诗、诗剧、民间故事、小说以及书信等多种文体，是中国现当代翻译文学史上成就斐然的译者。本节从考察冰心具体的翻译作品出发，重点探讨冰心的翻译选材、翻译主张以及民族情感和时代语境对其翻译的制约等内容，阐明她的文学翻译是个人审美与时代诉求的强力结合，进而证明她在中国现当代翻译文学史上举足轻重的地位和影响。

一

　　冰心对诗歌翻译的关注始于 20 世纪 20 年代，1920 年 9 月在《燕大季刊》发表的《译书之我见》可被视为其涉足翻译文学的开端。1925 年 10 月在美国威尔斯利女子大学通过的硕士毕业论文《李易安（宋代李清照）女士词的翻译和编辑》中翻译了 25 首李清照的词作，是目前所能考证的冰心最早的文学翻译作品。但冰心的翻译成就主要以外国文学的中译为主，接下来本节将以时间为序分三个阶段梳理冰心的外国文学翻译情况。

　　20 世纪 30 年代是冰心诗歌翻译的第一个重要时期，她主要根据个人审美偏好和时代引发的个人情感表达诉求进行翻译选材。1931 年 9 月，上海新月书店出版了冰心翻译的黎巴嫩诗人纪伯伦（Kahlil Gibran）的散文诗集《先知》（*The Propher*），该诗集 1923 年出版时是诗人用英文创作的，这给冰心的翻译扫除了语言障碍。从 1930 年 4 月 18 日开始，冰心曾将《先知》中的作品逐日翻译发表在天津《益世报》的文学副刊上，刊物的停办导致她在 1931 年夏天才完成全部诗集的翻译。可以看出，冰心最早的外诗中译作品是 1930 年 4 月 18 日在《益世报》上发表的《先知》中的散文诗。这部译诗集收录了 28 首散文诗作品，纪伯伦在文中通过东方智者亚墨斯达法（Almustafa）在回故乡前的临别赠言讨论爱与美、生与死、苦与乐、罪与罚、婚姻与友谊等一系列具有普遍意义的问题，并提出了"神性的人"是个人修养和磨炼的最终目标，要达到这个目标则必须听从爱的召唤并坚持美的追求。冰心在谈及翻译《先知》的原因时说："《先知》，是我在一九二七年冬月在美国朋友处读到的，那满含着东方气息的超妙的哲理和流丽的文词，予我以极深的印象！……觉得这本书实在有翻译的价值，于是我逐段翻译了。"① 冰心之所以会选译《先知》，与她平素主张爱的哲学有密不可分的关系，纪伯伦的作品契合了冰心个人的文学主张。除翻译了这部诗集之外，20世纪30年代冰心翻译的外国作品还有美国诗人威尔士（Nym Wales）的诗歌《古老的北京》，这首诗在1936年2月24日翻译完毕，后来发表在梁实秋主持的《自由评论》上。虽然这首诗表现的是被日本占领之后的北京惨状，与清新自然和主张爱的哲学的冰心创作相去甚远，但它反映出作家在民族危亡时刻所流露出的对日本入侵中国的愤恨之情，折射出"大我"的时代情感在个体生命体验中泛起的涟漪。

20世纪50—60年代是冰心诗歌翻译的高潮期，该时期的翻译作品具有鲜明的时代特色和民族情怀。冰心主要翻译了印度作家的诗歌、散文、小说和诗剧等作品，掀起了继五四之后中国翻译印度文学的又一个热潮。1955年1月，中国青年出版社出版了冰心翻译的印度作家穆·拉·安纳德（M. R. Anand）的《印度童话集》，收入了12篇童话故事，后收入《冰心译文集》时改称为印度民间故事并重新命名为《石榴女王》。中华人民共和国成立之后，国内主流的创作方向是对反帝反封建主义斗争的刻写以及对新社会的歌颂，冰心翻译安纳德的作品与时代对文学主题的规定性有关，因为安氏的作品主要"描写印度人民在帝国主义和封建主义压迫下的痛苦生活，他是一个反帝、反封建、反战争的作家，印度和平运动的健将"。② 冰心对泰戈尔的译介达到了她文学翻译成就的顶峰：1955年4月，人民文学出版社出版了冰心翻译的泰戈尔用英文创作的散文诗《吉

---

① 冰心：《〈先知〉序》，《冰心译文集》，译林出版社1998年版，第676页。
② 冰心：《〈印度童话集〉前言》，《冰心译文集》，译林出版社1998年版，第686页。

檀迦利》，收录了 103 首短诗作品，主要表达了诗人对祖国的热爱、对妇女的同情及对儿童的喜爱之情。1958 年 5 月，人民文学出版社又出版了冰心翻译的《泰戈尔诗选》，除序诗之外收录了 130 首短诗，"这本诗集最突出的一点，是编入了许多泰戈尔的国际主义和爱国主义的诗，这些诗显示了泰戈尔的最伟大最受人民喜爱的一面"。①1959 年 8 月，中国戏剧出版社出版了冰心翻译的泰戈尔诗剧《齐德拉》和《暗室之王》。1961 年 4 月，人民文学出版社出版了她翻译的泰戈尔小说集《流失的金钱》，收录了 6 篇小说，其中《喀布尔人》、《弃绝》和《素芭》3 篇发表在《译文》杂志 1956 年第 9 期上，《吉莉芭拉》和《深夜》2 篇发表在《世界文学》1959 年第 6 期上。1961 年 4 月，人民文学出版社出版了她翻译的泰戈尔散文诗《园丁集》，收录了 85 首诗歌。1962 年 4 月，《世界文学》杂志刊发了冰心翻译的泰戈尔书信集《孟加拉风光》，后收入《冰心译文集》时又翻译了泰戈尔的英文序言。以上这些译作加上 1988 年 4 月人民文学出版社出版的冰心所译的泰戈尔《回忆录》，冰心一共翻译出版了 7 部泰戈尔的作品，足以显出她在中国泰戈尔翻译史上的地位和影响。此外，冰心还翻译了印度诗人安利塔·波利坦的《许愿的夜晚》、《我写歌》和《一封信》，这 3 首诗于 1956 年 12 月发表在《译文》杂志上；她翻译的印度诗人萨洛季妮·奈都的《萨洛季妮·奈都诗选》于 1957 年 8 月发表在《译文》杂志上，后收录《冰心译文集》时有 11 首译作。

除了以上列举的印度作家之外，冰心在 20 世纪 50—60 年代还翻译了 4 位加纳诗人的作品：以色列·卡甫·侯的《无题》、波斯曼·拉伊亚的《科门达山》、约瑟夫·加代的《哈曼坦》和玛提·

---

① 冰心：《〈泰戈尔诗选〉译者附记》，《冰心译文集》，译林出版社 1998 年版，第 282 页。

马奎的《我们村里的生活》，这 4 首译诗以"加纳诗选"为题于 1962 年 12 月发表在《世界文学》上，是中国翻译文学史上翻译发表加纳文学作品最集中的一次。冰心翻译的欧美作家的作品有 3 首（篇）：美国诗人杜波依斯的《加纳在召唤》（《世界文学》1963 年 9 月），阿尔巴尼亚作家拉齐·帕拉希米的小说《巡逻》（《世界文学》1963 年 11 月），北美印第安民间故事《渔夫和北风》（《儿童文学丛刊》1964 年第 3 期）。冰心在这一时期还翻译了邻邦国家的作品：一是翻译了 3 位朝鲜诗人的作品，即元镇宽的《夜车的汽笛》、朴散云的《寄清溪川》和郑文乡的《你虽然静立着》，这三首译诗发表在《世界文学》1964 年的 1—2 月合刊上；二是翻译了 3 位尼泊尔诗人的作品，即西狄·恰赫兰的《临歧》和克达尔·曼·维雅蒂特的《礼拜》（《世界文学》1964 年 4 月），马亨德拉的《马亨德拉诗抄》于 1965 年 5 月由作家出版社出版。综上所述，冰心在 20 世纪 50—60 年代共计翻译了印度、加纳、朝鲜、尼泊尔、阿尔巴尼亚和美国的 16 位作家的作品，成为中华人民共和国成立后 17 年间中外文学交流和文学翻译活动中不可多得的翻译家。

　　20 世纪 80 年代是冰心诗歌翻译的最后阶段，她在年迈之后为中国的文学和翻译事业做出了力所能及的贡献。该时期冰心翻译的作品主要包括黎巴嫩诗人纪伯伦的《沙与沫》，这首长诗的主体部分刊发于 1981 年第 2 期的《外国文学季刊》。纪氏以自然景物"沙"与"沫"寓意人在世界上如同沙之微小且万事如同泡沫般虚幻，仍然是一本关于生命和人性思考的哲理诗篇。1981 年 8 月，人民文学出版社出版了冰心翻译的马耳他总统安东·布蒂吉格的诗集《燃灯者》，收录了 58 首诗作，这部译作成为中国现当代翻译史上唯一的马耳他文学译作，在推进国际文化交流和友好合作的同时，开辟了新鲜的文学翻译领地。该时期，冰心还翻译了泰戈尔的《回忆录》，泰戈尔在开篇说道："我不知道谁在记忆的画本上绘画，但不管他是谁，他所画的是图画；我的意思是说他不只是用他的画笔忠实地把正在发生的事情摹了下来。"这表明泰戈尔的回忆录具有文学创作的成分，具有较强的可读性和文学性特征，不只是过往生活的镜像反映，也为中国作家回忆录的书写提供了较好的范式。

通过以上梳理我们可以看出，冰心的诗歌翻译在 20 世纪 50—60 年代取得了突出成就。冰心的译文能够在忠实原文内容的同时保持语言的明白晓畅，其鲜明的翻译特色不仅彰显出本人的文学审美趣味，而且也让译作较好地融入了中国当代诗歌的园地。

二

冰心的诗歌翻译在不同阶段具有不同的选材标准，她早期多根据自我的审美偏好来选择翻译原本，后来则主要受时代风尚的影响翻译具有爱国热情和友好国家的作品，表明"赞助人"系统对冰心文学翻译活动产生了"规定性"影响。

冰心早期多根据个人的审美偏好来选择并翻译外国文学作品，其超乎世俗名利的翻译出发点和动机决定了译作的质量和译文内容的文学性品格。比如冰心对黎巴嫩诗人纪伯伦和印度诗人泰戈尔诗作的翻译源于原作契合了她对美的体悟，那"充满了东方气息的超妙的哲理"让她觉得有翻译的价值和必要，而且这种源自兴趣的翻译让她忘却了翻译的辛苦而"只得到一种美的享受"。[①] 冰心多年以后坦言道："我翻译的作品大部分是我喜欢的，我最喜欢泰尔戈的散

---

① 冰心：《我也谈谈翻译》，《冰心译文集》，译林出版社 1998 年版，第 672 页。

文诗《吉檀迦利》，这本诗和《先知》有异曲同工之妙，充满了诗情画意。"① 但是，任何文学翻译活动作为社会上层建筑的构成部分都不可能脱离一定的文化语境而独立存在，冰心的文学翻译选材在充分考虑自我兴趣爱好的同时也不可避免地会受制于"赞助人"系统。更多的时候，译者的翻译活动是在兴趣爱好和赞助人之间的纠缠中展开的，但不管是出于什么样的翻译动因，译者的责任感和求真务实的翻译作风才是决定译作质量的关键因素。

冰心后来的翻译选材具有鲜明的情感取向，从她选材的国别和主题均可见出其翻译的意识形态特征，表达了"共名"② 时代中国社会的情感诉求。在冰心所翻译的 8 个国家的 19 位作家的作品中，只有 3 篇来自西方国家，其余的均来自亚非拉国家，③ 为什么冰心会翻译大量亚非国家的作品呢？用她自己的话说："无论是叙利亚、印度、加纳、朝鲜（根据一九六三年朝鲜作家访华代表团团长崔荣化提供的英文打字稿译出的）、尼泊尔和马耳他的诗人的诗中，都充满

---

① 冰心：《〈冰心译文集〉序》，译林出版社 1998 年版，第 1 页。

② "20 世纪中国的各个历史时期，都有一些概念来涵盖时代的主题。……这些重大而统一的时代主题深刻地涵盖了一个时代的精神走向，同时也是对知识分子思考和探索问题的思索。"（陈思和：《中国当代文学史教程》，复旦大学出版社 1999 年版，第 14 页）

③ 冰心从 20 世纪 30 年代开始涉足翻译，到 80 年代，一共翻译了 8 个国家 19 位作家的作品，具体情况如下：黎巴嫩 1 位诗人：纪伯伦的散文诗集《先知》、短诗集《沙与沫》。印度 4 位作家：泰戈尔的散文诗集《吉檀迦利》《园丁集》，诗选集《泰戈尔诗选》，小说 6 篇（《喀布尔人》、《弃绝》、《素芭》、《吉莉芭拉》、《深夜》和《流失的金钱》），诗剧《齐德拉》《暗室之王》，书信集《孟加拉风光》；安纳德的民间故事集《石榴女王》；波利坦的诗歌 3 首（《许愿的夜晚》、《我写歌》和《一封信》）；奈都的诗歌集《萨洛季妮·奈都诗选》。加纳 4 位诗人：以色列·卡甫·侯的诗歌《无题》；波斯曼·拉伊亚的诗歌《科门达山》；约瑟夫·加代的诗歌《哈曼坦》；玛提·马奎的诗歌《我们村里的生活》。美国 2 位诗人加上民间故事：杜波依斯的诗歌《加纳在召唤》；威尔士的诗歌《古老的北京》和北美印地安民间故事《渔夫和北风》。阿尔巴尼亚 1 位作家：帕拉希米的小说《巡逻》。朝鲜 3 位诗人：朴散云的诗歌《寄清溪川》，郑文乡的诗歌《你虽然静立着》，元镇宽的诗歌《夜车的汽笛》。尼泊尔 3 位诗人：恰赫兰的诗歌《临歧》；维雅蒂特的诗歌《礼拜》；马亨德拉的诗集《马亨德拉诗抄》。马耳他 1 位诗人：布蒂吉格的诗歌集《燃灯者》。

着强烈的爱国主义和愤怒反抗的呼吼，因为他们都受过或还受着西方帝国主义者的压迫，也正是如此，而特别得到解放前的我的理解和同情。"① 这段话表明冰心受着亚非诗人作品情感的感染而有了翻译的动力，不过促使她走上翻译亚非国家作品的另外原因是 20 世纪 50 年代以后，亚非国家因为万隆会议的召开而空前团结起来，客观上强化了中国与这些国家的文学交流。对于第二个原因，冰心在 1956 年重版纪伯伦的《先知》时也有所提及："在划时代的万隆会议召开以后，同受过殖民主义剥削压迫的亚非国家的亿万人民，在民族独立的旗帜下，空前地团结了。"② 冰心曾多次表明她不敢轻易翻译外国的诗歌作品，她所谓的外国作品实际上更多指的是西方国家的诗歌，因为她认为自己的译笔难以抵达西方诗人心灵的深处，"但是，对于亚、非诗人的诗，我就爱看，而且敢译，只要那些诗是诗人自己用英文写的"。③ 很显然，冰心在这里传达出一种非常明显的国家情感立场，那就是中国人的情感与西方国家相隔而与亚非相通。

冰心翻译得最多的是印度诗人泰戈尔的作品，除了因为泰氏本人具有强烈的民族主义情结之外，也与他对中国特殊的情感密不可分。据悉早在 1881 年，泰戈尔便创作了《死亡的贸易》来谴责东印度公司向中国倾销鸦片以毒害中国人民的罪行；1916 年在日本公开发表演讲，谴责日本军国主义对中国山东的侵略行为；1937 年多次发表公开信和诗篇，谴责日本帝国主义全面的侵华行径，站在中国人民的立场上支持正义的斗争。④ 泰戈尔的这些行为赢得了中国人民

① 冰心：《我和外国文学》，《冰心译文集》，译林出版社 1998 年版，第 675 页。
② 冰心：《〈先知〉前记》，《冰心译文集》，译林出版社 1998 年版，第 676 页。
③ 冰心：《我和外国文学》，《冰心译文集》，译林出版社 1998 年版，第 674 页。
④ 冰心：《纪念印度伟大诗人泰戈尔》，《冰心译文集》，译林出版社 1998 年版，第 683 页。

的尊重，翻译介绍其作品自然成为冰心的首选。即便是那 3 篇译自西方国家的作品也烙上了意识形态的印迹和国家的情感色彩，比如冰心翻译的美国诗人杜波依斯的《加纳在召唤》充满了对美国白人社会的控诉之情，号召黑人和全世界被压迫的民族"觉醒吧，觉醒吧，啊，沉睡的世界/尊礼太阳"。冰心翻译这位美国诗人作品的原因除了作品本身蕴含抗争精神之外，也与杜波依斯处于被压迫行列的黑人作家以及他在 1959 年和 1962 年两度访华有关，他的话"黑色大陆可以从中国得到最多的友谊和同情"① 拉近了中国与非洲国家的距离，成为 1955 年万隆会议之后亚非国家团结互助的具体例证。冰心翻译的另一位美国作家威尔士的《古老的北京》，叙述的是北京在日本的侵占下而呈现出一片死寂的景象，诗人多次采用"北京死了，死了"的诗行来引领全诗情感脉络的走向，倾述了一位中国人面对日本入侵时的内心情感。梁实秋先生评价说："日本的军人恣肆，浪人横行，我们任人宰割，一个诗人能无动于衷？冰心也忍耐不住了，她译了一首《古老的北京》给我，发表在《自由评论》上。那虽是一首翻译作品，但是清楚地表现了她自己的情绪。"② 冰心所有的翻译作品岂止是表达了她自己的情绪，更多的是代表中国人民发出的沉重呼声。冰心翻译的第三位西方作家是来自欧洲阿尔巴尼亚的诗人帕拉希米，他曾到访过中国，而且他身居的国家先后遭遇了土耳其和法西斯的侵略，与中国同属被压迫的民族，冰心选译的小说《巡逻》正好反映的是德国法西斯入侵阿尔巴尼亚的故事，容易使同样遭受日本侵略的中国人民产生共鸣。有学者在评价 20 世纪 50—60 年代中国的文学翻译为什么偏重亚非拉作品时说："因为

---

① 冰心：《加纳在呼唤·译后记》，《冰心译文集》，译林出版社 1998 年版，第 553 页。
② 冰心：《海伦·斯诺的一首长诗》，《文艺报》1987 年 5 月 30 日。

都是受压迫受剥削的民族，我国对亚非拉各国民族所遭受的苦难深表同情，对他们的独立斗争给予支持，对于他们建设国家的热情给予赞扬，这些感情都反映在文学翻译的选材和译介过程中。"[1] 冰心的文学翻译大都是在中华人民共和国成立后完成的，其译作在具备个人独到审美特质的同时，也不可避免地会"染乎世情"，成为那个时代翻译文学的构成部分。

　　冰心的翻译在选材上除了具有一定的国家立场之外，也与国内的时代语境密不可分。冰心翻译泰戈尔《吉檀迦利》时值中华人民共和国成立后的50年代，那是一个民族激情高涨且"劳工神圣"的时期，政治抒情诗成为国内诗歌创作的主导，诗人多抒发对新社会、国家和人民的热爱之情。在一元化审美和政治意识空前浓厚的语境下，此种文学诉求势必要求翻译文学同样具备"颂歌"的品格，而冰心翻译泰戈尔的《吉檀迦利》正好应和了该时期中国的文学发展需求，因为这些诗歌多是抒发诗人对有着悠久历史文化的祖国、爱和平爱劳动的人民、雄伟美丽的山川等的热爱和赞美之情，显示出诗人对祖国未来的美好构想。这一时期，中国的作家必须与人民融为一体，成为大众的一员，冰心认为泰戈尔就是这样的诗人，他"是属于印度人民的，印度人民的生活是他创作的源泉。他如鱼得水地生活在热爱韵律和诗歌的人民中间，他用人民自己生动朴素的语言，精炼成最清新最流丽的诗歌，来唱出印度广大人民的悲哀与快乐，失意与希望，怀疑与信仰。因此他的诗在印度是'家弦户诵'，他永远生活在广大人民的口中"。[2] 由此可以看出，泰戈尔被冰心描

---

　　① 周发祥等：《二十世纪中国翻译文学史》（十七年及"文革"卷），百花文艺出版社2009年版，第156页。
　　② 冰心：《〈吉檀迦利〉译者前记》，《冰心译文集》，译林出版社1998年版，第680页。

述成当时中国理想的作家形象，其具有民族主义情结的诗作也被看作中华人民共和国理想的赞歌，反映出冰心对泰戈尔作品的翻译具有浓厚的时代特点。冰心 20 世纪 50 年代对印度作家安纳德童话作品的翻译同样是因为这位印度作家的作品"描写印度人民在帝国主义和封建主义压迫下的痛苦生活"，① 这与中华人民共和国成立之前广大人民群众的生活遭遇极其相似，成为中国劳动人民控诉旧社会的有力武器。因此，外国作品主题的合时代性成为冰心译介的关键原因。

诗歌翻译因为表达了译者的情感或译语国某个时代的情感诉求而体现出创作的功能，同时也在异质文化语境中赢得了生存空间。冰心的文学翻译在秉承文学性的同时，也给中国读者带来了期待中的精神食粮，成为中国现当代文学的有机构成部分。

三

冰心在长达半个世纪的翻译活动中不仅体认到了译者应该具有严谨的态度，而且积累了丰富的翻译经验，其关于翻译的见解是当代中国翻译思想的重要元素。

冰心主张翻译应该直接面对原文而不能通过其他译本进行转译。她在《冰心译文集》的序言中说："一九五〇年我应人民文学出版社之约，还翻译了印度诗人泰戈尔的诗集《吉檀迦利：献歌》（*Ji-tanjiali：Song of Offerings*，1912）和《园丁集》（*The Gardener*，1913）。这些著作都是作者用英文写的，而不是经过别人翻译成英语的，这样我才有把握了解作者的原意，从而译起来在'信'字上，我自己

---

① 冰心：《〈印度童话集〉前言》，《冰心译文集》，译林出版社 1998 年版，第 686 页。

可以负责，我从来不敢重译。"① 冰心翻译的黎巴嫩诗人纪伯伦的散文诗是用英文创作的，并非纪氏阿拉伯语文本的英译本；她所翻译的印度作家安纳德的童话《石榴公主》也是作者用英文创作的，而且她又到访过印度，对原作的故事背景较为了解。文学作品的翻译难免会因为译者独到的理解或翻译出版的需要而具有几分"创作"的色彩，如果我们根据第三国语译本转译的话就会二度背离原作者意图和原义。也正是基于这样的认识，冰心认为译者唯有直接面对原文才能真正"把握了解作者的原意"，最大限度地为国内读者呈现原作的风貌，摆脱"五四"前后泰戈尔翻译热潮在选材上难以遵从孟加拉语文本的不足。"五四"前后，泰戈尔在中国的译介多是根据英文译诗转译的，英文译诗已经失去了原文的音韵节奏，而翻译成汉语后很多人又不注重形式，导致译诗与泰戈尔原诗在形式和音韵节奏上差异很大，难怪创造社的郑伯奇认为其时泰诗译本是"恶劣译本"："太戈尔诗的中国译本，本没有好的，又都是由英文间接译来的，更与原文想左，遑论音节之妙。太戈尔的诗，读英文译本，往往不能领略它的音调之美，这正如读海涅诗的法文译本，不能感受它那娓娓动人的音调是一样的。"② 因此，冰心的泰戈尔翻译在中国翻译文学史上具有不可替代的意义，它实现了泰诗中译选材的原初性。当然，冰心翻译选材的严谨作风也给她的翻译活动带来了局限，那就是她所认为的"我翻译的文学作品很少"，因为她要求原作"必须是作家自己用英文写的，我总担心重译出来的东西，不能忠实于原作"。③

冰心常常以国内读者的接受能力为潜在的翻译标准，认为翻译

---

① 冰心：《〈冰心译文集〉序》，译林出版社 1998 年版，第 1 页。
② 郑伯奇：《新文学之警钟》，《创造周报》1923 年 12 月 9 日第 31 号。
③ 冰心：《我也谈谈翻译》，《冰心译文集》，译林出版社 1998 年版，第 673 页。

应该顾及读者的阅读能力和阅读期待，是关于翻译文学接受问题的最早论述之一。根据接受美学的观点，大部分作家是针对其隐含读者进行创作的，"接受是作品自身的构成部分，每部文学作品的构成都出于对其潜在可能的读者的意识，都包含着它所写给的人的形象"，并且"作品的每一种姿态里都含蓄地暗示着它所期待的那种接受者"。① 翻译从某种意义上讲也是一种创作，而且翻译作品的针对性更强，译者的翻译活动更是按其隐含读者的接受情况展开的。"译者为了充分实现其翻译的价值，使译作在本土文化语境中得到认同，他在翻译的选择和翻译过程中就必须关注隐含读者的文化渴求和期待视野。"② 早在20世纪20年代，冰心就撰文呼吁翻译西书的时候应该以读者的理解为原则，译文语言既要通俗易懂又不能出现外国文字："既然翻译出来了，最好能使它通俗……译本上行间字里，一夹着外国字，那意思便不连贯，不明了，实在是打断了阅者的兴头和锐气；或者因为一两个字贻误全篇，便抛书不看了。"③ 除翻译作品的文字要考虑读者之外，译文的表达也应该"图阅者的方便"，不能因为过于依赖外国文法而造成译文语气颠倒并疏离读者。比如她在翻译印度作家安德拉的童话时，"为了便于中国儿童的阅读，我把较长的名字，略加删节；有关于印度的典故，也加上简短的注释；在文字方面，根据中国的口语的形式，也略为上下挪动"，④ 这样做的直接目的就是要让中国读者更容易接受外来作品。冰心是中国现代翻译文学史上讨论译作接受问题的先行者，她在译文语言和表达

① ［美］伊格尔顿：《二十世纪西方文学理论》，伍晓明译，陕西师范大学出版社1986年版，第105页。
② 谢天振、查明建：《中国现代翻译文学史（1898—1949）》，上海外语教育出版社2004年版，第3页。
③ 冰心：《译书之我见》，《燕大季刊》1920年第1卷第3期。
④ 冰心：《〈印度童话集〉前言》，译林出版社1998年版，第686页。

方面的形式自觉意识有助于提升文学翻译的质量。

冰心指出诗歌因为具有很强的音乐性而难以用他国文字加以再现，这也成为她所谓"译诗难"的症结所在。冰心虽为诗人却惧怕翻译外国诗歌，她的译作多是散文或散文诗，遇上迫不得已的"要求"才翻译诗歌作品。究其原因，主要在于冰心意识到诗歌是音乐性很强的文体，一经用他国语言加以翻译便失去了韵致，故而冰心在谈翻译体会时说"我只敢翻译散文诗或小说，而不敢译诗"，因为"译诗是一种卖力不讨好的工作，若不是为了辞不掉的'任务'，我是不敢尝试的"。① 中国现当代诗歌翻译史上关于译诗难的认识较为普遍，但能够从诗歌外在节奏和韵律的角度对此加以言说显示出冰心对译诗形式的倚重。冰心回忆她在美国留学期间对英语诗喜爱有加，常被其抑扬顿挫的铿锵音节迷醉，但当她将这些诗歌翻译成汉语后，原作的节奏便荡然无存。在冰心看来，译诗难保原作音乐性的弊端不只体现在外诗中译方面，中诗外译也同样逃不过语言差异带来的"是非恩怨"。冰心早年在美国作硕士毕业论文时翻译李清照的诗词就遇到了这样的难题："英语翻译要保持中文中易安词的韵或节拍是不可能的。这些成分在翻译中只有割爱，就像当时吟诵这些词的伴乐在朗诵时也只好舍去。"② 我们知道诗歌形式包括语言、音韵、节奏、排列以及象征等内容，由于发音、声调和文化的不同，诗歌的形式内容很难用另一种语言等值地翻译到异质的文化语境中，冰心找到了人们一直以来所喟叹的"译诗难"的关键之处其实就在音韵形式上。依照翻译语言学理论，诗歌翻译应该将注意力集中到

---

① 冰心：《我也谈谈翻译》，《冰心译文集》，译林出版社 1998 年版，第 673 页。
② 冰心：《李易安女士词的翻译和编辑》，《冰心译文集》，译林出版社 1998 年版，第 660—661 页。

语言和技巧层面上，认为翻译是用一种语言材料去等值替换另一种语言材料。但实际上，这种完全的"替换"对形式性极强的诗歌翻译来说是难以实现的："形式感是可以把握的，如果从字、词、句、段、篇的组合来考察的话；但假如涉及声音、节奏、象征等等，就只可意会不可言传了。诗的音乐效果是无从翻译的。音乐性愈好，一首诗愈难翻译。"① 译语（汉语）与源语（英语）之间的差异使诗歌形式的误译成了天然的无法逾越的屏障，美国学者伯顿·拉夫尔（Burton Raffel）从语言差异出发认为原诗的形式"无法在新的语言中再现"，② 其实阐发的也就是冰心所谓"不敢译诗"的旨趣所在。

以上关于冰心翻译成就、翻译选材以及翻译思想的论述触及了相关内容之一斑，况且冰心译作的影响、冰心翻译与创作的关系等也是值得研究的重要话题，故而其丰富的文学翻译成就和翻译思想有待学界作进一步探讨。

第三节 "共名"时代的情感诉求

按照陈思和先生的观点，20 世纪以来，中国各时代本身含有重大而统一的主题，知识分子思考和探索问题的出发点都来自时代主题，个人的独立性被时代的"共名"掩盖起来。③ 据此而论，"十七年"翻译诗歌诞生在特殊的时代语境中，个人的翻译选择往往是以国家和民族情感为圭臬，即便那些抒发个人情感的诗篇也与"大我"

---

① 树才：《译诗：不可能的可能——关于诗歌翻译的几点思考》，许钧主编《翻译思考录》，湖北教育出版社 1998 年版，第 385 页。
② 郭建中：《当代美国翻译理论》，湖北教育出版社 2000 年版，第 215—216 页。
③ 陈思和：《中国当代文学史教程》，复旦大学出版社 1999 年版，第 14 页。

情感有了直接联系。本节以邹绛先生的诗歌翻译为例，分析该时期的诗歌翻译如何体现对国家和民族情感的表达。

邹绛（1922—1996，原名邹德鸿）是中国当代著名的诗歌翻译家、诗人和学者。从 20 世纪 40 年代早期发表翻译作品开始，邹绛先生在中华人民共和国成立后的 16 年期间先后翻译出版了《黑人诗选》（1952 年）、《和平的旗手》（1953 年）、《初升的太阳》（1956 年）、《凯尔巴巴耶夫诗选》（1958 年）、《葡萄园和风》（1959 年）、《苏赫·巴托尔之歌》（1962 年）等诗集和报告文学；新时期以来，邹先生主要和他人翻译出版了诗集《聂鲁达诗选》（1983 年）、《聂鲁达抒情诗选》（1992 年）以及儿童文学作品《小鹿班比的故事》（1987 年）。邹绛的现代格律诗主张对今天的诗坛产生了深远影响，其文学翻译成就虽常被学界提及但却没有人对之做过专门的探讨。本节意在呈现邹先生的翻译成就、翻译特征、翻译思想以及翻译局限等内容的基础上，丰富人们对邹绛翻译家身份的认识并发掘诸多文学翻译的新见。

一

邹绛的文学翻译活动主要体现在诗歌领域，在长达近半个世纪的翻译历程中共计翻译出版了 9 部文学作品（其中有 3 部与他人合译）。邹先生认为翻译诗歌是中国文学的构成部分，"从'五四'以来，特别是新中国成立后，外国著名诗人的优秀作品介绍到中国来的，从数量上说，越来越多，外国诗歌已经成了我国人民精神食粮中的一个重要组成部分了"。① 从这个角度来讲，邹绛的翻译诗

---

① 邹绛：《读一点外国诗》，《外国名诗选》，四川少年儿童出版社 1987 年版，第 1 页。

歌已经内化为中国新诗的重要内容，成为我们今天不可或缺的文学养料。

　　邹绛的文学翻译活动始于 20 世纪 40 年代，比他出版第一部译诗集的时间要早 10 年。1992 年台北"国立"武汉大学校友会创办的《珞珈》杂志上登载了《乐山时期武大的文化生活》一文，其中有一段关于邹绛的文字："现在的老翻译家、诗人，当年的外文系学长邹绛（原名德洪）那时就在桂林的《文化杂志》上发表了他译的俄国莱蒙托夫的长诗《一个不作法事的和尚》（又译《童僧》），在《新华日报》的《文艺阵地新集》里发表了他译的 W. 惠特曼的诗《鼓点》，在桂林的《野草》杂志上发表过杂文《沉默之泪》，他在那时就已经崭露头角。"① 姑且不论对邹绛原名书写的错误，这段文字里面没有记录邹先生发表译文的确定时间，而且译文题目和发表刊物的名称也有较大误差，但这是目前能够查找到的描述邹绛先生文学翻译的少有的文字。笔者最近查阅了抗战以来在大后方出版的文艺期刊上的翻译作品，收集到关于邹绛翻译活动的如下信息：1942 年 8 月 15 日，在《诗创作》第 14 期上发表了翻译俄国诗人莱蒙托夫（当时译名为莱芒托夫）的长诗《一个不作法事的和尚》；1942 年 11 月 10 日，在《文化杂志》第 3 卷第 1 期上发表了翻译美国诗人惠特曼的诗歌《惠特曼诗抄》；1943 年 4 月 26 日，在《新华日报》副刊上发表了翻译美国诗人惠特曼的诗歌《惠特曼诗二首》；同时在《诗丛》第 6 期上发表了翻译俄国诗人涅克拉索夫和屠格涅夫（当时译名为涅克拉索夫、屠乞夫）的诗歌《译诗二章》。文艺阵地社于 1944 年出版了袁水拍等人翻译的雪莱和拜伦等人的诗歌合

---

① http：//oursim. whu. edu. cn：8080/show_ news. asp？class = &newsid = 5218.

集《哈罗尔德的旅行及其他》，《哈罗尔德的旅行及其他》收录了 10 位诗人的 40 首作品，包括袁水拍翻译拜伦的《哈罗尔德的旅行》、方然翻译雪莱的《阿多拉司》、袁水拍翻译雪莱的《雪莱诗抄》（七首）、冯至翻译歌德的《哀弗立昂》、李嘉翻译海涅的《山歌》、孙纬和吴伯箫翻译海涅的《海涅诗抄》、戈宝权翻译莱蒙托夫的《莱蒙托夫诗抄》、戴望舒翻译叶赛宁的《叶赛宁诗抄》、艾青翻译凡尔哈仑的《穷人们》、冠蛾子和邹绛翻译的《惠特曼诗抄》（四首）。之后查找到的关于邹绛先生的翻译活动是 1947 年起对美国黑人诗歌的翻译，由于资料收集比较困难，这期间大约有 4 年的时间邹先生的文学翻译活动无从考证。邹绛先生早期的翻译活动没有引起研究者足够的重视，人们在讨论 20 世纪 40 年代中国对莱蒙托夫的译介时，往往忽略了邹绛翻译的长诗《一个不作法事的和尚》以及他的介绍文章《关于〈一个不作法事的和尚〉》。比如有学者在谈莱蒙托夫诗歌的翻译时说："到了 40 年代，他（莱蒙托夫——引者）的许多重要诗作都已有了中译。1942 年 4 月，星火诗歌社出版了由路阳据英译本转译的长诗《姆采里》（《童僧》），书末附有戈宝权的《诗人的一生》一文及译者后记；9 月，重庆文林出版社出版《恶魔及其他（莱蒙托夫选集 1）》，内收《姆采里》（铁弦译）、《关于商人卡拉西尼科夫之歌》（李嘉译）、《恶魔》等 3 部叙事长诗。"[①] 这段文字显然对 20 世纪 40 年代中国的翻译情况缺乏全面把握，只提及了出版书籍中的翻译文学而忽视了繁复的期刊对文学翻译的积极贡献，这也是当前翻译文学史撰写存在的普遍问题。

---

① 查明建、谢天振：《中国 20 世纪外国文学翻译史》（上），湖北教育出版社 2007 年版，第 323 页。

邹绛的文学翻译活动在 20 世纪 50 年代进入高峰期。邹先生从 1947 年开始翻译黑人诗歌，1951 年完成后交付上海文化工作社于 1952 年结集出版，这部名为《黑人诗选》的译诗集收录了美国二战以后 13 位诗人的 31 篇作品，根据的原本是 1944 年出版的由瓦特金编选的《美国黑人文选》。其中选了休士的作品《尼格罗人谈河》①《给一个黑种洗衣女的歌》《我，也》《代一个黑种女郎作的歌》《游唱诗人》《黑白种混血儿》《让美国重新成为美国》《给蓝恩》等 8 首，表明休士是邹先生重点译介的黑种诗人。正是由于邹绛先生的倾力译介，美国黑人作品引起了中国读者持续的关注热情。整个诗集共分四辑，书尾的附录收录了邹绛翻译的对这 8 位黑种诗人的简介以及译者后记，读者借此可以更加深入地了解黑人诗歌的内涵和情感。邹绛在 20 世纪 50 年代上半期翻译出版的诗集还有《和平的旗手》，这部苏联新时期诗歌集 1953 年由上海文化工作社出版，收录了马利什柯等 13 位苏联诗人的 38 首作品，表达了苏联人民在新社会奋发向上的建设激情。译诗集以翻译培·梭罗甫约夫的《苏联最近的诗歌》一文为代序，书末附录中收录了 4 篇评论苏联新时期诗人的论文：维·阿的《爱情和愤怒的诗歌》、阿·斯的《苏维埃伟大的抒情诗人》、维·郭尔泽夫的《和平与幸福之歌》以及恩·卡比莱瓦的《苏维埃达格斯坦的诗人》，这 4 篇文章分别从不同的角度对乌克兰诗人安德烈·马利什柯、史起巴巧夫，格鲁吉亚诗人格里戈尔·阿巴施哉和达格斯坦诗人加姆扎特·查达沙的诗歌作了评论。译者所作的《译者小记》则更多地探讨了如何用音组的方式翻译外国格律诗。除对聂鲁达诗歌的翻译之外，邹绛在 20 世纪 50 年代后

---

① 该诗收入《外国名诗选》时，更名为《黑人谈河流》。参见邹绛选编《外国名诗选》，四川少年儿童出版社 1987 年版，第 112 页。

半期主要翻译出版了 3 部诗集,《凯尔巴巴耶夫诗选》于 1958 年 9月由人民文学出版社出版,收录了邹绛先生从俄语转译的苏联土库曼共和国著名诗人凯尔巴巴耶夫的诗作 9 首,包括《响起来吧,都塔尔》《勇士的歌》《马勒城》《在里海岸边》《巴哈尔》《摘棉花的姑娘》《繁荣的哈沙克斯坦》《阿姆—达利亚河》《艾拉尔》。译本的目次页在每首诗的下面均标明了原诗从土库曼语译成俄语的译者,书末收录了邹先生的"译后记",主要介绍了凯尔巴巴耶夫的创作历程以及在中国的译介情况。这部译诗集是凯尔巴巴耶夫的诗歌首次被译介到中国,[①] 表明邹绛先生是中国翻译这位苏联诗人作品的第一人。50 年代末翻译的蒙古人民的英雄长诗《苏赫·巴托尔之歌》于1962 年由上海文艺出版社出版,这部长诗主要歌颂了蒙古人民革命领袖苏赫·巴托尔光荣的奋斗历程,是对蒙古人民革命的史诗性表达。该诗集根据时间顺序分为 5 章,另外还有序诗和尾声两个部分,书末附有马华先生 1961 年作的《关于盖达布和他的长诗〈苏赫·巴托尔之歌〉》一文,梳理了蒙古人民的革命斗争历程,赞扬了蒙古人民的革命精神以及苏联和蒙古的深厚友谊。

聂鲁达诗歌的翻译集中体现了邹绛先生的翻译成就。邹先生从20 世纪 50 年代至 90 年代一直在不间断地翻译着聂鲁达的诗歌,先后主译出版了 3 部聂鲁达诗集,是中国当代翻译史上翻译聂鲁达诗歌成就最高的译者。《葡萄园和风》是智利诗人聂鲁达 1954 年出版的诗集,中译本主要包括了《欧洲的葡萄园》《向中国致敬》《波兰》《西班牙》《布拉格的谈话》《新世界多么辽阔》《意大利》等 7 首诗

---

① "凯尔巴巴耶夫在中国读者心目中,已经不是个陌生的名字了。他的长篇小说《决定性的步骤》,中篇小说《白金国来的艾素丹》和长篇游记《土库曼的春天》,都早已译成中文,而且每一种作品都不止一个译本。但他的诗集在中国出版,这还是第一次。"(邹绛:《译后记》,载《凯尔巴巴耶夫诗选》,人民文学出版社 1958 年版,第 66 页)

歌，除《向中国致敬》为袁水拍和盛愉二人合译之外，其余 6 首均由邹绛先生从俄译本转译进中国。聂鲁达在访问了西欧、东欧人民民主国家、苏联和中国之后写下了这部诗集，主要是为了歌颂各国人民保卫和平的斗争以及表达对人类前途的美好愿望。1971 年，聂鲁达因在瑞典斯德哥尔摩获得诺贝尔文学奖而在中国的影响进一步扩大；1983 年，邹绛和蔡其矫等人借聂鲁达逝世 10 周年之机翻译出版了《聂鲁达诗选》（四川人民出版社），这部译诗集共收录邹先生的译诗 16 首，包括在诗集《西班牙在我心中》里选译了 1 首《哈拉玛河之战》；在诗集《葡萄园和风》中选译了 7 首，除早期的单行译本《葡萄园和风》中收录的 6 首之外，重译了先前由袁水拍等翻译的《向中国致敬》；在诗集《元素之歌》《新元素之歌》《颂歌第三集》中选译了 5 首：《铜的颂歌》、《大海之歌》、《欢乐颂》、《献给书的颂歌》以及《献给塞萨·巴列霍的颂歌》；从聂鲁达晚年创作的作品中选译了 3 首：《关于美人鱼和酒鬼的寓言》《话语》《人民》。《聂鲁达诗选》是聂鲁达诗歌在中国规模最大的一次翻译展出，收有艾青回忆他和聂鲁达交往的文章《往事·沉船·友谊》作为代序，其后收录的是陈用仪翻译的聂鲁达本人谈创作的文章《谈谈我的诗和我的生活》。这部译诗集的附录中收录了 4 篇文章，分别是聂鲁达的《诗和人民》《聂鲁达夫人马蒂尔德·聂鲁达的来信》、译者陈光孚谈聂鲁达创作的文章《轶事·借鉴·风格》以及江志芳编译的《聂鲁达生平和著作年表》，最后是周良沛先生撰写的《后记》，介绍了聂鲁达的生平和创作，并呼吁中国应该加大对聂氏诗歌的翻译和介绍。四川文艺出版社 1992 年出版的《聂鲁达抒情诗选》，选了邹绛先前翻译的 5 首诗歌：《欧洲的葡萄园》《铜的颂歌》《献给书的颂歌》《关于美人鱼和酒鬼的寓言》《话语》。此外，邹绛先生 1986 年编选出版的《外国名家诗选》，选录了他翻译的 4 首聂鲁达诗歌，其中《河流》《果实》《毕加索》3 首是之前没有出现的译作。① 因此，邹绛先生共计翻译了聂鲁达诗歌 19 首，这些作品抒发了与中国人民相似的或可被中国人接受的情感内容，成为今天我们阅读或研究聂鲁达的经典译作。

　　除上面详细介绍的译作之外，邹绛先生翻译的诗歌还有美国诗人休士的《当我长大了》（《星星》诗刊，1979 年 10 月号）、《房东之歌》（《文汇》增刊，1980 年），惠特曼的《在这个时候渴望而沉思》，麦凯的《假如我们必须死》，卡伦的《一个棕色的姑娘死了》；俄国诗人谢普琴科的《遗嘱》；苏联诗人雷里斯基的《玫瑰和葡萄》；澳大利亚诗人莱特的《死去了的宇航员》以及印度诗人泰戈尔的散文诗《在一个梦中的朦胧的道路上》（《海棠》1981 年第 1 期）。② 除了诗歌之外，邹绛先生还翻译了两部儿童文学作品。1956 年 4 月，中国青年出版社出版了邹先生主译（合译者为章晶修、刘丙吉）的苏联著名儿童文学家列夫·卡西里的中篇小说《初升的太阳》，主要讲述了苏联少年画家科理亚·季米特里耶夫的奋斗历程，他在短暂的一生中勤奋学习，品行高尚，热心关心集体和他人。这部译作在中国出版后引起了很大的反响，科理亚成为当时中国青少年心中的偶像，鼓舞了一代青年人的成长。书末的《译后小记》主要介绍了这部作品的价值和翻译过程，同时希望该译作能对学生和教育工作者有所帮助。1987 年，四川少年儿童出版社出版了邹绛单独翻译的奥地利小说家察尔腾的中篇童话《小

---

　　① 这 3 首译诗参见邹绛主编的《外国名家诗选》（2），重庆出版社 1986 年版，第 285—291 页。

　　② 以上提到的翻译品除特别说明出处之外，均参见邹绛选编《外国名诗选》，四川少年儿童出版社 1987 年版。

鹿班比的故事》，主要讲述了一头慈善的雄鹿用自己的言行影响并教育了小鹿班比的成长，教会他如何认识环境、认识生活，教会他机警但坚定独立地对待生活中的危险和艰难，小鹿班比由此逐渐成长起来。这个寓言故事记叙的小鹿班比的成长过程其实就是青少年朋友的成长经历，因此邹绛在《译后小记》中希望"这本童话能够给我们的读者带来愉快，带来诗的情趣，带来美的享受，也带来对动物更多的了解和热爱"，① 帮助像小鹿班比一样的青少年健康成长。

邹绛一生翻译了 7 个国家（俄苏、智利、美国、蒙古、奥地利、印度、澳大利亚）近 40 位作家的诗歌、小说和童话作品。邹绛的翻译注重内容和形式的协调统一，而译者本人对翻译抱着非常认真的态度，因此邹先生的译作至今仍广为流传，其翻译的黑人诗歌和聂鲁达诗歌等已经成为中国当代翻译史上不可多得的佳作。

二

邹绛先生的翻译作品具有浓厚的时代色彩。文学翻译作为社会活动的构成部分，其选材和策略必然会受到时代语境的制约，"任何翻译都必然与社会语境相联系，其主要原因是，翻译现象不可避免地与社会制度相关联，后者在很大程度上决定原文的选择、译品的生产、发行与接受以及拟相应采取的翻译策略"。② 另外，文学翻译也会受到译者情感表达需要或审美观念的影响，这些因素共同决定了翻译文学作品的诞生。接下来本文将从翻译的社会性出发，分析

---

① 邹绛：《译后小记》，载《小鹿班比的故事》，四川少年儿童出版社 1987 年版，第 219—220 页。

② ［奥地利］迈考拉·沃夫：《翻译的社会维度》，载《国际翻译学新探》，百花文艺出版社 2006 年版，第 129 页。

邹绛先生为什么会选择黑人诗歌、苏联诗歌以及聂鲁达诗歌为主要
译介对象。

　　第一，邹绛先生的翻译具有明显的"共名"特征,[①] 表达了其
时中国社会的情感诉求。邹先生与其他译者一道先后翻译出版了
《葡萄园和风》《聂鲁达诗选》《聂鲁达抒情诗选》三部诗集，他为
什么会倾注大量的精力来翻译或转译这位智利诗人的作品呢？这不
得不归因于时代语境对邹绛翻译选材的规定性和制约性影响，他翻
译的聂鲁达诗歌具有明显的"革命"色彩，反映了各国人民为争取
民族独立和民主自由所做的不懈努力与抗争。聂鲁达的诗歌创作始
终将世界人民的反法西斯战争和政治追求作为主要观照对象，他大
学毕业后被派往亚洲、拉美和欧洲的很多国家从事外事工作，1936
年在马德里任职期间恰逢西班牙爆发内战，他对西班牙人民反法西
斯战争深表同情。后来智利人民阵线在大选中获胜，聂鲁达于 1945
年 7 月加入智利共产党，因为智利政局的变化不得不于 1949 年 2
月流亡国外，曾被吸纳为世界和平理事会会员并获斯大林国际和
平奖。聂鲁达的作品"描写了拉丁美洲的锦绣山川，也叙述了拉
丁美洲人们反抗殖民主义奴役的历史",[②] 对其作品的翻译介绍顺应
了当时中国人在文学审美上的阶级情感取向。邹绛先生对聂鲁达诗
歌的翻译在选材上可以被视为当时中国翻译亚非拉文学的典型个案，
因为"同属第三世界，我国对亚非拉文学的翻译倾注了特别的关注；
同样因为都是受压迫受剥削的民族，我国对亚非拉各国民族所遭

---

　　① "20 世纪中国的各个历史时期，都有一些概念来涵盖时代的主题。……这些重大而统
一的时代主题深刻地涵盖了一个时代的精神走向，同时也是对知识分子思考和探索问题的思
索。"（陈思和:《中国当代文学史教程》，复旦大学出版社 1999 年版，第 14 页）
　　② 陈光孚:《译本前言》，《聂鲁达抒情诗选》，邹绛、蔡其矫等译，四川文艺出版社
1992 年版，第 11 页。

受的苦难深表同情，对他们的独立斗争给予支持，对于他们建设国家的热情给予赞扬，这些感情都反映在文学翻译的选材和译介过程中"。① 当时翻译界对拉美文学作品的选择具有较强的针对性，邹绛先生在20世纪50年代从事的翻译在具备个性特质的同时难免染上"世风"之颜色，其翻译聂鲁达诗歌的目的是要让中国人民"清楚地看到和平民主阵营的无比的优越性，劳动人民对幸福的热爱，对帝国主义战争狂人的愤怒控诉，以及对人类美好前途的坚强信念"。②

　　邹绛先生翻译聂鲁达的诗歌与原作高度的人民性及诗人作为知识分子的社会担当意识有关，其作品的思想情感不专属智利或拉丁美洲，而是属于包括中国在内的整个人类。聂鲁达在获得诺贝尔文学奖时的演讲中这样说道："不管是真理还是谬误，我都要将诗人的这种职责扩展到最大限度，从而决定自己对待社会和人生的态度，同时它还应当是平凡而又自成体系的。由于目睹光荣的失败、孤独的胜利和暗淡的挫折，才使我作出了这样的决定。置身于美洲斗争的舞台，我知道自己对人类的职责就是投入到组织起来的人民的巨大努力之中，将自己的心血和灵魂，热情与希望全部投入进去，因为作家和人民所需要的变革只有在这汹涌澎湃的激流中才能诞生。"③ 聂鲁达创作诗篇的唯一目的是让智利人民在"尊严的领土上自立"。比如邹绛先生翻译的《铜的颂歌》一诗就是号召矿工们摆脱先前被压迫、被奴役的生活，摆脱外国的殖民掠夺和控

---

　　① 周发祥等：《二十世纪中国翻译文学史》（十七年及"文革"卷），百花文艺出版社2009年版，第156页。

　　② 邹绛：《葡萄园和风·内容提要》，上海文艺出版社1959年版，扉页。

　　③ ［智利］聂鲁达：《获奖演说》，赵振江译，载《聂鲁达抒情诗选》，邹绛、蔡其矫等译，四川文艺出版社1992年版，第3—4页。

制而投入新生活的建设中，此诗中的"铜"既为智利历史的见证者，又为智利人民不屈的民族精神。① 聂鲁达为人民的自由与独立而敢于在"残酷的国家里"创作具有抗争精神的诗篇的行为，是任何民族任何时代都需要的，将其作品翻译介绍到中国文坛，无疑也会促发作家的创作责任感，满怀热情地为中华人民共和国建设和人民生活而歌唱。

第二，邹绛先生的诗歌翻译体现出鲜明的国家立场和阶级立场，表达了中华人民共和国人民内心真实的情感需要。邹先生往往站在国家利益的立场上偏重于翻译抒发被压迫民族或被奴役人民情感的诗篇，而他的这种翻译选择又与当时中国所处"社会主义阵营"的政治身份有关。译诗集《黑人诗选》出版时正值抗美援朝战争酣战之际，邹先生翻译此诗集的目的就是要将美国置于敌对阵营加以批判和"暴露"："在抗美援朝保家卫国的伟大运动中，大家对于美帝国主义的虚伪民主和侵略面目都有相当深刻的认识了。更有许多在美国住过或者与美军接触过的人以他们自身的经验生动地说明了这个真理。但是让我们看看很久以来就在美国处于被剥削被压迫地位的黑种人民的生活，思想和感情吧！这些诗歌大部分都是他们血泪的结晶，因此他们更加感人。"② 美国作为当时资本主义阵营的领头羊，所有的社会主义国家对它都采取批判的态度，邹绛先生的另一部译诗《和平的旗手》认为世界上有"两个美国"，"一个美国是极想征服整个地球的帝国主义豺狼的美国。……但是也有'另外一个美国'，劳动人民的美国，人民大众的美国，这些人民一想到战争，

---

① ［智利］聂鲁达：《聂鲁达抒情诗选》，邹绛、蔡其矫等译，四川文艺出版社1992年版，第103—110页。

② 邹绛：《黑人诗选·译者后记》，文化工作社1952年版，第153页。

一想到让他们自己和他们的孩子为了那一撮银行家和工业家的巨大剩余价值而被杀死的这件事，就充满了憎恨"。① 邹绛译出的这段话出自苏联作家笔下，但同样反映出那一时期中国对美国的态度和立场。抛开劳动人民相通的情感，中国与美国之间由于政治立场的不同而处于敌对状态，对之加以批判和暴露也正符合社会主义国家的政治立场。

邹绛先生的译诗表达了劳动人民或受压迫人民的情感，具有明显的阶级立场。邹先生翻译黑人诗歌的目的就是要揭示美国这个所谓的民主国家依然存在着的压迫和剥削，生活在美国的底层人民还需要通过革命的方式来求得自我解放，如同中国人民的民主革命一样。比如海登（Robert Hayden）的作品《加布里尔》赞颂的就是加布里尔为领导黑人暴动而敢于牺牲的精神，这种反抗精神将鼓励着被压迫的奴隶继续战斗，"直到奴役的柱头／化成一片乌有，／而奴役的锁链／躺卧着生锈"。黑人是美国的合法公民，他们长期在资本家和种植园主的剥削和压榨下过着艰难的生活，与社会主义国家人民一样对美帝国主义充满了愤恨。除了披露美国民主的虚伪性之外，邹绛翻译黑人诗歌的另一个原因是展现黑色人种的创作成就，借此在一个歧视黑人的国度里抬高他们的社会地位："实际上黑人的创造才能并不低。虽然受着种种的限制和虐待，他们在文艺方面仍然有辉煌的表现。"② 有色人种在西方国家一直受到排挤和压制，早年留学美国的中国学生也不例外，他们"需要白天读书，晚上打工，以维持学业和生计。同时，他们还要忍受白人社会的种族歧视，面对

---

① ［苏联］培·梭罗甫约夫：《苏联最近的诗歌》，邹绛译，载《和平的旗手》，文化工作社1953年版，第5页。

② 邹绛：《黑人诗选·译者后记》，文化工作社1952年版，第153—154页。

与中国截然不同的文化震荡和远离亲人的痛苦，他们心灵上承受的压力可能远远超过了体力上所承受的压力"。[①] 因此，中国人在对以美国为代表的西方国家怀有敌对情绪的同时也与当地受压迫的黑人在心灵上构成了同盟关系，通过翻译黑人文学作品来了解他们的生活情况自然会满足同处"被压迫民族"地位的中国人的阅读期待，邹绛先生的译诗正好契合了这样的翻译诉求和"阶级"立场。

第三，邹绛先生的译诗表达了与中国革命和社会主义建设相似的情感内容，必然会让中国读者"倍感亲切"。邹先生从俄语中转译蒙古诗人策维格米丁·盖达布的长诗《苏赫·巴托尔之歌》体现出其翻译的政治立场和社会革命意识，该长诗通过叙述蒙古人民共和国革命领袖苏赫·巴托尔的人生经历，展示了蒙古人民为求得自身解放而与封建主义势力展开的艰苦卓绝的斗争。长诗重点描写了草原人民在俄国十月革命的感召下开始启动革命的步伐，苏赫·巴托尔于 1920 年到莫斯科会见了伟大的革命导师列宁之后很快建立了蒙古人民革命党，由于苏联的支持而很快获得了革命的成功，从此蒙古人民"从一片漆黑的封建主义／绕过了资本主义，／我们前进着，／战斗着，就是为了要／实现我们的理想"。[②] 蒙古人民共和国的建立与中华人民共和国的建立有很多相似之处：从内部来说，在 20 世纪 50—60 年代的语境下两个国家的革命都离不开英雄人物的领导，离不开人民的支持和奋斗，并且两个国家都是从封建社会直接过渡到社会主义社会；从外部来讲，两个国家的革命都受到了俄国十月革命的影响，共产党的建立和革命历程也有很多相似之处。这些共同

---

① 陈潮：《近代留学生》，中华书局 2010 年版，第 36 页。
② ［蒙古］策维格米丁·盖达布：《苏赫·巴托尔之歌》，邹绛译，上海文艺出版社 1962 年版，第 250—251 页。

点是邹绛先生翻译《苏赫·巴托尔之歌》的价值起点，其中的很多革命场景、革命故事以及革命理想与当年中国共产党领导中国人民求解放的历史类同，这决定了该译诗必然会在中国读者群中产生广泛的共鸣。

邹绛先生的译诗表达了社会主义建设的激情。邹先生翻译的《和平的旗手》（苏联最近诗选）是一部反映苏联诗人建国后创作成就的诗选集，邹先生选择翻译这部诗集与其时中国社会现实有关，与中苏之间空前的友好关系密不可分，同时也应和了社会主义中华人民共和国各项事业的建设和发展。培·梭罗甫约夫撰写的前言《苏联最近的诗歌》对卫国战争结束后诗人创作的丰富性和个性化给予了肯定，指出了苏联诗人这段时间里在创作内容上的共同点："他们首先是被他们人民的利益所鼓动的——他们的人民正在热心地工作着，为了使苏联社会的经济和文化得到更进一步的发展而执行伟大的斯大林计划。最优秀的苏联诗歌处理着有重大意义的、在千百万人心目中首要的主题——国家间友好与和平的主题，创造性劳动和努力的主题。它忠实地用现实主义的方法描绘着新的苏维埃人的内心世界。"① 这样的诗歌主题比较贴切地道出了中华人民共和国刚成立后的几年时间里人们的心声，那就是充满热情地建设中华人民共和国、争取国际友好交往以及表现人们在新社会里的内心情感。邹先生翻译的另一部苏联诗集《凯尔巴巴耶夫诗选》同样表达了中国与苏联相同的社会主义建设情感，在译者后记中邹先生这样写道："通过这些热情磅礴的诗篇，我们却可以进一步了解苏联土库曼人民的生活和斗争，劳动和建设。……我们中国人民，如毛主

---

① ［苏联］培·梭罗甫约夫：《苏联最近的诗歌》，邹绛译，载《和平的旗手》，文化工作社 1953 年版，第 4 页。

席所说，原来是'一穷二白'，但在党的正确领导下，打退了国内外敌人的进攻，也正在以翻江倒海之势向大自然进军，迅速而胜利地改变着大自然的面貌。我们读着凯尔巴巴耶夫这些歌颂劳动，歌颂建设的诗篇，会特别感到亲切。"[①] 凯尔巴巴耶夫的诗歌表现了苏联人民战山斗水的激情，比如《阿姆—达利亚河》一诗表现的就是在沙漠中修建运河以改善土库曼人用水的困难，这种建设激情比较符合 1958 年前后中国的"大跃进"思想。所以，邹绛所译凯尔巴巴耶夫的诗歌正好表达了该时期中国人的社会主义建设激情，自然会让中国读者感到亲切。正是由于中苏关系的特殊性以及社会主义阵营的建立，当时苏联的各种建设和发展模式都被借鉴到中国，文学创作也不例外，因此翻译《和平的旗手》这部诗集的另外一个原因就是给中国的新诗创作以借鉴，给中国读者以教育。邹绛先生在译后小记中说："近年来，大批的苏联小说和苏联剧本继续不断地被翻译了过来，这是很好的事情，因为中国的文艺工作者和一般读者由此得到良好的借鉴和直接的教育。但是苏联的诗歌呢？介绍过来的却寥寥无几，还不能满足读者和诗歌工作者的要求，更不能在质上面来计较了。是不是苏联诗歌的教育意义很小？或者苏联诗人的优秀作品太少了呢？我想，绝不是这样，任何稍微注意苏联诗歌近况的人也不会这样断定。"[②] 邹先生的话一方面说明了苏联文艺对中国读者和文艺工作者的重要意义，另一方面也说明了中国对苏联新近创作的诗歌翻译有限，需要加大对苏联诗歌的翻译，增强它在中国的"借鉴"和"教育"功能。

---

① 邹绛：《译后记》，载《凯尔巴巴耶夫诗选》，人民文学出版社 1958 年版，第 66—67 页。

② 邹绛：《和平的旗手·译后小记》，文化工作社 1953 年版，第 135 页。

与所有的文学翻译一样，邹绛先生的诗歌翻译同样离不开复杂的"赞助人"的影响和制约，其译诗不仅丰富并启示了当时中国新诗的创作，而且也表达了该时期中国人的思想情感，成为中国当代文学园地中醒目的元素。

三

在漫长的翻译历程中，邹绛先生逐渐形成了自己的翻译思想。由于长期致力于中国现代格律诗的创作和探索，邹先生在翻译时非常重视译文的文体特征，主张译文形式和内容的协调统一；同时，认为翻译文学尤其是翻译的儿童文学应该具有一定的教育和鼓舞功能。

邹绛先生认为翻译外国诗歌应该注重原作文体形式的思想主要源于他的现代格律诗主张。在不否认中国新诗形式多样化的前提下，邹先生希望诗人创作出更多更好的现代格律诗，因为"在新诗的百花园中，如果只有自由诗而没有现代格律诗，岂不是显得太单调，太寂寞，也太不正常了吗？许多读者除了希望读到更多优美的自由诗外，也希望能够读到更多优美的现代格律诗"。① 邹先生之所以认识到现代格律诗是新诗不可偏废的构成部分，原因在于他认为音乐性是诗歌的要素或特点之一，不论外国或中国的优秀诗歌都具有这样的特点。而相对于中国古典诗歌的格律和音韵来讲，中国现代格律诗在具备了音乐性的特征之外显示出更多的优势：使用现代口语入诗更适合表达现代人的思想感情；重视顿数的整齐而不要求字数的整齐使诗歌形式更富于变化；不受平仄的限制让诗歌形式获得了一大解放；形式的不断改进和时代性使现代格律诗自身获得了很大

---

① 邹绛：《浅谈现代格律诗及其发展》，载《中国现代格律诗选》，重庆出版社 1985 年版，第 2 页。

的发展潜力和前景。既然现代格律诗承传了中国古典诗歌的音乐性特征而又具备了很多"现代性"特质，那无疑彰显出此种诗歌形式的优越性和可推广性，因此在翻译外国诗歌尤其是外国格律诗时采用中国现代格律诗形式应当成为译者的首选。邹绛以上关于中国现代格律诗的符合逻辑的思维方式已经转化为他评价翻译诗歌的客观标准，他对于那些无视原作的文体形式而肆意采用古代格律诗或现代自由诗形式的翻译行为持严厉的批判态度，在肯定部分译者自觉的翻译形式意识之后以十四行诗的翻译为例说道："有些外国诗，明明是格律严谨的十四行，翻译成中文后却面目全非，有的变成了十六行的七言古体诗，有的变成了二十一行参差不齐的自由诗，有的虽然保持了原诗的行数，但却没有保持原诗整齐的节奏和押韵的格式，也没有加以说明。这样的译诗在读者当中往往引起一些错觉和误会。"① 在邹先生看来，中国现代格律诗的建立是衡量译诗形式的标准之一，也有助于促进诗歌翻译的发展成熟，译者如果采用音组或顿的方法认真地翻译外国格律诗就会提升译诗的形式艺术，从而产生更多优秀的翻译作品。

　　邹绛多次强调诗歌翻译应该注重诗歌的文体特征，采用适当的形式翻译外国诗歌，不能机械地照搬原诗的音节和形式风格，更不能把诗歌翻译成散文。邹先生 1952 年翻译苏联当代诗歌的时候说："诗歌有它的特殊形式，把外国诗歌翻译成中文，除了保留原来的内容和诗意外，还应该适当的保留原来的形式，使翻译出来的诗歌成为形式和内容比较谐和的统一体。"② 这是邹先生关于理想译诗的最

---

　　① 邹绛：《浅谈现代格律诗及其发展》，载《中国现代格律诗选》，重庆出版社 1985 年版，第 16 页。

　　② 邹绛：《和平的旗手·译后小记》，文化工作社 1953 年版，第 135 页。

好诠释，他自己在诗歌翻译实践中也努力地追求形式和内容的高度统一，比如在翻译蒙古诗人策维格米丁·盖达布的《苏赫·巴托尔之歌》这部长诗时，由于是从苏联转译的缘故，邹先生完全采用了苏联流行的马雅可夫斯基的楼梯式，形式整齐均匀且富有节奏感和韵律性，加上语言清新自然，读者就像是在阅读生动的英雄传奇或历史故事，此译诗在注重诗歌语言形式的情况下也兼顾了译本的可读性。在翻译奥地利作家察尔腾的童话作品《小鹿班比的故事》时，邹绛先生认为原作者是一位出色的诗人，作品对自然风光的描绘充满了诗情画意，因此"在翻译这本童话时，是竭力将它作为诗来对待的"。① 诗歌翻译要顾及原文的形式问题会给译者带来更多的困难，译者不能因为惧怕困难而"把诗当成散文来翻译……那往往要减低原作的力量和价值；反之，如果机械地按照原文有多少音节就用多少字来翻译，虽然是用心良苦，但那结果也许会更糟糕"。② 把诗译成散文有失严谨而流于散漫，按原诗音节翻译有失灵活而流于机械，那译者究竟应该采用什么方式去处理诗歌翻译中的形式问题呢？根据自己现代格律诗创作和翻译的实践，邹先生为我们提供了较为可行的"音组式"译法："原诗每行有多少音步，大体上就给他多少音组，这样音组和音步的数目一致了，但字数却可以比原诗的增多，颇有伸缩的余地。"③ 当然，邹绛提醒译者应该注意中文诗的音组和外文诗的音步因为各自所处的文字系统不同而在客观上存在的差异：俄文或英文都有重音，中文则没有重音或重音不明显，因此俄文诗或英文诗的音步是以轻重音节的一定组合来划分的，而中文的音组则大体上

---

① 邹绛：《译后小记》，载《小鹿班比的故事》，四川少年儿童出版社 1987 年版，第 219 页。

② 邹绛：《和平的旗手·译后小记》，文化工作社 1953 年版，第 136 页。

③ 同上。

只能按照文字的意义或自然的停顿来划分。其实我们都知道音组和音步的概念在内容上是相同的，但邹绛先生出于区分的考虑，将音组与中文诗相联系，而将音步和外文诗相联系，体现出将外国诗学术语中国化的努力。

邹绛在认识到诗歌翻译难度的情况下认为译者更应该认真对待诗歌翻译。理想的翻译总是力图使译作接近原作，但语言的天然屏障决定了译诗和原诗之间总会存在较大差距，译者为着转达原诗情感和内容的目的而往往在格律形式方面不能再现原作的韵致。但邹绛先生并没有因此而否定翻译活动的积极意义，在译诗不能再现原诗格律的情况下，认为读者应当通过多了解外国诗歌的格律形式来补足译诗的缺陷，并对译者的工作进行了肯定："在阅读这些外国诗歌的时候，我们一方面应该心里有数，知道一点外国诗歌的格律，懂得一些译诗的艰苦，一方面也应该感谢呕心沥血的诗歌翻译者，没有他们辛勤的劳动，我们是很难欣赏到这些散发出异域芳香的鲜花的。"① 翻译外国诗歌因为情感内容和外在形式的要求而具有相当的难度，而广大读者又希望读到更多优美的译诗，这就要求译者具有高度的责任心和不畏艰辛的工作精神，努力地将外国诗歌源源不断地翻译介绍到中国文坛。邹先生在编选《外国名家诗选》时说："稍有翻译经验的人都知道，诗歌是很难翻译的，或很难翻译得令人满意的，因为译者不仅要忠实地表达出原诗的思想感情，还要尽可能表达出原诗的风格和韵律，而又流畅自然。但尽管如此，广大读者仍然迫切地希望读到更多更优美的翻译诗，而不少诗歌翻译家多少年来也不辞辛苦地为我们从海外移植过来了许多脍炙人口的好诗。

---

① 邹绛：《读一点外国诗》，载《外国名诗选》，四川少年儿童出版社1987年版，第7页。

有些著名诗人的作品不仅出现了几种译本，而且在翻译艺术上也不断改进，日趋成熟。"① 这段话表明邹绛先生对待译诗的态度是严谨的，译诗必须兼备情感内容和风格韵致，折射出邹先生对诗歌格律形式的一贯关注。

邹绛先生的部分译文是专门针对青少朋友翻译的，他认为儿童文学的翻译应该具有教育和鼓励的作用。邹先生为丰富青年人的课外阅读资料选编了一本外国名诗集，在选材上主要偏重以下几个方面："有些诗表达了诗人或抒情许（许应为诗——引者）主人翁对自己的故乡和祖国的怀念和赞美，充满了爱国主义的真挚感情……有些诗栩栩生动地描绘了大自然，表达了诗人对生机勃勃的大自然美丽景物的欣赏和热爱……有些诗表达了诗人对理想、光明、希望、战斗和自由的渴望和追求……有些诗表达了被奴役、被压迫人民的苦难和愤怒，以及他们奋起反抗的决心和气概；有些诗歌颂了革命战士崇高的献身精神、英勇无畏的气概；有些诗表达了诗人对人生的思考，带有一定的哲理性等等。"② 这些内容有助于培养年轻人热爱民族、热爱生活的品德。邹绛先生认为翻译外国儿童作品给中国青少年朋友阅读时，除了表达要符合他们固有的审美习惯之外，在选材上还应该具有一定的启示和劝导作用。比如他翻译的《小鹿班比的故事》就具有明显的教育意义，这部童话主要记叙了小鹿班比的成长过程，其中穿插了梅花鹿家族在森林里与其他动物相处时的矛盾冲突和友谊互助，他们之间的聚散离合和悲喜惆怅，以及猎人对他们的威胁与他们对猎人的警惕等，俨然是一个青少年在社会群体中的生

---

① 邹绛：《外国名家诗选·前言》，重庆出版社 1983 年版，第 2 页。
② 邹绛：《读一点外国诗》，载《外国名诗选》，四川少年儿童出版社 1987 年版，第 3—4 页。

活写照，青少年读了这本书之后必然会从中懂得很多生活的哲理，在成长的道路上学会面对各种艰难困苦，像小鹿班比一样迅速地成长起来。因此，邹绛先生注重少年儿童作品的翻译和介绍，他认为青少年是民族的未来和希望，翻译作品必须起到鼓舞和培养人才的作用。

1956 年 4 月中国青年出版社推出了邹绛先生主译的苏联著名儿童文学家列夫·卡西里创作的中篇小说《初升的太阳》，其中讲述了少年画家科理亚"勤奋的学习、高尚的情操、对事业的信心、对生活的热爱、对自己的严格要求"等优秀的品质，他为了挽救他人而牺牲自己生命的事迹更是感人至深。邹先生在《译后小记》中说："谨以此书献给新中国的青少年读者们，让我们大家一起来学习科理亚的勤勉、坚毅和毫不苟且等等崇高的品质，同样也献给从事文化、艺术和教育工作的同志们，让我们更多地关心和更好地培养新中国的年青一代——我们建设社会主义和共产主义社会的伟大后备军。"[1]这部译作出版后产生的影响也确乎达到了译者当初的期待，当时很多艺术院校将之作为学生课外必读书目，目的就是要学习科理亚这位年轻的苏联艺术家对待生活的态度和坚韧的意志。也有年轻人因为买不到此书而手抄阅读的现象，说明了这部译作受欢迎的程度与影响的广度，是青少年读者"有益的精神食粮"。此外，邹先生认为青少年阅读翻译诗歌可以习得外国诗歌的情感体验方式和创作经验，在提升自身精神的同时丰富体验世界的视角，由此走上诗歌创作的道路。"不少人在少年儿童时代就开始阅读一点外国诗歌了。那些优美生动的外国诗歌，从小就开阔了他们的视野，陶冶了他们的情操，就像许多优美生动的中国诗歌一样，往往使他们终生难忘，永远在

---

① 邹绛：《译后小记》，载《初升的太阳》，湖南人民出版社 1983 年版，第 418 页。

他们心中留下美好的印象。有的还受到启发，和诗歌结下了不解之缘，从此走上写诗的道路，为我国新诗的发展贡献了自己的力量。"①从这个角度来讲，邹绛先生认为翻译诗歌是促进中国新诗创作兴起和繁荣的关键因素。

邹绛先生的翻译不仅注重原作的文体形式，而且在内容上也力求做到精准，但其翻译作品仍然具有不可回避的不足。邹先生的很多译作是从俄译本转译或从英译本转译到中国的，"豪杰译"②的现象也就在所难免了。针对20世纪50年代的翻译现象，有学者指出："本世纪以来，我国西语人才一直较为匮乏，西语文学作品多自他语种转译……这些译作已经是名译，但若从转译的角度看，问题仍然不少。因为英、法、俄等第二语种的翻译或者不完全，或者有篡改原作之处，这些均不能为转译者所知，只能将错就错。例如，袁水拍从英文转译过来的《聂鲁达诗文集》就多有误译，其中著名长诗《伐木者，醒来吧》译名即欠妥。"③邹绛先生翻译的奥地利作家察尔腾的《小鹿班比的故事》以及他对聂鲁达作品的翻译虽然不像袁水拍那样译自英语，但从俄语转译也会存在相似的弊病。随着中国翻译人才的培养和翻译选本的原语化，类似的翻译弊端也逐渐得到了抑制。不过，我们不能因此否定该时期邹绛等人的西语文学翻译

---

① 邹绛：《读一点外国诗》，载《外国名诗选》，四川少年儿童出版社1987年版，第1—2页。

② "豪杰译"指清末时期为了思想启蒙和政治改良的需要，译者将作品的主题、结构、人物性格等都进行了改造，使其成为宣传思想的有利"工具"。该称谓来自翻译法国科学小说家凡尔纳斯的《十五小豪杰》，英国人从法文翻译成英文时"译意不译词"，日本人从英文翻译成日文时"易以日本格调"，梁启超从日文翻译成中文时"又纯以中国说部体段代之"，"小豪杰"经过多次改译已是具有不同性格的小英雄了。这种因为翻译"豪杰"而引起的巨大变化，后来被用来指称改动较大的翻译类型。

③ 赵稀方：《二十世纪中国翻译文学史》（新时期卷），百花文艺出版社2009年版，第157—158页。

贡献，正是有了他们的努力才让中国读者较早感受到了大洋彼岸智利人民与我们相似的情感。

　　总之，邹绛先生的翻译作品业已成为中国当代翻译史上不可或缺的重要构成部分，具有鲜明的时代色彩；其关于理想译诗的主张以及对译诗文体形式的重视是其翻译思想的主要内容，也是其翻译作品的一大特色；他对儿童文学的翻译和认识也是中国当代儿童文学翻译史上不可多得的成果。邹先生在意识到诗歌翻译过程中形式和内容构成的矛盾难以调和的情况下，仍然认为译者应该具有积极的坚持不懈的翻译精神，体现出一个翻译家不懈的追求和严谨的作风。本文所论述的内容只能窥见邹绛先生翻译的部分面貌，对其翻译活动以及翻译作品的研究还有待进一步深入。

第二章　诗歌翻译与自我抒情

　　相较于"十七年"而言，"文化大革命"期间的话语环境更为紧严，但译者反而进入了自我抒情的状态，这似乎有违常理？事实上，从译者的生存状态出发，我们会发现几乎所有的诗人在"十七年"都享有创作或翻译的权利，只是作品的情感内容比较单一，且必须符合时代主题和国家需要。在这种情况下，作家依然可以创作和发表作品。但在"文化大革命"期间，很多诗人失去了创作和发表作品的权利，只能借助翻译来达到创作中的抒情目的，而且因为是翻译，所以他们更能够避开严格的审查而抒发自我情感，在现实之外找到疏导内心情绪的通道，为当代诗歌翻译续写了传奇的篇章。

第一节　作为替代性写作的诗歌翻译

　　"文化大革命"期间的诗坛有很多引人深思的现象：穆旦停止诗歌创作，翻译了大量的俄国和英美诗歌；何其芳在不懂德语的情况下，竟然开始翻译德国诗歌；时隔几十年之后，郭沫若重新开始翻译外国诗歌；等等。这些翻译行为已然成为一种文化现象，折射出中国诗人在"文化大革命"期间的心灵书写，是一种替代性的创作方式。

将翻译作为一种替代性创作方式，指的是在不同的创作语境下，译者基于不同的情感或艺术立场，通过翻译外国诗歌来达到抒发情感或阐明诗学主张的意图，从而使翻译代替创作并达到创作的旨趣。翻译作为替代性写作，可以达到自我抒情的目的。一是"共名"时代的"以译代作"，即诗人因为特殊原因难以表达个人情感，因此借助翻译来抒发内心情感。比如全民族抗战时期、中华人民共和国成立初期及社会主义艰难探索阶段等的一大批诗人，包括冯至、何其芳、穆旦、郭沫若、施蛰存等均以翻译为合理通道来舒缓内心积郁的情思。二是"无名"时代的"以译代作"，即诗人在特殊情况下不能表达自我的某些情感，假借翻译之名来"暗度"抒情行为。比如胡适、闻一多、徐志摩、李金发、冯雪峰、叶圣陶等现代诗人或作家均有通过翻译来表达个人情感的创作实例。当代诗人王家新对曼德尔施塔姆和帕斯捷尔纳克等人的翻译、西川对博尔赫斯和米沃什等人的翻译，均是知识分子思想情感的表达。三是作家经历与"以译代作"现象的产生，主要分析诗人采用翻译代替创作的深层原因，呈现新诗创作的复杂经验以及他们隐形的鲜为人知的心理，从而阐明"以译代作"行为的文化内涵。译者可以借助翻译来阐明个人的诗学主张，首先是形式维度的"以译代作"，即诗人或某个时代的形式观念使译者在翻译外国诗歌时将之译为本土形式，从而使译诗践行了译者的形式观念。比如胡适翻译蒂斯代尔的诗歌、闻一多翻译豪斯曼的诗歌、何其芳翻译维尔特的诗歌等，均是为了实践自己的诗歌形式主张。其次是"以译代作"导致的形式误译与中国新诗形式的建构：出于中国新诗文体建设的需要，译者在翻译过程中按照中国新诗的文体和形式观念来确定译诗的形式，从而导致外国诗歌形式的误译，这多属有意识的"叛逆"行为，它与中国新诗形式之间形成了一种互动关系，有助于中国诗歌形式的建设和外国诗歌翻译活动的开展。

"文化大革命"期间以翻译代替创作有情感抒发和艺术探索两个方面的意义。翻译外国诗歌可以抒发译者的自我情感。"文化大革命"期间，何其芳等"牛鬼蛇神"完全失去了创作和发表作品的权利，哪怕是歌颂主旋律的作品也找不到发表的地方。在这种严峻的形势下，强烈的时代情感找不到宣泄的通道，作家纷纷"转行"干起了消闲的杂事，何其芳只能采取迂回的方式，借助翻译来表达他在"共名"时代的"无名"情愫。在创作环境不自由的时候，翻译作品可以用原作者的身份来掩盖译者的主观意图，从而逃脱社会的问责，达到表现译者情感的目的。在"文化大革命"十年的动荡岁月里，何其芳等文化人被关进"牛棚"，白天接受轻重不等的批斗，晚上拖着沉重的步伐回家，抒发自我情感的创作空间遭到了无情的挤压，于是转而翻译那些抨击现实、追求自由和光明的诗篇，以慰藉被压抑的心理。其实像郭沫若这样的"显赫"人物，在"文化大革命"期间也有难言的悲痛，他在此期间翻译的《英诗译稿》难道不也是在浇心中的"块垒"吗？

翻译会让外国诗歌被动地跟随译者的意愿去实践中国现代新诗的文体主张，这就出现了闻一多、卞之琳与何其芳诸君借助译诗来检验诗歌形式主张的特殊现象。在新文化运动早期，很多先驱者力图通过翻译诗歌来证明新诗形式自由化和语言白话化的合理性，为新诗理论的"合法性"寻找证据。同样，何其芳翻译海涅和维尔特的诗歌作品也是要为自己的格律诗主张树立旗帜，其译诗采用了原诗的韵脚和顿数，基本实现了他"整齐的顿数"及"有规律地押韵"的格律诗主张（何其芳：《关于现代格律》），因此卞之琳说何其芳"在译诗上试图实践他的格律诗主张"（卞之琳：《何其芳晚年译诗》），这个评价是有据可循的。穆旦的诗歌翻译被认为是一种"幸存"，即他通过翻译延续了他对现代主义诗歌艺术的探索旅程，他的诗歌翻译是中国现代主义诗歌发展史上不可多得的作品。

在一个被迫"失声"的时代，诗歌翻译顺应了其创作动因，译者借助这些译诗完成了自我情感的表达，从而使文学翻译在"文化大革命"期间实现了译者的创作旨趣。当然，对"文化大革命"时期创作和翻译关系的研究涉及社会文化、人物心理以及时代语境等诸多庞杂内容，需要作全面而深入的研究。

第二节　历史束缚中的自我歌唱

部分诗人在"文化大革命"期间失去了创作和发表诗歌作品的机会，只有假借翻译之名来抒发自己的情感。何其芳便是这类诗人的代表，他仅凭借在旧书市场买的一本德汉词典便开始了德语诗歌的翻译，其行为表明他在意的并不是要翻译出优秀的诗篇，而是要通过翻译来抒发苦闷的心情，倒是那些不忠实的"误译"反而给他抒发个人情感提供了空间。何其芳是中国现当代诗歌史上著名的诗人，他在北京大学读书期间便在《现代》等杂志上发表诗歌和散文。1936 年他与卞之琳、李广田的诗歌合集《汉园集》出版；他的散文集《画梦录》于 1937 年出版，并获得《大公报》文艺金奖；1945年出版了诗集《预言》和《夜歌》。沐浴着五四新文化运动的春风，踏着现代主义诗歌的审美节奏，何其芳走上了新诗创作的道路。何其芳不仅创作了大量优秀的诗歌作品，而且致力于建构中国新诗格律理论，是中国新诗史上少有的将诗歌理论和实践融为一体的诗人。目前，学界主要从传统和西方两个维度去论述其创作资源，而从译介学出发去寻找诗歌翻译对何其芳创作影响的成果却十分稀少。实际上，现代时期的何其芳受他人翻译作品的影响，其少量创作甚至是对翻译诗歌文本的仿写；当代时期的何其芳走上了诗歌翻译的道路，他借用译作来抒发自我内心的苦闷与彷徨，并借此阐发格律诗主张。因此，何其芳与诗歌翻译之间有割舍不断的情缘，对此加以研究必然会进一步彰显他创作资源的丰富性和自我表达的多样化特征。尽管何其芳的译诗严格说来"译笔还未臻熟练，译出的还没有来得及加工定稿，可以说是半成品"，① 但这并不影响我们从译介学的角度对之进行研究。

一

何其芳诗歌创作的高峰时期主要集中在 20 世纪 30 年代前后，据已有的文献资料查证他在该时期没有翻译任何诗歌作品，但不表明翻译诗歌对何其芳的创作没有产生任何影响。实际上，何其芳正是在阅读了大量英文诗歌及其译本的基础上，才在古典诗歌传统之外积淀起了丰富的新诗创作素养，有的诗篇带有明显的译诗影响痕迹。

何其芳认为在世界文化语境下翻译诗歌具有存在的合理性，人们为着文化交流或扩展文化视野的目的而应大量阅读译诗。何其芳先生对翻译诗歌的认识充满了矛盾，他一方面认为译诗不能带领我

① 卞之琳：《何其芳晚年译诗（代序）》，《何其芳译诗稿》，外国文学出版社 1984 年版，第 11 页。

们驶入"外国的诗歌的海洋",另一方面,却主张为了观赏"奇异的景物"而阅读译诗。何其芳先生对译诗的语言艺术持保留态度,他认为:"诗歌,这种高度精巧地由语言来构成它的美妙之处的艺术,我们怎么可以只从译文来欣赏它,来谈论它呢?我们又哪里能找到我们所需要的那些既忠实地表达了原来的内容又巧妙地保持了原来的语言之美形式之美的译文呢?"① 这等于说任何译诗与原诗相比都存在着一定的距离,译诗难以再现原诗的风貌。何其芳先生从诗歌的文体特征出发所得出的以上结论自然有合理的地方,但以原诗为准绳去评判译诗难免会抹杀译诗的创造性,毕竟在中外翻译史上译文风格胜出原文的例证并不罕见,很多优秀的译作后来成了民族诗歌史上的经典作品,比如英国人菲茨杰拉德翻译的波斯古诗《鲁拜集》和美国人庞德翻译东方诗歌后结集的《神州集》等就是范例。从文化交流的角度出发,何其芳先生认为阅读外国诗歌是必需的,哪怕是从译文中读到原作的基本内容也能帮助我们拓展眼界:"仅仅为了阅读那些外国的杰出的诗歌,我们也是值得去学习外国语的,虽然通晓外国语的好处并不止于此。但产生过杰出的诗歌的外国语言是那样多,一个人怎么可能都学好呢?还是不得不读翻译的作品。理想的译文虽然很稀少,不能保持原来的语言之美形式之美也就难免要有损原来的内容,但从翻译仍然是可以读到它们的基本内容的,仍然是可以扩大我们的眼界的。"② 从以上引文的后半段可以看出,何其芳先生实际上仍然认为翻译是不可或缺的文化交流活动,尤其是面对众多的民族语言和繁多的优秀作品时,我们没有时间和精力去掌握每门外语并穷尽所有的外国文学作品,因此每个人为了积淀

---

① 何其芳:《诗歌欣赏》,人民文学出版社 1978 年版,第 110 页。
② 同上。

自身的文化修养和开拓创作视野，就不可避免地会去阅读外国文学的翻译本。

在何其芳看来，诗人的创作受阅读译诗的影响是必然的。何其芳先生在谈写诗的经验时认为诗人必须要有"一般的文艺修养和诗的修养"，至于如何培养修养的问题，何先生觉得最根本的就是阅读前人的作品。"读前人的作品，如果不是有意地模仿，而是自然地接受一些影响，那不但是难免的，而且对于我们的生长和成熟是必要的，有益的。"[①] 很显然，在今天这样开放的语境下，阅读前人的作品自然包含着阅读外国诗歌的译本，因此某个诗人由于阅读了外国诗人的作品而很自然地受到了影响是不可回避的创作现象。何其芳认为外国诗歌的译本甚至是并不成功的译本也会对中国新诗创作产生影响。在纪念马雅可夫斯基诞辰 60 周年的文章中，何其芳曾这样说道："通过并不怎样理想的翻译，而且有些还是重译或节译，马雅可夫斯基的作品却早就对中国的年轻的革命诗歌发生了显著的影响。"[②] 何先生此种关于译诗的认识正好符合我们今天译介学的观点，传统的翻译研究"实质是一种语言层面上的研究"，译介学"实质是一种文学研究或文化研究"，二者"最根本的区别是研究目的的不同：传统翻译研究者的目的是总结和指导翻译实践，而比较文学学者则把翻译看作文学研究的一个对象，它把任何一个翻译行为的结果（也即译作）都作为一个既成事实加以接受（不在乎这个结果翻译质量的高低优劣），然后在此基础上展开他对文学交流、影响、接

---

① 何其芳：《关于写诗和读诗》，《何其芳文集》第四卷，人民文学出版社 1983 年版，第 458 页。

② 何其芳：《马雅可夫斯基和我们》，《何其芳文集》第四卷，人民文学出版社 1983 年版，第 431 页。

受、传播等问题的考察和分析"。① 译介学和翻译学的根本区别也为我们研究翻译诗歌去除了很多争议和障碍，我们不必再去计较诸如"诗的可译与否"、"好诗的标准"以及"诗人译诗的利弊"等问题，它把所有的翻译诗歌都视为一个既定的客观的文本，从这个客观的文本展开文化的影响研究。这样，我们就可以理解许多在原语国不著名的作品可能会在译入语国中引起轰动，一部翻译作品质量的高低也不一定会成为它是否受到译入语国读者欢迎与否的标尺等诸多看起来扑朔迷离的问题。以外国的诗歌作品为参照进行新诗创作也是何其芳的新诗创作路线。比如 1976 年毛泽东逝世的时候他曾写过一篇名为《毛泽东之歌》的回忆录，其中这样写道："我们伟大的领袖和导师在世的时候，我不曾写出一篇《毛泽东之歌》。我是多少年都在想着、构思着这个题目，而且梦想着能够写出这样的诗，像马雅可夫斯基的《列宁》的诗呵！"② 虽然何其芳最终没有完成他构思多年的《毛泽东之歌》，但如若当年他要完成这部诗歌作品的话，必然会借鉴马雅可夫斯基的创作经验，甚或以《列宁》为蓝本进行创作。

何其芳早期的诗歌创作曾受到过他人译诗的影响。何其芳作为早期中国新诗史上追求唯美的现代派诗人，其诗歌创作风格除继承了古典诗歌传统外，在西潮涌动的语境中必然会接触到外国诗歌并受到外国诗歌创作技法的影响。卞之琳先生在谈何其芳诗歌创作受到的影响时十分肯定地说："现在事实清楚，何其芳早期写诗，除继承中国古典诗的某些传统外，也受过西方诗影响，他首先（通过

---

① 谢天振：《译介学》，上海外语教育出版社 1999 年版，第 11 页。

② 何其芳：《毛泽东之歌》，《何其芳文集》第三卷，人民文学出版社 1983 年版，第 39 页。

《新月》诗派）受十九世纪英国浪漫派及其嫡系后继人的影响，然后才（通过《现代》诗风）受十九世纪后半期开始的法国象征派和后期象征派的影响。"① 作为熟识何其芳创作的老朋友，卞之琳的话当然具有很高的可信度，英国浪漫派诗人的作品在 20 世纪 20—30 年代通过胡适、郭沫若、傅东华、朱湘、徐志摩等人的翻译刊发在《新青年》《小说月报》《创造季刊》《新月》等报刊上，而在 20 世纪 70 年代之前几乎不接触外语的何其芳只能借助译诗去了解外国诗歌，② 他所受到的外来影响其实就是翻译诗歌带来的影响。为了具体说明何其芳早期诗歌受到了英国浪漫主义诗歌的影响，我们不妨先看两首诗歌。

首先是华兹华斯（Wordsworth）的《她住在人迹罕至的乡间》（She Dwelt Among the Untrodden Ways）：

　　她住在人迹罕至的乡间，

　　就在那鸽溪旁边；

　　既无人为她唱赞美的歌，

　　也甚少受人爱怜。

　　她好比一朵空谷幽兰，

　　苔石斑驳半露半掩；

　　又好比一颗孤独的星，

---

① 卞之琳：《何其芳晚年译诗（代序）》，《何其芳译诗稿》，外国文学出版社 1984 年版，第 3 页。

② 1961 年，何其芳在《诗歌欣赏》一书中曾说："我们的航行只能停止于此了。还有一个十分辽阔并且充满了奇异的景物的海洋，那就是外国的诗歌的海洋。我是曾经打算进入这个领域的。但我知难而退了。"（何其芳：《诗歌欣赏》，人民文学出版社 1978 年版，第 110 页）

在夜空中闪着光焰。

她生前默默无闻，也不知
她几时离开了人间；
呵！她如今已睡在墓中，
这对我是怎样的变迁！

（顾子欣　译）

接下来看何其芳早期最负盛名的《花环》：

开落在幽谷里的花最香。
无人记忆的朝霞最有光。
我说你是幸福的，小玲玲，
没有照过影子的小溪最清亮。

你梦过绿藤缘进你窗里，
金色的小花坠落到你发上。
你为檐雨说出的故事感动，
你爱寂寞，寂寞的星光。

你有珍珠似的少女的泪，
常流着没有名字的悲伤。
你有美丽得使你忧伤的日子，
你有更美丽的夭亡。

如果不是刻意地模仿，这两首诗很难有如此多的相似之处：很少有人注意的美丽少女、少女的夭亡、孤独与寂寞的心绪、幽静偏僻的意境、诗人内心的悲伤与叹惋等。据查证，华兹华斯的这首诗歌于 1925 年 3 月被翻译到中国，当时《学衡》杂志第 39 期开始增加了"译诗"栏目，发表了华兹华斯《露西》组诗中的第 2 首的 8 种译文，标题为《威至威斯佳人处偏地诗》，译者及各自翻译的诗名分别是贺麟的《佳人处偏地》、张荫麟的《彼姝宅幽僻》、陈铨的《佳人在空谷》、顾谦吉的《绝代有佳人　幽居在空谷》、杨葆昌的《女郎陌巷中》、杨昌龄的《兰生幽谷中》、张敷荣的《德佛江之源》和董承显的《美人居幽境》，译文都是采用五言体形式。"八首诗的作者都是自觉或不自觉地从中国诗歌传统文化的角度，对华氏诗中那个幽凄而逝的露西进行了再创造，使她成为我们传统眼光所熟知所期待的这一个'佳人'形象。"[①] 在同一期刊物上刊出同一首诗的八种译文，这在中国翻译史上属于罕见的现象，加上译者又对之作了中国化"误读"，那华兹华斯的这首诗必然会引起文人学者的广泛关注，使之更容易被中国读者接受。何其芳的《花环》一诗创作于 1932 年 9 月 19 日，是在华氏的"She Dwelt Among the Untrodden Ways"一诗被翻译进中国七年半之后才创作出来的。如果没有现成的材料证明前者是在阅读了后者的作品之后才创作了自己作品的话，难道从两首诗的诸多相似之处中还不能寻找到答案吗？倘若何其芳真实的生活世界里没有"小玲玲"的话，那他如此凄美的诗情又该从何而来？显然，何其芳该诗的创作受到了其他人所译外国诗歌的影响。

---

① 葛桂录：《华兹华斯及其作品在中国的译介与接受（1900—1949）》，《四川外语学院学报》2001 年第 2 期。

总之，早期的何其芳虽然没有翻译外国诗歌，但他的诗歌创作理念和实践都不可避免地受到了译诗的影响，而其后来的诗歌语言观念也与他阅读英国浪漫派诗歌及其译本存有关联。

二

何其芳翻译外国诗歌始于"文化大革命"期间的 1974 年前后，他一边自学德语一边翻译德国诗歌。由于疾病的干扰，部分译诗还没有来得及完全定稿何其芳就离开了人世，他的译诗稿在生前没有公开发表，去世之后由牟决鸣、谭余志和卞之琳等人收集、整理并校对出"成品"才得以公开印行。根据 1979 年四川人民出版社出版的《何其芳选集》第三卷中选入的译诗和 1984 年外国文学出版社出版的《何其芳译诗稿》中收录的译诗统计，何其芳面世的译诗共计 57 首，其中海涅的诗歌 47 首、维尔特的诗歌 10 首。

何其芳面世的译诗有 26 首是对不公平的社会现象的抨击。社会的不公正现象从下层人艰难的生活处境里便可窥见一斑，比如《莱茵的葡萄种植者》写的是种植葡萄的农民受到奸商和官吏的盘剥，同时还要看老天的脸色，到头来得到的只有痛苦而无丰收的喜悦；《有一个贫穷的成衣匠》写的是缝制衣服的工匠最后捣碎了工具，残酷的现实让普通工匠无法生存下去，他只得在纺线上自杀身亡；《哈斯威尔的一百人》抨击了财主的吝啬和下层人生活的艰辛；《大炮铸造者》写的是那些为殖民者铸造大炮的工人最后的人生暗淡无光；《德国人和爱尔兰人》写出了穷人的生活总是相似的，即便使用不同的语言；《悲谷》描写了现实生活中很多人因为缺衣少食而在严寒的冬天里被冻死，诗人借助叙事的方式展示了德国社会的罪恶，达到为穷人呼吁的目的。因此，诗人在《在绿色的树林里》一诗中认为：

"成衣工人"、"鞋匠"和"细木工"是生活中不可或缺的人群，但他们的生活却举步维艰，德国的现实充满了压迫。何其芳的部分译诗直接抨击社会现实，例如《巴比伦的悲哀》表达了诗人对沦丧现实的鞭挞，《西里西亚的纺织工人》则是对"耻辱和污浊"的现实的诅咒，《世道》认为"生存的权利/仅仅有钱人才有保障"，《不完美》写出了生活总是有不完美的地方，《未婚妻的选择》表明现实总是不能让生活和爱情两全，《克雷温克尔恐怖时期追忆》表现出诗人对恐怖现实的余悸。何其芳的译诗也通过讽刺的方式来抨击现实中的人与事，《新亚历山大》讽刺推行民主不力的统治者，《拉姆普赛尼特》讽刺当朝的皇帝如同"盗贼"一样，窃取国家和人民的财富，《谒见》讽刺不爱子民的国君，《科贝斯一世》和《长耳王一世》讽刺无能的统治阶层，《良好的建议》讽刺那些在现实生活中忍气吞声地活着的庸人，《三月后的米歇尔》讽刺曾经革命的人群到最后变得"为皇帝披露肝胆"，远离革命和理想，《奴隶船》讽刺那些贩卖黑人奴隶的行为，《援助者》则是对侵略者的抨击和讽刺。既然现实是不公正且凶险的，那诗人在《有道德的狗》中便告诫人们要经受住现实生活的诱惑，在《红拖鞋》中以童话诗的方式告诉人们不要"受世俗的豪华的诱惑"，否则会丢掉自己的性命。因此，诗人在《现在到哪儿去？》中感到自己的祖国没有什么值得留念，他"迷失/在人世间的扰攘和忙碌"之中，除了革命之外不知道该何去何从，于是在《今早晨我去杜塞尔多夫》中表达了改造现实的理想。

何其芳的译诗有 11 首表现顽强的战斗/革命精神和爱国情怀。何其芳的译诗充满了争取自由和民主的战斗/革命精神，比如《饥饿之歌》写人们没有足够的面包而只能在饥饿中度日，从而滋生了人们的反抗精神。《德国》认为德国是一个充满"火焰"的国家，他写下《1649—1793—??》一诗来号召革命，希望德国人能够像英国人处死查理国王和法国人处死路易·卡贝那样去对待自己的君王，以彻底的革命的姿态迎来自由和民主。诗人在《给格奥尔格·赫尔韦格》赞美了为民主而积极进取的乐观精神，在《调整》中诗人号召人们面对强大的敌人"不能用宝贵的热情／代替小心谨慎和冷静"，为了取得最后的胜利，必须小心作战。对诗人而言，《等着吧》是一首向旧社会宣战的诗歌，总有一天他会"发出雷声"，让现有的"橡树"、"宫殿"和"教堂"感受到他的力量；《赞美歌》表明诗人为了自由和胜利而甘愿作"剑"和"火焰"，不停地战斗下去。当然，作为一个有血有肉的真实的人，诗人偶尔也会表现出脆弱的情感，《决死队》写诗人"在自由战争的决死队岗位上""忠心耿耿地坚持了三十年"，还没有取得最后的胜利，虽然"没有失败"，但诗人已经被这漫长的自由之战累得"心破碎"。对现实的抨击也好，对革命精神的呼唤也罢，诗人内心涌动的始终是浓浓的爱国情怀。《两个近卫兵》表达了诗人对祖国的热爱之情，他在《倾向》中希望诗人和所有的文化人为了祖国的"自由"而创作出富有战斗激情的诗篇，在《诺言》中希望德国人民能够迎来真正的自由，就像在《再会》中所表现的那样，要为了爱情和荣耀而勇敢地活下去。

何其芳的译诗有 10 首反映了诗人对理想生活环境的诉求。第一类主要是写诗人对现实环境的逃离，比如诗人在《何处》中感觉到他在现实中找不到"最后休憩的地方"，将被"异乡人的手"埋葬在"沙漠"或"海滩"上，但即便如此，诗人也觉得找到了"安静"的地方；《五月》表达的是在这个不真诚的现实里，诗人"称赞冥土",因为"那里没有恶劣契约的侮辱;/那里对衰弱的心更平安"。第二类是写诗人在现实之外才能体验到生活的美好,比如《在歌的翅膀上面》表现的是诗人在森严的现实中对宽松生活环境的向往和渴求;《一颗星星陨落》写的是往日美好的情景不复存在,诗人只好在回忆中享受短暂的宁静;《一阵可爱的钟声》写出了诗人在郁闷中感受到了春天的气息;《暴风雨作舞蹈的游戏》描写现实生活充满了"暴风雨"和汹涌的"波涛",诗人希望自己能够安安稳稳地生活在"家"里;《我曾经有一个美丽的祖国》表达了诗人对祖国现实的失望情绪,对祖国过去美丽的留念;《林中幽处》以童话般的叙述描述了安宁的生活场景和各色人群的特征,表现出对现实的失望和对理想生活的向往。第三类则直接表达了诗人对美好生活的向往之情,比如《你像一朵花》希望上帝能够让"美丽,纯洁,温柔""永远保持"在人世间;《山中牧歌》表现的是诗人在理想的生活场景中做着理想的梦,他希望一切都会好起来,欢乐和舞蹈将覆盖大地。

何其芳的译诗有 10 首是表现内心的孤独和对真诚人际关系的呼求。何其芳的译诗多次表现出对童年无邪岁月和纯真友谊的回忆,比如《我们从前是小孩》表达对纯真童年和亲密友情的追忆,《孤独的眼泪为什么?》描写诗人在孤独中回忆起往昔的"快乐和苦恼",《生命的航行》是对儿时伙伴的呼唤和对故乡的依恋,这些作品实际上折射出的仍然是诗人内心的孤独。诗人在《爱情22》中觉得自己是一个孤独可怜的人,他只有在梦中才能感受到生活的愉悦。孤独的情感往往源于个人的生活处境,诗人常常感到自己步入了生活的窘途,《一棵松树孤独地》便是寂寞心境的写照,《罗累莱》表现了生活充满艰辛和危险,《坐在渔舍旁边》表达出诗人的生活陷入了黑暗和迷茫中。于是，诗人在特殊的时代呼吁真诚的人际关系，《让你的脸挨着我的脸》看似表达诗人的爱情，实则表明他对真诚的渴望。在冷漠的年代，诗人在《基蒂》一诗中赞美真诚善良的人性，在《我的歌声高扬》中希望"文雅，干净"的歌声能够让人感动得"眼泪纵横"，他呼吁人们真性情的流露。

由于客观环境的限制和译者自身外语水平的局限，何其芳的这些译诗总体来讲算不上"杰作"，但他抱着十分虔诚的译诗态度，克服了超出常人想象的种种困难，为我们呈现出自成特色的译诗作品。具体而言，何其芳的译诗注解详细，很多时候超过了正文的篇幅，这有助于读者对译作的理解，是一种对原作者和译语国读者负责任的翻译态度。例如《谒见》这首译诗，何其芳为了让读者明白这首讽刺诗所叙述的故事，在译诗后面加了详细的说明：首先是从德国的历史中去寻找普鲁士国王腓特烈·威廉四世（Friedrich Wilhelm Ⅳ）谒见民主主义诗人格奥尔格·赫尔韦格的真实事件，其次再引用海涅写赫尔韦格的另一首诗《给格奥尔格·赫尔韦格》来说明这个历史事件。① 加上这些注释之后，读者再次阅读这首译诗就会有现场感，更容易把握原诗的讽刺效果。

三

何其芳擅长英文并能阅读法文，但他却选择了自己当时并不擅长的德语诗歌作为翻译对象，这究竟是出于什么样的目的呢？有人认为何其芳翻译德国诗人海涅和维尔特的诗是出于学习德文并最终达到"能直接读懂马克思、恩格斯的原著"的目的，"又因文学创作

---

① 何其芳：《何其芳选集》，四川人民出版社1979年版，第264—267页。

书籍似乎比政治理论书籍好读一些"，于是他选择了海涅和维尔特的诗；有人认为何其芳之所以选择这两位诗人，是因为他们都是德国民主主义战士和无产阶级诗人，前者曾受到恩格斯的赞扬，后者则是马克思和恩格斯的亲密战友。① 对何其芳为什么会选择海涅和维尔特的诗作为翻译材料，上面的言论无疑是合理的，但没有充分说明译者的主观意图。宏大的"无产阶级"立场也许会成为何其芳选译海涅和维尔特的动因，但译者个人的主观情思和审美取向才会最终决定他对外国文学的选择和翻译，何其芳翻译德国二诗人的原因远不止这么简单。

翻译外国诗歌可以代替诗人的创作，从而达到抒发译者自我情感的目的。"文化大革命"期间，何其芳等"牛鬼蛇神"完全失去了创作和发表诗歌的权利，哪怕是歌颂主旋律的作品也找不到发表的地方，这等于完全剥夺了部分受到批斗作家的创作自由。在这种严峻的形势下，作家纷纷"转行"干起了消闲的杂事，何其芳"写诗歌唱'北京的早晨'、'北京的夜晚'，也无处发表。到'批林批孔'的一九七四年，他显然跟多数人一样才清醒起来了。……开始热心译诗"。② 所谓的"清醒起来"就是意识到自己再也没有创作的权利和自由，但内心强烈的时代情感总得找到宣泄出来的适合通道，因此何其芳翻译外国诗歌的目的不在于了解外国诗歌本身，也不在于要学好外文，而在于借助部分外国诗歌来表达他在特殊时代语境中不能抒发的某些情感，这也是他会不顾及学习外语的难处而执意在年老后从事诗歌翻译的原因所在。卞之琳在谈及何其芳的诗歌翻

---

① 牟决鸣：《关于〈何其芳译诗稿〉的一点说明》，《何其芳译诗稿》，外国文学出版社1984年版，第140页。

② 卞之琳：《何其芳晚年译诗（代序）》，《何其芳译诗稿》，外国文学出版社1984年版，第2页。

译活动时说过这样的话："我了解译诗的苦处，但是其中也自有一种'替代性乐趣'。其芳原先能读英文，不知从什么时候起也能读法文，他可没有对我讲过他也译过诗。到'文化大革命'末期，他忽然热心译诗了，这大出我的意料之外。"[1] 这段话表明何其芳之所以排除学习外语和翻译的"苦处"而开始译诗，主要还是在于他力图用翻译来替代创作，在"共名"时代表达自我内心的"无名"情愫。在"文化大革命"十年的动荡岁月里，何其芳等文化人被关进"牛棚"，受到了轻重不等的批斗，抒发自我想法和情感的空间遭到了无情的挤压，于是转而翻译那些抨击现实、追求自由和光明的诗篇来表达自己被压抑的情感。

何其芳的大部分译诗贴切地表现了他在"文化大革命"期间的生活境遇。诗人曾经的生活就像"快乐的小船"，他和朋友们"坐在里面，无忧无愁"。但后来"小船破裂"，"朋友们不会游水脱险，／他们在祖国沉没灭顶"。《生命的航行》这首译诗不禁使人想起"文化大革命"期间，何其芳以及很多朋友被卷入了一场政治波涛中，昔日安宁的生活不复存在，"天空上最后的星星昏暗"，有友人为此付出了生命的代价。在这个残酷而无奈的灾难岁月里，何其芳与海涅一样，只能独自反复地感叹："故乡多遥远！我心多抑郁！"《坐在渔舍旁边》表现了诗人的生活际遇，而何其芳自己就像诗中的"海员"一样，"在天空和波浪间生活／在恐惧和快乐间飘荡"，但最终"天色已完全黑暗"，生活陷入了黑暗和迷茫之中。"文化大革命"是一个人性泯灭的年代，人与人之间的真诚下滑得亲人和朋友不敢公开相认，《我们从前是小孩》这首译诗是对纯真童年和亲密友情的

---

① 卞之琳：《何其芳晚年译诗（代序）》，《何其芳译诗稿》，外国文学出版社1984年版，第4页。

追忆，诗人"感叹在我们的时代/一切比现在都好"，感叹在真实的现实生活中，"爱情，忠诚和信仰/怎样从世界上消失掉"，不正是何其芳观察到的人际关系的写照吗？《给格奥尔格·赫尔韦格》这首译诗 1979 年收入何其芳选集的时候译名是《给一位政治诗人》，是对德国革命诗人赫尔韦格（G. Herwegh，1817—1875）的赞美，他就像是一只"铁的云雀"，"向着神圣的阳光高飞"。何其芳翻译这首诗歌，与他在苦闷的时日里看不到生活的曙光有关，他需要借助赫尔韦格这样的进取精神和乐观情绪，达到和海涅一样的期盼："德国真的已春暖花开。"译诗《巴比伦的悲哀》中，当死亡在召唤诗人的时候，他给自己的亲人和妻子说愿意在"野树林"中和"茫茫大海"上生活，尽管这些地方充满了野兽和怪物的凶险，但"比我们现在居住的地点，/我相信，还没有这么大危险"！何其芳 1974 年 2 月在翻译这首诗的时候情绪非常激动，他几乎进入了和海涅相同的情感体验中，他在《译后记》中这样写道："为此诗所激动，突然心跳过速，后转为心绞痛，又服利眠宁，又食硝酸甘油片，又折断亚硝酸异戊酯一枚，吸其气味，折腾约半小时始好。"① 因为翻译一首诗歌而激动得如此"惨烈"，足以见出何其芳对这首诗所表达的情感具有深刻的体认，德国诗人海涅曾经的生活遭遇以及对周遭生活环境的描写此时正好契合了何其芳这个东方诗人在"文化大革命"期间的生活体验，于是何其芳几乎一夜未眠地将其翻译成中文，借助这首译诗来表达自己对苦闷现实的控诉。

何其芳选译的诗歌一方面是为了表达自己的内心情感，另一方面也受了他本人诗歌风格的影响。"其芳最初发表《预言》一类诗，还

---

① 何其芳：《巴比伦的悲哀·译后记》，《何其芳译诗稿》，外国文学出版社 1984 年版，第 91 页。

显出他曾经喜爱神话，'仙话'的浪漫遗风。一九三六年在莱阳写诗，诗风又有了新的变化，转趋亲切，明快，不时带讽刺语调，虽然他没有海涅有时候表现出的调皮、泼辣。这倒正合海涅早期和后期诗的一些特色。所以他晚年对海涅诗入迷，完全可以理解。"① 诗歌翻译活动是复杂多变的，现代译诗对中国新诗文体观念的践行除了客观原因之外，也与译者的主观审美趣味密不可分。译诗过程中的创作成分会让外国诗歌被动地跟随译者的意愿去实践或试验中国现代新诗的文体主张，这就出现了闻一多、卞之琳与何其芳诸君借助译诗来检验诗歌形式主张的特殊现象。值得提及的是，在新文化运动早期，很多先驱者力图通过翻译诗歌来证明新诗形式自由化和语言白话化主张的合理性，为新诗理论的"合法性"寻找证据，这种主观愿望也是现代译诗践行中国新诗文体观念的重要原因。比如出于早期新诗语言观念的诉求，胡适、刘半农等提倡白话文运动最有力的人翻译了很多外国的白话诗，虽然他们没有直接宣称只翻译外国的白话诗，但他们对外国白话诗的偏爱透露出其希望依靠译诗来证明新诗语言观念。在译作《老洛伯》的"引言"中，胡适道出了翻译苏格兰女诗人林德塞（Lody A. Lindsay）作品的主观原因——该诗的语言带有"村妇口气"，是"当日之白话诗"，② 因此翻译该诗可以支持中国的白话文运动，可以为胡适提倡的白话文运动提供有力的证据。

　　同样，何其芳翻译海涅和维尔特的诗歌作品也是要为自己的格律诗主张寻找证据。何其芳晚年开始翻译海涅、维尔特等人的诗歌，其译诗大都采用了格律诗体，究其原因，卞之琳做了这样的说明：

---

　　① 卞之琳：《何其芳晚年译诗（代序）》，《何其芳译诗稿》，外国文学出版社1984年版，第5页。

　　② 胡适：《老洛伯·引言》，《新青年》1918年4月15日第4卷第4号。

"何其芳早年在陕北编选过陕北民歌的，1958 年应刊物约稿，写一点关于诗歌发展问题的看法，并不反对民歌体，只因谈了新诗的百花齐放，重提了建立新格律诗，接着受到无知的'围剿'，他从不服气。现在他埋头从事海涅诗、维尔特诗的翻译工作，如被人说是暗中做'翻案'工作，实际上也何尝'翻'什么'案'！他只是在译诗上试图实践他的格律诗主张。"① 何其芳的现代格律诗"在格律上就只有这一点要求：按照现代的口语写诗，每行有整齐的顿数，每顿所占时间大致相等，而且有规律地押韵"。② 以他翻译的海涅的《给格奥尔格·赫尔韦格》一诗为例：

> 赫尔韦格，｜你铁的｜云雀，
>
> 带着｜铿锵的｜欢呼，｜你豪迈
>
> 向着｜神圣的｜阳光｜高飞！
>
> 冬天｜真的｜早已｜衰颓？
>
> 德国｜真的｜已春暖｜花开？

何其芳的译诗采用了 abccb 的韵脚安排，除第一行诗之外，每行诗有四个顿数，基本实现了他"整齐的顿数"及"有规律地押韵"的格律诗主张，因此卞之琳说何其芳的译诗是对他格律诗主张的实践，这个评价是有据可循的。总体而言，在何其芳所翻译的诗歌作品中，除《赞美歌》一首采用的是散文诗形式之外，其余的基本上采用的是形式整齐的格律体或半格律体，具有一定的韵律和节奏。

---

① 卞之琳：《何其芳晚年译诗（代序）》，《何其芳译诗稿》，外国文学出版社 1984 年版，第 5—6 页。

② 何其芳：《关于写诗和读诗》，作家出版社 1958 年版，第 56—57 页。

从阅读翻译诗歌对培养诗人素养的积极意义到自我的诗歌创作和理论主张直接受到阅读译诗的影响，从翻译德国诗人海涅和维尔特的作品到借助翻译来表达自我情感并践行格律诗主张，诗歌翻译和创作的关系在何其芳身上体现出交互影响的变奏曲。译介学主张对文学翻译作品的交流、影响、接受、传播等问题展开考察和分析，因此对何其芳译诗的研究还有待我们从社会文化、人物心理以及时代语境等方面入手作更为详细的研究。

第三节　翻译中的诗艺探索

"文化大革命"期间的诗人在失去创作自由的情况下，纷纷转向诗歌翻译。在这些从事诗歌翻译的诗人中，有人是为了抒发自己的情感，有人则是在抒情的同时继续之前诗歌创作中的艺术探索。穆旦无疑属于后者，但与之不同的是，他在经历了"文化大革命"期间的翻译之后，"归来"的诗人之创作却受到了诗歌翻译的影响。因此，诗歌翻译之于穆旦的意义具有三个维度：自我抒情、艺术探索和创作影响。

穆旦（1918—1977），原名查良铮，著名诗人、翻译家。出生于天津，祖籍浙江省海宁市袁花镇。1929 年入南开中学读书，开始创作和发表诗歌，1935 年考入清华大学地质系，半年后转入外文系，曾在《清华学刊》上发表作品。1937 年抗战爆发后，穆旦随清华大学南迁长沙国立长沙临时大学，后又徒步远行至设在昆明的西南联大，期间发表了很多有影响力的诗歌。1939 年开始系统接触西方现代派诗歌和理论，创作日趋成熟。1940 年毕业于西南联大外文系，留校担任助教，1942 年 2 月投笔从戎，以助教的身份报名参加中国入缅远征军，在副总司令杜聿明兼任军长的第 5 军司令部，以中校翻译官的身份随军进入缅甸抗日战场。1949 年 8 月自费赴美留学，入芝加哥大学攻读英美文学、俄罗斯文学，1952 年 6 月 30 日获芝加哥大学文学硕士学位。1953 年初自美国回到天津，任南开大学外文系副教授，致力于俄、英诗歌翻译。"文化大革命"期间受到不公正待遇，但穆旦坚持诗歌翻译和创作，在中国现当代文学史上留下了辉煌的诗篇。

一

穆旦不仅创作了许多艺术性较强的诗歌作品，而且翻译了大量优秀的外国诗歌。穆旦读大学期间开始接触到外国诗歌，到了西南联大后更是系统地阅读了现代派诗歌作品和诗论文章，从而对外国诗歌有比较深刻的认识。但穆旦的诗歌翻译始于 1957 年，在 20 年左右的时间里他翻译了以普希金为主的俄苏诗歌、以雪莱为主的英国浪漫主义诗歌及以奥登和艾略特为主的现代主义诗歌，成为中国现代诗歌翻译史上闪亮的明星。

穆旦在西南联大外文系学习的时候，就开始系统地接触到了英美现代派诗歌，如叶芝、艾略特、奥登、狄兰·托马斯等人的作品。在美国留学期间，穆旦除了进一步广泛地学习了英美文学之外，还选修了俄国文学，据其夫人周与良女士介绍说"在美国读书时，良铮除了读英国文学方面的课程，还选了俄国文学课程，每天背俄语单词"，① "准备回国后，介绍俄国文学作品给中国读者。"② 可以说，

---

① 周与良：《永恒的思念》，《穆旦诗文集》（1），人民文学出版社 2006 年版，第 4 页。
② 周与良：《怀念良铮》，杜运燮、袁可嘉、周与良编：《一个民族已经起来》，江苏人民出版社 1987 年版，第 132 页。

美国留学生活奠定了穆旦对英语和俄语诗歌翻译的语言基础。接下来，我们按照时间顺序简单梳理一下穆旦的诗歌翻译作品：1953 年，穆旦回国，在巴金夫妇的鼓励下开始着手翻译，最初所翻译的作品并不是诗歌，而是季摩菲耶夫的《文学原理》。到了 1954 年，穆旦开始翻译普希金的诗歌《波尔塔瓦》《青铜骑士》《高加索的俘虏》《欧根·奥涅金》《普希金抒情诗集》，均由上海平明出版社出版。紧接着，1955 年穆旦翻译了普希金的《加甫利颂》《拜伦抒情诗选》，由上海平明出版社出版。1956 年穆旦重译《欧根·奥涅金》，由上海文化生活出版社出版。1957 年穆旦翻译了《朗费罗诗十首》发表在《译文》（1957 年第 2 期）上；《波尔塔瓦》《欧根·奥涅金》《普希金抒情诗集》《普希金诗情诗二集》《拜伦抒情诗选》，由上海新文艺出版社出版；同时与袁可嘉等合译的《布莱克诗选》由人民文学出版社出版。1958 年，穆旦翻译的《济慈诗选》和雪莱诗集《云雀》由人民文学出版社出版；《高加索的俘虏》《加甫利颂》由上海新文艺出版社出版；《雪莱抒情诗选》由人民文学出版社出版。1954 年到 1958 年"是良铮译诗的黄金时代。当时他年富力强，精力过人，早起晚睡，白天上课，参加各种会议，晚上和所有业余时间都用于埋头译诗"。①

　　1963 年，穆旦在恶劣的环境和抑郁的心情下，开始夜以继日地翻译拜伦的长诗《唐璜》，并翻译了俄国象征派诗人丘特切夫②的《丘特切夫诗选》，至 1965 年翻译完成了拜伦的代表作《唐璜》。

---

　　① 周与良：《怀念良铮》，杜运燮、袁可嘉、周与良编：《一个民族已经起来》，江苏人民出版社 1987 年版，第 132 页。
　　② 丘特切夫（Tyutchev，1803—1873）是俄国 19 世纪极有才华的诗人，他以歌咏自然、抒发感情见长。穆旦一生仅留下二百多首短诗，他的诗歌形式短小简练，内涵丰富，既有深刻的思想，又有充沛的感情。

1972 年，穆旦"埋头于补译丢失的《唐璜》章节和注释，修改了其他的章节。他又修订《拜伦抒情诗选》，并增译拜伦的其他长诗"。[①] 1973 年，穆旦在图书馆劳动完后还要接受"牛鬼蛇神"的劳动，往往很晚才回到家，吃过晚饭之后就直接在整理干净了的黑木饭桌上伴着昏暗的烛光继续翻译完善《唐璜》，经常工作到凌晨，终于把《唐璜》全部整理、修改、注释完毕。同年，穆旦得到了周钰良赠送的《西方当代诗选》，开始有选择地翻译英美现代派诗歌，其中有艾略特、奥登等人的作品。1975 年底，穆旦对英美现代派诗歌的翻译暂时停了下来，转向对普希金抒情长诗《欧根·奥涅金》等译作的修改、补译和重抄。1976 年，穆旦"从四月初到现在……投入了一种工作，每天校改普希金抒情诗，因为我觉得过去弄得草率，现在有条件精益求精；至今我已重抄改好的诗，大约 500 首（有印的，有未印的），以备将来有用的一天。……这里的确有许多艺术和细致的味道"。[②] 到 1977 年，穆旦将已经重新修改过的长诗《欧根·奥涅金》抄写了一遍，穆旦的翻译是到了"该译的诗都译完了"的时候，[③] 而他的生命也走到了尽头。1980 年 7 月，穆旦去世 3 年后其翻译的拜伦长诗《唐璜》由人民文学出版社出版，算是对穆旦生前辛劳的回报。

纵观穆旦翻译的诗歌作品，根据 2006 年人民文学出版社出版的《穆旦译文集》统计，穆旦翻译的诗歌情况如下：穆旦翻译了普希金（Александр Сергеевич Пушкин）抒情诗 490 首，叙事诗 9 首，长诗 1 首《欧根·奥涅金》；丘特切夫（Tyutchev）诗 128 首；雪莱

---

① 周与良：《怀念良铮》，杜运燮、袁可嘉、周与良编：《一个民族已经起来》，江苏人民出版社 1987 年版，第 133 页。
② 穆旦：《穆旦诗文集》（2），人民文学出版社 2006 年版，第 200 页。
③ 同上书，第 385 页。

（Percy Bysshe Shelley）抒情诗 79 首；拜伦（George Gordon Byron）短诗 43 首，长诗选段 24 首，长诗 5 首包括《唐璜》；济慈（John Keats）诗 65 首；奥登（W. H. Auden）诗 28 首；布莱克（William Black）诗 21 首；艾略特（Thomas Stearns Eliot）诗 11 首和长诗《荒原》；朗费罗（Henry Wadsworth Longfellow）诗 10 首；彭斯（Robert Burns）诗 7 首；C. D. 路易斯（C. D. Lewis）诗 3 首；路易斯·麦克尼斯（Louis MacNeice）诗 3 首；W. B. 叶芝（W. B. Yeats）诗 2 首（按数量多少排列）。从以上统计中我们可以看出，穆旦的诗歌翻译只涉及两种语言三个国家，这与之前很多译者的翻译涉及多个国家和多种语言不同，穆旦的翻译都是直接阅读外国诗歌原文，不再转译他国作品，因为减少了转译的耗损而保证了译文的质量。穆旦的译作按照原作风格可以分为三类：一是俄国普希金和丘特切夫的抒情诗；二是以英国诗人为主的浪漫主义诗歌；三是以美国诗人为主的现代主义诗歌。为什么穆旦会翻译这三类诗歌呢？

翻译是一项有目的的文化交流活动。在整个现代新诗的发展进程中，翻译外国诗歌的目的不外乎抒情的需要和建构中国新诗文体的需要两种，而抒情的需要又涉及抒个人之情和抒全社会民众所需之情，比如抗战时期的诗歌翻译就是为了抒情的需要，且其所抒之情又是鼓舞中国人抗战的"大我"之情。"从事文学翻译应该有明确的目的性。我们花费了许多心血把异域的果实移植到中国来，到底为的是什么？我们为什么要译这一部而不译另一部书？我们为什么要介绍这一位作家而不介绍另一位作家？这些都是应该经过认真的思考，从而逐渐消除盲乱译的现象。"① 郭沫若 1923 年

---

① 巴金：《当代文学翻译百家谈》，北京出版社 1989 年版，第 321 页。

在翻译波斯诗人莪默·伽亚谟的作品时说："本译稿不必是全部直译，诗中难解处多凭我一人的私见意译了。"① 郭沫若所谓的"私见"就是他自己的情感体验，译诗也正因为有了这样的"私见"而进入了郭沫若的翻译视域。1935 年，梁宗岱翻译了瓦雷里论歌德诗歌的文章《歌德论》，他从该文中"似乎比他从瓦雷里的《水仙辞》一诗更多看得见自身性格上、气质上具体而微的（当然远不足与歌德相提并论的）一点映影。梁在瓦雷里论歌德的这篇宏文里，既无疑深感到其中不言自喻的追求无尽的浮士德精神的宣扬，也必有所憬悟于自身也就有瓦雷里所指的普露谛或善变因此多面的倾向"。② 因此，从宏观的角度来讲，译者对外国诗歌的选择往往与某一时代对诗歌形式或情感的诉求有关，而从个人的角度来讲，译诗要适合译者情感表达的需要，后者在翻译作品的选择中往往起着支配作用。比如卞之琳在翻译阿左林的小品文时曾说："译这些小品，说句冒昧的话，仿佛是发泄自己的哀愁了。"③ 译诗对译者情感抒发的弥补作用是中国现代新诗史和诗歌翻译史上普遍的现象。因此，翻译过程中对原文的选择受制于译者情感表达的需要，而译者也借助所译诗歌抒发了个人化的情感，由此说明诗歌翻译并不是随意性的，它是情感抒发和形式建构这双重因素共同作用的结果。穆旦的诗歌翻译目的其实也牵涉很多因素，首先是他自己对这些诗歌有审美偏好，其次也受到了时代语境的影响。"翻译作为一项人类跨文化交流活动，决不仅仅是一种纯粹意义上的语言转换，也不仅仅是译者的个人活动，它在很大程度上，要受到诸

---

① 郭沫若：《波斯诗人莪默伽亚谟的 100 首诗·序》，《创造季刊》1923 年第 1 卷第 3 号。

② 卞之琳：《人事固多乖——纪念梁宗岱》，《新文学史料》1990 年第 1 期。

③ 卞之琳：《译阿左林小品之夜》，《大公报·文艺副刊》1934 年 3 月 7 日。

如历史、社会、文化、政治、审美情趣等多种外部和内部因素的限制。"①

　　介绍外国文学名著的爱国愿望引导了穆旦的翻译选择。穆旦之所以怀有强烈的向中国人翻译介绍外国文学的愿望主要基于他的爱国情怀。从少年时期一直到"文化大革命"前后都怀有一颗爱国之心,他深爱着这片土地以及在这片土地上生活的人民。我们从诗人的《赞美》一诗中就可以领略到他赤诚的爱国爱民情怀:"我有太多的话语,太悠久的感情,/我要以荒凉的沙漠,坎坷的小路,骡子车,/我要以草籽船,漫山的野花,阴雨的天气,/我要以一切拥抱你,你,/我到处看见的人民呵,/在耻辱里生活的人民,佝偻的人民,/我要以带血的手和你们一一拥抱,/因为一个民族已经起来。"中华人民共和国成立以后,当时在美国的许多华人对新社会持观望态度,并且在穆旦夫妇准备回国的时候劝告道:"何必如此匆忙!你们夫妻二人都在美国,最好等一等,看一看,不是更好吗?"② 但强烈的爱国情感使他们毅然放弃了在美国的优越生活,穆旦夫妇急迫地回到了新生的国家,并且准备为这里的人民贡献自己的力量。回国后穆旦就着手翻译季摩菲耶夫的《文学原理》,这本与诗歌差别很大的理论著作是当时苏联高等教育部准许用作大学文学系和师范学院语言及文学系的文学理论教材,是中华人民共和国最迫切需要的大学文科教本,所以他不辞辛劳地将之很快翻译成中文,凭借微薄之力支持了中华人民共和国高等教育的发展。为了让处于封闭状态的中国人民能够读到更多优秀的外国诗篇,他几乎停止了创作而将

---

　　① 　许均:《论翻译之选择》,《外国语》2002 年第 1 期。

　　② 　周与良:《怀念良铮》,杜运燮、袁可嘉、周与良编:《一个民族已经起来》,江苏人民出版社 1987 年版,第 131 页。

大部分精力投入到翻译之中，难怪有人这样评价穆旦的诗歌翻译活动："查的译诗，多有注释，或附有'前记'、'译后记'、'诗人小传'、'评论家（如别林斯基）或文学史教科书中的有关评论'等，'为了译诗，他常跑遍天津各大学图书馆，或直接到北京图书馆，去查阅有关资料'，反映出向中华人民共和国读者介绍世界文学名著的热切愿望。"① 以上论述了穆旦从事翻译工作缘于爱国的主观原因，而穆旦翻译的作品很多也抒发了爱国的情感，或至少是积极向上的进步思想，比如他在译介拜伦诗歌的时候说："我相信他的诗对我国新诗应发生影响；他有些很好的现实主义诗歌，可又是浪漫主义的大师，两者都兼，很有可学习之处，而且有进步的一面。"② 在译介普希金的《寄西伯利亚》时认为该诗"是一篇精彩的、动人的诗。它充满革命的热情、美好的思想，而且音调铿锵"。③ 由此可见，正是强烈的爱国热情使穆旦急切地回到了中华人民共和国并走上了建构中国文学繁荣图景的翻译之路，其译作在情感内容上也多有"进步的一面"。

时代语境一定程度规定了穆旦翻译的选材。中华人民共和国成立以后，文学活动被纳入社会主义建设和改造的范围，诗歌翻译活动自然也应为社会主义建设服务。茅盾在第一届全国文学翻译工作会议上强调："文学翻译必须在党和政府的领导下由主管机关和各有关方面，统一拟定计划，组织力量，有方法、有步骤的来进行。"④

---

① 李方撰：《穆旦（查良铮）年谱》，《穆旦诗文集》（2），人民文学出版社 2006 年版，第 368—369 页。

② 穆旦：《致郭保卫》，《穆旦诗文集》（2），人民文学出版社 2006 年版，第 223 页。

③ 穆旦：《普希金的〈寄西伯利亚〉》，《穆旦诗文集》（2），人民文学出版社 2006 年版，第 90 页。

④ 茅盾：《为发展文学翻译事业和提高翻译质量而奋斗（1954 年 8 月 19 日在全国国防大学文学翻译工作会议上的报告）》，罗新璋编：《翻译论集》，商务印书馆 1984 年版，第 508 页。

中国文艺界为了谋求发展并巩固革命的胜利果实，对文学艺术提出了新的规范和要求，仅就翻译文学而论，政府对翻译出版机构进行了调整，指定翻译文学作品只能由新成立的人民文学出版社、上海文艺联合出版社（后改为上海新文艺出版社、上海文艺出版社）、中国戏剧出版社等少数出版社出版，这样就使翻译活动的"赞助者"完全掌控在国家手里。作为社会主义国家，在与资本主义的"冷战"中自然会站在苏联阵营中，于是苏联文学及俄国文学成为中国文学热捧的对象，是当时最符合翻译要求的文学。在外文局和官方所划定的译介标准下，符合主流意识形态的是俄苏文学、欧洲古典文学、社会主义国家和为民族独立而战斗的亚非拉美洲的受压迫民族的文学作品。

比如1954年中国作家协会主席团第七次扩大会议通过的"文艺工作者政治理论和古典文学的参考书目"① 中，文学名著的"俄罗斯和苏联部分"共列出了17位作家的著作34种，其中自然包括普希金；"其他各国"部分共列出了67种，而得到文学界充分肯定的"革命的、积极的浪漫主义代表"拜伦和雪莱的作品自然也在其中。我们从前面这个表格所列举的穆旦译诗中可以很清晰地看出，他所译介的外国诗歌并不是他自身创作中最擅长的现代主义诗歌，其主要的选材来自俄国诗人普希金和丘特切夫，以及浪漫主义诗人布莱克、彭斯、雪莱、拜伦和济慈等人的作品，而我们细心对照就可以发现，这些诗人和作品均被列入中国作家协会主席团第七次扩大会议通过的"文艺工作者政治理论和古典文学的参考书目"范围内，其数量（500＋128＋21＋7＋79＋72＋65）多达872首，而没有列入

① 洪子诚：《中国当代文学史》，北京大学出版社1999年版，第20页。

该范围的现代主义诗人如奥登、艾略特等的作品只翻译了58首，穆旦生前的译诗（包括长诗和短诗在内）数量大约是930首。因此，被主流意识形态所接纳的译诗占了穆旦译诗总量的近94%，他自己所钟爱的现代主义诗歌所占比重仅为6%左右。很显然，穆旦的译诗在选材上极大地受到了时代语境的制约，我们由此也可以明白穆旦为什么会放弃对现代主义诗歌的翻译而将注意力聚焦到俄罗斯诗歌和浪漫主义诗歌上。

对现代主义诗歌的审美偏好和自我情感表达的需要也是指导穆旦译诗选材的主要因素之一。穆旦的译诗也会出现在情感内容上与当时的时代需求相脱节的情况，即与"大我"相隔而专注于抒发"小我"之情，这主要是诗人立意通过翻译来表达自己在特殊环境中无法公开的情思，让被压抑的情感在译诗中得到释放。穆旦的许多作品受到了艾略特等现代主义诗风的影响，他的诗作表现出来的风格与传统的浪漫主义诗歌特质有很大差异，穆旦也因诗风与主流审美不符而在回国后的二十几年里很少发表属于自己风格的作品。在翻译方面，穆旦在翻译了普希金、拜伦、雪莱、济慈等能够被公开接受和出版的诗人的作品之后，他在生命步入垂暮之年的20世纪70年代开始翻译当时中国人极少问津的艾略特等现代派诗人的作品，甘冒译作不能公开发表和出版之险，放弃了自己多年坚守的符合常规的翻译选材原则。这不能不说是穆旦翻译道路上的一次重要突围，那么究竟是什么导致了穆旦晚期诗歌翻译的转向呢？第一，穆旦对现代主义诗歌的一贯兴趣所致，翻译现代主义诗歌是为了满足自己对现代主义诗歌的爱好，恰如穆旦先生的夫人周与良女士所说："我特别记得一九七七年春节时在天津看见他。他向我说他又细读了奥登的诗，自信颇有体会，并且在翻译。那时他还不可能知道所译的奥登的诗还有发表的可能。所以这些译诗和附在后面代表他对原诗的见解的大量注释，纯粹是一种真正爱好的产物。"① 第二，穆旦翻译现代主义诗歌是对其诗歌主张的认同。穆旦对艾略特"非个性化理论"的接受、"意象"的转换移植、"荒原"意识的渗透等诗歌创作艺术和技巧持肯定态度，加上自身的创作受到外来因素的制约，译介这些与自己兴趣相投的现代主义诗歌作品便成了延伸穆旦诗歌情感和理念的最好方式。第三，穆旦翻译现代主义诗歌或其他"不合时宜"的诗歌是表达自我情感的需要。翻译在某种程度上也是一种创作，译者往往会在翻译过程中融进自己的情思，当诗人的创作自由受到限制而无法抒发自己情感的时候，诗人往往会选择翻译最能表达自己情感的外国作品，释放自己的创作的激情和自由的想象，以此弥补精神的空缺。因此，穆旦翻译现代主义诗歌除了兴趣所致之外，也是为了表达自己被压抑的情感，他的些许译作也是自我命运的写照。英国诗人拜伦花了五年时间写成了被歌德称为"绝顶天才之作"的抒情诗《唐璜》，这部长诗主要表现的是一个潇洒阔达却又命运多变的自传式形象，人物失去了拜伦其他诗歌中"拜伦式英雄"的光环而变得无法掌握自身的命运，作品丰富奇特的想象和无奈的喟叹在现实主义盛行的时代显得格格不入。穆旦却十年如一日般精心翻译刻画具有"登徒浪子"般豪情的唐璜，不正是诗人当时无奈心境的真实写照吗？穆旦在去医院进行手术前对周与良说："我已经把我最喜欢的拜伦和普希金的诗都译完，也都整理好了。"还对最小的女儿小平说："你最小，希望你好好保存这个小手提箱的译稿，也

---

① 周珏良：《英国现代诗选·序言》，《穆旦译文集》第 4 卷，人民文学出版社 2005 年版，第 332 页。

可能等你老了，这些稿件才有出版的希望。"① 这表明穆旦虽然不得不选择那些被"允许"的作品来翻译，但在翻译和创作失去自由的语境中，他也会本着自己的审美趣味去选择译本，而不管译作是否会在当时得以出版。

此外，穆旦的诗歌翻译也会受到"赞助者"的影响。穆旦对苏联文学的译介虽然是出于自己留美期间对俄文的兴趣以及国内对苏俄文学的政治化热爱，但也与"赞助者"的支持和鼓励分不开。萧珊②是国内普希金翻译的专家，当时是平明出版社的义务编辑，而她的先生——巴金正是平明出版社的主持者，平明出版社以出版世界文学与翻译作品为主，尤其偏向苏联和俄罗斯文学的出版。因此，国内的文学环境和本人对外国文学的偏好都决定了萧珊对穆旦翻译俄苏文学的支持，李方在《穆旦（查良铮）年谱》中对此作了这样的描述："在这几年内，萧珊同志和他的书信频繁（可惜这些信在'文化大革命'中全部丢失），讨论一些文学问题，并赠送良铮一本英文《拜伦全集》。良铮得到这本书，如获至宝。……在1958年前，良铮的翻译作品能出版得这么多，是与萧珊同志给予的极大支持和帮助分不开的。"③ 而我们可以看出，穆旦的译作一开始都是在平明出版社出版，很显然作为赞助者的平明出版社和作为赞助人的萧珊对穆旦的翻译选材起到了很大的影响，我们从穆旦致萧珊的信中也可以看出赞助者对译者翻译选材的规约："我在上信中已和你讨论译什么的问题。我有意把未来一本诗（十月底可以交稿，因为已有一

---

① 周与良：《永恒的思念》，《穆旦诗文集》（1），人民文学出版社2006年版，第11页。
② 萧珊（1921—1972），原名陈蕴珍，当代女作家，翻译家，1939年入西南联大外文系学习，1944年与巴金结婚，解放后主要从事文学编辑和翻译工作，是普希金和屠格涅夫翻译的专家。
③ 李方撰：《穆旦（查良铮）年谱》，《穆旦诗文集》（2），人民文学出版社2006年版，第369页。

部分早译好的）叫做《波尔塔瓦及其他》，包括波尔塔瓦、青铜骑士，和其他一两首后期作品，第二本叫做《高加索的囚徒》（也包含别的一些同时期的长诗在内），如果这样，便不先译《高加索的囚徒》这一首。你看怎样？"①这封信除了穆旦以一般朋友的身份与萧珊商量翻译之外，也可以看出他在译介的选材上在征询萧珊的意见，足以显示出赞助人对译者的影响力，毕竟翻译的目的最终是为了能够发表出去让读者阅读，译者也不得不考虑出版社或编辑的审美价值取向。

穆旦从 1953 年开始翻译外国文学作品，一直到他 1977 年病逝前都没有放弃对译文的修正和完善。在这二十多年的翻译生涯中，他给后人留下了丰富的翻译作品，因为译文的质量和数量，穆旦被人们誉为是"迄今为止中国诗歌翻译史上成就最大的一人"。

二

在长期从事诗歌翻译之后，穆旦内心已深深地植入了很多浪漫主义诗人的艺术创作手法，尤其原作的某些精神和情感让一度被迫沉默的诗人感同身受。因此，当穆旦迎来春光明媚的创作时机后，那些在翻译过程中无数次被诗人咀嚼思索的诗句，或曾经激起诗人无限遐想的篇章，便会在"机缘巧合"之时触动他创作的神经。

《苍蝇》是穆旦在被迫停止写诗几十年后，再次"归来"的重要作品，宣告了诗人的"复活"。但就是这样一首重要的作品，却是受到了穆旦翻译对象的启发和影响，诗人"对苍蝇在'我们掩鼻的

---

① 穆旦：《致陈蕴珍（萧珊）》，《穆旦诗文集》（2），人民文学出版社 2006 年版，第130 页。

地方'自得其乐的生活状态的描写和鄙弃，极有可能受到了英国诗人威廉布莱克同名诗作《苍蝇》的影响。在布氏看来，作为宇宙间的生命，自己和苍蝇一样，随时会被命运之手无心地抹去"。① 穆旦《苍蝇》中的"反抗"精神和诗歌组织方式，与布莱克的作品如出一辙，两首诗就连题名也完全一样，因此前者不是"极有可能"而是"一定"受到了后者的影响。穆旦在谈该诗的创作缘由时，并没有言及布莱克的作品而只提到杜运燮的"笔法"："是自己忙，脑子里像总不停，结果写点东西，寄你三篇看看。因为想到运燮曾为你们的五六只鸡刻画得很有意思，说它们乐观地生活，我忽然在一个上午看到苍蝇飞，便写出这篇来。"② 但有充分的证据表明，穆旦此作受惠于自己曾经的翻译活动，他应该接触并很好地阅读理解了布莱克的《苍蝇》一诗：他曾与袁可嘉合译过布莱克的诗，对英国诗人"生平正式出版的唯一诗集"《诗的素描》中的诗篇如数家珍；对"以手稿形式保存下来的布莱克的一些诗作"如《天真之歌》《经验之歌》等，也都做了很好的解读；甚至对"布莱克的全部著作"都有所了解，因此才可能在与人合译布莱克时，对作者进行全面而综合的评价："瑰丽的想象，浓厚的生活气息使他不愧于英国革命浪漫主义诗歌的伟大先驱。"③ 虽然穆旦翻译的是布莱克 1783 年出版的《诗的素描》中的 18 首诗歌，而《苍蝇》则出自 1794 年刻印的《经验之歌》，但从穆旦后期创作《春》《夏》《秋》《秋（断章）》《冬》等诗篇来看，其与布莱克的《咏春》《咏夏》《咏秋》《咏冬》等作品的"互文"关系跃然纸上，表明布莱克对穆旦诗歌创作的影

---

① 段从学：《穆旦的精神结构与现代性问题》，人民出版社 2014 年版，第 155 页。
② 穆旦：《穆旦诗文集》（2），人民文学出版社 2006 年版，第 143 页。
③ 袁可嘉：《〈布莱克诗选〉译序》，《穆旦译文集》（4），人民文学出版社 2005 年版，第 293—297 页。

响异常深刻，两首《苍蝇》之间并非毫无关联的巧合，而具有不言而喻的"亲缘关系"。最有可能的情况是，杜运燮刻画鸡的文章给穆旦留下了深刻印象，而布莱克的诗歌又一直盘旋在脑海里，于是当他看见"苍蝇飞"的时候，两位诗人的作品就激活了他的创作灵感，于是写下了《苍蝇》一诗。

布莱克的影子固然存在，但穆旦创作《苍蝇》时所接受的影响是有限度的，与其说这首诗是仿写之作，毋宁说它更像是诗人生活的自况。曾几何时，在时代激流中命运不堪的诗人如同"小小的苍蝇"，不仅没有足够的食物维持基本生命，而且还要遭受突如其来的暴风雨的袭击："谁知道一日三餐/你是怎样的寻觅？/谁知道你在哪儿/躲避昨夜的风雨？"但"苍蝇"对生活抱有积极而理想化的"好奇"心，它"不管人们的厌腻"，也不管在政治波动中人与人之间等级的差异，总是"自居为平等的生命"，似乎没有心灵创伤般地与普天下的人一起"歌唱夏季"，歌唱那个翻滚着热浪的激情年代。《苍蝇》一诗的结局是悲凉的：那个食不果腹、衣不御寒的人，带着一腔热情，在不平等中渴望"平等"地歌唱新生活，直到最后才意识到，所有的努力不过是"一种幻觉，理想，/把你吸引到这里，/飞进门，又爬进窗，/来承受猛烈的拍击"。遥想当年，穆旦怀着无比美好的生活期待，远涉重洋回到"春暖花开"的祖国怀抱，准备开始一段期待已久的新生活，但接踵而至的批斗和政治运动让一切化为泡影，不但当年的理想成为"一种幻觉"，而且还要承受现实生活中远甚于一般性打击的"猛烈的拍击"。换个角度来讲，倘若布莱克写作《苍蝇》时并没有遭致穆旦似的厄运，而历经坎坷后的穆旦才能写出与布莱克一样的诗篇，那只能表明两位诗人的写作都具有时代的超越性，均不属于自己所处时代或个人化的抒情，而是对人之悲剧性命运的普适性表达。

穆旦没有翻译布莱克的《苍蝇》，但却在英国诗人的启示下创作了同名诗篇，并在自己的作品中抒发了似曾相识的情感。倘若不是翻译诗歌带来的直接影响，那也是穆旦的翻译行为孕育出的意外果实。或许我们可以这样说，如果穆旦没有翻译布莱克的诗篇，他就难以接触并仔细研读《苍蝇》一诗，而他自己创作的《苍蝇》也许会是另外的模样。穆旦后期的诗歌创作除受到广泛而深刻的阅读行为（即前翻译行为）的触发之外，也会受到翻译诗歌以及他与原作者相似的审美价值的牵动。

丘特切夫是穆旦最为欣赏的俄国诗人，后者对前者作品翻译的数量仅次于普希金。1963 年，穆旦在恶劣的环境和抑郁的心情下，开始夜以继日地翻译拜伦的长诗《唐璜》，同时翻译了俄国象征派诗人丘特切夫的 128 首作品，合集为《丘特切夫诗选》，后于 1985 年在外匦文学出版社出版。为什么穆旦会喜欢上这样一位对于中国读者来说"名字还比较陌生"[①] 的诗人呢？这还得从二人诗歌创作的相似性说起，穆旦对丘特切夫的翻译主要是根据自己的诗歌审美观念做出的抉择，也就是说诗人的诗歌创作影响了他的翻译选材。就如有学者所言："穆旦的翻译作品，既可见出原诗的艺术风格，又充分体现翻译者主体的创造精神，在某种程度上，译诗可看作穆旦前期创作生命的承接和延续。"[②] 事实上，穆旦在前期的诗歌创作中经常使用"夜""昼""梦""混沌"这类意象，而这类意象也恰巧是丘特切夫所常用的，表明二者在抒情方式和内容上具有诸多的相似性，

---

① 穆旦：《〈丘特切夫诗选〉译后记》，《穆旦译文集》（8），人民文学出版社 2005 年版，第 150 页。

② 龙泉明、汪云霞：《论穆旦诗歌翻译对后期创作的影响》，《中山大学学报》2003 年第 4 期。

也难怪穆旦对丘特切夫的作品喜爱有加，并决意将之翻译成中文。

　　穆旦以"夜"意象为标题的诗篇就有好几首，比如《夏夜》《冬夜》《在寒冷的腊月的夜里》《夜晚的告别》《漫漫长夜》等。而描写到"夜"的诗句就更多了，比如"黑夜里叫出了野性的呼喊"（《野兽》）、"窗外是今夜的月，今夜的人间"（《童年》）、"夜晚是狂欢的季节""我要盼望黑夜，朝电灯光上扑"（《蛇的诱惑》）、"当黄昏溶进了夜雾，吞蚀的黑影悄悄地爬来"（《玫瑰之歌》）、"在被遗留的地方忽然是黑夜"（《智慧的来临》）以及"在无边的夜空等我们一块儿旋转"（《黄昏》），等等。再看丘特切夫的诗歌作品，以"夜"为标题的有《不眠夜》《是幽深的夜》《日与夜》《静静的夜晚》《七月的夜毫无凉意》等，在诗歌中出现"夜"的句子也比较多："山谷里飘下夜的暗影"（《黄昏》）、"黑夜好似百眼兽，皱着眉"（《松软的沙子深可没膝……》）、"只能听到夜空中的振动"（《灰蓝色的影子溶和了》）、"白云缓缓地升上夜空，/好像对冬寒也有些畏缩；/夜是凄清的，死一般静"（《我站在涅瓦河上》）等。再以"梦"来讲，穆旦作品中"梦"的意象也经常出现："对面是两颗梦幻的眼睛/……/这不过是一场梦"（《从空虚到充实》）、"我已经疲倦了，我要去寻找异方的梦。/……/在云雾的裂纹里，我看见了一片腾起的，像梦"（《玫瑰之歌》）、"然而在漫长的梦魇惊破的地方，/一切的不幸汇合，像汹涌的海浪"（《不幸的人们》）、"从静止的梦离开了群体，/……/仇恨着母亲给分出了梦境"（《我》）等。而在丘特切夫诗歌中"梦"的意象也大量存在："堕入铁一般沉重的梦里"（《在这儿，只有死寂的苍天》）、"不料如此平静的梦之王国/竟溅来了咆哮的大海的泡沫"（《海上的梦》）、"是什么抚慰着你的梦，/并且把冥想镀上了金"（《大地还是满目凄凉》）等。通过以上诗歌作品的罗列可以看出，丘特切夫的诗歌创作契合了穆旦前期诗歌创作的运思方式和情感体验，因而后者对前者产生了浓厚的兴趣，遂发翻译之愿。

而实际上，穆旦与丘特切夫的关系远非如此，在更深的思想层次上，二人早已成为莫逆之交，也许这才是穆旦翻译丘特切夫的根本原因。丘特切夫一生都在从事外交工作，他的仕途波澜不惊，但在创作上却经历了复杂的转变。19世纪20年代，他是个追求自由思想的年轻人，写过响应普希金《自由颂》的诗篇，但随着欧洲革命运动的发展，他的创作也逐渐趋于保守，曾撰写政论和时评宣扬自己的主张，要求俄罗斯政府联合斯拉夫各民族对抗西方社会革命，以自我牺牲和忍让精神来排斥资本主义社会的个人主义思想。倘若丘特切夫就是这样一位保守主义者，那他一定不会激起穆旦翻译的兴趣；实际上，"保守"并非诗人的本真面目，"他还有一个方面，那是他的隐藏在生活表层下的深沉的性格。他把这另一个自己展现在他的抒情诗中，在那里，他仿佛摆脱了一切顾虑、一切束缚，走出狭小的牢笼，和广大的世界共生活，同呼吸，于是我们才看到了一个真正敏锐的、具有丰富情感的诗人"。① 丘特切夫在他的诗歌作品中不仅有开放而非保守的情怀，而且还重视并客观地歌颂"革命"的"破坏力和创造力，把它写得比他所习见的那个画帷世界更坚实有力"。② 比如他1830年所写的《西塞罗》就是有感于法国"七月革命"所作，这是19世纪30年代欧洲革命浪潮的序曲，诗人虽然像古罗马政治家西塞罗那样，发出了罗马帝国衰亡的喟叹之声，但

---

① 穆旦：《〈丘特切夫诗选〉译后记》，《穆旦译文集》（8），人民文学出版社2005年版，第152页。

② 同上书，第156页。

同时却为生活在新旧交替的时代而备感幸运，因为可以看见衰亡时的"伟大一景：/罗马的血红星宿的陨落"。同时可以看到"世界的翻天覆地的一刻——/只要是能被众神邀请/作为这一场华筵的宾客，/那他就看见庄严的一幕"。① 从这首诗中，我们可以明显觉察到诗人已经和要求革命的广大人民一道，呼吁美好的新世界从衰朽的旧世界中诞生，溢满了诗人对革命和反抗精神的赞美之情。从这个角度来讲，丘特切夫是个具有"两面性"的矛盾体，对他的认识不能凭借他外在的言论和行为，而应从分析他的诗歌入手，那才是通向诗人内在世界的唯一路途。

再来看看中国诗人穆旦，他在战乱的烽火中走上诗歌创作道路，之后在大洋彼岸怀着对新社会的美好期待和对自我未来生活的憧憬回归祖国。但现实远比预想的残酷，穆旦回国不久即遭受了政治运动的"清洗"，被迫失去了写作和从事教育工作的权利。穆旦在特殊的时代语境下，一度创作了《去学习会》《三门峡水利工程有感》《九十九家争鸣记》《退稿信》等诗篇，在一定程度上反映出他的现实生活实情。如果我们就此认为穆旦丧失了自己的内在精神世界，对现实选择了迎合或沉默，那也是对诗人最大的误读。从他不知疲倦的翻译工作中，我们依然可以看到诗人不屈的灵魂，如同俄国诗人丘特切夫一样，穆旦用他的翻译建构起了一个广博而丰富的内心世界，这个世界与他所处的现实世界格格不入。与人们必须通过诗歌创作才能真正了解丘特切夫的精神世界一样，我们对 20 世纪 50 年代以后的穆旦的理解，也必须阅读他翻译的普希金、拜伦、雪莱、布莱克、丘特切夫等人的诗歌和少量的自创诗篇。正是由于穆旦对

---

① ［俄］丘特切夫：《西塞罗》，穆旦译，《穆旦译文集》（8），人民文学出版社 2005 年版，第 31 页。

丘特切夫生活经历和作品的深刻解读，对这位俄国诗人外在情绪和内在精神世界差异的把握，才使他保持着内心的自我，比如《听说我老了》这首诗完全将丘特切夫"两面性"之个性带来的影响化为无痕：

　　　　我穿着一件破衣衫出门，
　　　　这么丑，我看着都觉得好笑，
　　　　因为我原有许多好的衣衫
　　　　都已让它在岁月里烂掉。

　　　　人们对我说：你老了，你老了，
　　　　但谁也没有看见赤裸的我，
　　　　只有在我深心的旷野中
　　　　才高唱出真正的自我之歌。

　　　　它唱着，"时间愚弄不了我，
　　　　我没有卖给青春，也不卖给老年，
　　　　我只不过随时序换一换装，
　　　　参加这场化装舞会的表演。"

　　　　"但我常常和大雁在碧空翱翔，
　　　　或者和蛟龙在海里翻腾，
　　　　凝神的山峦也时常邀请我
　　　　到它那辽阔的静穆里做梦。"

　　这首诗写于 1976 年，诗人对别人表面的评价并不在意，因为很少有人能真正理解他，也没有人能走进他的内心世界——那片心灵的"旷野"，那里才住着一个"真正的自我"。因此，当别人对衣衫破烂的诗人说"你老了"的时候，他只是淡然允答，在岁月的变换中，诗人对外在现实世界的态度只是应付性的逢场作戏罢了，他深谙严酷语境下的人生百态，生活不过是一场"化装舞会的表演"而已，它怎能禁锢诗人的思想？诗人的灵魂自由自在地在碧空翱翔，在大海里翻腾；他沉浸在山峦辽阔无边的静穆里，让精神的自我漫无边际地幻想，那样诗人便获得了真正的自由，也似丘特切夫那样"摆脱了一切顾虑、一切束缚，走出狭小的牢笼，和广大的世界共生活，同呼吸"。① 穆旦的这首《听说我老了》恰好印证了两位诗人创作的相似境界和矛盾心理，这也构成了穆旦翻译丘特切夫诗歌的内在动因。

　　穆旦对丘特切夫的译介体现出诗歌翻译与创作的双重关系：诗人的创作风格制约着他的翻译选材，并在一定程度上决定了译文的归化色彩；而诗人所译之作品反过来又会左右他的创作，使之打上原文风格的烙印。穆旦与丘特切夫之间是翻译与被翻译的关系，也是影响与被影响的关系，更是心灵和生命的挚交。穆旦已经成为中国现当代文学史上经典化的诗人，对其作品的研究固然不能偏执于一端。同理，对其诗歌翻译的理解也不能局限于域外创作资源的梳理和打捞，还应该从时代语境和创作主体的诉求等方面入手加以剖析。

　　除前面论述到的两个鲜明个案之外，穆旦的诗歌创作在整体上也受到了翻译诗歌的影响。穆旦后期诗歌中渗透着智慧，高唱"智

---

　　① 穆旦：《〈丘特切夫诗选〉译后记》，《穆旦译文集》（8），人民文学出版社 2005 年版，第 157 页。

慧之歌"，是"中国诗歌现代性一个先锋人物，打开了中国诗歌另一个层面——智慧、智性的表达"。① 在此，智慧或智性具有两个维度的内涵：一是穆旦诗歌表现的内容；二是穆旦诗歌表现的方式。其后期作品如《智慧之歌》《理智与感情》《理想》《冥想》《友谊》《爱情》等都充满了"智慧"之思和"智慧"表达。穆旦独特的经历加上翻译《雪莱抒情诗选》的触动，这种"智慧之歌"鲜明地在后期作品中通过深沉的生命思考体现出来，恰如王佐良先生所说："雪莱式的浪漫派的诗，有着强烈的抒情气质，但也发泄着对现实的不满。"② 例如在《智慧之歌》这首诗中，第一节是诗人对人生的思考："我已走到了幻想底尽头，/这是一片落叶飘零的树林，/每一片叶子标记着一种欢喜，现在都枯黄地堆积在内心。"这是穆旦对自己沉重而又悲伤的总结，种种的"欢喜"也不过是像"落叶"般飘零，诗人只能哀伤地看着它们在自己内心深处的某个角落"枯黄地堆积"着。第二、三、四节分别对爱情、友谊、理想作出了思考，爱情如流星般美丽却不能长久，纯洁的友谊也会因"社会的格局"而变得陌生，诗人执着付出的理想"终于成笑谈"。第五节中"只有痛苦还在，……，但唯有一棵智慧之树不凋，/我知道它以我的苦汁为营养，它的碧绿是对我无情的嘲弄"，这棵不凋的智慧之树就是诗人对人生、爱情、友谊、理想思考的智慧结晶，整首诗体现出来的人生智慧是如此的睿智，而又让人无限感伤。

与前期创作相比，穆旦后期诗歌中直面现实的讽刺和批判明显增多。这一方面与穆旦的现实感受有关；另一方面，也与他翻译拜

---

① 施佳莹：《穆旦：真正的诗人永远不朽》，《中华读书报》2006 年 4 月 19 日。
② 王佐良：《穆旦的由来和归宿》，《王佐良文集》，外语教学与研究出版社 1997 年版，第 466 页。

伦的《唐璜》、普希金的《欧根·奥涅金》、艾略特的《荒原》等优秀的讽刺艺术作品不无关系。穆旦曾在《漫谈〈欧根·奥涅金〉》一文中对普希金的讽刺艺术大加夸赞，认为在这部长诗中，"幽默（或轻松的讽刺）成为主导成分，压过了严肃的口吻"。① 对一种创作手法的肯定多少会让译者自觉不自觉地在自己的创作中加以效仿，让穆旦后期诗歌具有明显的讽刺意味。拜伦的《唐璜》以其杰出的讽刺艺术而闻名，在这部诗体小说中，拜伦的讽刺无处不在，比喻、类比、夸张的修辞手法，矛盾冲突和白描等叙事手法展示了诗人精彩的讽刺艺术。穆旦后期诗歌中的讽刺诗作主要有《退稿信》和《黑笔杆颂》，在《退稿信》中如下诗行："百花园地上可能有些花枯萎，/可是独出一枝我们不便浇水，/我们要求作品必须十全十美，/您的来稿只好原封退回。"这种寓谐于庄的讽刺手法在《唐璜》中比比皆是，如讽刺看似恩爱却各怀心思的公爵夫妇："要是连她都能容忍/谁还有资格挑剔她的逢场作戏/无疑，公爵夫妇是最好的婚配/因为彼此不碰头，所以从不吵嘴。"② 拜伦的《唐璜》中有一种"倒顶点"的写作手法，这种写法是到了一节诗歌的末端时，会突然出现与上文意思相反的诗句，把前文所说的话突然全部推翻，令人感受到非常突兀的讽刺效果。在第九章第五节就展示了这种写法："既然你爱甜言蜜语多于讽刺，/人们也就奉上一些颠倒的赞誉：/'各族的救星'呀——其实远未得救，/'欧洲的解放者'呀——使她更不自由。"③ 这几节诗把惠灵吞誉为"救星"与"解放者"后又

---

① 穆旦：《漫谈〈欧根·奥涅金〉》，《穆旦诗文集》（2），人民文学出版社2006年版，第96页。

② ［英］拜伦：《唐璜》，穆旦译，《穆旦译文集》（2），人民文学出版社2005年版，第299页。

③ 同上书，第95页。

立即推翻，起到了强烈的冷讽效果。穆旦的《黑笔杆颂》也用了与"倒顶点"类同的写法："多谢你，把一切治国策都'批倒'／人民的愿望全不在你的眼中：／努力建设，你叫做'唯生产力论'，／认真工作，必是不抓阶级斗争；／……学外国先进技术是'洋奴哲学'，／但谁钻研业务，又是'只专不红'；／……不从实际出发，你只乱扣帽子，你把一切文字都颠倒了使用。"诗人明明对"黑笔杆"非常憎恶，却用了"多谢你，把一切治国策都'批倒'"这种颠倒的语气先加以赞颂，接着才开始讽刺"大批判组"的种种荒谬行为，"感谢"与批判形成的对比加重了这首诗的讽刺效果。

翻译外国诗歌既可以为创作积蓄情思和艺术的能量，也可以抒发译者的自我情感，承载译者的生存态度。有学者认为："自 1957年之后，诗人命运不断受到捉弄，译诗几乎成为他对抗苦难的唯一方式。在沉重的打击面前，诗人被迫抑制自己的写作冲动，可他却难以放弃生命的尊严和艺术追求，而将全部创作激情倾注于诗歌翻译中。"[①] 穆旦的翻译的确具有"对抗苦难"的效用，但说他"放弃生命的尊严和艺术的追求"却不完全准确，因为翻译对他而言具有非同小可的意义。正如王家新先生所说，在那样一个特殊的时代，穆旦"从事翻译甚至具有了'幸存'的意义——为了精神的存活，为了呼吸，为了寄托他对诗歌的爱，为了获得他作为一个诗人的曲折的自我实现"[②]。恰恰是借助诗歌翻译，穆旦的生命尊严和艺术追求得以再度升华，他在翻译中重新建构起了别具一格的精神世界。

正是穆旦将翻译诗歌作为精神和艺术的寄托，由此带来了他后

① 龙泉明、汪云霞：《论穆旦诗歌翻译对后期创作的影响》，《中山大学学报》2003 年第4 期。

② 王家新：《穆旦：翻译作为幸存》，《江汉大学学报》2009 年第 6 期。

期诗歌创作风格的变化。读穆旦前期的诗歌，一股批判现代工业文明对人之异化的现代主义诗风扑面而来；而后期浪漫主义色彩的成分更加浓厚，集中抒发了诗人对人生与生命的感悟。为什么穆旦前后期诗歌创作的情感内容会发生如此迥异的变化呢？对于这个问题的分析，除了前面提到的抒发个人情感之需外，我们可以从生活体验和阅读经验两个方面找到答案。从诗人的生活体验来说，他曾经是中国诗坛上才情和诗艺俱佳的现代派诗人，留学美国后踌躇满志地投身新社会建设的洪流中，但却连环地遭受了政治上的打击，人格和尊严尽失。从早年投笔从戎参加抗日战争到义无反顾地回到中华人民共和国，穆旦的一腔报国情怀却最终给自己的生活设置了多重困境。因此，他对生命和生活的体验比一般人深刻，早年的激情也化作对生命的沉吟，这是穆旦后期诗歌多以抒发生命体悟为主的原因之一。从阅读经验的角度来讲，穆旦从 20 世纪 50 年代开始翻译了大量的浪漫主义诗歌和抒情短诗，作为一个负责任的译者，穆旦必须仔细阅读并体会每一首诗的情感内容。多年的翻译生涯使西方浪漫主义诗歌讴歌个体生命价值、肯定个人创造和尊重个体尊严的品格深深浸染了穆旦的心灵，使其后期作品中出现了许多以人生和生命为观照对象的作品，比如《智慧之歌》《理智和感情》《理想》《听说我老了》《冥想》《友谊》《沉没》《好梦》《爱情》等便是诗人对爱情、理想、友情，以及感性与理智、生命与死亡等作出的深刻注解。在《理想》一诗中，诗人认为没有理想的人是可悲的，他像草木般春生秋落、像流水般被现实的泥沙淤塞成污浊的池塘、像空屋般堆满灰尘与外界隔绝。在这种近乎让人窒息的环境中，诗人呼吁人们去追求理想："那么打开吧，生命在呼喊：/让一个精灵从邪恶的远方/侵入他的心，把他折磨够，/因为他在地面看到了天堂。"在理想泯灭的年代追求理想是艰难而崎岖的，在残酷的现实面前，理想会被"阴险的流沙"般的现实粉碎，最终一片空白，就像一个倾家荡产的流浪者："你看到的就是北方的荒原，／使你丰满的心倾家荡产。"

因此，穆旦后期的诗歌创作，既有翻译文本的影响，也有原作者精神气质带来的驱动。但总体而言，在经历了各种人为的生活磨难之后，在领略了西方众多诗人广博而执拗的生活姿态之后，"曾经沧海"让后期的穆旦踏着更加沉重而温情的脚步去书写生活，去展现并揭示生命的严酷和无奈。

三

穆旦是中国现当代诗歌史上成就斐然的诗人，他在诗歌翻译方面也同样取得了巨大的成就。虽然穆旦很少谈及他关于诗歌翻译的经验和看法，但从《谈译诗问题》《〈欧根·奥涅金〉译后记》等少量的文章中我们仍然可以看出他成熟而系统化的诗歌翻译思想。

穆旦认为诗歌翻译不应该只是讲求语言意义的对等，译者很多时候可以根据情感表达和诗歌表现的实际需要适当地对原语加以改造，译诗语言不必完全忠实于原诗语言。20 世纪下半期，美国翻译理论批评家奈达（E. A. Nida）认为，翻译实际上是"从语义到文体在译语中用最近似的自然对等值再现原语的信息"。① 从这个有名的"信息对等理论"出发，译诗与原诗相比至少要做到语义、语体、意象、形式等多方面的对等，这很自然地会使译诗在"文"与"质"

---

① Nida. E. A & Charles R. Taber, *The Theory and Practice of Translation*, Leiden：E. J. Brill, 1969，p. 12.

之间出现无法调和的矛盾。在这种情况下，"奈达及其他许多翻译学家都主张，形式应让位于内容。……注重内容而忽略形式，那么原文的美感必将消失，译文显得枯燥乏味"。① 诗歌是最富形式艺术的文体，诗歌翻译如果因为片面地追求语义的对等而忽略了语体色彩的诗性建构，那译文真的会验证美国诗人罗伯特·罗斯特（Robert Frost，1874—1963）的话 "诗乃翻译中失去的东西"（"Poetry is what gets lost in translation"）。因此，穆旦认为译诗在语体上一定要有诗歌语言的特性，译者不必为了达到 "忠于原作" 的目标或使译文语言 "正确无讹" 地传达原文意义而采取 "字对字、句对句、结构（句法）对结构" 的翻译方法。为了体现译本的诗歌文体风格，"假如译者把原句拆散，或把原意换一个方式说出，没有追随原作的遣词，或保留了主要的东西而去其不重要的细节"，只要译文 "实质上还是原意"，② 那译诗语言对原诗语言的局部改造在诗歌翻译过程中都是合理的。比如穆旦在翻译普希金的名诗《致恰达耶夫》时，将 "焦急的心情" 翻译成 "不耐地"，将 "就像年轻的恋人/等待着忠实的约会一样" 翻译成 "就像一个年轻的恋人/等待他的真情约会的时刻"。仔细比较我们就会发现，穆旦的翻译虽然在语言上并不忠实于原文，但诗的意味无疑更为浓厚。正是从这个意义上讲，诗歌翻译包含着创作的成分，并不是忠实于原文的翻译就是好的翻译，我们从英国人菲茨杰拉德翻译波斯诗人莪默·伽亚谟的《鲁拜集》、庞德翻译东方诗歌的《神州集》等译例中就可以得到证实。

为什么穆旦认为译诗语言可以背离原诗语言甚至对之进行改造

---

① 廖七一：《当代西方翻译理论探索》，译林出版社 2000 年版，第 88 页。
② 穆旦：《谈译诗问题》，《郑州大学学报》（人文社会科学版）1963 年第 1 期。

呢？除了上面讲到的诗性原则之外，穆旦认为语体色彩也是影响译诗语言背叛原作的重要原因。凡从事翻译的人都会碰到这样的难题，即"在一种语言里一个字眼挺俏皮，在另一国语言里就常常不，在这里美——在那里常常就不美，本是很动人的，照样译成外国的几个字，有时就索然无味"。① 因此，逐字逐句地翻译诗歌很难完整地再现原诗的语体色彩，很可能把一首风格独特的诗歌翻译得平庸无奇。与其让译诗为了忠实原文意义而失去原作者别具一格的诗才，还不如为了使译文成为名副其实的诗歌而改变或删减原文的语言意义。当然，这并不是说诗歌翻译具有很大的灵活性，译者可以根据自己的需要随意改变原文语词的意思，译诗依然要求准确传递原文的情思。只是对于诗歌而言，翻译的准确不等同于语言、句子和形式的对等，而是指"把诗人真实的思想、感情和诗的内容传达出来"，② 倒是那些逐字逐句的所谓"准确"的翻译很多时候并不准确。诗歌是一种艺术性很强的文学体裁，除了表情达意之外，还有很多形式要求，因而诗歌翻译也不只是翻译意义，还要翻译韵律节奏、形式艺术以及语体风格。难怪在穆旦眼中，好的译诗"应该是既看得见原诗人的风格，也看得出译者的特点"。③ 译者在选择译诗语言的时候，一定要顾及原作的语体色彩，准确地翻译出原作的风格特点，而不应该为了传递信息而放走了诗性。

译诗除了在意义层面可以适当地背离原诗语言外，在穆旦看来，译诗在句法结构上也可以对原文有所增删。诗歌翻译属于艺术性的翻译，而艺术性的翻译本来就是创造性的翻译，译者只能"惟妙惟

---

① 穆旦：《〈欧根·奥涅金〉译后记》，《穆旦诗文集》，人民文学出版社 2006 年版，第 110 页。

② 同上书，第 111 页。

③ 同上。

肖"地再现原诗的艺术元素而不是"一丝不走"地传递原诗的内容,"有足够修养的译者就不会去死扣字面,而可以灵活运用本国语言的所有长处,充分利用和发掘它的韧性和潜力"。① 穆旦从这句话中体认到"文学翻译的首要任务是要在本国语言中复制或重现原作中的那个反映现实的形象,而不是重视原作者所写的那一串文字"。诗歌是用最凝练的语言来塑造最鲜明的艺术形象,再通过艺术形象来达到作者书写的目的,它的翻译更应该在语言句法上大胆实现译者的创造性和能动性。在具体的翻译实践中,译者可以将原作两行的诗翻译成三行,或者对某一行诗加以拆分跨行。以穆旦翻译拜伦的《哀希腊》中的一节为例,原诗是:

> The isles of Greece! the isles of Greece!
>
> Where burning Sappho loved and sung,
>
> Where grew the arts of war and peace,
>
> Where Delos rose and Pheobus sprung!
>
> Eternal summer gilds them yet,
>
> But all, except their sun, is set.

穆旦的译诗是:

> 希腊群岛呵,美丽的希腊群岛!
>
> 火热的萨弗在这里唱过恋歌;
>
> 在这里,战争与和平的艺术并兴,

---

① 卞之琳、叶水夫、袁可嘉等:《十年来的外国文学翻译和研究工作》,《文学评论》1959年第5期。

狄洛斯崛起，阿波罗跃出海面！

永恒的夏天还把海岛镀成金，

可是除了太阳，一切已经消沉。

　　虽然译诗和原诗在诗行数量上都是六行，但译诗在诗句上却与原诗存在较大差异：比如第三行，译诗将状语提前并单独成句；第四行，译诗将原诗中的并列句拆分为两个独立的句子；第六行，译诗也并没有遵照原诗的句式翻译成"但是一切，除了太阳，已经沉没"，而是翻译成了"可是除了太阳，一切已经消沉"。可见，诗歌翻译需要根据汉语的句子结构来重新组合原句，译者需要创造性地改变原诗的句法结构，才能再现甚或增加原诗的诗性品质。对原作句法结构的背离或忠实并不是评价译诗好坏的标准，尤其对诗歌翻译而言句法结构的背离甚至是必要的。穆旦在翻译实践的基础上总结道："打破原作的句法、结构，把原作用另外一些话表达出来，在文辞上有所增减，完全不是什么'错误'，而恰恰相反，对于传达原诗的实质有时反而是必要的。"[1] 穆旦认为诗歌翻译不同于其他文学翻译的关键之处在于诗歌形式的重要性。在穆旦看来，译者翻译诗歌时结合内容与诗的形式比单纯地传达简单的形象或词句的意思要困难得多，换句话说，注重一字一句的意义翻译比把内容安排在诗的形式中要容易得多。

　　这涉及诗歌翻译的复杂性和艰难性，很多人由此认为诗歌不可译，或者干脆用自由诗、散文诗或者散文等形式来翻译外国诗歌。刘重来先生在《西奥多·萨瓦利所论述的翻译原则》一文中认为，

---

　　① 穆旦：《谈译诗问题》，《郑州大学学报》（人文社会科学版）1963 年第 1 期。

"当代散文诗或诗的散文"的译诗方法其实指的是用"自由诗或无韵诗"来译诗，他说："用格律诗译格律诗，如能既讲格律，又无损原意，自属上乘；但在确实不能用格律诗译格律诗的某些具体情况下，则不妨考虑运用自由诗体来译，以便尽量保留原诗的思想、情节、意境和形象。"① 这样做的目的就是要避开诗歌形式翻译的困难，从而单纯地传达简单的形象或词句的意思。但这样做的结果却是降低了原文在译语文化语境中的诗歌隶属度，虽然我们承认内容重于形式，但"诗的内容必须通过它特定的形式传达出来。即使能用流畅的优美的散文把原诗翻译出来，那结果还是并没有传达出它的诗的内容，发挥不了它原有的感人的力量"②。从读者的角度来讲，评判一首译诗的优劣应该具备如下两个条件：首先，"要看它把原作的形象和实质是否鲜明地传达了出来"；其次，"要看它被安排在什么形式中"③。很多人只是注意了第一个条件而没有注意第二个条件，因此常常要求诗歌翻译抛弃形式而顾及内容的准确性，导致诗歌文体的泯灭。

　　穆旦把形式视为诗歌翻译的精髓所在，为此他提出为了翻译诗歌的形式可以忽略原作中不重要的词义，或者为了诗歌形式被迫采用不准确的词义。穆旦根据自己翻译诗歌的实践认为，结合诗的形式译出原作的内容是诗歌翻译的最高原则，在这一原则的指导下，并不是原作的"每一字、每一辞、每一句都有同等的重要性；对于那在原诗中不太重要的字、辞或意思，他为了便于突现形象和安排形式，是可以转移或省略的；甚至对某一个词句或意思，他明明知

---

① 刘重来：《西奥多·萨瓦利所论述的翻译原则》，《外国语》1986 年第 4 期。
② 穆旦：《谈译诗问题》，《郑州大学学报》（人文社会科学版）1963 年第 1 期。
③ 同上。

道有几种最好的方式译出来，可是却被迫采用不那么妥帖的办法把它说出，以求整体的妥帖"。①

从中我们可以看出穆旦在诗歌翻译过程中对形式的强调，这并不表明他是个"因文害义"的形式主义者，相反，穆旦十分重视诗歌翻译中意义的准确性，虽然少量的字句没有达到精准翻译的要求，但这种局部的"误译"却使原诗中重要的情感内容和意象在译文中变得更加突出和鲜明。从更高的层次上讲，穆旦的话其实表明了译者在翻译外国诗歌的时候应该着眼全局，不要因为一朵乌云而失去了蓝天，因为一排浪涛而失去了大海。就如穆旦所说："译一首诗，如果看不到它的主要实质，看不到整体，只斤斤计较于一字、一辞、甚至从头到尾一串字句的'妥帖'，那结果也不见得就是正确的。"②好的诗歌翻译一定是从全局入手，将原诗的情感内容融入合适的形式艺术中，其间可以使译诗在语体和句法上局部地背叛原文，以求得译诗整体上的内容准确和艺术价值。

穆旦认为翻译外国的格律诗应该讲求韵律，但是不必讲求严格的韵律，否则就会有碍情感的表达。穆旦以他自己翻译俄国诗人普希金的叙事诗的经验告诉大家，"不能每行都有韵；因为如果要每行都有韵，势必使译文艰涩难行，文辞不畅，甚至因韵害意，反而不美。而且，我国律诗的传统，和西洋诗不同：行行都韵似乎不是我们的习惯"。③ 因此，穆旦本人在翻译外国格律诗的时候采用了双行韵和隔行韵混合交错的韵式，"它的好处是：（一）译者可以相当自由地选择辞句，不过分受韵脚的限制；而另一方面，（二）仍是处处

---

① 穆旦：《谈译诗问题》，《郑州大学学报》（人文社会科学版）1963 年第 1 期。
② 同上。
③ 查良铮：《关于译文韵脚的说明》，海岸选编：《中西诗歌翻译百年论集》，上海外语教育出版社 2007 年版，第 121 页。

有韵脚的链锁：在任何相连的两行诗中，必然至少有一行是和或前或后的一行（也许是和它邻近的一行；也许是隔开的一行）押着韵的。这样，我们读起来时，会感到有连续不断的韵贯穿着全篇。（三）没有呆板或单调之感；因为韵的出现富于变化，有些地方近似一种'意外的巧合'，有助于阅读的快感"。① 穆旦在自己的译诗中尽量减少用韵的原因除了韵式过多会妨碍诗情的表达之外，也与中国的现代白话文自身在音韵上的不足有关。穆旦认为他的译诗"韵脚有些押得很勉强，很模糊，这一方面固然由于译者的思虑不够周详，但另一方面，恐怕也是白话译诗所不易避免的现象，有其在语言本质上的困难：因为有很多个字，和它们准确押韵的可能性本来就是很少的。但关于这，译者不想在此多作解释了"。②

穆旦阐发其翻译主张的文章写于 20 世纪 60 年代早期，之后他又翻译了很多俄文和英文诗篇，修订了诗体小说《欧根·奥涅金》、《普希金抒情诗选集》、《唐璜》和《拜伦诗选》，可以想象他在译诗方面还有很多经验总结。但穆旦后来的译诗"基本上还是沿着 1963年的译诗主张那条道路走过来的"，③ 因而，以上所探讨的译诗语言、语体和形式也大体能代表他整个的译诗文体观念。

---

① 查良铮：《关于译文韵脚的说明》，海岸选编：《中西诗歌翻译百年论集》，上海外语教育出版社 2007 年版，第 121 页。

② 同上书，第 122 页。

③ 杜运燮：《穆旦著译的背后》，杜运燮、袁可嘉、周与良编：《一个民族已经起来》，江苏人民出版社 1987 年版，第 115 页。

第三章　诗歌翻译与个人志趣

新时期以来，中国新诗创作迎来了自由而开放的语境，诗歌翻译相应地进入了热闹而繁荣的新阶段。在多元化语境中，译者可以结合自身需要和目的展开诗歌翻译，有很多人凭着自身的兴趣爱好和学术追求走上了翻译的道路，从而成就了不平凡的翻译人生。

第一节　朝圣路上的文学姻缘

在中国诗歌翻译史上，诗歌翻译批评一般是从事诗歌翻译的译者发表的经验之谈，因此显得感性而零碎。不事诗歌翻译而发表翻译言论的例子实在太少，即鲜有人从文学理论的角度去阐发具有普遍性价值的翻译言论，这种现象也正好应和了中国文论思想不发达的现状。钱钟书先生博览古今中外群书，是现当代中国文艺思想最深刻且丰富的代表性人物，他对翻译的看法也几乎源于一种学理性的批评，属于兴趣爱好之内的思考。人们虽然把他视为翻译家，但他在翻译实践方面取得的成就实在微薄，只在 20 世纪 50 年代参与翻译了毛泽东诗词。尽管如此，他对文学翻译的认识却很有启发性和学术价值。作为著名的学者和作家，钱钟书先生丰富的学术思想和文学创作早已成为人们关注的重点；但钱先生在翻译实践和翻译研究中也有独到的建树，学界对此多有涉猎却很少专门论述。目前已有钱钟书翻译思想和翻译美学的相关成果，谈论他的翻译境界和翻译功用也不再是新鲜话题，不过对钱先生在提出较高翻译标准的情况下却对讹化的翻译行为和走样的译本给予肯定的矛盾行为，至今没有人给出合理的解答。有鉴于此，本文以钱钟书两篇谈论翻译的文章（《林纾的翻译》和《汉译第一首英语诗〈人生颂〉》）为依托，论述他的文学翻译境界之"化境说"和文学翻译功用之"媒诱说"，以及二者如何圆满和谐地构成了钱先生翻译思想的主要元素。

一　文学翻译境界：行走在朝圣的路上

"化境说"可视为钱钟书关于文学翻译标准的扼要概括，也可视为其给文学翻译设置的最高境界，并相应提出了原文是评价译文的最高标准。很多学者包括钱先生本人认为要在翻译过程中真正实现"化"是不可能的，他提出该标准的主要目的是希望译者能够像教徒一样永远行走在朝圣的路上，对翻译行为和原作抱有虔诚的态度，尽可能使译作因接近和忠实原文而趋于完美。

在中国翻译理论的建设过程中，翻译标准是学术界一再探讨却没有定论的话题。从汉代的译经活动算起，翻译在中国业已有两千年的历史，而翻译标准问题似乎也顺应了刘勰"文变染乎世情"的思想，不同时期有不同的诠释。抛开现代翻译史上的直译和意译之争，仅就当代翻译文学理论而言，傅雷在 1951 年提出了文学翻译的"传神论"标准："翻译应当像临画一样，所求的不在神似而在形似。"① 他把"意似"——译文同原文在内容上的一致性——视为翻译的最低标准，以为如果译文能在形式和精神上同时一致，即达到了"神似"，才可能产生最佳译作。傅雷提出的"传神论"标准看似很好地解决了意译和直译的不足，但要真的实现译文与原文的神似却是不可能的，就连傅雷自己也说："'神似'和'形似'不能同时兼顾，我们应大胆地摆脱原文形式，着意追求译文与原文的'神似'。"② 从中不难看出，傅雷的翻译标准在早先的直译和意译的天平上偏向了意译，对译文在形式上保持原作风格依然不利。20世纪60年代中期，钱钟书提出了"化境说"，认为"文学翻译的最高标准是'化'。把作品从一国文字转变成另一国文字，既能不因语文习惯的差异而露出生硬牵强的痕迹，又能完全保存原有的风味，那就算得入于'化境'"。③ 在针对翻译过程提出"化境说"的基础上，钱钟书对理想译文作出了界定："译本对原作应该忠实得以至于读起来不像译本，因为作品在原文里决不会读起来像经过翻译似的。"④ 有学者将傅雷和钱钟书的文学翻译标准进行了比较："'化境'是比'传神'更高的翻译标准，或者说是翻译的最高标准，因为'传神'论要求的'神似'实际上是译文与原作精神上的相似或近似，而'化境'则要求译文与原作在除了文字形式以外的所有方面相等一致。这的确是翻译的理想，是每一位翻译工作者和学习翻译的学生的努力方向。"⑤ 此话对钱钟书翻译思想的肯定并非人为拔高，钱先生自己非常赞同译作是原文"投胎转世"（the transmigration of

---

① 傅雷：《〈高老头〉重译本序》，载罗新璋编《翻译论集》，商务印书馆1984年版，第558页。

② 同上。

③ 钱钟书：《林纾的翻译》，载罗新璋编《翻译论集》，商务印书馆1984年版，第696页。

④ 同上书，第696—697页。

⑤ 冯庆华：《实用翻译教程》，上海外语教育出版社1997年版，第3—4页。

souls）的观点，要求译文除了书写媒介（文字）的差异之外与原文如出一辙。

　　然而，结合翻译过程中可能出现的各种外在干扰因素和跨语际交流中客观存在的文化间的"不可规约性"，我们发现钱先生的"化境说"以及由此产生的理想译本与其说是翻译的最高标准，毋宁说是翻译的一种"理想"和"方向"，除了化境说，还有哪种标准能使译文达到如此高的境界呢？如同19世纪法国象征主义代表诗人瓦雷里提出的纯诗理论一样，连瓦雷里自己也不得不承认："我一向认为这是一个无法达到的目的，而且现在还是这样看，诗永远是为接近这个纯理想境界所作的一种努力。"① 也如本雅明（Walter Benjamin）在《译者的任务》（*The Task of the Translator*）中提出的纯语言（Pure language）概念：翻译语言"不再意指或表达任何东西，而是就像那不可表达的、创生性的太初之言，在所有语言中都有意义"②。译者总是为了接近这样的语言而不断努力着。同样，钱先生也不得不承认："彻底和全部的'化'是不可实现的理想。"③ 化境说也是翻译尤其是文学翻译无限接近却永远达不到的标准，翻译者无论怎样努力也只能行走在"朝圣"的路上而无法跃上理想的巅峰。辜正坤先生对钱钟书化境说的评价也许较为客观："把文学翻译的最高标准定为化境有其极深刻的一面，但又要记住这是一种最不切实用的标准；若无具体的标准与之相辅而构成一标准系统，则它只是

---

　　① ［法］瓦雷里：《纯诗》，载伍蠡甫主编《现代西方文论选》，上海译文出版社1983年版。

　　② ［德］本雅明：《译者的任务》，载陈永国编《翻译与后现代性》，中国人民大学出版社2005年版，第5页。

　　③ 钱钟书：《林纾的翻译》，载罗新璋编《翻译论集》，商务印书馆1984年版，第698页。

一种空论，无大补于具体的翻译实践。"① 事实上，中国佛经翻译的"文、质"说，严复的"信、达、雅"说，鲁迅等人的直译法，赵景深等人的意译法，郭沫若的"风韵译"，傅雷的"传神论"以及钱钟书的"化境说"等翻译标准或方法虽各有不足，但它们各自的合理性却不容忽视，在不同的情况下译者虽会侧重于某一种翻译标准，但理想的译作总是各种翻译方法和翻译标准共同作用的结果。钱钟书提出"化境说"的目的不是要抛弃现实因素去追求绝对的忠实和对原作风味的完全契合，而是希望每一位译者像朝圣者那样仰望远处的"神山"——原作，怀着一颗虔诚的心去从事翻译，尽可能地到达那理想的"圣境"，翻译出与原文相映成趣的译文。

与翻译的最高境界"化境"相应，钱钟书提出评价译文的最高标准应该是原文。钱先生在论述汉译第一首英文诗《人生颂》的时候，引用了弗罗斯特（Hobert Frost）的名言"诗就是在翻译中丧失掉的东西"（What gets lost in translation）和摩根斯特恩（Christian Morgenstern）的定论"诗歌翻译只分坏的和次坏的两种"（Es gibt nur schlechte Ubersetzungen und weniger schlechte），旨在说明任何翻译文本（尤其是诗歌）相对于原文来说都显得"蹩脚"而不够贴切，由此他推导出这样的结论："一个译本以诗而论，也许不失为好'诗'，但作为原诗的复制，它终不免是坏'诗'。"② 在钱先生看来，翻译活动是一项不折不扣的"复制"行为，评价译作的最高标准不是译文是否具有卓越的形式风格或附加的情思，而是看其究竟在多大程度上接近了原文。钱先生在此论证的只不过是一个近乎公理的关于翻译应该忠实原文的言论，毕竟"所有的翻译理论——无论是

① 辜正坤：《中西诗比较鉴赏与翻译理论》，清华大学出版社 2003 年版，第 381 页。
② 钱钟书：《汉译第一首英语诗〈人生颂〉》，《新华文摘》1982 年第 4 期。

形式的，应用的，还是编年的——都仅仅是一个单一的、不可规避的问题的变体。怎样才能或者说才应该做到忠实"？[①] 中国自汉代以来的佛经翻译以及西方自《七十子希腊文本》以来的《圣经》翻译，包括在全球化语境下不断升级的各领域的翻译交流活动，其实人们对之作出的经验总结或理论升华都涉及翻译文本对原文的忠实性问题，钱钟书先生的论述也不离其宗。

译语与原语之间客观上存在的差异决定了译本不可能完全忠实于原文。无可否认，正是各种语言之间在隐喻意义上的对等关系为翻译活动的开展提供了一种假想的未被经验证明的可行性基础，人们总是认为各种语言是相通的，而且在一种语言中自然而然地存在着另一种语言的对等词汇。由此形成的跨文化比较的典型意图就是尽量去证明"人们在形成有关其他民族的观点时，或者是为其他文化同时（反过来）也是为自身文化整体的同一性设置各种话语的哲学基础时，他们所依赖的正是那种来自双语词典的概念模式——也就是说，A 语言中的一个词一定对等于 B 语言中的一个词或词组，否则的话，一种语言就是有缺陷的"[②]。这在很多人看来是可以作为真理一样存在的东西背后具有很大的欺骗性，它的产生并非实践经验的结果而是一种先入为主的假设，除了与欧洲语言所具有的权力相关外，也关系到西方语言哲学话语中关于翻译和差异问题的某些由来已久的假设，即在非欧洲语言中一定能找到与欧洲语言对应的词汇，否则非欧洲语言便是不完善的。这种假设对等关系的破绽很容易被识破，毕竟很难有两种不同的语言所对应的词汇能够相似到

---

① 刘禾：《跨语际实践——文学，民族文化与被译介的现代性（中国，1900—1937）》，宋伟杰等译，生活·读书·新知三联书店 2002 年版，第 17 页。

② 同上书，第 6 页。

可以充分描写相同的社会现实和生活现实，不同的语言在各自建构起来的世界中所扮演的角色也不会只是表面形式的"独特或者怪异"，而其本质也必然存在差异。就如叶公超所说"严格说起来，任何翻译没有与原本绝对准确的。我们都知道，文字是思想与智慧的表现，有哪一种的文化便有哪一种的文字。若是要输入一种异己的文化，自然非同时输入那种文化的文字不可。……每个字都有它的特殊的历史：有与它不能分离的字，与它有过一度或数度关系的字，以及与它相对的字。这可以说是每个字本身的联想。因此，严格说来，译一个字非但要译那一个而已，而且要译那个字的声、色、味以及其一切的联想。实际上，这些都是译不出来的东西"。① 后来季羡林先生也认为翻译时要完全找到两种语言的同义词是不可能的，这同时也决定了译诗很难具有原诗的排列美和音韵美。（形式误译）"翻译一篇作品或者一段讲话，必然涉及两种语言：一种是原来那个作品或者讲话的语言，德国学者称之为 Ausgangssprache（源头语），英美学者称之为 Original 或 Source language；一种是译成的语言，德国学者称之为 Zielsprache（目的语言），英美学者称之为 Target language。二者之间总会或多或少地存在着差距。因为，从严格的语言学原则上来讲，绝对的同义词是根本不存在的。"② 因此，认为译文是原文的"复制"或抛开语言文化的差异单纯地追求译本对原文的忠实都有悖常理。

文化研究和社会学研究范式的介入极大地拓展了翻译研究的领域。美国学者安德烈·勒菲弗尔（Andre Lefevere）认为当前的翻

---

① 叶公超：《论翻译与文字的改造——答梁实秋论翻译的一封信》，《新月》1933 年第 4 卷第 6 期。

② 季羡林：《翻译》，载《季羡林谈翻译》，当代中国出版社 2007 年版，第 2 页。

译研究不再以语言学研究为主要方法，提出了翻译研究的"文化转向"，① 从而引起了翻译研究内容的革新，"文化研究对翻译研究产生的最引人注目的影响，莫过于 70 年代欧洲'翻译研究派'的兴起。该学派主要探讨译文在什么样的文化背景下产生，以及译文对译入语文化中的文学规范和文化规范所产生的影响。近年来该派更加重视考察翻译与政治、历史、经济与社会制度之间的关系"②。翻译文化学派的观点使人们开始对翻译文学文本的外部环境产生了兴趣，于是译本在译入语国语境中获得了新的生命以及它对原文的背叛是否合理就进入了翻译研究的视野。任何翻译活动都会受到诸多社会现实的影响，澳大利亚著名学者皮姆（Anthony Pym）近年来致力于从社会学的角度去研究翻译，他在《翻译史研究方法》（*Method in Translation on History*）一书中所凸显出来的一个重要理念就是，"强调用社会学的方法来研究翻译，突出翻译与整个社会诸多因素之间的互动关系。"③ 从翻译文化批评的角度出发，译者的审美取向、译语国的文化环境、"赞助者"以及接受者等等都会成为使译本偏移原文的牵制力量，使译本与原文的差异成为一种必然的常态，也即是说，"在翻译中，创造性叛逆几乎是不可避免的"。④ 法国著名学者福柯（Foucault）的权力/话语结构模式对研究译文与原文的关系提供了更为开阔的研究思路和方法。福柯在他极具影响力的著作（如《知识考古学》、《疯癫与文明》、《规训与惩罚》、《权力与反抗》乃至《性史》）中显示出权力运作最明显和最复杂的地方是其

---

① 郭建中：《当代美国翻译理论》，湖北教育出版社 2000 年版，第 160 页。
② 同上书，第 156 页。
③ 李德超：《翻译史研究方法·导读》，外语教学与研究出版社 2007 年版，第 4 页。
④ ［美］韦斯坦因：《比较文学与文学理论》，刘象愚译，辽宁人民出版社 1987 年版，第 36 页。

所强调的话语，因为在他看来，"在人文科学里，所有门类的知识的发展都与权力的实施密不可分"①。翻译实践活动的展开必然受到一定社会历史境遇的影响，尤其是发生在两种文化之间的权力关系的影响，很多时候，由于译者或译语文化所处的中心和强势地位决定了他们对翻译的操控，译文很难真正做到对原文的忠实。因此，如果我们有了对译本"危险处境"的认识，就不会再以原文为标准去单纯地要求译文对原文的忠实，偏离甚或改写原文的翻译行为也可能成就上佳的译品。

钱钟书先生既然认为评价译本的标准应该是原文，译文不可能有好的或者更好的区分，而只有"坏的和次坏两种"，这实际上是忽视了翻译活动的特征而单纯地追求纯粹的没有现实羁绊的翻译行为。根据前面的论述，钱先生所谓的理想译本几乎不可能在翻译实践中产生，就连他本人也不得不说："一国文字和另一国文字之间必然有距离，译者的理解和文风跟原作品的内容和形式之间也不会没有距离，而且译者的体会和他自己的表达能力之间还时常有距离。从一种文字出发……安稳到达另一种文字里，这是很艰辛的历程……不免有所遗失和受些损伤。因此，译文总有失真和走样的地方，在意义和口吻上违背或不尽贴合原文。"② 既然如此，那钱先生为什么还要提出原文是译文的最高标准呢？针对中国现当代翻译史上不断出现的滥译行为，很多译本连原文最基本的内容都无法传达，更别说在译文中追求原文的形式和风格了，钱钟书先生力图提高翻译质量的良苦用心再次得以体现。他将原文作为译文的最高标准，希望译文像

①　［法］米歇尔·福柯：《规训与惩罚》，刘北成、杨远婴译，生活·读书·新知三联书店1999年版，第18页。

②　钱钟书：《林纾的翻译》，载罗新璋编《翻译论集》，商务印书馆1984年版，第696页。

原文的"复制品"那样忠实于原文，目的是要求译者尽可能地以原文为目标，翻译出尽可能忠实的译文，而不致频频出现"豪杰译"的现象。从这个角度来讲，钱钟书看似不合理的翻译标准对肃清译坛的不良风气大有裨益。

钱钟书先生将"化境"作为翻译活动所应达到的最高境界，将对原文的忠实度作为评价译文的最高标准。根据前面的分析，我们分明发现钱先生追求的境界和提出的标准，在具体的翻译活动中是不可能实现的，他"明知不可为而为之"的目的是希望译者永远都像朝圣者那样不断提升境界和修养，最终翻译出相对理想的译文。

二　文学翻译功用：缔结文学的姻缘

钱钟书先生没有因为理想翻译境界的难以到达和理想译本的不可求而断然怀疑文学翻译存在的合法性，相反，他认为翻译而且很多时候"讹"的翻译对民族文学而言是必需的补足。这就出现了理想与现实、标准和实践的矛盾，二者是如何在钱钟书翻译思想中得以统一的呢？除了前面论述的原因之外，也与钱先生对文学翻译功用的认识分不开。

一般人认为文学翻译在民族文学步入黯淡和萎靡境地时，通过引入外国文化为民族文学的发展带来清新之风；通过消除语言隔膜让译语国读者领会异国文化风情和精髓，进而在宏大的文化比较视野中体认到本民族文化的发展路向。中外文学发展的历史说明，要使一国文学朝着符合时代要求和民族审美的方向继续前行而"长葆青春，万应灵药就是翻译"。① 奥克泰维欧·派茨（Octavio Paz）曾这样论述了

---

① 季羡林：《我看翻译》，载许钧主编《翻译思考录》，湖北教育出版社 1998 年版，第 3 页。

翻译诗歌对译语国诗歌的促进作用："西方诗歌最伟大的创作时期总是先有或伴有各个诗歌传统之间的交织。有时，这种交织采取仿效的形式，有时又采取翻译的形式。"① 中国现代著名的翻译家郑振铎先生把翻译介绍外国文学和创作看成文学家"两重的重大责任"，并认为翻译文学是民族新文学和新文体建立的基础："无论在哪一国的文学史上，没有不显示出受别国文学的影响的痕迹的。……威克利夫（Wyclif）的《圣经》译本，是'英国散文之父'（Father of English Prose）；路德（Luther）的《圣经》译本也是德国的一切文学的基础。"② 以中国文学为例，正是翻译文学将外国文学的形式、语言、表达方式和新思想等直观地呈现给了国内读者和不谙外语的创作者，才为新文学创作在民族传统之外另辟蹊径，走出了晚清以降诗歌创作举步维艰的泥沼。

译作在客观上的确对民族文学的新变起到了推动作用，但事物的演变更多的取决于自身内在的演化。钱钟书先生认为译文更重要的作用是引导人们去认识并逐渐建立起对外国文学的兴趣，翻译是在为译入语国读者和外国文学之间缔结文学姻缘。结合钱先生的论述，我们姑且将其翻译功用观概括为"媒诱说"。此翻译功用观的建立与钱钟书认识到译文本身存在着瑕疵有关，人们不能将阅读译文视为在阅读外国文学，也不能通过译文去建立对外国文学的认知，"做媒似的"译文仅仅是让我们建立起对外国文学的初步印象后再亲自去阅读原作，即他所说的译文的"媒"的作用。就像人们在认识恋人的时候，不能单凭媒人的一面之词就定格对方的形象，最重要的是通过媒人或真实或虚假的介绍后，我们有兴趣和好奇心去和对

---

① 引自王克非《翻译文化史论》，上海外语教育出版社 1997 年版，第 354 页。
② 郑振铎：《俄国文学史中的翻译家》，《改造》1921 年第 3 卷第 11 期。

方面对面地交谈，从而领略到"庐山真面目"。因此，钱钟书先生说：译文"是个居间者或联络员，介绍大家去认识外国作品，引诱大家去爱好外国作品，仿佛做媒似的，使国与国之间缔结了'文学姻缘'"①。这与20世纪20年代郭沫若"翻译是媒婆"的认识有一定的差异。1921年前后，李石岑主编《学灯》的时候曾在同期刊物上发表了四篇文章：第一篇是周作人译的日本短篇小说，第二篇是鲁迅的《头发的故事》，第三篇是郭沫若的《棠棣之花》，第四篇是茅盾译的爱尔兰独幕剧。在编排这四篇文章的时候，《头发的故事》被排在译文之后，郭沫若对此感到不平，因而发出了"翻译是媒婆，创作是处女，处女应该加以尊重"的言论。② 无论是希望新文学界有更多的人从事创作，还是要抬高翻译的中介作用，郭沫若的"媒婆"说都侧重于翻译的介绍和"引入"功能，翻译建立的是民族文学和外国文学的关系。而钱钟书的"媒"更侧重于翻译"诱"的功能，即诱使人们自己去阅读外语原文，翻译建立的是读者与外国文学的关系，这即是钱先生关于翻译功能的"媒诱说"。他举例说自己曾因为读了林纾的翻译小说后"真觉得心痒难搔，恨不能知道原文"究竟是怎样的，③ 于是林译小说在无形中培养了他阅读外国小说原文的兴趣，也实现了翻译文学应承担的"媒"和"诱"的责任。

因为钱钟书先生认识到译文的作用是诱导读者去阅读外国原文，只要能发挥"诱"的功效，译文便在译入语国语境下具有存在的必要性。正是如此，钱钟书虽然对翻译过程和译文设置了几乎难以企

---

① 钱钟书：《林纾的翻译》，载罗新璋编《翻译论集》，商务印书馆1984年版，第698页。

② 郭沫若：《我的作诗的经过》，《质文》月刊1936年第2卷第2期。

③ 钱钟书：《林纾的翻译》，载罗新璋编《翻译论集》，商务印书馆1984年版，第700页。

及的标准，但不能达到此标准却可引起读者对原文兴趣的译文依然值得肯定，哪怕是错误百出的翻译。晚清的翻译"其实包括了改述、重写、缩译、转译和重整文字风格等做法。严复（1853—1921）、梁启超（1873—1929）和林纾（1852—1924）皆是个中高手。多年以前，史华兹（Benjamin Schwartz）、夏志清和李欧梵就曾分别以上述三人为例证，指出晚清的译者通过其译作所欲达到的目标，不论是在情感方面或者是意识形态方面，都不是原著作者所能想象得到的"。① 但钱钟书先生在谈林纾翻译的时候，对林译的"误漏百出""加油加醋"以及任意出现的"比喻"或"增补"等"讹"的现象不但没有加以严厉的指责，反而罗列大量的译例为其"不忠"的行为开脱，因为"恰恰是这部分的'讹'起了一些抗腐的作用，林译多少因此而免于全被淘汰"。② 忠实与否对翻译文学而言并不是其在译入语国获得生命力的主要原因，读者才是衡量译文的有力标尺，《域外小说集》的销量说明了周氏兄弟忠实的译本在中国反而没有获得成功。鲁迅回忆说："当初的计划，是筹办了连印两册的资本，待到卖回本钱，再印第三第四，以至第 X 册的。……半年过去了，先在就近的东京寄售处结了帐。计第一册卖去了二十一本，第二册是二十本，以后可再也没有人买了。……至于上海方面，是至今还没有详细知道。听说也不过卖出二十册上下，以后再没有人买了，于是第三册只好停板。"③ 为什么忠实的译文反而比不上讹化的译文传播广泛呢？鲁迅为什么没有超越林纾译本赢得更多的读者，而且连

---

① ［美］王德威：《翻译"现代性"：论晚清小说的翻译》，载《想象中国的方法》，生活·读书·新知三联书店 2003 年版，第 102 页。

② 钱钟书：《林纾的翻译》，载罗新璋编《翻译论集》，商务印书馆 1984 年版，第 707 页。

③ 鲁迅：《〈域外小说集〉序》，载《译文序跋集》，人民文学出版社 2006 年版，第 14 页。

"卖回本钱"的愿望也落空了呢？这多少映证了钱先生所认为的"讹"可能激起读者对外国文学兴趣的观点。"五四"以来的很多作家和翻译家都受到了林译小说的影响，从而对外国文学发生了兴趣，这与林译本所起的"媒"或"诱"的作用分不开，假如林纾在翻译的过程中一味地注重忠实而忽略了译文的可读性，则很多人不会像周作人那样发出"很受林琴南先生的影响"①的感叹，也不会建立起阅读外国文学的兴趣。当然，钱钟书赞同翻译的"讹"是有限度的，是以能引起读者兴趣为原则的，如果译文过于远离原文甚至出现指鹿为马的讹错就不应得到宽恕了。

事实上，所有的文学翻译非但没有做到实在的"忠"，反而带有虚假的"讹"，钱钟书先生深谙此理却提出了"化境说"和"媒诱说"，实则表明文学翻译永远行走在朝圣的路上，为读者与外国文学缔结姻缘。不过，许多看似逻辑严密甚至牢不可破的翻译理论极易被"很不合学者们的理想和理论的事例"给瓦解，恰如钱先生所说："在历史过程里，事物的发生和发展往往跟我们闹别扭，恶作剧，推翻了我们定下的铁案，涂抹了我们画出的蓝图，给我们的不透风、不漏水的严密理论系统搠上大大小小的窟窿。"②万伦万理自有其道，唯实践论之方得英华，钱钟书的文学翻译思想也不例外。

第二节　以翻译之名遨游诗海

新时期有很多译者抱着对诗歌的虔诚之心而乐此不疲地坚持诗

---

① 周作人：《〈点滴〉序》，载《知堂序跋》，中国人民大学出版社 2009 年版，第 16 页。
② 钱钟书：《汉译第一首英语诗〈人生颂〉》，《新华文摘》1982 年第 4 期。

歌翻译，时代语境为他们兴趣爱好的发展提供了机遇。比如诗歌翻译家飞白，他就是因为对诗歌的爱好而走上了诗歌翻译的"不归"之路。飞白翻译外国诗歌的最初动因来自鲁迅对他父亲的嘱咐，其父亲汪静之是中国现代文学史上的著名诗人，20世纪30年代，作为《蕙的风》的青年作者之一，汪静之曾得到鲁迅的指导，希望他能多学习外国诗的创作艺术和表现方法，提高新诗创作质量。因当时译成中文的外国诗极少，要学外国诗就必须学外语，汪静之为此特地从浙江第一师范学校转学到上海去学英文，后因家庭生变故，不得不半途而废。于是，汪静之把鲁迅交代的任务郑重其事地传给了儿子飞白，并为此要求他入大学时选择外文系，这为其从事诗歌翻译打下了坚实的外语基础。飞白能终身坚持译诗，不仅是前辈的嘱咐使然，也有家学的根基。据飞白先生讲，父亲从小耳提面命要他"立志做诗人"，他则因逆反心理而决定与诗绝缘，但家学对他的诗歌爱好"起码有心理上的暗示，这种影响不能低估"，[①] 他最终还是选择了与缪斯为伴。飞白翻译外国诗歌不是抱着"做学问"的目的，而只是在漫游诗海的旅途中，遇到美景就不禁想邀请大家一同观赏，于是便把优秀的诗篇译成中文，以飨读者。基于深厚的兴趣，他才不负重托，在半个多世纪里，译出了骄人的作品，成就了翻译的伟业。

飞白（1929—   ），原名汪飞白，肄业于浙江大学外文系，曾在军营工作三十载，后历任杭州大学中文系教授、美国尔赛纳斯学院英文系客座教授和云南大学外语学院教授。在半个多世纪里，先后翻译出版了《诗海——世界诗歌史纲》《诗海游踪：中西诗比较讲

---

① 飞白、熊辉：《诗海一生——飞白先生访谈录》，《重庆评论》2012年第1期。（文章如无特殊说明，所涉及的飞白翻译观点均出自此文）

稿》《古罗马诗选》《谁在俄罗斯能过好日子》《马雅可夫斯基诗选》《英国维多利亚时代诗选》等著译 17 卷，主编国家"八五"出版规划重点项目《世界诗库》10 卷，并参加了其中 15 个语种的诗歌翻译和评介。在这些译著中，《诗海》是中国第一部"融通古今、沟通列国"的世界诗歌史，《世界诗库》被认为是全球第一套全面系统的世界诗歌名作集成，被誉为"世界诗史的一个奇观"。对于这样一位在中国当代诗歌翻译史上卓有成效的译者，学界对飞白的诗歌翻译成就关注颇多，而对其翻译思想的研究尚待深入。

一

从 1955 年算起，飞白先生在诗歌翻译的道路上已走过了 62 个年头，至今仍笔耕不辍。他有"诗海漫游"的志向，又有严谨的翻译作风，主张诗歌不应从第三种语言转译，因而对小语种诗歌的译介用力较多。个人的爱好加上文学前辈的重托，使飞白在紧张的工作之余坚持翻译，终于取得了别人难以比肩的成就。

"兴趣是最好的老师"，支撑飞白在译诗的道路上前行的最大动力就是"业余兴趣"，而他几乎没有业余时间，所以坚持译诗的难度可想而知。飞白的本职工作几乎占据了所有时间，他年富力强的三十年全在部队度过，那时是中华人民共和国成立初期，是中国军事从"小米加步枪"急转到"现代化多兵种"的关键时段，军务繁重，必须全力以赴，飞白经常出差到边防检查训练，根本没有时间和条件坐在书桌旁安静地从事翻译。飞白的所谓"业余时间"，大抵是指出差或行军途中的点滴时间，他多半只能在风尘仆仆的行军途中或指挥车上进行诗歌翻译；偶尔遇上乘坐火车，便是最难得和最佳的译诗机会，"比在野外颠簸的吉普车上实在好得太多"。火车上的一整天，是他平时根本无法奢望的整块儿时间，结果数十年的习惯养成了他所谓的"固癖"，即后来虽然有了书桌，但他译诗构思的最佳环境，依然是在赴云南大学任教后，往来于杭州和昆明之间的长途火车上。以上诸种因素，赋予飞白的诗歌翻译"漫游"的色彩。在这样的翻译条件下，经多年积累和苦心经营（只有"文化大革命"十年被迫停顿除外），飞白的译诗终于蔚为大观。

飞白是迄今国内少有的用英语、俄语、法语、西班牙语和拉丁文等多种语言进行翻译的名家，能直接从十多个语种翻译诗歌实属译界奇迹。他认为"从原文直接翻译"是译诗的最好途径，通过第三种语言转译是万不得已的权宜之计。转译的诗是不可信的，哪怕是"回译"也不例外，例如把唐诗译成英语，再从英语回译为中文，也会面目全非，无从辨认。其他"非诗"的素材，一般可通过第三语言转译，但由于译诗与普通翻译迥然不同，诗一旦被翻译就"生米煮成熟饭"了，如本雅明所说"不能再被次生的转译所取代"。为了翻译更多民族更多语言的诗歌，飞白专门花费时间学习小语种，还得费许多工夫查资料。如译拉丁文经典时查考多种英译本，译小语种诗缺乏把握时（又没有英译本可参考），则尽量找机会向操原语者请教。这种烦琐的工作会让很多译者望而却步，飞白知难而进，也恰恰证明了他对读者和翻译事业负责任的态度。例如在规划《世界诗库》时，荷兰文艺复兴以来的古典诗歌翻译约不到译者承担，作为主编的飞白焦急万分，他求得了荷兰教师伟慕的帮助，自己边学荷兰语边翻译，在《世界诗库》交稿前的最后三个月里完成了补缺口的工作，便是典型的一例。

飞白重视小语种诗歌的翻译，也源自中国有翻译弱小民族文学的传统。中国自近代以来的积弱现状和饱受外敌欺凌的事实，使中国译界对翻译被损害民族的文学倾注了较大的热情，《小说月报》1921年10月曾专门推出了"被损害民族的文学专号"。鲁迅一直主张翻译弱小民族和小语种文学，亲自对波兰、捷克、芬兰、保加利亚等国的文学作了开拓性的译介，这些翻译事件直接影响了飞白的翻译选择。中华人民共和国成立初期，飞白兼作外事翻译的经历又使他切身体会到翻译小语种文学蕴含的深意，同时体认到中国小语种翻译人才的稀缺。如1952年捷克斯洛伐克文工团访华演出，飞白在送别宴会上做了捷克语翻译，得到文工团员们超乎寻常的热烈反应，当时整个宴会大厅成了一个狂欢的海洋。原因是捷克文工团员访问演出时走遍了社会主义各国，但所到之处人们对他们说的全是俄语，飞白是所有国家中第一个用捷克语与文工团员们交流的人。这次经历给他留下深刻印象，使他从此对小语种赋予了更大的尊重和热情。

以上关于飞白诗歌翻译思想的外围探讨，意在言明其翻译成就的难能可贵，同时简单论述他翻译选材的直接性、多语性和小语种情结。接下来我们将从多个方面对飞白先生的诗歌翻译思想展开研究。

二

中外翻译界自来认为"诗不可译"，"诗是在翻译中丢失的东西"，那么我们今天为什么还要孜孜不倦地从事诗歌翻译活动呢？飞白根据语言的差异说明诗之翻译的必要性，又从语言的双重性和翻译的类型性出发，说明诗歌翻译的可能性和合理性，从而对这个聚讼不已的问题作了合理解释。

飞白阐明"诗不可译"命题的关键，是明确区别诗歌翻译与信息型翻译的不同。他认为，信息型翻译是一般翻译的本质，而诗歌翻译作为一种精细的语言艺术，与信息型翻译是迥然不同的。一般文本多属于信息类，翻译时只要传递其意义或内容就达到了目的；而对译诗而言，译意或传递内容信息却是本雅明所谓的"劣等翻译"或"蹩脚翻译"。因为语言是一种生命体，如同生物一样，有骨骼也有血肉，各有不同的功能。信息类文本中的语言作为信息载体，所承载的是单义信息即"骨骼"，视语言"血肉"（情感的、联想的、多义性的、文化的和艺术形式的"血肉"）为赘余，在比较严格的信息类文本如论文里，凡遇到可能有歧义之处还得加写定义以排除之，这样把赘余血肉逐一剔除后，只剩下指称符号的基本骨骼，活的语言变成单义语言，信息就不含糊了。翻译这类文本只要准确传递其承载的信息（译意，或译内容）即可，这就叫信息型翻译。按照常理，在翻译过程中凡遇到可能有歧义之处就得剔除之，就翻译而论，这样操作倒更简单，因为跨语种翻译原则上本来就只能单义对单义，没有多义对多义的对应方式。诗却偏偏是富于生命力的、有血有肉的语言之典型代表，干瘪的思想或命题都不成其为诗。诗的语言特征是有情感，有联想，有风格，有意境，有文化背景和"互文性"，有微妙的艺术形式，富有意蕴，富有多义性和拓展性。诗如果是单义性的，说完了其"意义"随之也结束，毫无余音余味的肯定不是好诗。所以，如果用信息型翻译的老办法来处理诗，来个庖丁解牛，把"血肉"即语言的艺术形式、多义性、活性和一切微妙之处剔除净尽，那么诗也就随之被剔除掉了，因为诗通常就存在于"微妙"之中。这就是美国诗人罗伯特·弗罗斯特（Robert Frost）说"诗就是在翻译中丢失的东西"（Poetry is what gets lost in translation）的具体含义。

对此，飞白先生举例说：在信息型翻译中，"表格边线画斜了"和"表格边线画歪了"，在表意上是没什么出入的，但是若把诗句

"微风燕子斜"译意为"微风燕子歪",那么,这诗的微妙之处就遭破坏了。尽管从译意来看这称得上"正确翻译"——"歪"和"斜"可算是同义词,甚至连平仄也一点不差,但这一译就成了"蹩脚翻译"。为这一字,诗受的不是"皮外伤",而是诗意荡然无存。由此可见,凡是语言锤炼成的好诗,必然是"一字不易"的,哪怕换一个同义词也会把诗破坏。那么,如今跨语种翻译违反了诗"一字不易"的特质,硬要用另一种语言的同义词去加以替换,且不是替换一字,而是替换到"一字不剩",加以所替换进去的词还因跨文化而"习相远",方枘圆凿,存在严重的意义之"隔",这怎能不破坏原诗呢?所以通过译意,诗当然成了在翻译中丢失的(或被剔除的)东西了。

那么诗歌翻译的可能性又何在呢?飞白先生认为诗歌翻译的可能性存在于两种截然不同的翻译概念之中。"诗不可译"说明的只是用信息型翻译译诗之不可能,因为信息型翻译是把语言看作单纯的信息载体来处理的。但诗的语言并不是单纯的信息载体,而是艺术本体。诗歌翻译与信息型翻译的根本区别,就在于诗歌翻译是把语言作为艺术本体来处理的。诗歌翻译在本质上不是一项更换载体的码头装卸活动,而是一项艺术品重构活动。这两种翻译既然跑的是两股道,就可以各行其道。这就好比说:用工厂流水线生产诗是不可能的,并不等于说用艺术思维创作诗也不可能。这根本是两种不同的概念。

固然,这是从其本质而言;由于诗歌翻译也要以语言为材质,就难以完全摆脱指称性的信息。"完全摆脱"只是马拉美、本雅明们的一种理想。如本雅明将翻译过程中突破了一种文化和一套系统的翻译符号界定为"纯语言"(pure language),它"不再意指或表达任何东西，而是就像那不可表达的、创生性的太初之言，在所有语言中都有意义"①。飞白认为本雅明的"纯语言"论是语言摆脱工具性的理想，是他的神性星空或太初之言，是使得人心可通的诗之灵，而不是现实翻译中可参照的符号系统或可操作的语言工具。"不再意指"的意思就是不再作为"能指"符号，但我们所能操作的语言却仍是符号系统，固然，是双重性的符号系统。所以飞白认为，由于语言既是"符号"又是"生命体"的本质，也由于它作为"桥"和"笼"的双重性，它作为工具和要求摆脱工具性的双重性，语言之屋永远不可能变得彻底透明，诗和诗歌翻译也永远不会终结。

飞白先生在《诗海游踪：中西诗比较讲稿》中谈到，人类栖居的居所是"语言之屋"，而不同民族的语言之屋又各有特点。在民族之屋中看到的域外文学和文化都是折射之后的变异体，但在人类历史文化发展演变的过程中，翻译却具有不可替代的重要作用。飞白认为翻译等跨文化交流活动具有如下两个方面的重要意义。首先，有助于认识本国语言的面貌，"由于语言之屋从内部看和从外部看不一样，跨语言、跨文化视角就有其重要性了"。因此，翻译等跨文化交流活动给我们提供了一个从外部来认识本国语言和文化的崭新视角，获得处于民族语言之屋内部无法看到的景象。其次，有助于拓宽我们的文化视野。语言"一方面因人都属于同类而具有普适主义（universalist）基础，一方面又因语言之屋相互难以沟通而呈现相对主义（relativist）特色"，② 前者为跨文化交流提供了可能性，后者则带来了跨文化交流的意义和作用，正因为存在差异，才会为我们

---

① ［德］本雅明：《译者的任务》，陈永国等译编：《翻译与后现代性》，中国人民大学出版社 2005 年版，第 8 页。

② 飞白：《诗海游踪：中西诗比较讲稿》，浙江工商大学出版社 2011 年版，第 69 页。

带来异质的文化并拓宽我们的文化视野。飞白先生所描述的"语言之屋"既是普适主义的,又是相对主义的。基于普适主义的可译性,体现的是生命现象的可通约性;基于相对主义的不可译性,体现的是符号系统的不可通约性。当然,翻译的可能性是建立在这二者的基础上的,不仅普适主义是翻译的前提,相对主义也是翻译的前提:因有海洋相隔,才使得航海成为可能(若没有海洋岂能航海?);存在差异才使翻译成为可能;存在"不可译性"才使诗歌翻译成为可能。这种观念与本雅明的精辟论述如出一辙:"翻译转换永不会全面,但达到此(诸语言协调与完成)境界的,就是翻译中超越内容转达的那种成分。这种核心的最好界说就是'不可译成分'。"①

译者所从事的诗歌翻译活动实际上是在重构诗歌艺术。目前,学界关于诗歌翻译活动"合法性"的论述,大都不出文化交流的功利性目的,而飞白先生在世界诗歌史纲《诗海》的序言《湿婆之舞》中为诗歌的可译性找到了更为普适的原因,认为"尽管诗是人们公认为最不可译的语言,但由于其中有共同的宇宙的韵律、生命的韵律,她又是人间最能相互沟通的语言。诗海,不是隔绝人们的天堑,而是心灵之间的最近航路"。② 从这种灵动且诗化的表述中,我们从诗歌文体出发找到了翻译活动得以开展的理由。飞白先生认为,诗虽然在一般翻译中"丢失"了,但诗译者应该仿照原诗的艺术用另一种语言的素材重塑一件诗的艺术品。翻译概念不同,在于传递的对象不同。信息型翻译只传递语言的骨骼,把它看作文本的"内容",而语言的血肉则成了可剥离、可抛弃的"形式"。但对于

---

① Walt Benjamin, *The Task of the Translator*, *An Introduction to the Translation of Budelaire's Tableaux Parisiens*, *in Illuminations*, trans. by Harry Zohn, New York, Harcourt, Brace & World, 1961, p. 77.

② 飞白:《诗海——世界诗歌史纲》(传统卷),漓江出版社1989年版,第25页。

诗歌翻译而言，形式即内容，内容即形式，血肉不可从生物身上剥离和抛弃，翻译的对象必须是诗的整体。把一个科技性文本的"内容"从英语译入汉语，对其语言形式可以不必顾及，好比是把一个试管的内容倒入一个烧瓶，形式可变而内容保持不变。一首诗却是有机整体，好比是一件雕塑、一枚晶体或一朵玫瑰，你不能提取出它的"内容"而不把它毁坏或杀死。因此你也就无法把它从一个容器倒入另一个容器。如果你欣赏它，只能对它作艺术重塑，或仿制，或栽培，虽然这样做难度较大，但翻译出来的效果却具有整体性。关于诗的可译性问题，飞白十分赞同本雅明的观点，认为翻译应该是伟大作品的"生命显示"和生命的继续或"来生"，而坏翻译则是伟大作品的"寄生"。一部作品的可译性，归根结底取决于原作的质量和水平，"一部作品的语言质量和独具风格的程度越低，其作为一种信息的程度越高，则它对于翻译而言就越是一块贫瘠的土地"；反之，"一部作品的水平越高，它的可译性就越高"；而最高级的作品则是"无条件可译的"。① 这样决定了信息类文本只需要正确的翻译，不需要复译；而诗却是不断可译的，因为诗是不断可读的。好诗召唤复译，而且不会有最终的"标准答案"。

飞白先生认为译诗在本质上不同于数字化的信息传递，我们所做的不是译"内容"而是译"诗"。诗的可译性悖论在于：如着眼译"意"（传递意义或内容信息）则诗丢失；如着眼译"诗"（艺术重塑或仿制）则诗可译。虽然译诗肯定不能与原作一模一样，但绝不是撇开原作的任意重写，而应能与原作吻合对接，要"对得上"

---

① Walt Benjamin, *The Task of the Translator*, *An Introduction to the Translation of Budelaire's Tableaux Pcrisiens*, *in Illuminations*, trans. by Harry Zohn, New York, Harcourt, Brace & World, 1961, pp. 71 – 73, 81 – 82.

原作的风格，还要"对得起"原作的艺术水平。正如本雅明所说，"一件陶器的碎片要想拼粘在一起，就必须在最细微的程度上互相吻合，尽管它们不必互相相似。同样地，译文不必模仿原作的意义，而必须周全地在最细微的程度上纳入原作显现意味的样式"；或如帕斯捷尔纳克所说，它必须能"与原作站在同一水平上，并且也成为一件不可重复之作"。语言不相似，意义有差别，何以又能亲密无间地拼接在一起呢？本雅明的解释是：因为诸语言是互补的，这种语言之间超越历史的亲缘关系不在于表面的相似，而在于各语言底层共有的"意向的向心性"，因为它们"不是陌路人，而是先验地互相关联的"①。本雅明的观点虽带神秘主义，但与飞白"诗不可译，心可通"的观点能够吻合。飞白在《诗海游踪：中西诗比较讲稿》中曾把不同文化背景的诗概括为"性相近，习相远"，尽管民族不同，但人有共通的情感诉求，也都有对诗的追求，因"性相近"而心可通，成为诗的可译性的基础。不过，飞白先生理解的艺术重塑或仿制与本雅明有一点不同。尽管本雅明强调语言的"亲缘关系"并非指"同源"关系，但他的理论还是基于欧洲诸语言具有同源结构这一事实的。正是在这基础上，本雅明能奉荷尔德林的同构翻译为圭臬。但因欧洲语言和汉语间语法结构差异巨大，缺乏同构性，所以飞白主张的仿制，指的是尽量模拟原诗的风格或"显现意味的样式"（mode of signification）②，尽量"逼近原作的形式"（approximation to the form of the original）③，也包括在可能情况下局部仿制原诗的词句

---

① Walt Benjamin, *The Task of the Translator, An Introduction to the Translation of Budelaire's Tableaux Parisiens, in Illuminations*, trans. by Harry Zohn, New York, Harcourt, Brace & World, 1961, p. 74.

② Ibid., p. 78.

③ Johann Wolfgang von Goethe, "*West-Östlicher Divan*", in André Lefevere (ed.): Translation/History/Culture: A Source Book, London, Routledge, 1992, p. 77.

结构，但并不是所谓的"直译"，不是亦步亦趋的全面同构仿制。尽管有这样的区别，关键在于艺术翻译应有的宗旨和态度，就是"周全地在最细微的程度上纳入原作显现意味的样式"。

正是基于诗歌翻译是一项重构艺术的活动，飞白先生认为诗歌翻译应该注重诗歌的形式风格。飞白先生指出人类关于宇宙和生命的相同体认决定了诗歌翻译的可能性，说明他十分重视诗歌的内在韵律（如他所说的"宇宙的韵律"和"生命的韵律"），但他也同样十分重视诗歌的外在韵律，表现为强调尊重原诗的艺术形式。值得注意的是，他所看重的"形式"并不限于韵式、音步这些较为规格化的元素，他更为关注的是原诗"显现意味的样式"。既然诗是创造，诗人就是独特的"这一个"，诗人的情感内容和艺术形式在诗中形成统一体，后者是前者的外化，前者寓于后者之中。译诗时，丢失一些边边角角无可避免，但不应丢失"这一个"，不应丢失"风格"这一核心。飞白一直重视诗歌翻译应呈现原作的风格，早在20世纪90年代他便撰文写道："'风格译'的要求与此相反，不是'标准化'的而是个人化的。为了提高透明度，译者需要倾听诗人的音调，进入诗人的角色，使自己的或'标准化'的习惯为诗人'非标准化'的风格让路。"① 飞白强调这与浪漫主义诗学不同。郭沫若早期的诗歌主张把内在韵律定性为诗人"心中真实性情的抒发"，这当然是一种浪漫主义的个性化表述，诗译者对此必须加以克制而获得一和如济慈所说的"消极的能力"。如果我们赞成情感代表内在韵律的话，那么所说的"情感"指的应是人类的生命感受和生命韵律，而不是诗人个人的"心中真实性情"。

---

① 飞白：《论"风格译"——谈译者的透明度》，《中国翻译》1995年第3期。

　　飞白先生认为诗的内在韵律和外在韵律是一致的，译诗的首要条件是善于倾听，善于感受，善于处理译诗的形式。作为例子，飞白举了《诗海游踪：中西诗比较讲稿》中他译的歌德《渔夫》诗。此诗的题材是鱼美人诱渔夫沉湖的传统故事。诗末有一行是"Halb zog zie ihn，halb sank er hin"，直译其意是"一半是她把他拖，一半是他自沉的"。但这样译缺乏味道，把形式、韵律、风格都一块儿丢失了。所以译诗不能只译意，更要听其音，只要你肯倾听，必能听出这行诗中带魔力的韵律：这行诗分前后两半，各为抑扬格2音步4音节，而且互相对称并押韵，在这种抑扬、对偶、和谐如摇篮曲的韵律里摇荡几下，渔夫就自然而然滑入水底，"从此不见踪迹"了。他说，基于"听力"，我把这行诗译成："她半拖半诱，他半推半就"。这样译，与简单译意是有不少出入的："半"字比原文增加了一倍，原文共两个动词"拖"和"沉"，译文丢失了一个"沉"，却添加了"诱""推""就"三个动词。若按"内容"校对起来应受"叛逆"的诟病。但若换个角度，按形式、韵律、风格来衡量的话，却要这样仿制，才算得上有几分"逼近"：译文中这行诗的前后两半，我用了两个中文的四字结构"半拖半诱"和"半推半就"，互相对称并押韵，所选用的四个动词"拖—诱""推—就"，在声调上都是前平后仄，与原文抑扬律异质同构，求其能收到相似的音乐效应。

　　飞白先生十分推崇歌德"逼近原作的形式"的译诗主张，认为诗人歌德深知诗的情感与艺术形式的一体性，所以他在《西东诗集》中把译诗方法分为三种：第一种译法是只译内容而丢弃诗的形式和诗艺特色，这是最原始的方法；第二种译法是把诗归化于本国习惯的形式（而不尊重原作形式），结果成了拙劣模仿和改写改编；第三种译法就是尊重"他者"，"逼近原作的形式"。——在歌德心目中这是翻译的"最高阶段",但要达到这个阶段必须"克服最大的阻力"。歌德呼吁:"是时候了,我们期待有人提供第三种翻译,因为这才能对得起各种语言,对得起原作节奏的、音律的和散文的修辞风格。这种翻译将允许我们重新欣赏诗作,连同其独具的艺术特色,并使其真正为我们所吸收。"① 但因这种翻译既费力而成功率又极低,所以真正将其应用到翻译实践中的人很少。

从解释诗为什么不可译到诗为什么要译、可译,从阐述诗歌翻译本质上是艺术重构到诗歌翻译最重要的是处理形式问题,飞白不仅较好地解决了译界一直以来争论不休的诗歌翻译问题,而且其独到的论述角度和深刻的内涵构成了诗歌翻译活动本质的体系化认识,是中国翻译思想史上不可多得的内容。

三

诗歌翻译本质上是艺术重构,但同时也是一种跨文化交流活动,应在二元文化语境中处理好形式艺术和文化意象的翻译。同时,诗歌翻译也是一种文化互动,必然受制于一定的文化语境。

译者应该善于处理两种文化语境下的诗歌形式差异,使译诗带着异化因素进入民族文化语境。文化之间的差异是客观存在的,如飞白所说:"由于民族文化传统与审美观念的不同,世界诗歌中又含有大量对中国来说是'异己'的因素。……在中国文化传统之下,个人几乎从来就被消融了主体性和存在的位置。这又使中国人在读世界诗歌时往往发生心理障碍,在评价世界诗歌时则表现出执拗地

---

① Johann Wolfgang von Goethe, "*West-Östlicher Divan*", in André Lefevere(ed.): Translation/History/Culture: A Source Book, London, Routledge, 1992, pp. 75 – 77.

想把世界诗歌纳入中国式伦理秩序的倾向。"① 因此，如何实现异质文化间的"文化视野融合"（the merger of cultural horizons）就成为诗歌翻译者必须面对和克服的难题。这就使译者在将异质文化因素翻译进民族文学园地的时候，总是在"异化"与"归化"的翻译方式之间徘徊，并诱发译介学所谓的"创造性叛逆"现象。翻译的"异化""归化"是一对争执不休的矛盾。但在飞白先生看来，既然翻译是两种语言和文化的联姻，是两个视野的融合，对这二者就必须并举，设法做到对立统一。"脚踏两只船"是一句贬义话，说的也是其不可操作性。但在诗歌翻译中这却似乎应该是追求的理想目标。——马戏团里不是有人脚踏在两匹马背上奔驰吗？尽管译者必然会有各自的倾向（bias），但任何过于偏激的"异化"或"归化"都将破坏翻译，因而是行不通的。飞白在总体上是较为倾向"异化"的，其目的正是"逼近原作的形式"，或如鲁迅所说"保存原作的丰姿"，"它必须有异国情调，就是所谓洋气"，因为既然他是洋人，就"不该削低他的鼻子，剜掉他的眼睛"。② 但另一方面，既然是翻译，也不能不适当采取"归化"手法，以达到中译文的修辞效果，并且要让中国读者基本上听得懂。至于何处用"洋化"策略，何处用"归化"策略，那就有如战场用兵或球场上打吊攻防，每个球都得根据具体情况权衡得失，不能制订一定之规。只要运用得当，飞白相信二者可以兼容而不相矛盾。

比如飞白在译彭斯的《歌》时，感到这首爱情诗的感情聚焦之点是其特殊的押韵方式：作者把全诗的主韵押在了"安娜"的名字

---

① 飞白：《诗海——世界诗歌史纲》（传统卷），漓江出版社 1989 年版，第 27 页。

② 鲁迅：《"题未定"草》，载罗新璋编《翻译论集》，商务印书馆 1984 年版，第301 页。

上，对她千呼万唤。如果按语法作常规翻译，则英语原文安排在行末作为韵脚的"安娜"一词，在中译文里全部移位，一个也不会留在行末韵脚位置上。但为了保存原作的丰姿，飞白的译文把全部句子作了非常洋化的倒装，从而保留了原诗的全部韵脚。在译魏尔伦的《无词的浪漫曲》（首行"烦闷无边无际"）时，因为感到这组诗的情调完全用音乐和气氛烘托而成，飞白以洋化方针为主，进行了仿制。如下面这节译诗："天穹一片昏沉，古铜凝着夜紫。恍惚见月华生，恍惚见月魄死。"——其中的"恍惚……恍惚……"就是模拟法语"on croirait voir vivre et mourir la lune"的发音和情调的（按：原文是一串法语颤音，衬托着如梦如幻的情调，"on croirait"暗示所见非实），属洋化手法；但其中"华"字和"魄"字却为原文所无而为译者所加，属"归化"手法。"月华""月魄"都是传统的中国意象，用在这里可加强译文的修辞效果；另一方面又有助于烘托原诗的神秘气氛，同时"华"字也模拟"croi-"音，呼应"恍惚"而起谐声作用。这样，洋化与归化就难分彼此地统一起来了。

　　飞白的翻译思想具有浓厚的人文关怀情结，他认为诗歌翻译应该处理好文化意象。挪威女诗人丽芙·伦白里（Liv Lundberg）在《语言之屋》一诗中认为语言之屋里"有血迹斑斑的陈设／一片暴力与残杀的谵妄"，人类的"语言之屋"已经变得不可居了。飞白先生虽然承认丽芙描绘的图景，但却坚信"仍然能使这屋子可居"，因为"语言之屋起初并不可怕"，而且人具有"言"的创世的能力。但是，人们恰恰是在翻译和应用的过程中逐渐剥离了语言的太初之意和创造之力，飞白举了《约翰福音》中的一段话来说明"Word"的效力，但在翻译成中文的时候却被归化为"道"，从而遮蔽了"Word"在原文化语境中作为"言"的基本含义。飞白先生认为凡是"归化"之处都会丢失一些源语基本意义；反之，凡是"洋化"之处也会在读者接受方面付出代价。如世间一切事情一样，想要得到任何东西都得付出成本。例如"In the beginning was the Word"，异化译为"太初有言"，从读者接受方面考虑，效果远不如归化译为"太初有道"。当然，改，还是不改，这是个问题，是译家在每一步上都要做的艰难选择。诗歌翻译中的文化问题是最难处理恰当的，尤其是当译者要顾及译入语国读者的审美习惯时，有时会使译文与原文的文化属性背道而驰，飞白先生所列举的"花语"如此，"牛奶路"的翻译同样充满艰辛。飞白先生认为译者应该处理好富含文化意义的意象的翻译。他列举《诗海》翻译过程中文化归化的译例：波斯诗人海亚姆（旧译伽亚谟）作、Ed. 菲茨杰拉德英译的《鲁拜集》第 19 首，波斯原文有"地面上开的每朵紫罗兰/想必都发自美人颊上的黑痣"之句，菲氏译作"装点花园的每枝风信子/想必都是从一度娇美的头上落下的"；而根据菲氏译本译出的诸家中译本，又不约而同地都把"风信子"改成了"玉簪"。为什么改？其原因是不难体会的。原来波斯文学中的美人形象多是面如满月，颊上有一颗美人痣，这一意象很难为英语读者接受，所以英译者作了如上的改换。在英语中，风信子意象具有"倾慕"和"坚贞"的蕴涵意义，而且可以簪在头上。但这一意象又不易为中文读者所接受，所以中文译者又作了再次的改换，以便更好地达到意象与情感交融的效果。但这样一改，源语文化洋气的特点当然也遭到损失。出于"保存洋气"的宗旨，飞白对此类意象替换手段一贯慎用。但在此诗中斟酌再三，还是追随闻一多和郭沫若，采用了在中文里实在顺理成章的"玉簪"意象："装点花园的每枝玉簪/想必都落自美人头上。"他翻译时的主要考虑，是此诗情感浓度很高，应该让读者情感不受干扰地聚焦于诗的意境，在这里若让读者为洋气难懂的意象分散注意力，打断了意境，也许得不偿失。译诗者不得不在每一步上"患得患失"，这就是译者或"叛逆者"的苦衷吧。补充一句："患得患失"和"脚踏两只船"一样，看来也应该成为文学翻译者的经典。

翻译是中外文化交流的桥梁，同时也会受到译入语国现实语境的影响。人是语言动物，自从降临尘世那一刻起，就生活在"语言之屋"里。一般人并不感到"屋子"作为"笼"的性质和它的硬化、变暗，但诗人以其特有的敏感"感到了墙壁的限制和束缚，感到自己是被囚的动物"，于是不再乐于"呆在黑暗陈腐的屋角里"，不再乐于"无意义地喋喋不休"和"被说"，而要致力于试图打开新的窗户。① 此话的意思应该也可以引申于民族语言之屋。译者在民族语言之屋里看见了外国文学的风景，当他试图将其引入民族语言之屋中时，却碰到了屋子的墙壁，在无法摧毁甚或无法改变现有语言之障的情况下，不得不开窗将其引入。中国新文学的发展演变充分证明，开窗引入的外国文学作品给民族文学的语言和表达带来了新鲜元素。飞白所谈的"语言之屋"，既是单数（人类的栖居之所），又是复数（民族的文化家园）。将"语言之屋"比作囚笼，首先是在前一意义上，说的是语言本身的局限性及其僵化或权力化。当然，在后一意义上，不同文化间以及翻译过程中也存在重重隔阂。但比起前一意义上的形而上困境来，这方面我们处境也许略胜一筹。

翻译不仅是一种跨语言跨文化的交流，也是一种文化互动和互相影响的过程。由此产生了一系列问题，包括翻译受意识形态和经济因素操纵的问题，文化间的强势弱势问题，文化渗透、文化归化、文化

---

① 飞白：《诗海游踪：中西诗比较讲稿》，浙江工商大学出版社 2011 年版，第 51 页。

阻抗、文化屈从等问题，译者就处在诸多矛盾的张力场中。外国文学的翻译引进扩大了我们的视野，引进了外来基因，从而显著地影响了中国文化的演进，这是一个方面。与此同时，外国文学的翻译引进也显然受到政治、经济、文化条件的操纵和制约。在当时条件的需要或制约下，"五四"时期中国多译入浪漫主义文学，20世纪50—60年代多译入俄苏革命文学，80年代后与中国的改革开放同步，翻译引进外国文学的面也随之扩大，飞白译外国诗就经历了上述的后两个阶段。译者虽可有个人选择，但并不能独自决定引进何种作品，译了无处出版等于不译。译者虽可以有创新性，但个人无法抗衡整个"屋子"的操纵力量，一般来说可做到与时俱进，也有可能稍稍超前，但逆时令开窗户是非常困难的。比如中华人民共和国成立初期飞白最早译介的诗人是特瓦尔多夫斯基，他是当时苏联文坛改革派领袖，也深受中国诗歌界欢迎。然而从"反右派"到"文化大革命"意识形态控制持续升温，人民文学出版社约他翻译的特氏长诗《山外青山天外天》最终被判为"反斯大林的大毒草"而遭封杀。改革开放后的80年代，人民文学出版社等两家出版社又打算出版这部解冻文学名作，但因飞白当时太忙没来得及处理出版事宜，不久后，随着全国出版业的市场化转向，这部书也时过境迁，不再能引起中国读者的兴趣，出版事宜就此中止了。飞白先生将语言提高到了关乎人存在的高度，认为我们都生活在"语言之屋"中，任何事物只有进入语言之屋才可能被认知。飞白老师有一句话意味深长："要真正'看见'一个对象，首先需要把它当作认知对象，进入认知过程。我们只看见和认识有意义的、值得我们关注的事物，否则，我们就会'视而不见'。"① 这可以用于阐

---

① 飞白：《诗海游踪：中西诗比较讲稿》，浙江工商大学出版社2011年版，第41页。

释认知活动产生的条件，也适合用来解释翻译选材的缘由。照此说来，在中国现当代翻译文学史上，译者在浩渺的世界文学星空中只可能去选择那些对译入语国来说具有意义的作品。当然这种意义可能是对生命本体的观照，也可能是对某个时代精神的呼应，比如中国"五四"时期的译者多关注具有启蒙精神的作品，抗战时期多关注战争题材的作品。域外文学是不是只有被纳入民族的"语言之屋"这样一个"自恰的系统"之后，才会因为被认知而重新获得意义与生命？外国文学的翻译一方面会影响民族文学的发展，但另一方面当然也受制于民族文化和政治经济背景。其实这并非操纵学派的"新发现"而是常识，翻译史的无数实例印证着这一点。

如何在两种文化语境中处理诗歌翻译中的文化差异，既牵涉原诗风格的传递，也涉及译作的艺术审美和接受情况，因此飞白的翻译思想对如何处理诗歌翻译活动中的文化问题提供了可资借鉴的宝贵经验。

四

除以上论述的诗歌翻译经历、诗歌翻译活动的本质特征、诗歌翻译中的文化视界融合等思想之外，飞白还提出了诗歌翻译活动的折射说、诗歌翻译目的的探幽说、优秀诗歌复译说等观念。

飞白关于翻译等跨文化交流活动的论述有很多精辟之见，他站在民族语言文化的角度去审视外国文学作品，提出了可以归纳为"文化折射说"的思想。"人们在生活中的所见，其实只是语言之屋的内部而已，就连通过墙上开的窗所看到的，实际上也只是窗玻璃而已，而且还是有色的花式窗玻璃，它折射一切客观物象，把他们改造成语言—文化形象。这造成跨语言、跨文化交际的复杂化，导致各种变形和误读。"① 外国文学如何被翻译进民族文学？我们惯于接受的是"文化选择"和"文化过滤"等变异学思想，但这些说法很难穷尽文学翻译过程中产生的诸种变化，飞白老师的文化折射说则用童话式的叙述方式言明了翻译文学实乃民族语言之屋的"折射"品，因为是隔着语言之墙，因为是通过"花式"的有色玻璃之窗，所以外来的文学一旦被翻译"折射"进民族语言之屋，变形和误读就不可避免。不过令人感到疑惑的是，依据飞白老师"折射说"的观点，翻译语言学派所谓的原文和译文的"信息对等说"根本就不可能发生，译文读者了解到的外国文学和文化也并非原汁原味的外国品相，由此引发的翻译文学是否定位为外国文学也值得进一步深思。译文读者见到的外国诗当然难以要求真正"原汁原味"，以情节为主的小说可能会产生这样的效果，而译诗就不可能全面克隆原作的多义性和艺术形式，如能仿制到有几分"神似"就算很了不起了。这就好比是画家为人画肖像，无论怎么画，肖像也不可能成为一个等值的活人，画出某一点神采，做到有几分"神似"，就算很成功了。所以我们谈翻译，总试图分析得更具体一些，细节化一些。

翻译的功用问题是一个老话题，但飞白对此理解也与普通人迥然有异，在此试图再次展开论述。在新著《诗海游踪：中西诗比较讲稿》中，飞白先生关于翻译功用的认识似乎超越了形而下的实践层面，上升到形而上的精神世界。马拉美的《海风》召唤着诗人驶向各民族诗歌构成的诗海，但诗人对外国诗歌的探究和翻译是一个没有目的地的旅程，意义就在于找寻意义的过程中，宣称找到金羊毛的英雄伊阿宋反而"相形失色了"！在追逐物质利益的滚滚红尘

---

① 飞白：《诗海游踪：中西诗比较讲稿》，浙江工商大学出版社 2011 年版，第 65 页。

中，飞白老师引用美国诗人弗罗斯特《忠诚》中的诗句"哪儿有这样一种忠诚，/能超过岸对海的痴情"来表达对"意义之海的深深依恋"，从而远离尘嚣，生活在开阔的诗海里。① 作为徜徉在世界诗歌海洋中的译者，飞白认为诗歌翻译的目的和功用如其在《海风》中对人们的召唤：并非驶向真的"异国风光"，而是驶向神秘的未知世界；并非驶向"富饶的岛国"，而是驶向"冷酷的希望"。当然，现实地看，功利性绝非贬义词，它指导着人间的翻译实践，对于全球化的当今世界，有用的翻译是须臾不可或缺的。

飞白认为诗歌文体的特殊性决定了诗歌复译的必然性。无论是在翻译作品还是进行中外跨文化比较和研究的时候，飞白都坚定不移地选用自己的译作，这一方面表明他能够自如地应用外文翻译所需的文献材料；另一方面似乎也反映出对自己译作的"偏爱"。"五四"开启了中外跨文化交流的繁荣局面，很多优秀的外国诗歌都被翻译或转译到了中国，飞白老师翻译的很多作品，实际上在 20 世纪上半期就已经有了译本，比如波斯诗人莪默·伽亚谟的《鲁拜集》1919 年就有胡适的译本出现，到 1922 年有郭沫若完整的译本并附有《小引》作详细的介绍，② 比如英国诗人克里斯蒂娜·罗塞蒂（Christina Georgina Rossetti，1830—1894）的《歌》（*Song*）1928 年就有徐志摩的译本。③

飞白认为，若喜欢一首诗，就可能试着翻译，好诗是召唤复译的，鲁迅和本雅明都认为应该有复译，鲁迅还曾讽刺反对复译的人说："他看得翻译好像结婚，有人译过了，第二个便不该来碰一下，

---

① 飞白：《诗海游踪：中西诗比较讲稿》，浙江工商大学出版社 2011 年版，参阅第 6—19 页。
② 郭沫若：《莪默·伽亚谟的诗》，《创造季刊》1922 年第 1 卷第 3 号。
③ 徐志摩：《歌》，《新月》1928 年第 1 卷第 4 期。

否则，就仿佛引诱了有夫之妇似的"，他就要"维持风化"了。① 以前关于飞白翻译的所有争议，几乎都因飞白复译而触发，这种非学术因素的参与实在令人遗憾，心平气和地切磋翻译问题才是学界应该努力的方向。复译有助于诗歌作品质量的提升或翻译风格的多元化，在此以飞白复译《鲁拜集》为例加以说明。

英国人菲茨杰拉德的英文译文：

Ah，make the most of what we yet may spend，

Before we too into the Dust descend；

Dust into Dust，and under Dust to lie，

Sans Wine，sans Song，sans Singer，and—sans End！

郭沫若译文：

啊，在我们未成尘土之先，

用尽千金尽可尽情沉湎；

尘土归尘，尘下陈人，

歌声酒滴——永远不能到九泉！

飞白译文：

啊，尽情利用所余的时日，

趁我们尚未沉沦成泥，——

---

① 徐志摩：《歌》，《新月》1928 年第 1 卷第 4 期。

土归于土，长眠土下，

无酒浆，无歌声，且永无尽期！

　　郭沫若 1923 年 7 月翻译了波斯诗人莪默·伽亚谟的 101 首诗，并在译诗前加了很长的引言，主要阐明他所翻译的是中国绝句一样的诗歌："Rubaiyat 本是 Rubai 的复数。Rubai 的诗形，一首四行，第一第二第四行押韵，第三行大抵不押韵，与我国的绝句诗颇相类。我记得胡适之的《尝试集》里面好像介绍过两首，译名也好像是《绝句》两字。"① 后来闻一多也把莪默·伽亚谟的诗看作"绝句"②，关于鲁拜体的形式，在飞白翻译的《诗海》下卷第 22 章"诗律学"中也有介绍。至于郭沫若译和飞白译的《鲁拜集》第 24 首，在内容和形式上似乎都没有明显差异，韵式都符合鲁拜体的 aa×a，节奏字数也大体相同，当然解读、修辞上肯定是有差异的。认真比较起来，对菲氏英译文解读的主要差异，在于"make the most of what we yet may spend"一句中的那个"what"。郭译把它解读为金钱，根据的是所搭配的谓语是"spend"（花费），加以有李白的"千金散尽还复来"构成郭沫若对本诗的"前理解"和互文性参照，郭氏就把《鲁拜集》的作者伽亚谟（现译海亚姆）称为"波斯的李太白"。飞白则把句中的那个"what"解读为时日，根据的是贯穿《鲁拜集》全书的"存在"主题，这一主题在 101 首诗的字里行间，处处如影随形，挥之不去，如"时光之鸟飞的路多么短哪"，或"起码一事是真：此生飞逝"……所以 we yet may spend（"我们尚能花费"，或"我们尚有余额"）的所指，无疑地是"时日"而

---

① 郭沫若：《莪默伽亚谟诗的诗·小引》，《创造（季刊）》1922 年第 1 卷第 3 号。
② 闻一多：《莪默伽亚谟之绝句》，《创造（季刊）》1923 年第 2 卷第 1 号。

不是金钱。当然，诗无达诂，复译和争鸣对理解诗和欣赏诗歌都是有益的。

飞白先生在长期的翻译实践和教学活动中积累了丰富的翻译经验，探讨其诗歌翻译思想不仅是对他翻译生涯的回顾与梳理，也能为中国当代诗歌翻译提供诸多有益的启示。飞白的诗歌翻译思想是丰富的，本文的探讨也只是触及了其中的一斑，对其诗歌翻译成就和翻译思想的探讨还有待进一步深化。

第三节　翻译与作家梦

有很多译者因为从小怀有当作家的梦想，因此特别钟情于文学翻译，他们试图通过翻译外国文学作品来实现或弥补现实生活中未能实现的作家梦。比如德语文学翻译家杨武能先生，他的翻译之路就是作家梦想的延伸。

在古希腊神话中，普罗米修斯（Prometheus）创造了人类，上帝却拒绝给予人类火种。为了人类文明的发展，在烈焰熊熊的太阳车经过时，普罗米修斯用一根长长的茴香枝偷到了火种，然后带给人类。宙斯为此大怒，吩咐火神用铁链将普罗米修斯缚绑在高加索山陡峭的悬崖上，让他永远不能入睡，不能弯曲，在他起伏的胸脯上钉着一颗金刚石的钉子，还派一只神鹰每天去啄食普罗米修斯的肝脏。为保持人类的火种，他拒绝向宙斯认错，忍受着饥饿、风吹、日晒和雨淋，日复一日，年复一年，直至一位名叫海格力斯（Hera-clus）的英雄将他解救出来为止。文学翻译家就是盗火者，他们将异域文学输入民族语境中，丰富并助推了民族文学的发展。他们的工作就像受刑后的普罗米修斯一样，为了读者的诉求，忍受着各种艰难困苦，直到译作圆满完成才宣告案牍之劳行的结束。但比普罗米修斯悲惨的是，翻译家永远没有得到解救的时候，一部作品翻译完之后，又一部作品早已等在案桌前。此番生活状态，最适合用来描述中国德语文学翻译家杨武能先生，他在翻译德语文学半个多世纪的风雨历程中所经受的磨难堪比盗火者的遭遇。所幸的是，从《少年维特的烦恼》《浮士德》到《歌德谈话录》，从《海涅文集》到《里尔克抒情诗选》，从《特雷庇姑娘》《茵梦湖》到《魔山》，从《格林童话》到《豪夫童话全集》……"杨武能"这个名字已经深深地印入了一代又一代中国读者的心中。加上组织编撰了《歌德文集》、德语中短篇小说集、世界中篇名著精库、世界中篇名著文库、世界经典童话故事系列等，杨老师更是名满译坛。据统计，除开重印或再版的译作之外，杨先生从 1981 年翻译出版《少年维特的烦恼》至 2013 年翻译出版《永远讲不完的故事》，期间一共出版了 56 部译著（包含合译）。加上出版了 5 部研究德国文学的专著，凸显出他在德语文学翻译和研究上的地位和影响。读者不会忘记他，文学史不会忘记他，中德文化交流史不会忘记他。无论是从翻译的数量还是质量上衡量，杨武能业已成为中国德语文学翻译的第一人。

大师的名字从来都超越地域限制，不管生在何处，如今身在何方，"杨武能"这个名字已经属于中国当代翻译文学史。同时，从专业的角度来讲，杨老师一直都是翻译界的多产者，也是德语翻译界的骄傲。2013 年 5 月 23 日，在德国文化名城魏玛举行了庄严的授奖仪式，来自中国的杨武能教授被授予歌德金质奖章，这是对他半个多世纪以来致力于德国文化传播、中德文化交流的肯定。尽管杨老师本人对此持低调之态，但当时国内多家媒体还是竞相报道了这一喜讯，使他的名字一时间从高雅的文坛进入了大众的视野。当然，真正的学者和翻译家不会成为大众文化追逐的对象，但却可以持久地存在于文学乃至文化的根系之中，被后来者津津乐道或引为资源。

一

杨武能先生在德国文学翻译上取得了非凡成就，成为中国当代德国文学译介的大师。经查阅大量文献和作品，我们发现杨老师主要翻译歌德、海涅、席勒、格林兄弟、托马斯·曼及施笃姆等人的经典作品。除因为大学选择了德语专业，或迫于生计从事零散的翻译外，促使杨老师走上德语文学翻译之路的最大动力是什么？

对杨先生而言，谈他走上德语文学翻译之路的最大动力这个问题是复杂的，有人说他成为翻译界的一个大成者是"误打误撞"，但他自己却认为是早有"预谋"，他之所以走上文学翻译的道路，其实是"走投无路"之下的"因祸得福"。生长在长江边上的重庆人爱做梦，早在 20 世纪 50 年代初，因为色弱不能学理工，杨武能先生在重庆一中念高中时就经王晓岑、许文戎老师的启发，确立了先成为翻译家进而做作家的圆梦线路。他进大学先学的是俄语，1956 年秋天让一辆接新生的无篷货车拉到了北温泉山背后的西南俄文专科学校。由于在重庆一中打下的良好俄语基础，一年便学完了两年的课程。眼看还有一年就要提前毕业，谁知天有不测风云：牢不可破的中苏友谊破裂了，学俄语的人面临着僧多粥少的窘境。杨武能先生于是被迫东出夔门，转学到千里之外的南京大学学习日耳曼学也就是德国语言文学，从此跟德国和德国文化结下了不解之缘。这是他做梦也没想过的，事后却证明因祸得福，就跟因为视力缺陷不能学理工才学外语一样。

学了俄语再去学德语，就是从有六个格的俄语再学只有四个格的德语，对杨先生而言，那真叫小菜儿一碟。所以还在二年级便开始课余做起翻译来，也就是当年为人所不屑的"种自留地"。如此急不可待，除去受到教师中一批成就斐然的翻译家如张威廉、何如的启迪和激励，还有他个人主观的原因：从长远讲，杨先生真是想实现自己高中时期立下的当文学翻译家的理想，但在眼前，更迫切和实际的考虑则是赚取稿费，以解父母家庭经济的燃眉之急。1959 年春天，一篇在《人民日报》发表的非洲民间童话《为什么谁都有一丁点儿聪明？》，不啻是他翻译生涯中掘到的第一桶金子。这巴掌大的译文给了初试身手的他莫大鼓舞，以至一发不可收拾，继续在小小的"自留地"上耕耘不止，全然不顾有可能戴上资产阶级名利思想严重和走"白专"道路的帽子。杨先生曾在上海《文汇读书周报》发表了一组"译坛杂忆"，详细谈了他早期"种自留地"拿稿费的情况，以及后来如何在亦师亦友、相濡以沫的叶逢植老师指引下，不断在《世界文学》刊发德语文学经典的译作，可以讲杨先生是连蹦带跳地冲上了译坛。

从南京大学毕业后，杨武能先生回到四川外国语大学任教，后于 1990 年调到成都四川大学工作。对川大的老领导饶书记、林校长、杜校长、卢校长，特别是林理彬校长和卢铁城校长，杨先生怀有深深的感恩之情。因为他刚调到川大的时候，没单位敢接收他，是林校长把他硬派给了待成立的大学外语部；杨先生在外语部没适合的工作，又是林校长和饶书记、杜校长批准他建立了欧洲经济文化研究中心。卢校长对杨先生的情况十分了解，对他倍加关怀爱护，2000 年得知杨先生获得了德总统授予的国家功勋奖章，立刻开会隆重表彰并授予他"中德文化交流特别贡献奖"。在他主持工作时期，杨先生是川大文科五个享受最高津贴的杰出教授之一。因此，杨先生对四川大学怀有感恩之情。因为老领导们给他提供了安静、优越的生活环境，他能够排除一切干扰沉下心来做研究搞翻译。在川大的十来年，是杨先生一生中成果最多的时期，出版了影响深远的经典译著《浮士德》《格林童话全集》《魔山》《永远讲不完的故事》，主编了中国第一部《歌德文集》（14卷），以专著《走近歌德》获得了教育部优秀社科成果当年的最高奖二等奖。

人生真是在偶然中演绎着必然，杨老师的德语文学翻译之路正好印证了此理。杨老师的翻译成就集中体现在歌德翻译上，他的诸多译本如《少年维特的烦恼》《浮士德》《歌德谈话录》《歌德诗选》等，以后来居上的态势取代了20世纪上半期郭沫若等人的译文，成为今天国内通用的译本。1999年，他主编并参与翻译的《歌德文集》14卷出版，是中国歌德译介历程中的标志性成果。据统计，《浮士德》先后被6个出版社推出了9个版次；《歌德谈话录》被9个出版社推出了12个版次。更惊人的是，他翻译的《少年维特的烦恼》从1981年至2012年已经由22个出版社发行了28个版次，创造了中国翻译文学史上空前的盛况。杨老师的译文和郭沫若相比有哪些优势，抑或不足？郭沫若等德国文学译介的先行者对他的翻译有哪些启示？杨武能先生十分谦逊地认为，郭沫若尚在学生时代完成的《少年维特之烦恼》（1922），已充分显示出年轻诗人的翻译天才。它无疑是歌德乃至整个德语文学第一部在中国受到广泛欢迎的作品，至今影响犹存。1999年是举世瞩目的"歌德年"，为纪念这位大文豪的250周年华诞，杨武能先生应邀赴德国参加了一系列学术活动，所到之处只要话题涉及歌德与中国的关系，就没有不提到郭老和他的翻译特别是郭译《维特》。更有甚者，杨先生参加日本上智大学和德国歌德学院东京分院联合举办题为"歌德与现代"的国际学术研讨会，主持人木村直司教授建议他发言的题目，依旧是中国肇始于郭译的"维特热"。可以断言，郭沫若的所有译著，以《少年维特之烦恼》这部"小书"传播最广，名声最大。岂止是他个人的译著，就在中华人民共和国成立前译成中文的德国文学乃至所有外国文学作品里，郭译《维特》的影响也无与伦比。

在文学翻译这件事上，杨武能先生自称他的偶像是傅雷，因此有人称他"德语界的傅雷"。局限于歌德的译介，杨先生则自诩为四川天才郭老郭沫若的传人。他成功地重译了郭老译过的《少年维特的烦恼》，不仅使歌德的这部杰作在中国重新活了起来，火了起来，而且自己也一举成名。跟郭老 60 年前的旧译比较起来，杨先生译本最大的优点无疑是更切合时代的需要。记得是 20 世纪 70 年代末，杨先生在中国社会科学院读研究生时借住在北京师范大学，听到大学生们抱怨说，德语文学名著《维特》名不副实，一点儿都不精彩。究其原因，主要还是郭老的译本早已过时，已经失去了曾经有过的动人情致，所以不为现代的年轻读者接受。于是在当时掀起的思想解放运动的大背景下，他便大胆地重译歌德之《少年维特的烦恼》。当时有好心的朋友力劝他别惹"麻烦"，但为了不愿再听只能读译本的文学青年的抱怨，说什么《少年维特的烦恼》这本小说读起来无趣，也不愿看着某些同行拿现在的标准去苛求产生于 60 年前的郭译，杨先生固执己见，毅然重译了《维特》，既为歌德这部名著在中国赢得了无数新的读者，也让早已完成历史使命的郭译本光荣地进入了翻译文学博物馆。杨先生身为"后来者"，却能承认前人的贡献，而不是一味地以己为中心去否定前人的成就，是值得当代学人学习的优秀品质。

1991 年，杨先生翻译的歌德抒情诗精粹《迷娘曲》在漓江出版社出版；1997 年，他翻译的《世界诗苑英华·歌德卷》在山东大学出版社出版；同年，《歌德抒情诗选萃》由四川人民出版社出版，并于 2009 年再版；1998 年，他翻译的《抒情诗西东合集》（歌德精品集）由安徽文艺出版社出版；1999 年，山东大学出版社出版了他翻译选编的《歌德诗选》；2012 年，漓江出版社推出了他翻译的《歌德抒情诗选》。除这些译诗集的出版外，在很多权威的诗歌选本中，歌德的诗歌多选杨老师的译文，就连钢笔楷书字帖也选用他的译文，[①] 这很自然地使他成为国内歌德诗歌最有影响的译者。我们知道，清末人士马君武在德国留学的时候翻译了歌德（Goethe）的《阿明临海岸哭女诗》和《米丽容歌》，成为中国翻译德国诗歌的第一人。应时先生 1914 年出版了《德诗汉译》，收录了歌德、海涅等人的十余首作品，成为中国翻译德国诗歌的第一书，也是中国近代最早的译诗集。面对如此悠久的德国诗歌译介史，杨老师认为百年中国对德语诗歌翻译的成就体现在什么地方？相对于其他语种的诗歌翻译，对照德语诗歌的艺术特质，中国的德语诗歌翻译有哪些不足？而他本人翻译的歌德诗歌与其他译本相比，有哪些特别之处？

在杨先生看来，诗歌特别是抒情诗，系德语文学的强项，是德语作家擅长的两种传统体裁之一；另一种为称作 Novelle 的中短篇小说。就抒情诗而言，歌德、海涅可算作德语诗坛最杰出的代表。假若要推选世界十大抒情诗人，他俩肯定当选而且名列前茅。除了他们，德国还有席勒、荷尔德林以及里尔克等同样出类拔萃的诗人。

---

① 段瑞明：《歌德抒情诗钢笔楷书字帖》，杨武能译，天地出版社 2002 年版。

跟其他国家的诗歌相比，德语诗歌的特点是在优美和情感浓郁、深沉之外，还多数思想深邃，富含哲理。前述几位诗人，这个特点和优点更为显著。百年来中国的德语诗歌译介，不但相当系统和完整地反映出诗人们的创作，还较好地展现了德语诗歌的特点和优点。郭沫若和冯至翻译的德语诗歌数量不算多，但留给后世的都是精品和神品；相比之下，钱春绮先生译诗的数量大多了，贡献不容低估。要说杨先生的译本有什么特别之处，恐怕就是努力吸取各位前辈的长处：数量接近钱先生，形式和艺术处理则更倾心于郭老和冯至老师，没有勇气像钱先生那样在形式上对原著亦步亦趋，也就是努力在再创原著的文学美质和诗意的时候，尽可能地自由和自然一些，让现代的读者特别是年轻人能够阅读、欣赏、接受。

诗歌翻译的确如杨老师所说，大多数时候是在意译。除歌德外，海涅是杨老师译介的又一重点。1983年，杨老师等人翻译的《海涅选集》在人民文学出版社出版；1984年，他和冯至、钱春绮翻译的《海涅抒情诗选集》在江苏人民出版社出版，1991年以《海涅抒情诗选》为名在译林出版社出版；1995年，桂林漓江出版社出版了他翻译的《海涅抒情诗100首》；2001年，5卷本的《海涅文集》在陕西人民出版社出版，标志着中国对海涅的翻译达到了顶点。后来，北京燕山出版社2008年推出了杨老师翻译的《海涅精选集》；时代文艺出版社2012年推出了他翻译的《海涅诗选》。海涅的《西里西亚的纺织工人》一诗曾入选中国课本，深深地影响了一代人的社会情感和价值观念，海涅也因此成为最具工人阶级情感的诗人。何其芳"文化大革命"期间曾翻译了57首诗歌，其中海涅的诗歌47首，维尔特的诗歌10首。译者之所以选择这两位诗人，是因为他们都是德国民主主义战士和无产阶级诗人，前者曾受到恩格斯的赞扬，后者则是马克思和恩格斯的亲密战友。① 宏大的"无产阶级"立场也许会成为何其芳选译海涅和维尔特的动因，但译者个人的主观情思和审美取向会最终决定他对外国文学的选择和翻译。而杨武能先生是居于怎样的心理去翻译海涅的作品？

如果说何其芳翻译海涅基于宏大的"无产阶级"立场，那杨武能先生则是因为喜欢和热爱这位诗人。海涅的诗不仅情感充沛，音韵铿锵，优美感人，还机智幽默，意蕴深沉。读他的诗和译他的诗，都是巨大的精神享受。顺便说一下，海涅还是一位不可多得的大散文家和文艺评论家，杨先生也译过他少量的散文和艺术评论。我们需要更多地了解和重视海涅的散文天才。因此，杨先生对海涅散文的推崇，恐怕是今后中国翻译界和研究界的重要课题。除上述诗人作家外，杨老师翻译了保尔·海泽的《特雷庇姑娘》和《台伯河畔》，前者 1983 年在漓江出版社出版后，于 1992 年和 1996 年再版；后者 1997 年在华夏出版社出版后，于 2007 年再版，表明保尔·海泽作品在中国受到了极大的欢迎，这也许与他 1910 年获得诺贝尔文学奖有关。杨老师还翻译了另一位德国获诺贝尔奖的作家托马斯·曼的作品《魔山》，该作也获得了中国读者的认可，先后在漓江出版社、四川文艺出版社、作家出版社和北京燕山出版社多次出版。② 此外，在"五四"时期就受到中国文坛关注的德语"诗意现实主义"作家施笃姆（Theodor Storm）的《茵梦湖》（Immensee）是世界性的

---

① 牟决鸣：《关于〈何其芳译诗稿〉的一点说明》，《何其芳译诗稿》，外国文学出版社 1984 年版，第 140 页。

② ［德］托马斯·曼：《魔山》（诺贝尔文学奖精品）（上下册），杨武能、洪天富、郑寿康、王荫祺合译，漓江出版社 1990 年版。1991 年 1 月，上海译文出版社出版钱鸿嘉独译本。后来，杨武能先生将多年前主译的《魔山》独立重译，1998 年在漓江出版社出版，2003 年版；2005 年在四川文艺出版社出版，2010 年再版；2006 年，北京燕山出版社和作家出版社先后出版；2008 年，中国戏剧出版社再版。

名篇，杨老师的译作先后被 5 个出版社推出了 8 个版次，而且还翻译过《施笃姆诗意小说》，并编选出版了《施笃姆精选集》。对这些作品的翻译，显示出杨老师对原作质量的苛严。

在翻译活动中，优秀译者在选材上必然会体现出别具一格的眼光，挑选优秀作品来翻译。这也是五四新文化运动以降，中国人在引进外国文学作品时秉承的一大原则，胡适要求"只译名家著作，不译第二流以下的著作"①，即是言说此道。杨老师的翻译实践也证明了翻译选材的重要性，他非常赞赏胡适大师的主张。谈到选材即译什么和不译什么的问题，他认为这是译事活动中译者主体性的一个体现，也是区分译者高下的重要分水岭。有什么就译什么，是纯粹意义上的译者；严格按照"个人主观情思和审美取向"决定选材，才称得上翻译家。从登上译坛至今，杨先生几乎是只译有恒久价值的和他自己喜爱的文学经典；自己不喜欢的绝对不译，没有价值或价值不高的也绝对不译。除了选材自主、自觉外，杨先生认为还有一点可以体现译者的主体性，就是译笔要有自己的风格。为使自己的译作成为翻译文学而追求创造富有文学美质的美文，可以理解为译者的风格。这样的译者风格，与原著和原作者的风格不应该矛盾。万一遇到自己不喜欢抑或不适应的作家、作品，没有别的办法，只好不译。杨武能先生很赞赏傅雷前辈的主张，他提倡尽量选取与自己的气质和风格相近的作家来译，因为这样才能自然而然地扬长避短，相得益彰。

顺便谈及复译的话题，鲁迅从进化论的角度出发认为复译会一直存在下去，"因言语跟着时代的变化，将来还可以有新的复

---

① 胡适：《建设的文学革命论》，《新青年》1918 年第 4 卷第 4 号。

译本的，七八次何足为奇，何况中国其实也并没有译过七八次的作品"。① 杨老师所翻译的德国文学作品中，像《少年维特的烦恼》《浮士德》《茵梦湖》等很多都是再次翻译，他为什么要复译这些作品？对于复译，杨先生习惯于称重译。重译或者复译的必要和价值，鲁迅先生已经说得很透辟，但可以补充的是，无数成功而受到广大读者青睐的重译作品，包括前面所列举的《少年维特的烦恼》、《浮士德》、《茵梦湖》以及《格林童话全集》、《海涅抒情诗选》和《歌德谈话录》等译本在内，都有力地证明了鲁迅先生的论断无可置疑。名著的重译或复译，是个异常复杂的问题。有所创造、有所前进、有所提高的复译、重译，不应受到非难，而应得到提倡；它事实上也未受到非难，相反却得到翻译界的肯定和鼓励，受到广大读者的赞赏和欢迎。应该受非难和唾弃的，只是那些名不副实的所谓的新译、重译或复译，因为它们实际上只是胡译、乱译甚至抄译、剽窃。高水平的、有着自身价值的重译或复译，将不断赋予文学名著以新的生命，使它们一次一次地复活，一次次地焕发青春。

　　最值得译界注意的是杨先生对重译或曰"复译之难"的阐述。比起所谓原创性翻译即首译来，重新翻译即重译要面对不一样的挑战，要克服的障碍会更多。举个例子：前几年，杨先生几经犹豫与迟疑，好不容易才接受约请，重译了德国当代幻想文学大师米歇尔·恩德的《永远讲不完的故事》和《嫫嫫（毛毛）》这两部代表作。为什么犹豫？为什么迟疑？不仅因为此前已有两三位德语同行严肃认真的译本，再译难免捡人便宜之嫌，影响自己的译家形象不说，还可能得罪同行朋友，而且，即使排除掉这些"私心杂念"，不

---

① 鲁迅：《非有复译不可》，载罗新璋编《翻译论集》，商务印书馆1984年版，第298页。

在乎可能有的闲言碎语，重译这活儿本身也吃力不讨好，要面对一般人不理解的双重的挑战：不仅得经受与原文的对照评估，还得经受与旧译的对照评估；新译不但必须有自己的鲜明特色，而且还得超越旧译，真是谈何容易？所谓"捡便宜"者，充其量就是在理解原文有困难时可以看看旧译，或许能从中获得一点启发；而翻译一部童书，这样的便宜恐怕也难捡到，因为原文通常都比较简单。类似于《永远讲不完的故事》这样的作品，事实上重译比首译更叫人伤脑筋。因为要力避让旧译牵着鼻子走，决不能对旧译亦步亦趋，于是就只有绞尽脑汁，以求有新的创造。

谈杨武能的文学翻译，"格林童话"是无法绕开的存在。据查阅，从1993年南京译林出版社的《格林童话全集》到2012年漓江出版社的《格林童话全集》，其间有16个出版社先后以《白雪公主》《格林童话》《格林童话全集》《格林童话精选》等为名出版了32版次的格林童话。正因为杨老师和他女儿杨悦的努力，使德国人雅各布·格林（J. Grimm）和威廉·格林（W. Grimm）兄弟的童话在中国获得了长久的生命力和广阔的生存空间，也再次创造了单部翻译文学作品出版的纪录。仅译林出版社来说，1993年以来每年都至少要重印一次，再加上还有《格林童话精选》，版次就更多了。要搜全杨先生译著的版本极不容易，例如《少年维特的烦恼》，人民文学出版社也是自1981年初版以来，每年至少重印一次，有时则每年几次，连他自己也搞不清楚总共印刷了多少版次。谈到翻译格林童话的机缘，杨先生认为是他在研究和翻译歌德这个主业之外的意外收获。他日复一日、年复一年地"侍奉"歌德老人，难免有时会觉得累烦，也需要调剂和换口味。译民间儿童文学格林童话和译黑塞的现代小说《纳尔奇思与歌尔得蒙》，都产生于换口味的需要。当然，格林童话是德国文学和世界文学宝库的瑰宝，被联合国教科文组织认定为了世界文化遗产。半个多世纪的文学翻译生涯，杨先生始终难以忘怀《格林童话全集》的"苦译"。而今，它已成了杨先生译作中最受欢迎的译品，二十多年来译林出版社等多家出版社推出了数十种不同装帧设计的版本，摆在一起跟成排成群的孩子似的，叫生养他们的"父亲"杨先生看在眼里油然生出幸福感。可是谁又知道当年为他们的诞生，译者经受了怎样的艰辛？"格林童话"本是民间儿童文学，内容不深奥，文字也浅显，但却厚厚两册，译成汉语有五十余万字。想当年，计算机汉字处理刚起步，杨先生试着用却怎么也学不起来，只好一笔一笔地写，每天至少要译写八九个小时。终于熬到全集的后半部分，却患上了颈椎病。再也翻译不下去了，不得已拉着也是学德语的妻子和女儿来"救场"，杨先生只能勉强完成最后的校订。所以，译林的那个版本，译者多了一个杨悦。后来台湾的出版社要求只保留杨武能这个署名，他同意了，因为他的女儿已经另有事业。出生前和出生后不一般的经历、景况，都决定《格林童话全集》是杨先生最疼爱的孩子。所以，每当有见利忘义的无耻之徒损害它，杨先生都会挺身而出，拼命护卫，用译者的笔破例写了《格林童话辩诬》《捍卫世界文化遗产，为格林童话正名》等论辩文章，以鞭挞他们，揭露他们所谓《成人格林童话》或《令人颤栗的格林童话》的卑劣骗术。

译者的艰辛的确难以想象，译作是在译者精心呵护下成长起来的，凝聚着译者的心血和情感。杨老师借助童话翻译迈出了翻译的第一步——1959 年春，他翻译的非洲民间童话译作《为什么谁都有一丁点儿聪明?》发表在《人民日报》上。杨老师后来在童话翻译方面取得了骄人的成绩。除翻译格林童话之外，杨老师在湖南少儿出版社组织出版了豪夫的《假王子》《幽灵船》，席尔纳克的《七个小矮人后传》，霍夫曼的《胡桃夹子》等童话作品，此外还翻译出版了豪夫的《小矮子木克》和《豪夫童话全集》。同时，杨老师1997年在四川文艺出版社主编了"世界经典童话故事系列"和"世界经典寓言系列"。这些成就不仅表明杨老师对德国童话作品译介的热情，而且对儿童文学作品的翻译和出版也起到了积极的推动作用。还有两点需要补充：一是为孩子们做翻译，哪怕再苦再累，哪怕再不为人重视，在杨先生看来都是极有意义的翻译活动；二是多亏翻译格林童话等童书，杨先生实现了"返老还童"。而且返老还童的不止于他的心情心态，更使他这棵翻译老树在风风雨雨半世纪之后发出了茂盛、新鲜又可爱的绿枝：《格林童话全集》问世二十年来不断重印、再版，再版、重印，影响和受欢迎的程度，在他数十种名著翻译里唯有早期的《维特》堪与比拟。

这个情况，当然早已为业内注意到，于是杨先生慢慢也被视为译介少儿作品的好手，因此收到了各式各样的约请。举两个最近的例子吧。一是2007年，经儿童文学理论家王泉根教授推荐，杨先生应邀担任湖南少年儿童出版社"全球儿童文学典藏书系"的翻译专家委员会委员，不但接受组织德语作品翻译的委托，他自己还承担和完成了《七个小矮人后传》和《胡桃夹子》等几本小书的翻译。书虽说单薄，跟他已出版的大多数译著比微不足道，却是他进入新的年龄段即七十岁后的第一批成果，不但使译者重温了约二十年前翻译格林的美妙滋味，还认识到为孩子们干活儿的非凡意义。杨先生"告老还乡"的决心动摇了，开始考虑在保持健康的前提下，力所能及地再为孩子们做点事。二是2010年，以出版少儿读物享有盛誉的二十一世纪出版社找到远在德国的杨武能先生，约他翻译德国当代著名儿童文学作家普罗斯勒的《大帽子小精灵霍柏》和《霍柏与他的朋友毛球儿》。为考验该社诚意，杨先生提出相当高的签约条件，不想对方慨然应允。这就使他再也脱不了手，两本小书交稿后又请他重译米歇尔·恩德，并为该社担任一些相当于顾问的工作。杨老师的翻译深入人心，备受读者青睐，当然也迎来了出版社的追捧。

随着中学语文教学改革的推进，很多世界名著成为中学生的必读书目。比如杨武能先生翻译的《少年维特的烦恼》曾被标以"欧美中学生必读名著丛书"（京华出版社 2002 年版）、"导读版"（浙江文艺出版社 2004 年版）、"青少年文库"（浙江文艺出版社 2011 年版）；《莱辛寓言》成为"二十一世纪少年文学必读经典"（二十一世纪出版社 2009 年版）；《歌德谈话录》被列入"语文新课标必读丛书"（浙江文艺出版社 2004 年版；光明日报出版社 2007 年版）等。这当然是对杨老师译文的肯定，但也对文学翻译提出了挑战。文学有雅俗，听众有层次，我们今天世界文学名著的翻译是否符合中学生的阅读和审美习惯？哪些文学名著应该进入中学生必须涉猎的知识范畴？在杨先生看来，适合中学生阅读的文学名著很多。在他的译作中，古典的如《歌德谈话录》《歌德抒情诗选》《少年维特的烦恼》《威廉·迈斯特的学习时代》《阴谋与爱情》《海涅抒情诗选》《格林童话精选》《豪夫童话精选》，现当代的有黑塞的《纳尔奇思与歌尔得蒙》和《悉达多》，米歇尔·恩德的《嫫嫫（毛毛）》和《永远讲不完的故事》，以及包括施笃姆、凯勒、迈耶尔、海泽代表作在内的德语短篇小说选和中篇小说选。至于译文，当然应该尽量做到雅俗共赏，让中学生也能读懂，也能接受。作为译介者和文化传播者，杨先生自然经常本着对青少年读者负责的态度考虑有关问题，在翻译时要努力揣摩少年儿童的心理，学习使用他们的语言，一句话，要像演员一样进入角色。如非如此，不能成为合格的儿童文学翻译家。

二

杨武能先生不仅是德国文学翻译的专家，而且是德国文学研究的专家。除在各种报刊上发表大量的研究论文之外，还出版了《野玫瑰——歌德抒情诗咀华》（北岳文艺出版社 1989 年版）、《席勒与中国》（四川文艺出版社 1989 年版）、《歌德与中国》（生活·读书·新知三联书店 1991 年版）、《走近歌德》（河北教育出版社 1999 年版；上海社会科学院出版社 2012 年版）、《三叶集：德语文学·文学翻译·比较文学》（巴蜀书社 2005 年版）等多部学术专著，奠定了自己在德国文学尤其是歌德文学研究中的地位和影响力。

杨先生之所以会在德语文学翻译之外，取得德语文学研究的成就，这与他提出的"三位一体，一专多能"的主张分不开，眼界宽阔而又专心致志。他的成功经验就是译研结合，相辅相成，相得益彰。还有就是得会写文章，具备好的文笔、文风，不然写起论文来多为洋八股，令人讨厌。他曾在《文学翻译断想》中提出"翻译家既是读者，又是作者，既是阐释者，又是接受者，理想的译者应该同时是学者和作家"。① 这就是杨老师有名的"三位一体"的见解，也是翻译的一种境界。他说自己因为想成为作家而走上了翻译的道路，又因为翻译而走上了研究之路。由此可以看出杨老师的德国文学研究是基于翻译实践的基础之上，除几部专著之外，还发表过多

---

① 杨武能：《阐释、接受与再创造的循环》，《中国翻译》1987 年第 6 期。

篇文章，比如 1999 年他在《外国文学研究》第 2 期上发表了《〈威廉·迈斯特的学习时代〉：逃避庸俗》，同一年他翻译的《威廉·迈斯特的学习时代》在安徽文艺出版社出版；《〈魔山〉：一个阶级的没落》于 2005 年发表在《外国文学研究》上，而 1998 年他独立翻译的《魔山》在漓江出版社出版；《歌德的立体全身塑像——论艾克曼〈歌德谈话录〉》发表在《同济大学学报》（社会科学版）2012 年第 6 期上，而他在 2004 年就翻译出版了《歌德谈话录》等等。因为翻译的缘故，杨老师比一般读者对原作的理解更为深刻，也比一般读者更能领略原作的神韵，因此他的研究也比普通的研究更具学术价值。

正是从杨先生"三位一体"的思路出发，我们可以看出文学翻译给译者提出了严格的要求。谈到这里，我们可以探讨一下外国文学研究的路径：有人依靠阅读译文来研究，有人依靠阅读外语原文来研究，有人依靠翻译过程中的理解来研究，究竟哪种研究方式更为合理？我们今天的外国文学研究缺乏阅读文本的习惯，更缺少精细地阅读外国文学原著的耐心，因此，作为缜密读者的译者，杨先生在翻译的基础上完成了对外国文学的阅读和研究，此乃外国文学研究的最佳途径。首先，译者必须是"理想"读者。译者既为主体，自然就会发挥决定性的影响，起关键性的作用，优秀的译者的标志只能是他能贡献优秀的、高质量的译文。杨先生很早就提出了，优秀的译者，真正的、理想的文学翻译家，应该同时是学者和作家的主张。从事过文学翻译的人都应该知道，身为阐释者和接受者的译者，要全面把握和充分接受原著绝非易事。扎实的外文功底和足够的背景知识往往只能帮助你理解原著的表层意义。为了达到文学翻译的更高境界，译者还必须研究诸如作者的生平、著作和思想，研究作品产生的时代，研究他的民族历史和文化传统等等。从这个意义上讲，翻译家就同时必须是研究者，或者说学者。

不仅如此，在杨武能先生看来，翻译家还必须同时是作家。他之所以持此观点，不只是就文学翻译家与译本及其读者的关系而言，也指译者的素质、修养、能力等等。既然文学翻译已被公认为一种艺术，一种再创造，文学翻译的成果也就同样必须是文学——翻译文学。从事这一艺术和文学再创造的译者，他除了无须像作家似的选取提炼素材、谋篇布局、进行构思以外，工作的性质应该说与作家并无二致。因此，对他的要求就不能局限于所谓"精通中外文"，他还必须要有作家的文学修养和笔力，必须要有作家一样的对人生的体验、对艺术的敏感，必须具备较高的审美鉴赏力和形象思维能力，在最理想的情况下，他甚至也该有文学艺术家的禀赋、气质和灵感。这儿提到了艺术，杨先生心里具体想到的则是造型艺术和戏剧艺术。为什么？因为优秀的译者就应学习和掌握演员进入角色——各式各样角色——的本领，学习和掌握画家与雕塑家描摹、塑造事态和人物的技能，当然用的仅仅是语言这一种材料。也正因为只有一种材料，所以就特别难，所以锤炼语言对于译者就十二万分的重要！

数量巨大却缺少文学味儿和文学价值的所谓"文学翻译"，从反面佐证了杨先生的论断。所以他坚持认为，真正的文学翻译家应该同时是学者和作家。在他的整个活动过程中，学者和作家同时发挥作用，只不过在不同阶段，有时这个方面突出一些，有时那个方面更为显著罢了。很难设想，一个缺少作家素养的一流学者能成为一流的文学翻译家；反之亦然。事实常常是，二三流学者加上二三流作家，倒可以成为第一流的文学翻译家。从这个意义上讲，做文学翻译的人有些不伦不类，是一种"两栖"乃至"三栖"动物，在学术界和文学界都不怎么受待见。译者的处境确实有些尴尬，但文学翻译的任务和性质注定如此。杨先生坚持做德语文学翻译与研究已经五十多年，之所以能坚持半个多世纪，主要还是因为文学翻译始终是他的"至爱"，是他生命不可缺少的组成部分。在这个过程中，他逐渐爱上了德国的文化和德国文学，这在很大程度上影响了他的人生。每每回忆起往事，对自己六十多年前的选择，尽管为之受累受苦而回报微薄，但他却无怨无悔。

事实上，杨先生关于翻译主体的认识对外国文学研究者而言，也多有启发。他的翻译思想集中体现在对译者主体性的探讨上，《阐释、接受与再创造的循环——文学翻译断想》（《中国翻译》1987年第6期）、《文学翻译批评管窥》（《译林》1984年第3期）、《再谈文学翻译主体》（《中国翻译》2003年第3期）等文均对此进行了深入的探讨。首先，译者必须是原作的读者，而且要比普通读者更全面、深刻地理解原文。杨先生指出，译者与阅读外语原文的差异："对于原著及其作者来说，翻译家绝非一般意义的读者，绝不能满足于只对它和他有大致的把握和了解，而必须将其读深钻透，充分理解，全面接受。只有这样，翻译家才能出色地完成自己的任务，实现原著的价值与功能的再创造。"[①] 杨先生从阅读的层面指出了译者与读者之间在理解原文上存在深浅的差别，而实际上，译者在翻译过程中对原作的再创造才是体现二者差异的根本所在。而他对译者功能的介绍停留在译者对原作内容和艺术形式等审美要素的把握上，认为"对于原著及其作者而言，翻译家也是读者，而且是最积极最

---

① 杨武能：《阐释、接受与再创造的循环——文学翻译断想》，《中国翻译》1987年第6期。

主动最富于创造意识和钻研精神的读者。他应该是自觉地力求对原著的多重含义以至于隐藏于原著背后的作者的创作本意，作全面的把握和充分的接受。这意味着，他不仅要在思想意义上把原著读懂、读深、读透，领会其精神要旨，而且还要完成对它的审美鉴赏，在表现形式上也能细致地把握"。① 这些认识恰到好处地点明了译者作为翻译活动的主体必须具备理解原文的基本素质。从古今中外的翻译实例中，我们可以找到很多因为译者的创造性而使译文在译语国获得新生的例子，比如英国人菲茨杰拉德对鲁拜诗的翻译，美国人庞德翻译东方诗歌的《神州集》等，这些译作均因为译者在翻译过程中增加了创作的主动性，从而使译文成为民族文学史上的经典。论述至此，也许有人会认为杨先生对译者主体性的这种认识是否忽视了译者对原作的创造作用，但在他看来，主张和强调译者的主体地位，并不会忽视"译者对原作的创造作用"，倒是相反，译者不能成为自觉、积极的主体，就不会有能动的创造性。

杨先生关于译者主体性的第二点认识是：译者必须是原作的研究者。"为了达到更高的要求，译者就必须研究和学习，研究作者的生平、著作和思想，研究作品产生的时代，研究他们的民族文化传统。"② 对译者主体性的这种认识源于理解原文的需要，承续了译者须是读者的话题，研究与原文相关的背景材料之目的就是为了更好地理解原作。如果依据"作者已死"或"原作可以离开作者而客观存在"的后现代思潮，理解原作的"前见"无法觅得，那我们的文学翻译活动将会面临一筹莫展的困境。改革开放以来，翻译理论有

---

① 杨武能：《阐释、接受与再创造的循环——文学翻译断想》，《中国翻译》1987 年第 6 期。
② 同上。

了很大的发展，只可惜引进的多；只不过从引进苏联变成了引进西方，从最早的尤金·奈达到最新的后现代罢了。杨先生不讲在引进中存在太多"食洋不化"的问题，只叹中国人自己的新理论太少，能结合实践，指导实践的理论更少。"作者已死"或"原作可以离开作者而客观存在"的后现代思潮，颠覆了视作者为万能上帝，视译者为被动的传声筒的传统翻译理论，可以看作杨先生的译者主体性观点的理论外援。常言道"名著随名译而诞生"，套用此话我们可以这样认为：借助成功的重译、复译，已死去的作者得以复活，原作得以再生，一次次地复活，再生。杨先生提出和主张的译者主体说，还有他坚持的"文学翻译家应该同时是学者和作家"的"三位一体"观，以及上面这个关于重译、复译的说法，算得上新的、有中国特色的理论，我们可以在此基础上扩展、深化，创建出中国崭新的现代译学。杨先生关于翻译主体性的认识，已经构成了当代中国翻译批评的重要内容。

　　杨武能先生对译者的地位和身份也有自己独到的认识。他曾对原作者、译者和译文读者之间的关系作了形象的阐释，将译者视为原作者和读者的"仆人"。这其实还是体现出他提出的翻译家的主体作用。翻译家在整个翻译活动中发挥着关键的、能动作用，决定着译事的成败，翻译家没才情，原著再优秀也不会受到他国读者的喜爱。在"原作者"和"读者"两位"主人"面前，杨先生更看重后一位"主人"，因为他们是译者的衣食父母，是译者具体而现实的服务对象；至于另一位在异域、天堂里的主人或者说上帝，他只要心存敬畏，只要不冒犯他或坏他的规矩，就可以万事大吉。正因为杨先生的翻译是在侍候两个主人，特别是尽心竭力、小心翼翼地对待后一位主人，所以他的译作（像《格林童话》《少年维特的烦恼》

《浮士德》《魔山》《海涅抒情诗选》等）才畅销不衰。顺便提及一个事例，许渊冲前辈倡言翻译家跟原作者比赛，使译文超过原文，比原文更美，杨先生对此只是基本赞同。为什么只是基本赞同而不是完全赞同呢？因为情况太复杂，原著千差万别，译者水准参差不齐，实在不好一概而论。在中国翻译界，能与原作者比试的译家能有几人？所以，杨先生认为译者不敢企及超越的高度，他只愿老老实实当好仆人为佳。郭浩文之译莫言，对我们的文学翻译理论和实践不足为训，尽管它为作家赢回来了价值百万美元的奖金，但是在奖金派发者心中的天平上，谁也不知道译文好坏的分量究竟占多大的比重，所以在大多数文学翻译家心目中，专业评委评出的中国翻译文化终身成就奖的含金量，不亚于小小瑞典王国找一帮子人弄出来的诺贝尔文学奖。

　　杨先生具有建构中国德语文学接受史（主要包括翻译和研究）的自觉意识。一种文学和文化必须经过长时间的积淀才可能形成自身传统，中国的德国文学翻译和研究同样如此。杨先生被授予歌德金质奖章后，在接受《成都商报》电子邮件采访时说过一段谦逊但很有气度的话："在中国，我有幸成为获得歌德金质奖章的第一人，但这并非我一个人的荣誉和功劳。这荣誉归于中国的日耳曼学研究，归于指寻我学习研究歌德的导师冯至先生以及在南京大学的恩师，归于自郭沫若以来的一代代歌德研究者和译介者。"① 中国的德国文学翻译和研究大致经历了三个阶段：郭沫若是现代中国翻译介绍德国文学的先行者和最有成就者；冯至是中国研究德国文学用力最深的学者；杨老师则是当代中国翻译和研究德国文学的代表。现实是

---

① 　陈谋：《四川大学教授杨武能获翻译界"诺贝尔奖"》，《成都商报》2013 年 6 月 27 日。

个"名利场"，后来者常常通过"解构"前驱来赢得进入历史的机会，杨先生却总是认为自己的成绩与前人的付出休戚相关，他把各个历史时期的链条连接起来，从而赋予中国德国文学研究以历史感，挖掘出当下德国文学研究所应继承的传统，这是一种历史性的客观的学术眼光。他曾写过《筚路蓝缕功不可没——郭沫若与德国文学在中国的译介和接受》（《郭沫若学刊》2000年第1期）、《郭沫若——"中国的歌德"》（《郭沫若学刊》2004年第1期）、《冯至与德国文学》（《外国文学研究》1987年第2期）、《冯至与德语诗歌》（《外国文学评论》1992年第3期）等文章来肯定郭沫若、冯至等人在接受和传播德国文学上做出的努力。在杨先生眼中，中国的德国文学研究与其他外国文学研究，特别是与英、美、法和俄罗斯文学研究相比，突出特点是翻译者还算比较多，研究者特别是专心致志的、富有使命感的研究者却寥若晨星，学会、研究会等组织机构也缺乏凝聚力，多数人只好各自为政，让杨先生这种死心塌地热爱德语文学研究和翻译的人感到十分寂寞。但杨先生觉得寂寞也是好事，一个人在寂寞中只要有足够的忍劲儿和耐力，就能不断出成果。所以他在领取歌德金质奖章后说"荣誉归于中国的日耳曼学研究"，这话包含着两重意思：一重意思是荣誉首先归于指导他学习研究歌德的导师冯至以及在南京大学的恩师叶逢植和张威廉，归于自郭沫若以来的一代代歌德研究者和译介者；第二重意思是也要感谢德语界同人，其中包括那些多年来关照他，赐予他宝贵的寂寞的可敬同行，没有他们的鞭策、驱使，说真的，成就不了现在我们眼中的翻译家杨武能。

　　这里涉及杨先生做人做事的风格问题，作为一个德语文学翻译大家，他不追赶解构前驱者的时髦，反倒经常感谢自己的师长和前辈，感谢人生旅途中遇见的一个个"贵人"。这是受了"得人滴水之恩必当涌泉相报"的传统道德观的影响，真正的中国人都会如此做人，如此立身行事。杨先生告诫年轻人，这样做人行事自己绝不会吃亏；相反你在生命的长途中会遇到越来越多的"贵人"，会一路顺风，步步高升。他接受了歌德老人家的启发和教诲，后者曾对艾克曼说过，我们都是"集体性的人物"，"所有一切都得自我们生活的时代，得自生活在自己周围的同时代人"。所以歌德生命中的贵人（如堪称他导师的赫尔德和魏玛公爵卡尔·奥古斯特等）也多得不胜枚举。杨先生尚且怀着感恩之心对待周遭的一切人事，如今很多心浮气躁、心比天高的年轻学者应该向他学习。

目下，翻译软件和人工智能发展的速度很快，很多人认为文学翻译有被机器取代的那一天。而对于文学翻译的未来，杨武能先生以顺应时代发展为前提，认为文学翻译始终会存在于人们的生活中。许多翻译工作都正在或将会被机器翻译替代，这是不以人意志为转移的时代趋势。文学翻译也可以说正面临衰落，但在相当长一段时间内，仍无法被机器翻译取代。杨先生对此并不悲观，他认为优秀的翻译作品即翻译文学，是民族文学的重要组成部分，他坚信这些作品将永远存在于民族文化的宝库中。所谓正在衰落，应该主要是讲文学翻译繁难艰辛，译者名微利薄，当今中国没几个人愿干翻译的苦差事，一生一世从事文学翻译的人更绝无仅有。再者，或者说更叫人寒心灰心的是，文学翻译行业缺乏有效监管，抄袭剽窃肆无忌惮，几致成风，不会外语的就在从事翻译，没研究《浮士德》就敢翻译《浮士德》并对自己的"成果"夸夸其谈，原著明明是英语却从日语翻译。实际上概而论之，都是在已有的中文译本中"转译"。前些年在忍无可忍的情况下，杨先生和"爱管闲事"的译林出版社老社长李景端站出来跟窃贼发生了几次"正面交锋"。窃贼实在太多，有关方面监管不力，翻译家属于弱势群体的个体劳动者，也没有闲心和权力去理会这些杂事。

<h1 style="text-align:center">三</h1>

在漫长的翻译道路上，杨先生一定会遇见各式各样的风景和人物。很多人事在岁月的流逝中逐渐被淡忘，杨先生是翻译界的"活化石"和常青树，他所经历的很多人事均可称为年轻人心中的"史料"，因此有必要对这方面的情况加以说明。杨先生十分赞同歌德说过的话"我们都是集体性的人"，意思是一个人要成为人才，要成就事业，不光取决于你自己的能力，是很多人乃至社会把你铸造成功的。尽管一生中经历了不少坎坷，杨先生却自认为是个很幸运的人，他甚至相信，世间像他那样的幸运儿，实在并不多。杨先生说自己幸运并非别的原因，而只是他一生中有过许多的好老师和好朋友，首先是他在南大学习德语和做文学翻译的启蒙老师叶逢植，他不仅和冯至先生一样同是他的恩师，而且还是与他有着深情厚谊的知心朋友。再说冯至先生，杨先生在四十岁那年成了他的及门弟子，从边远的学术洼地一跃登上了高高在上的学术中心。很快就游走在被人们戏称为翰林院的中国社会科学院内外，游走在京城的学术名流之间，游走在北京乃至外地的出版社、杂志社。因为是冯至高足，学术界就高看他三分，这就是"师高弟子强"的另外一解吧，北京五年，杨先生真是好好利用了"冯至高足"这个优势。还要说说高风亮节，同样跟杨先生亦师亦友的绿原。杨先生南大毕业后分配到四川外国语大学，不久后就遭遇十年浩劫，已经开始的圆梦之旅中断了，痛苦煎熬了十二三年。1978 年从报纸上感受到了春天的气息，

他就给人民文学出版社写了封信，希望能给自己译介德语文学的任务，没想到居然有了回信，出版社同意他参加正在编选的一部短篇小说的翻译。在杨先生的争取下，出版社请他选译一些凑足一个四十来万字的集子，并帮助审读一下已有的稿子，他便成了《德语国家短篇小说选》的主要译者。出书之前，1978年夏秋时节，杨先生去北京参加中国社会科学院录取研究生的复试，顺便拜访了人民文学出版社。出来接待他的是位五十来岁的瘦小男同志，一身洗得泛白的学生服，脸上架着副黑框近视眼镜，简朴而又平凡，他就是绿原。后来，绿原先生同意让杨武能先生给自己编选和翻译的作品写序，其他序作者全是王佐良、朱虹、罗大岗等的顶级大师。之后，他又斗胆向绿原要求重译郭沫若译过的世界名著《少年维特的烦恼》，并且交去的一万字试译稿很快获得审查通过，1981年杨译《维特》问世，是继郭老译本之后第一个新译本，首版八万册很快售罄，只能不断重印、再版，不久总印数就达到了数十万。要说"洛阳纸贵"那是夸张，但确实让杨先生暴得大名，加之又有冯至弟子的身份做铺垫，一时间成了各出版社眼里的香饽饽。因此，杨先生对绿原充满感激和佩服。

杨先生在通往翻译的道路上与很多人结下了深厚的友谊。除了以上提到的几位之外，我们从他的书信中还看到了钱钟书、王蒙、杨绛、马识途等人与他的交往，从他的游记文字中了解到，他也与德国诺贝尔文学奖得主君特·格拉斯有过接触。人们都说朋友是一面镜子，旁人能从朋友的言行中看出你的为人。在杨老师看来，他所结识的中外名人大都心胸豁达，学识广博，在与他们的交往中他得到了鼓励和提升。只说君特·格拉斯，杨先生与他见过两次。他待人很随和，很尊重中国文化，颇了解中国情况，特别喜欢《金瓶梅》这样的真性情作品。他很关注中国作家的写作，待杨先生这个中国翻译家亲切而有礼。他们第二次见面是 2005 年在巴黎参加洪堡基金会的一个活动，杨先生的夫人王荫祺女士还跟格拉斯合了影。再说说钱钟书吧，在杨先生的心目中，钱先生和光耀了他人生道路的冯至一样，也是一位恩师。1978 年杨先生考进中国社会科学院外文所，钱钟书和夫人杨绛虽说跟他在同一个单位，却全然没有交集。因为当年杨先生觉得自己与钱钟书夫妇地位悬殊，所以很难有交流的机会。杨先生翻译出版了《少年维特的烦恼》和《霍夫曼志异小说选》以后，钱先生才注意到杨武能这个名字，译林出版社社长兼总编李景端曾说，钱钟书先生很赞赏他翻译的《霍夫曼志异小说选》。到了 1982 年，杨先生以"歌德与中国"的研究心得发表了一系列文章，完成了《歌德与中国》一书的初稿，不想征求意见的油印本竟落到了钱先生手里。钱先生让北大研究生四川老乡张隆溪带话给杨武能说，这本书写得不错。前辈大师两次主动提到他，他自然不能装聋装傻，不理不睬，于是经人指引，电话联系上了钱先生，约好去他家里谈一谈。谁知杨先生两次因故爽约，钱先生却并不怪罪。也算好事多磨吧，1983 年秋的一天，他怀着入山求道的虔诚与拜见祖师爷的诚惶诚恐，跑到了感觉是挺偏远的三里河二里沟，惴惴不安叩响了"钱府"宅门。开门的是温文尔雅的杨绛，入得门来，但见钱先生的书房兼客厅家具不多却文气弥漫，书香扑鼻，矮矮的书柜顶上摆放着一套德文版《歌德文集》，正是他十分熟悉和仰仗的十四卷汉堡版。杨绛先生给他们冲好茶就回自己房间去了，让男主人和来客无拘束地交谈，话题自然围绕歌德与中国展开。没有客套，也不寒暄，钱钟书先生学海掣鲸，随手拈来，便与杨武能先生侃侃而谈，给了他许多做好相关课题的指点。一两个小时很快过去了，杨武能先生自觉获益匪浅。

翻译出版了如此丰富的德语文学作品，杨先生偶尔会遭到来自读者和学界的批评。而面对这些中肯或莫须有的"罪名"，他一般选择沉默。不是他无话可说，也不是不屑于应答，而是他始终坚持认为，文学翻译原本就是阐释，不同译家做不同的阐释是很正常的事，正确的阐释并非仅有一种。加上有的批评者本身也是译者，就是所谓的兼为运动员和裁判的人。对这种注定偏心眼儿的裁判做出的裁决，有什么道理好讲呢？至于个别不负责任的网上大嘴"批评家"，是借贬低名家以求出人头地的文坛"混混儿"，搭理他们就更不值得。当然，并不是杨先生认为文学翻译批评没有必要，恰恰相反，他倒认为中国的文学翻译批评开展得很不够，水平也很低。实话实说，中国从事文学翻译的人成千上万，能称上翻译家的也数以百计，可是文学翻译批评家却少之又少，就杨先生个人的观察和判断，够水准和比较知名的不过就李景端、谢天振、许钧等三五位而已。需知比起做文学翻译来，做文学翻译批评不但难得多，而且更加吃力不讨好。杨先生指出，文学翻译批评家不仅需要更高的学养，还必须具有不计个人得失的精神和勇气。这比精通外文能读懂原著，更加重要，更加必需。前些年杨先生曾写过一篇题为《美玉与蜡泥》的短文，主张对实为艺术再创造的文学翻译作品，做总体的、全面的、文学的、艺术的批评。他在文中含蓄地对长期以来仅限于寻章摘句、拈过拿错的批评方法表示了异议。曾用这种方法苛评傅雷、赵萝蕤、杨绛等名家名译的，不都是些精通外文的行家吗？杨先生算是从前辈的遭遇和经历中汲取了教训，所以便对偶尔出现的对其译文的"教师爷"式批评置若罔闻。相反，杨先生十分重视包括整个文艺界、出版界在内的广大读者对他译作的接受和反应，因为在他的心目中，广大读者才是实事求是的、公正而严谨的批评家。也正因此，他做文学翻译，包括从选材到风格的把握甚至词语的选用，经常考虑的都是读者的接受。读者的认可，对杨先生而言，才是权威的评价，才是最高的奖励。

杨老师德语文学翻译的成就和地位无须多言。2003 年，11 卷本的《杨武能译文集》由广西师范大学出版社出版，这可谓杨先生翻译生涯中的一个句点。但事实上，该全集并未包含他的全部译作，像《魔山》《纳尔齐斯与歌尔德蒙》《歌德谈话录》等经典译作没有纳入其中。杨先生是个勤奋的翻译家，全集出版至今，他又翻译出版了很多作品，而且广受好评和欢迎。因此，他被学界誉为当今中国的"译坛巨匠""德语界的傅雷"等。面对纷至沓来的荣誉，杨先生始终怀着一颗感恩之心和淡泊之志。实事求是地讲，半个多世纪安于寂寞的辛勤劳作，他的确是作品多，传播广，影响大，而且在出版大量译作的同时，还完成了有影响的理论探索，在当今译坛，确实是不可多得的才俊。至于那些赞誉的称号，其实早在 2003 年《杨武能译文集》出版的时候，著名翻译理论家谢天振教授就说，在中国的翻译、出版、文学和学术领域，此乃一件标志着"自《傅雷译文集》出版以来翻译文学意识进一步觉醒"的大事。这是翻译界第一次拿他跟中国译坛巨擘傅雷相提并论。后来中国社会科学院名誉学部委员柳鸣九先生也这么提过，并给了他文学翻译巨匠的称誉（见《薪火·桃李集——杨武能教授文学翻译、学术研究、外语教学五十年·序》）。对此，杨先生感谢师友们对他一生劳绩的肯定，把他们和广大读者给他的荣誉视为对自己的鼓励。因此，杨先生年逾古稀仍继续努力工作，只是调整了工作重心，把相当多的时间和精力投入对儿童文学的译介。他这样做的原因，是艰苦拼搏半个世纪之后需要调整身心，需要放松放松，同时却不忍心从此放下译笔，无所事事，因此便选了做起来比较省力、比较愉快的儿童文学来翻译。德国幻想文学大师米歇尔·恩德是杨先生译介的重点，继《魔鬼的如意潘趣酒》、《嫫嫫（毛毛）》和《永远讲不完的故事》等杰作之后，还有他的"小纽扣绘本系列"和另一德国作家的"椰子龙绘本系列"绘本等相继出版。

作为中国获得歌德金质奖章的第一人，作为一个成就斐然的翻译家，杨老师在谈及自己的成就时，淡然说道，"文化交流原本是一条双行道，这意味着对参与交流的双方都会产生影响，都会有所贡献。我有幸从事中德文学和文化的交流工作。德国十分重视自己的文学和文化在世界各国的传播，所以给了我一个一个的奖励，以表彰我做出的贡献，对我的研究和翻译工作也一直给予实际而巨大的帮助，使我对这个产生过无数大思想家、大文豪、大科学家的国度充满感激，以至视其为我的精神故乡。那么我的祖国中国特别是我出生、成长的故乡重庆，又怎么看待我的工作呢？作为文学翻译家，我对我的国家和人民是否也有贡献呢？毋庸置疑：有！一般人特别是领导可能看不到、想不到：我和我的同行即翻译家们的劳动，既为广大人民群众提供了宝贵的精神食粮，也丰富了我们的民族文化宝库。为我的劳动成绩，我在国内应该讲也获得了崇高的荣誉和奖赏。只不过这荣誉和奖赏，都来自我千千万万亲爱的读者；我获奖的奖状、奖牌，就是我主要的译著《少年维特的烦恼》《格林童话全集》《浮士德》《魔山》《歌德谈话录》等等的无数次重印、再版，就是其数以百万计的巨大印数！对读者们给我的这一奖赏和荣誉，我极为珍视，也因此深感欣慰，深感幸福"！

经过不懈的努力，杨武能先生的翻译成就也得到了中国翻译界的肯定，在多次获得德国颁发的系列奖章和荣誉之后，2018 年终于获得中国翻译协会颁发的最高奖"中国翻译文化终身成就奖",真可谓集所有荣誉于一身。谈到这个奖项,杨先生以为此次获得的"中国文化终身成就奖",比德国颁发的所有勋章和奖金都更重要和珍贵,也更有价值和意义,毕竟这是自己的国家、人民和社会对他的认可。

第四章　诗歌翻译与"赞助人"

提出翻译研究之文化转向的美国学者勒菲弗尔，把影响翻译活动的各外在因素统称为"赞助人系统"。此关键词为我们的翻译研究提供了全新的视角，翻译批评不再局限于文本内部内容和形式的对等研究，而是从外部的文化研究出发，去考察影响翻译活动的各种元素。在个人兴趣爱好之外，很多译者从事诗歌翻译的推动力量是交流的需要或出版社的邀请，这同样会影响译者的翻译选择和翻译成就。

第一节　私人交流与翻译选择

译者、原作者、出版社、读者等是赞助系统中最重要的四大元素。赵毅衡先生留学美国的时候，因为自己从事研究的需要，也因为要与当代诗人见面谈话，所以不得不仔细阅读并翻译他们的作品，以便寻得共同的话题。本节以赵先生的诗歌翻译为例，来说明出于与原作者的交流而开启的翻译之旅会产生优秀的诗篇。

赵毅衡，汉族，1945 年出生于广西桂林。早年毕业于南京大学英文系，后在中国社会科学院研究生院师从卞之琳先生，是莎学专家卞之琳的第一个莎士比亚研究生，获文学理论硕士学位。1981 年获中国首批"富布赖特学者"赴美访学，80 年代中期，获美国加州大学伯克利分校博士学位。1988 年起，受聘为英国伦敦大学东方学院的终身资深讲席。现为四川大学教授，比较文学与世界文学专业及符号学专业博士生导师。从新批评到符号学，赵毅衡先生给学界留下了清晰的面孔，标示出他在这两个领域非同寻常的学术成就。但与此同时，赵毅衡先生还在翻译领域做出了卓有成效的努力，除开人们熟知的符号学系列译丛之外，还在诗歌翻译领域树立了丰碑。

一

赵毅衡先生学术起步于 20 世纪 70 年代末，他的学术思想和着中国知识人的命运逐渐迎来了难得的发展机遇。南京大学英文学习背景，中国社会科学院师从翻译家、莎学研究专家和著名诗人卞之琳，为赵先生打开了一扇扇通往域外的学术之门；富布赖特访问学者和加州大学伯克利分校的博士学习，以及后来身居英伦二十载的工作和研究经历，更是让他拥有了独到的学术眼光和多重观察视角。赵老师的学术研究在中国当代文学史和学术史上具有传奇色彩：比如一本《远游的诗神》带来了中国比较文学界的"震惊"，其研究方法和角度、研究资料和内容等都让读者"振聋发聩"；比如译作《美国现代诗选》确立了中国人对当代美国诗歌的印象，成为至今无法超越的经典译本，而《化身博士》频繁地再版也证明了赵先生非凡的翻译能力；比如《新批评》的出版在中国文论界和文学批评界掀起的轩然大波到今天都还没有消停；比如《苦恼的叙述者》不仅让人对中国传统小说刮目相看，而且产生了叙述学上的"形式文化论"，不仅找到了形式主义文论与当前泛化的文化批评的借口，而且与赵先生今天孜孜以求的符号学有了结合的口径。此外，赵先生的文化散文也是当代散文的精品，受到了一大批读者的青睐。这些成果及其产生的影响，在当下学术界少有人可以比肩。在英国伦敦大学退休后，赵先生回到了中国，在四川大学继续着他的学术事业。归去来兮，感慨良多，除在学术上引领着当前中国符号学学科的发展之外，赵先生在授业解惑方面也别具一格，是当下大学课堂和研究生导师的典范。

但赵毅衡先生对扑面而来的赞誉显得十分坦然，他认为"广博"是个人兴趣使然，多读多想，到了一定年龄，自然就知道多一些。当然"专门"是必需的。没有专门，没有"独门武功"，无法自称为知识分子。但是知识面广，也是我们的社会责任使然，知识分子必须知道世界大局，人类大势，不能对一些全球面临的问题过于无知，多读书没有坏处，哪怕有时候干扰专门方向的研究，也要多读，哪怕科技，天文地理，电子技术，都要读一些。赵老师年过七旬，仍孜孜不倦地钟情于学术，面对中国现在的学术环境，他以学者应有的姿态给予了无言却有力的回击。他曾说"七十而从心所欲，不逾矩"。如果这是特权，就是他想做什么就可以做什么，不会坏了规矩；如果这是修养，就是他想做什么就可以做什么，不会冒失到去坏了规矩。他情愿认为这是七十岁应该有的修养。年轻人不必等到七十岁才有这种修养：把学术工作，看作无比高尚，看作一生的骄傲，就会乐在其中。在赵毅衡先生看来，中国社会，自古就是一个"独木桥社会"，就是用同一种标准来衡量所有的人。以前是科举功名，官爵荣华，现在是身家亿万，权倾一方。但是在学院里，就要坚持学者的标准，就要以专门知识为人类服务，也为自己的专业傲视人世。

二

赵毅衡先生的文学翻译始于 20 世纪 80 年代早期，其中最具代表性的成就便是 1985 年外国文学出版社推出的两卷本《美国现代诗选》。

该译作在当时产生的影响在今天看来是不可思议的，有人认为是时代语境造就了这部译作的地位，因为之前遭遇禁锢的思想借助这些译诗获得了宣泄的路径；也有人认为原作的质量和译者的选材水平造就了译作的"不朽"，因为该翻译诗集几乎囊括了美国新诗运动至 20 世纪 70 年代前后最有代表性的诗人和诗歌流派的优秀作品。这些无疑是产生上佳译作的条件，但却忽视了至关重要的翻译环节和译者的努力，没有良好的美国语言文化基础和诗歌审美能力，没有无懈可击的翻译态度和敬业精神，《美国现代诗选》就不会成为中国诗歌翻译史上的杰作。时至今日，赵老师翻译的《美国现代诗选》仍然是一部极具权威性和先锋性的外国诗歌读本，其翻译风格和译作俱成为时下译者的范本。实际上，《美国现代诗选》是赵先生写作《远游的诗神》之副产品。如此熠熠生辉的译作，足以见出赵先生做事的态度。赵老师善待每一首译诗，不仅标明原作的来源期刊或诗集名称，而且还尽量做到情感传递的忠实。翻译诗歌最大的困难在于协调情感内容和语言形式的关系，现代很多译者都认为能够传意的译作就算负责任的翻译，但诗歌毕竟不同于叙事文学，其形式要素是文体的重要元素，单纯地传达出原作的情感还不能算是成功的译诗。赵先生在《美国现代诗选》的前言中有这样的话："尽可能用平实易晓的语言传达原作文字的基本意思。如果原作是押韵的，译文韵脚设置依循原作；只有在原作韵脚布置十分随意的情况下，译文才作些变通。"① 这可以理解为赵老师的译诗标准，即在顾及传达原作基本意思的情况下，尽量保证译作形式上的音乐性效果。而赵老师在具体的翻译实践中比上引这段简单的话做得更好，他60年代就崇拜"南邵（洵美）北查（良铮）"，因此译作自然是诗意盎然。

赵先生虽然很少发表翻译的言论，但通过他的翻译实践和文学理论造诣，一定会有很多经验之谈或理性思考。他译诗秉着三个标准：一是选材要有代表性，原作要能代表作者的艺术高度，被译者要能代表所处时代和国度文学的高度；二是可译性和可读性，原作要能翻译，译作要能阅读，遇上翻译不能传达出原作的哪怕部分效果时，宁可舍弃；三是优先选择短诗作为翻译对象。在他所说的三个标准中，前两个标准具有一定的普适性，第三个标准仅适用于翻译《美国现代诗选》。从清末林纾翻译开始，中国文学翻译史上就有人开始讨论翻译的选材问题，但"五四"时期翻译了很多三流作家作品，三四十年代因为语境的复杂化和多元化衍生出众多的选材标准，中华人民共和国成立后直至"文化大革命"期间的文学翻译也多偏于政治或政治同盟的目的，真正做到选择有代表性作家的代表性作品进行翻译的实例并不多见。赵老师的《美国现代诗选》可以说是忠实执行这个翻译理念的结果，这也是该译作时隔近30年后仍然具有可读性和当下性的原因。

赵先生在翻译选材问题上有自己的标准，这保证了他的译作成为翻译文学的经典诗篇。《美国现代诗选》上卷选的都是当时已逝去的诗人，各种诗集已经做了不少挑选工作，他再从这些诗选中进行

---

① 赵毅衡：《苦恼的叙述者·内容简介》，十月文艺出版社1994年版。

选择，翻译的原作可谓精品中的精品；下卷选的是当代诗人的作品，几乎当时都还健在，他必须在自己好好阅读的基础上，才能加以甄别。不过，很多诗人与他有过交往，为了准备见面的谈资，他不得不读他们的作品。因此在那时与美国诗人的社交场合里，倘若见面说"我刚读了你这几首诗，很有感觉"，那一定是对一位诗人的最大恭维；相反，如果见面就说"我还没有读过你这几首诗"，那一定是对一位诗人最大的侮辱。作为一个中国人，当他在翻译庞德这位深受东方诗歌影响的诗人的作品时，与翻译其他美国诗人作品相比有特别的感受，会因为庞德写作背景的特殊性而在翻译时不自觉地滑向中国文化一端，采用更加"归化"的方式去翻译他的诗歌，从而在译作中赋予原作更强的中国文化色彩。比如《刘彻》一首，他将庞德原诗中的"the silk"翻译成"绸裙"，将"court-yard"翻译成"宫院"，都充分说明了他翻译的归化色彩。不过，针对翻译主体的差异，赵先生认为流散人群的翻译与通常意义上的翻译没有本质的不同，尽管翻译主体深谙母语文化而又接受了移居地文化的浸染，不管是将母语文学翻译进移居国，还是将移居国的文学翻译进母语国，在文化心理和作品选择等方面，都不可能逾越翻译必须面对的难题，毕竟翻译本质上就是两种文化的对话交流。

除《美国现代诗选》之外，赵先生 1987 年翻译出版了《桑德堡诗选》，90 年代初曾和他人一起编译了一部美国华裔诗人作品，1990年在上海文艺出版社出版时书名为《两条河的意图：当代美国华裔诗人作品选》。其实他对海外华人的诗歌作品一直都比较关注，1993年主编过《墓床：顾城谢烨海外代表作品集》，2001 年编辑出版了海外大陆作家丛书《一个人的城市》。在后殖民语境下，海外华人文学（中文或获得语写作）作为流散文学的一例，赵老师能从一个学者的角度出发予以关注，向国内读者介绍海外华人文学。出版社之所以委托他主编这些书，还是因为他对海外华文文学的了解比别人深刻。除了诗歌之外，赵先生还翻译了英国作家斯蒂文森著名的畅销小说《化身博士》。该小说在英美国家多次搬上银屏并影响了很多读者，斯蒂文森在这部小说中成功塑造了一个具有矛盾性格和矛盾心理的双重人格形象，以至我们今天说某人是"化身博士"，就意味着这个人具有犹豫不决、表里不一或者人格分裂等特点。在众多的英国文学经典作品中，赵老师为什么偏偏选择翻译了这部小说？根据他自己的回忆，觉得翻译这本书是出于"好玩"的目的。某次坐火车到上海，他一口气读完了这部小说。回家照顾患癌症的母亲，夏日炎炎的小屋，他躺在地板上，只能靠说故事消除炎热的烦恼。于是把这本小说译出来款待母亲。她听得津津有味，忘了病痛。于是他就下决心花几天时间翻译出来给她再读一遍。等到翻译完后，母亲方才一边翻看一边说："三十年代就看过这电影了。"赵先生认为母亲真会鼓励他，不说穿她其实知道这故事，于是有了这本翻译。

赵先生的译本 1981 年在云南人民出版社出版时名为《化学博士》，之后多次在解放军文艺出版社、沈阳出版社、三秦出版社、中国戏剧出版社、中国书籍出版社、北京燕山出版社、光明日报出版社和中国书店等出版社以单行本或与《金银岛》合并再版，一个译本在如此多的出版社一再出版，这在当代文学翻译史上并不多见，恐怕只有赵老师翻译的《化身博士》能享有如此礼遇。赵先生认为，他所翻译的《化身博士》之所以会在中国赢得众多读者，主要不是他翻译的功劳，而是原作者斯蒂文森写得漂亮。但译者在新的文化语境中延长或再造了原作的生命，因此《化身博士》在中国的"泛滥"，赵先生还是"难逃罪责"。

此外，关于当下翻译文学或翻译批评，赵先生认为最大的问题是翻译稿费。早在 20 世纪 80 年代，翻译千字就是 30—80 元，现在依然如此，比粉刷墙壁拿得还少。因此，他呼吁：全国翻译家协会应当组织"罢工"。

三

对很多人来讲，赵毅衡先生受到关注的主要原因或许不全在学术研究上，而在他的文化散文。他曾出版过《西出洋关》（1998 年）、《豌豆三笑》（1998 年）、《伦敦浪了起来》（2002 年）、《对岸的诱惑：中西文化交流人物》（2003 年）、《握过元首的手的手的手》（2004 年）、《有个半岛叫欧洲》（2007 年）等，也算是散文界的大家了。很多散文（包括所谓的文化散文）带给读者的学术思考极其有限，而赵先生的这些作品却带给我们很多学术启发。

赵先生出版了这么多部散文集，对一直在大学工作的他来说，"既不能靠此挣工资升级，又不能作学术会议发言，到哪个大学都算不上学术成果"①，那最初是什么原因让他执笔于此？而又为什么会长期钟情于此？赵先生认为写这些散文，是学术研究之余的休息，写作的过程也是一种享受。在赵先生所有的文化散文中，《对岸的诱惑》是出版次数最多的，该书 2003 年由中国经济出版社出版，然后 2005 年由上海人民出版社再版，2007 年该社又出版了增编版的《对岸的诱惑：中西文化交流记》，随即在 2010 年和 2011 年先后再版了增编版的《对岸的诱惑》。赵先生之所以写成这本书，是因为他早年想从事留学生和中西文化交流方面的研究，后来转移方向作了别的

---

① 赵毅衡：《对岸的诱惑：中西文化交流人物》，知识出版社 2003 年版，第 2 页。

课题，但却因此收集到了很多现代早期留学生在海外的文学逸事，让这些资料尘封在床下的箱子里实在可惜，于是选择了写文化散文的方式来达到物尽其用的目的。这本书为国内读者讲述了许多鲜为人知的文学历史和文学故事，其一再出版的事实证明了该书的可读性和价值。如果赵老师当时按计划利用这些材料写出的是研究专著而非文化散文，那它带来的实际影响反而不如今天的这本散文集。因为一旦写成高头讲章，就呆板了，读者就会兴寡。

赵先生自谦为"轻松读物"的文化散文却让人想到了很多可以实际研究的课题。这些作品呈现出很多"专业研究者没有看到的角度"，[①] 比如被历史尘封的华人作家、留学生的海外遭遇、现代文学名篇的产生背景、海外中国人的社会观念等等，给文学研究、社会学研究、历史研究带来了不小的启示。从赵老师身上我们看到文化散文比学术著作更好地践行了学术研究的旨趣和目的，因为散文天生具有论文无法比拟的趣味性和可读性，因此传播更广，产生的影响也更大。他20世纪80年代初在学术界崭露头角，其很多文学翻译作品多在80年代出版，而他最早出版的文化散文集《西出洋关》却是在1998年，其时，他已经拥有了十分丰富的人生和学术阅历。这表明文化散文的写作不是青春写作，而是一种知性化的沉潜式写作。

四

20世纪末赵毅衡先生成为四川大学的博士生导师，而他人在英伦，所以当时人们戏称他的学生为"赵氏孤儿"，他2005年回国，

---

① 赵毅衡：《对岸的诱惑：中西文化交流人物》，知识出版社2003年版，第7页。

结束了学生们"寄人篱下"的学习生活。

　　赵先生平时与学生相处的时间并不多，但凡是赵氏门下的学生都十分喜欢他，可以说赵先生是凭借学识、人格和包容之心俘获了学生。第一，赵老师在节假日保持了"门前冷落"的状态，这是国内很多博士生导师做不到的，拜节之礼给学生带来了时间、精神和经济上的负担，他的学生免除了这一顾虑，自感轻松愉快。第二，赵老师具有包容之心，容许学生有不同的选题和不同的个性，不管与他的研究是否相近，都能给予悉心的指导和帮助，这是很多导师无法做到的。学界的"派系"和"门庭"之别让年轻的学者无辜地卷入了自己不擅长、不喜爱的领域，扼杀了年轻人创造的天性，毁灭了他们可能开创的学术领域。赵老师的学生能根据自己的喜好自由选题，显示出先生的宽容和厚学之风。第三，赵老师具有平等的思想，他从不以大学者的身份自居，也从不轻易否定学生的见解，对于任何学生的任何问题和质疑，总能用自己渊博的知识给以化解。赵老师没有师生辈分之别，学生在他面前从来没有压力和压抑感，总能轻松自如地交谈，他总是把自己置于与学生平等的地位来面对学术争论。

　　赵老师总能认真对待和仔细阅读每一个学生的毕业论文，并给出精辟的建议，这也是很多博士生导师无法也不愿做到的事情。很多学生毕业后，依靠赵老师指导的博士论文顺利地申请到了国家社科基金或教育部人文社科基金，从另外一个评价体系肯定了他的辛苦付出。这些因素使赵老师在学生心目中留下了非常好的印象，也都以能成为赵老师的学生自豪。学生们对他还有很多很多的话要说，用传统的"尊敬"已经不能承载这种师生之谊。

　　赵毅衡先生说，他没有时间吃喝交朋友，学生是他最好的朋友，只要谈学术就能交上的朋友，这是他的幸运。他特别喜欢与自己辩论、争得面红耳赤的学生。他的课总是座无虚席，师生互动，学生当面质疑他的情况多有发生，但最后都在轻松愉快的学术争论中结束。当前很多老师给研究生和博士生上课以打发时间为目的，一次课结束后获得的信息量十分有限，而且不容学生在大庭广众否定自己的观点，以致形成了今天大学课堂堕落的局面。赵老师是少有的认真备课、认真上课、认真答疑的老师，在他身上我们看到师道尚存。他觉得，老师既然有垄断课堂话语的权力，就要让学生有挑战话语权的机会。

时间飞逝，岁月不可轮回，赵老师其人其学注定会成为中国文学史和学术史上不可复制的页码，其文论思想、翻译观念、文化散文以及师德师风，必将泽被后世。

第二节　出版需要与诗歌翻译

赵振江先生之所以会走上西语诗歌翻译的道路，除他本人的西班牙语功力深厚之外，很多译本都是出版社的约请翻译的。那段在墨西哥留学的经历，使他有幸接触到了很多西语诗人和作家，而国内当时由于条件的限制无法得到这些诗歌的原本，因此只能请赵先生代为购买并一同翻译，于是促成了他众多翻译的问世。还有些译作也是迫于国际社会交往的需要，才得以匆忙出版。因此，出版社在赵振江先生的诗歌翻译过程中，起到了非常重要的推动作用。

赵振江（1940—　　），北京顺义人，1963年毕业于北京大学西方语言文学系，后留校任教至今。赵先生历任北京大学西方语言文学系主任、西班牙语言文学系教授、博士生导师，中国作家协会对外文学交流委员会委员，中国外国文学学会理事，中国西班牙、葡萄牙、拉丁美洲文学研究会会长。赵先生长期致力于西班牙语文学的翻译和研究，有专著《西班牙与西班牙语美洲诗歌导论》《拉丁美洲文学史》（合作）及学术论文多篇，翻译出版了《拉丁美洲诗选》《西班牙黄金世纪诗选》《西班牙语反法西斯诗选》以及米斯特拉尔、聂鲁达、帕斯、希梅内斯、阿莱克桑德雷、加西亚·洛尔卡、鲁文·达里奥等人的诗集十余部，翻译出版小说《世界末日之战》（合译）、《火石与宝石》、《金鸡》、《红楼梦》（西文版）等。鉴于赵振江先生在西班牙语诗歌及小说翻译方面的成就，智利—中国文化协会曾于 1995 年授予他"鲁文·达里奥"最高骑士勋章；1998 年西班牙国王胡安·卡洛斯授予他伊莎贝尔女王勋章；1999 年阿根廷共和国总统授予他五月骑士勋章；2004 年智利总统授予他"聂鲁达百年诞辰"勋章。2011 年，秘鲁里卡多·帕尔马大学授予他名誉博士学位，秘鲁国立特鲁希略大学授予他"杰出访问学者"奖章和证书。在国内，他曾五次获得国家新闻出版总署优秀外国文学图书奖，2009 年荣获了第二届"中坤国际诗歌奖"，2014 年荣获第六届鲁迅文学奖文学翻译奖，2017 年获中国作家协会《诗刊》社颁发的"陈子昂诗歌奖翻译奖"。可以毫不夸张地说，赵振江先生是目前国内西班牙语诗歌翻译的第一人，因此有必要对其诗歌翻译及翻译思想进行整理研究。

从 1983 年翻译秘鲁作家马里奥·巴尔加斯·略萨的《世界末日之战》至 2013 年翻译尼加拉瓜诗人鲁文·达里奥的《生命与希望之歌》及《世俗的圣歌》，在 30 多年的辛勤耕耘和努力下，赵老师翻译出版了 29 部西班牙语文学作品（含合译）、4 部研究西班牙语文学的专著（含合著）和 1 部选编作品，成为国内西班牙语文学翻译界当之无愧的"集大成者"。正是通过他的翻译，很多中国人才阅读到优秀的西班牙语诗歌，所以不管是读者还是诗歌研究者，都应该向他致敬。在谈及自己的翻译成就时，赵振江先生总是保持谦虚的态度，认为西班牙语文学在中国的译介，是国内西班牙语学者共同完成的，他只是做了力所能及的事情而已。而面对众多荣誉和肯定，赵先生明显将其置之度外，认为这都是中外交流的事情，并非一定是对他的赞誉。西语国家要用授勋章或称号的形式，表达一下对中国的情谊；而对他个人而言，是一种幸运，幸运的是他们授给了赵先生，其实也可以授给别人。据赵先生回忆，就拿那个"鲁文·达里奥"最高骑士勋章来说，那种"授勋"的形式可能是空前绝后的。1995 年夏季的一天，北京大学国际合作部通知赵先生及其夫人段若川教授，到勺园宾馆接待两位智利客人，他们如约而至。合作部的同志一见到他们就说"两位老师，你们都是'老外事'了，我又听不懂西班牙语，就不在此作陪了"，说完，她就走了。过了一会儿，来了两位智利老人，是一对夫妇，男的是智中文化协会副会长，没说几句话，老人就颤颤巍巍地从挎包里掏出一枚"勋章"挂在赵先生的脖子上，并把证书交给了他夫人。当时只有四个人在场，大家说这样的授勋仪式难道不是空前绝后？交谈中，老人拿出一张智利报刊介绍赵振江的文章，说他是米斯特拉尔和聂鲁达的译者，这两位都是诺贝尔文学奖得主，是智利人民的骄傲。因此，他们决定把这枚勋章授给他。1998 年，西班牙国王颁发的伊莎贝尔女王勋章就不同了，但赵先生也是到要颁发的时候才知道。事先，他只知道西驻华使馆的文化专员伊玛女士曾向他核实翻译加西亚·洛尔卡和《红楼梦》的事情。后来才知道当年是中西建交 25 周年，西班牙政府为了表达对中国的友好情谊，决定颁发这枚勋章。有趣的是，事后有人打听此事有什么"背景"，赵先生则说："能有什么背景啊，反正我和西班牙国王一点关系也没有。"① 你看，都成习惯了，好像只要评什么奖项，一定会有"猫腻"似的。阿根廷给赵先生颁发的"五月骑士勋章"，是因为他翻译了他们的高乔人史诗《马丁·菲耶罗》；秘鲁里卡多·帕尔玛大学给他授名誉博士是因为他翻译了他们当代最重要的诗人塞萨尔·巴略霍的诗歌。总之，这些都是虚名，重要的是做自己力所能及的事情；而他所经历的文化交流事件，也足以见出他淡泊名利的豁达心态。凭着自身的兴趣和爱好做力所能及的事，不问虚妄的名利得失，这是赵先生从事翻译工作几十年来的心里话，也是最值得我们后辈学人珍惜的经验与财富。

一

　　在赵振江先生的西语文学翻译中，西班牙文学尤其是诗歌是他译介的重点，共计翻译出版了 13 部作品。像安东尼奥·马查多（Antonio Machado，1875—1939）、胡安·拉蒙·希梅内斯（Juan Ramon Jimenez，1881—1958）、阿莱克桑德雷·梅洛（Vicente Aleixandre Merlo，1898—1984）、加西亚·洛尔卡（Garcia Lorca，1898—1936）、米格尔·埃尔南德斯（Miguel Hernandez，1910—1942）等主要诗人的作品都被他翻译到中国，让我们对 20 世纪的西班牙诗坛有了更深刻的理解。1989 年，漓江出版社出版了他翻译的《悲哀的咏叹调》（希梅内斯与阿莱克桑德雷诗选）；2007 年，河北教育出版社出版了他翻译的《希梅内斯诗选》以及合译的《安东尼奥·马查

---

　　① 赵振江、熊辉：《采撷西语文学的笙歌与谣曲》，《重庆评论》2015 年第 1 期。（本节的引文，如无特别说明，均出自此文）

多诗选》；此外，他还翻译出版了多部洛尔卡的诗集和戏剧集。赵老师选译的《西班牙黄金世纪诗选》一书，1996 年在春风文艺出版社出版，2000 年在昆仑出版社再版。20 世纪的确是西班牙诗歌史上的"黄金世纪"，可谓群星灿烂，出现过"1898 年一代"和"1927 年一代"诗人群体，出现过希梅内斯、阿莱克桑德雷等获得诺贝尔文学奖的杰出诗人。

是什么导致 20 世纪西班牙诗歌如此蔚为壮观？赵振江先生对此作了详细的分析，他认为 20 世纪的西班牙诗歌之所以被达玛索·阿隆索（1927 年一代诗人，曾任西班牙皇家学院院长）称作"又一个黄金世纪"，不是偶然的，一是西班牙有非常好的诗歌传统，文艺复兴、巴洛克、浪漫派以及西班牙语美洲的现代主义等各个时期的杰出诗人为西班牙 20 世纪诗歌提供了丰富的营养，二是 20 世纪这个特殊的时代造就了"群星璀璨、相映生辉"的西班牙诗坛。1898 年以后的西班牙，有点像我们的"五四"时期。美西战争使西班牙君主制的弊端暴露无遗，使它失去了几乎全部的海外殖民地，彻底失去了往日的"辉煌"。对祖国前途和命运的忧虑，激发了年青一代的作家。他们主张引进其他欧洲国家的先进思想，决心使自己的国家在文学上得到振兴，后人称他们为"1898 年一代"、"半个黄金世纪"或"苦难的一代"。在这一代中，出现了一位著名诗人：安东尼奥·马查多。1910 年前后，在西班牙文坛上出现了先锋派诗歌的萌芽。1909 年在《普罗米修斯》（*Prometeo*）杂志上发表了意大利人马里内蒂（Marinetti）的未来主义宣言。在该刊物的前一期，戈麦斯·德·拉·塞尔纳（Gómez de la Serna）发表了题为《新文学观》的文章。这是先锋派在西班牙最早的表现。1918 年，创造主义的创始人、智利诗人维多夫罗来到西班牙；1919 年，赫拉尔多·迭戈发表了

《创造主义者的诸多可能》。1921 年博尔赫斯发表了自己的极端主义宣言，对极端主义的主张进行了全面的阐述。1925 年吉列尔莫·托雷撰写的《欧洲先锋派文学》则是为其摇旗呐喊。如同现代主义一样，先锋派既排斥浪漫主义，也排斥现实主义与自然主义。它不是将艺术作为唯一的追求目标，而是使其成为现实的奴隶。由此便产生了一个新的"纯粹"的概念：摒弃一切模拟的附属品。其特征是使实验主义（experimentalismo）、游戏、技巧等因素成为新的艺术组合和现实的载体；使生活与艺术分化，使逻辑与形式断裂。

　　在西班牙，真正将先锋派文学上升到理论的是"1914 年一代"的中坚人物奥尔特加·伊加塞特（José Ortegay Gaset，1883—1955）。在《没有脊梁的西班牙》（1921 年）中，他研究了历史上病态的社会结构：西班牙数百年来的弊端早已孕育在西哥特人弱小帝国的胚胎中。在《我们时代的主题》（1923 年）中，他已摆脱了新康德主义的影响，将生命置于思想之前，以生命理性取代了他的前辈们孜孜以求的绝对理性或形而上理性。他认为，生命理性（包括思想、感情）应服务于生命，因而需要思想上的真、意志上的善和情感上的美。在《艺术的非人性化》（1925 年）中，他表明了对先锋派文学较为冷静的态度。他"既不热情也不气恼"地认为，先锋派是一种逃避现实主义的艺术。他认为，艺术如果不食人间烟火，就会变得无法理解。所谓新艺术是少数人的艺术，对大众而言，则不可思议。然而从本质上说，这却是一部为新艺术辩护的书，因为它使 19 世纪的现实主义小说变得滑稽：既然生活贫困、荒唐，就没有任何理由去临摹它。在"1914 年一代"中，也出现了一位杰出的抒情诗人胡安·拉蒙·希梅内斯。1927 年，豪尔赫·纪廉、加西亚·洛尔卡、拉菲尔·阿尔贝蒂、维森特·阿莱克桑德雷、佩德罗·萨利纳斯以及赫拉尔多·迭戈、达玛索·阿隆索、普拉多斯、阿尔托拉吉雷等诗人在塞维利亚集会，纪念西班牙黄金世纪的著名诗人贡戈拉逝世三百年；会后他们纷纷发表文章或重新介绍贡戈拉的作品，使这位长期以来被冷落的诗坛巨匠重现光辉；这便是"1927年一代"的由来。这些诗人的共同点是都出身于中产阶级，都受过高等教育，有的还一直做教师工作。他们既熟谙欧洲的先锋派文学运动，又注意挖掘传统的文学遗产。但就他们的文学主张和艺术风格而言，却没有多少共同之处；即便从年龄上说，萨利纳斯（1891—1951）和阿尔托拉吉雷（1905—1959）也有十五年的差距。"1927年一代"是一个新传统主义的诗人群体，他们注意挖掘传统诗歌中的超现实主义因素。他们摒弃法国超现实主义的自动写作法，但在作品中却不乏梦幻和潜意识的成分，从而使西班牙抒情诗从追求"纯粹"转向"多元"和"非人性化"。

内战（1936—1939）的爆发使西班牙诗坛发生了根本的变化。交战双方都使文学染上了浓厚的政治色彩。值得注意的是，在世界反法西斯战争中，唯有西班牙是以法西斯的胜利结束的。战后，支持共和国的诗人纷纷流亡国外。法西斯影响着整个社会生活，文学与诗歌自然无法幸免。因此，在战后，无论是革命派还是保守派，都在以各自的理念与方式创作社会政治诗歌。保守派于1936年利用纪念加尔西拉索·德·拉·维加逝世400周年的机会，大肆提倡恢复古典的形式，尤其是十四行诗，以反映法西斯所关注的题材——"爱情、上帝和帝国"。这显然与当时西班牙令人窒息的严峻现实格格不入。《埃斯克里亚尔》（1940—1950）和《加尔西拉索》（1943—1946）这两本杂志是他们的喉舌。在"埃斯克里亚尔"派诗人中就包括长枪党人利德鲁埃赫（1912—1975，杂志主编）、罗萨雷斯（1910—

1992）、毕旺科（1907—1975）、帕内罗（1909—1962）等。这些诗人，后来又从关注现实转向内心沉思，而且往往局限于宗教范畴。人们往往称这一时期的诗人为"1936年一代"，但值得注意的是属于同一代的诗人们的诗学主张可能是很不相同的，被法西斯囚禁至死的伟大诗人米格尔·埃尔南德斯（1910—1942）也属于这一代，就是一个突出的例证。

社会诗歌是时代的需要，也是历史的产物。如同中国的抗日战争中断了"先锋派"诗歌的发展脉络（代之以抗战的大众的社会诗歌）一样，西班牙内战也中断了先锋派诗歌发展的主线，社会诗歌不可阻挡地发展起来，这是不以人的主观意志为转移的。20世纪50年代，是西班牙社会诗歌发展的高潮。诗人们使现实主义美学进一步深化，使诗歌具有鲜明的政治色彩。针对希梅内斯倡导的"为少数人的"纯诗，奥特罗（Blas de Otero，1916—1979）写出"致无限的大多数"的诗句，并从而引出了塞拉亚（Gabriel Celaya，1911—1991）将诗歌作为"改造世界的工具"的主张。即使是一般的诗人，也大都把诗歌看作"交流"的工具。正如阿莱克桑德雷所说："诗歌的秘密在于这种交流的功能，而不在于奉献美，也不在于做宣传，我们对此越来越深信不疑，这种交流是人类灵魂深处的交流。"在这个时期，"1927年一代"的诗人如阿莱克桑德雷、纪廉等依然笔力雄健，布拉斯·奥特罗、何塞·耶罗、卡夫列尔·塞拉亚等新一代诗人也已经活跃在诗坛上。1944年，达玛索·阿隆索发表了《愤怒之子》，诗中表达了积蓄已久的愤懑，这是一个诗坛转折的标志，开创了新表现主义的先河。这类诗歌又被称为"存在主义"、"新浪漫主义"和"拔根派"诗歌。在现实主义与存在主义诗歌成为诗坛主流的情况下，有两个例外。其一是以《主义后主义》（*Postismo*）杂志（第一阶段为 1945—1949 年）为核心的诗人群体，包括奥利（Carlos Edmundo de Ory）、契查罗（Eduardo Chicharro）、卡里埃多（Gabino Alejandro Carriedo）等人。他们又接续了先锋派的香火，恢复了对游戏的偏爱。他们的后继者有希罗特（Juan Eduardo Cirlot）、拉波德塔（Miguel Labordeta）等。这些人的作品具有明显的超现实主义特征。他们的影响甚至波及何塞·塞拉（Camilo José Cela，1916 年）。其二是以科尔多瓦的《颂歌》（*Cántico*，第一阶段为 1947—1949 年）为核心，聚集了加西亚·巴埃纳（Pablo García Baena）、莫利纳（Ricardo Molina）、贝尔涅尔（Juan Bernier）、洛佩斯（Mario López）、欧门特（Julio Aumente）等诗人。他们将目光投向"南方"和"美"，偏爱"1927 年一代"尤其是塞尔努达（Luis Cernuda）的情感与意象。

到 20 世纪 60 年代，人们对社会诗歌提出了质疑。卡洛斯·巴拉尔（Carlos Barral）认为"诗歌不是交流"，而是"一种认识首先是认识自身的手段"。后来便出现了新锐派（Novísimo）又称"1968 年一代"的诗人们。他们大多生于 1939—1950 年之间，是西班牙战后出生的第一代诗人。他们既没有经历过战火的洗礼，也没有受过饥饿的煎熬，因而从心理上缺乏对社会诗歌认同的基础。另一方面，对社会现实的不满、对自身前途的怀疑和对国家命运的忧虑，又使他们从内心深处产生了追求变革的强烈欲望。在诗歌创作方面，他们逆社会诗歌的潮流而上，在"1927 年一代"和当代欧美诗歌那里找到了自我表述的话语，使西班牙先锋派诗歌传统在经历了三十多年的放逐之后，在他们身上得到了复苏。不同的知识建构和美学追求使"新锐派"所呈现的多元化的特征，一直持续至今。遗憾的是对西班牙战后诗歌，国内尚无多少介绍。赵先生如此仔细地梳理了

20 世纪西班牙诗歌曲折的发展历程，也让我们进一步知道了西班牙诗歌的丰富性和社会性。

在赵先生所翻译的这些西班牙诗人中，大都与政治联系紧密，比如马查多的作品关注西班牙的政治命运，他本人在佛朗哥独裁期间曾流亡国外；希梅内斯在西班牙内战期间拥护共和国，后被迫流亡到拉丁美洲的波多黎各；埃尔南德斯同样参加了保卫共和国的战斗，一度被佛朗哥政权判处死刑，后改为三十年监禁并死于狱中；加西亚·洛尔卡与政治的纠葛更深，他遭受了残酷的政治迫害且被反动政权谋杀。这是一个时代的阵痛，也是这些西班牙诗人独特的生活经历。赵先生之所以会翻译这些诗人的作品，主要原因在于诸如马查多、希梅内斯、加西亚·洛尔卡等人虽然并非都热衷于政治，但他们有正义感，有人文情怀，是社会的不公正使他们站在了人民一边。埃尔南德斯或许是个例外，他是牧童出身，从小辍学，与贫苦农民有着与生俱来的紧密联系。他在内战期间，曾拿起武器，参加民兵，与法西斯军队战斗。因此，赵先生选择翻译对象时，首先当然要选择"德艺双馨"的诗人。比如安东尼奥·马查多，他还有个哥哥，曼努埃尔·马查多，兄弟俩有点像鲁迅与周作人：哥哥站在法西斯一边，弟弟站在共和国一边。赵先生当然首先要选择安东尼奥·马查多。其实，不光我们是这样，在西班牙也是如此。当然，在诗歌成就方面，曼努埃尔·马查多本来也不如弟弟安东尼奥·马查多。又如，2010 年，是"1936 年一代"两位重要诗人——米格尔·埃尔南德斯和路易斯·罗萨莱斯的百年诞辰。埃尔南德斯死于佛朗哥的监狱，而路易斯·罗萨莱斯曾站在长枪党一边，加西亚·洛尔卡就是从他家被捕的。因此，那一年，无论在西班牙还是在西班牙语美洲，纪念埃尔南德斯的活动非常多，而纪念罗萨莱斯的活动却近乎于无。可见"得道多助，失道寡助"乃世之通理。当然，在此也要为罗萨莱斯说几句话。他是加西亚·洛尔卡的同乡好友，其兄是当地（格拉纳达）长枪党的头目，所以加西亚·洛尔卡才躲藏在他家，以为这样会更安全。殊不知宪警不吃这一套，硬是把洛尔卡抓去，并匆匆处死。此事成了罗萨莱斯终生难以摆脱的阴影。其实，罗萨莱斯不仅是加西亚·洛尔卡的朋友，也是聂鲁达的朋友，更何况他本人的态度后来也发生了变化。看来在诗歌的王国里，人间正道并非"沧桑"，人们总是喜欢那些与人民站在一起的诗人。

2001 年，作家出版社出版了赵先生编译的《西班牙当代女性诗选》，这是国内少有的按照国别和性别来翻译出版的诗集。赵先生之所以要编选这样一本有性别色彩的诗选，主要还是与 1995 年在中国举行的世界妇女大会有关。为了迎接世界妇女大会，北京大学出版社要出一本《欧美女性诗选》，其中西班牙语部分由赵先生负责选译。时间紧迫，材料奇缺，他实在是勉为其难。1996 年，他再次赴西班牙格拉纳达大学讲学并继续翻译西语版《红楼梦》。第二年，赵先生有幸遇到了美国威斯康星大学教授毕鲁特·希布里加乌斯凯特（Biruté Ciplijauskaité），她生于立陶宛，持加拿大护照，是研究西班牙女性诗歌的专家。她本人也是一位诗人，慈眉善目，年逾古稀，白发苍苍，精神矍铄，尤其令人钦佩的是通晓八种语言（当然都是西方语言）。赵先生在西班牙格拉纳达大学讲学时，她去那里参加学术会议，他们碰巧在花园里相遇。赵先生无意中和她谈起世妇会和翻译女性诗歌的经历，谁知她听了以后，热情地对他说："西班牙有很好的女诗人，我一定要帮你选一本好的女性诗选。"遗憾的是第二天她就匆匆离去了，赵先生都没来得及与她告别。可是没过多久，赵先生就收到了西班牙女诗人们寄来的诗集，其中有一位叫安娜·

玛利亚·法贡多（Ana María Fagundo）的西班牙人，美国加利福尼亚大学西班牙文学教授。当时她在主编一本诗歌杂志（ALALUZ），在1987—1988年的合刊上登载了她本人编选的西班牙女性诗歌。她将这本杂志和几乎自己所有的诗作都寄给了赵先生，并替他向女诗人们征集版权。收到她的诗集后，赵先生翻译了其中的一首，用签字笔写在宣纸上寄给她。原来她有一位邻居，是中国的女留学生，她便叫这位朋友将赵先生的译稿翻译成英文，这样她就知道了译文与原文的近似程度。然后又叫这位朋友朗诵中文，她自己朗诵西文，并将录音磁带寄给了赵先生。她还把这张宣纸镶上镜框，挂在她的博士证书旁边，拍照后也寄给了他。老实说，真令人感动。有了诗人们如此热情的帮助，赵先生不想翻译这本女性诗选都不行了。

　　话又说回来，读了这些女诗人的诗作，赵先生眼前一亮，不觉感叹西班牙果然"有很好的女诗人"。早在20世纪二三十年代，西班牙诗坛就出现了几位女诗人，但她们始终被笼罩在光彩夺目的"1927年一代"的阴影之下。这些经过战争洗礼的女诗人，关注社会，向往自由，捍卫正义，谴责战争。她们既有奔放的豪情，更有女性特有的细腻和温柔。比如一位名叫安赫拉·菲盖拉（1902—1984）的女诗人，在一首题为《艰难的岁月》的诗中写道：

　　　　我曾怎样迸发光明和笑容。

　　　　怎样沐浴着细雨和风

　　　　以及男性的烈火，也曾

　　　　怀孕并呼喊着使婴儿诞生。

　　　　今天已不能这样。我必须走出家门。

221

作为温顺泥土的女性我要昂首挺胸。

面对向我呐喊的事物我也要呐喊

用抽搐的双唇和挑衅的喉咙。

要怒吼，斗争，与事实

可怕的节奏同步进行。

要以坚定和足够的勇气

咬紧牙，燃烧，颤抖，

睁大自己的眼睛。

　　这样的诗句，即使在今天读来，仍然会让人心动。又如有一位叫葛罗里娅·富埃尔特斯（1918—1998）的女诗人，赵先生曾和她通过电话。她有点像孙敬修老人，经常在电台给孩子们出谜语、讲故事，非常受孩子和家长们的欢迎。在一首题为《基本生态学》的诗里，她这样写道：

土地并非先人的遗产

而是子孙后代给我们的贷款。

治愈土地——今天她的确在生病，

但首先要治人，

首先要治穷。

保护生态，不错

但首先要保护孩子

如果一棵树因为缺水而死去

那是我们的过错

但如果一个孩子因为没有面包而死去

那是我们的罪恶。

　　在赵先生看来，像这样既深刻又朴实的诗，很值得译介过来。因此，赵先生个人对这本《西班牙当代女性诗选》还是挺满意的，不仅是翻译的投入和认真态度，更是西班牙女诗人诗歌的质量上乘。但或许是国内对西班牙女性诗歌太不了解了，所以发行情况并不好，实在是一件令人遗憾的事情。

　　在赵先生的西班牙文学翻译中，加西亚·洛尔卡（Garcia Lorca，1898—1936）是非同寻常的一位，赵先生一共翻译出版了他的 7 部作品。1994 年，赵先生在外国文学出版社出版了译作《血的婚礼》，是诗歌和戏剧的合集；1999 年，漓江出版社出版了译诗集《洛尔卡诗选》；2007 年，华夏出版社出版了《加西亚·洛尔卡诗选》；2012 年，上海译文出版社出版了洛尔卡诗集的单行本《深歌与谣曲》和《诗人在纽约》，标志着赵先生翻译洛尔卡诗歌的深入和细化。洛尔卡是 20 世纪西班牙最重要的诗人之一，被赵先生喻为"西班牙当代诗坛的神话"，① 赵先生认为洛尔卡的诗歌创作具有两个非常重要的特质：一是坚持自己的诗歌创作道路，与先锋诗派保持距离的同时又将其融入传统文化之中，"将继承与创新结合起来"；二是他的创作具有丰富的文化底蕴，洛尔卡吸纳了西班牙语文学和非西班牙语文学的营养，其作品既具有民族性又不局限于民族性。② 洛尔卡作为

---

　　① 赵振江：《西班牙当代诗坛的神话——浅析加西亚·洛尔卡的诗歌创作》，《欧美文学论丛》，人民文学出版社 2002 年版，第 343 页。

　　② 赵振江：《西班牙与西班牙语美洲诗歌导论》，北京大学出版社 2002 年版，第 154 页。

一名具有传奇色彩的诗人，他所经历的爱情和死亡都给后人留下了挥之不去的叹惋。赵先生对洛尔卡诗歌作品的分析非常详尽，但在众多西班牙当代诗人中，他为什么会重点选择洛尔卡的作品来翻译？除了其作品的特色和不明的死亡遭遇之外，洛尔卡的诗歌还有哪些方面吸引了赵先生的注意力呢？从某种意义上说，赵先生翻译加西亚·洛尔卡的诗作，也有客观原因。大家知道，在中华人民共和国成立后的相当一段时间里，由于特殊原因，国内对西班牙语文学的关注主要集中在对拉丁美洲文学的兴趣上。直至1986年，中国西、葡、拉美文学研究会在昆明召开年会，纪念加西亚·洛尔卡遇害50周年，赵先生才对这位天才诗人有了比较深刻的认识。1987年，西班牙格拉纳达大学邀请他去翻译《红楼梦》，到了那里，当朋友们知道他翻译诗歌时，立即向他提出一个问题：为什么不翻译他们格拉纳达的诗人加西亚·洛尔卡？而且很快就有人自告奋勇，愿亲自为赵先生编选一个集子。此人就是哈维尔·埃赫亚（Javier Egea），一位在格拉纳达颇有名气的诗人。当时电脑尚未普及，他用打字机为赵先生打了那份稿子，并撰写了一篇短序，这使赵先生深受感动，后来他们成了好朋友。1996至1997年，当赵先生再次去格拉纳达大学的时候，他们一起在加西亚·洛尔卡故居博物馆朗诵《梦游谣》和《致伊格纳西奥·桑切斯·梅希亚斯的挽歌》（第一部分），深受听众的欢迎。有的听众一边和赵先生热情地握手，一边高兴地笑着说："我学会了一句中国话：'下午五点钟'。"（因为这句话在诗中出现了30次之多）当天晚上西班牙南方电视台报道了这次活动，第二天在西班牙最大的报纸《国家报》上还有一位著名评论家发表了评论文章。令人十分痛心的是，哈维尔·埃赫亚竟在赵先生回国后不久自杀了。在格拉纳达，他不止一次地参观了洛尔卡故居博物馆和圣维森特洛尔卡公园，并参加过多次朗诵和纪念活动。尤其是诗人故居博物馆，每年都要组织许多活动，其中有两次是必不可少的：6月5日诗人的诞辰，在富恩特巴克罗斯；8月19日凌晨，在比斯纳尔诗人遇害的山坡上。1996年8月18日，诗人故居博物馆馆长胡安·德·洛克萨先生邀请他们去参加第二天凌晨的纪念活动。当他们在酒吧谈及此事时，他担心去参加的人不多，会影响纪念活动的气氛，因为只发出400张请柬，而且接受邀请的许多人年事已高，一般很难在深夜到一个偏远的山村去参加这样的活动。但当他们提前一个小时到达那里时，参加者已有两三千之众。观众之踊跃，气氛之热烈，都是主办者与赵先生他们这些参加者始料不及的。赵先生听着著名演员拉巴尔的朗诵，心中不禁默默地说：加西亚·洛尔卡没有死，像他这样的诗人是不会死的，他永远活在所有善良人的心中。因此，这样的经历，进一步增强了赵先生翻译加西亚·洛尔卡的信念。

赵先生与费德里科·加西亚·洛尔卡的妹妹伊莎贝尔的相识，使出版《血的婚礼》成为可能。在格拉纳达的时候，赵先生住在大学招待所——维多利亚花园（Carmen de la Victoria），在那里他有幸结识了诗人的妹妹伊莎贝尔·加西亚·洛尔卡，一位风度翩翩、和蔼可亲的长者。她当时是加西亚·洛尔卡基金会主席。当她知道赵先生正在翻译哈维尔·埃赫亚为他编选的集子时，非常高兴，并表示赠予赵先生在中国的版权。按理说，当时洛尔卡遇害已经超过了50年，不应该有版权的问题了，但由于他是非正常死亡，是被法西斯分子杀害的，所以西班牙政府特批延长了版权期限。从那时起，翻译洛尔卡的诗歌，就成了赵先生对格拉纳达的一份承诺，成了一件非做不可的事情。至于洛尔卡和西班牙超现实主义画家达利的同性恋，许多人津津乐道，但在介绍诗人的创作生涯时，却要么含糊其词，要么讳莫如深。我们知道，1928 年出版的《吉卜赛谣曲集》为洛尔卡赢得了极高的声誉，但他却在一片赞扬声中，产生了情感和创作危机，其原因之一就是达利对这部诗集颇有微词；作为超现实主义绘画大师，他无论如何也不会喜欢"谣曲"这种传统的诗歌形式。因此，加西亚·洛尔卡借机去了美国，并在那里创作了具有鲜明的超现实主义特征的《诗人在纽约》。至于他的遇害，有一定偶然性。在思想上，他站在共和国一边，但并非坚定的共和国战士，否则内战爆发后，他也不会回格拉纳达。当时的格拉纳达非常保守，宪警们为什么如此仇恨一个当时已是如日中天的诗人呢？一是他在作品中强烈控诉和抨击了宪警们欺压弱者的行径（如《宪警谣》），二是保守势力认为同性恋是离经叛道、伤风败俗之举。在赵先生看来，这些或许是洛尔卡遇害的主要原因。

众所周知，洛尔卡是一位出色的诗人，同时也是一位声名远播的剧作家。赵先生最初翻译出版的就是洛尔卡的诗歌和戏剧精选集。1996 年，中国文艺联合出版社出版了他翻译的《加西亚·洛尔卡戏剧选集》，2008 年，河北教育出版社推出了他翻译的《加西亚·洛尔卡戏剧选》，算是为这位杰出戏剧家的作品在异质的中国文化语境中找到了传播空间。洛尔卡在生命的最后六年时间里，将创作的精力倾注在戏剧上，他的戏剧在 20 世纪上半期的西班牙语戏剧中也占有重要地位。当然，因为诗人的缘故，洛尔卡有的剧作也是诗剧，或穿插着诗歌。赵先生给洛尔卡的博物馆写过一首诗，其中有两句是"茅屋轮转山河动，婚礼血溅鬼神惊"，说的就是他的剧作。"茅屋"是他去各地巡演时的剧团的名字，实际上是一部大篷车，标志就是一个车轮。赵先生认为洛尔卡的剧作有两大特点：一是浓厚的生活气息，用现在的话说，就是接地气。他的题材多是乡村和女性方面。加西亚·洛尔卡一向同情弱者，同情受压迫最深的吉卜赛人（《吉卜赛遥曲集》）、妇女（《血的婚礼》、《叶尔玛》等）和美国黑人（《诗人在纽约》）。无论是作为诗人还是戏剧家，他从不把自己局限在个人的狭小天地里，既不孤芳自赏，更不顾影自怜，而是站在人类、人性、人情的高度，有了这样的大气，才使他成了大家。二是他的剧作既深深地植根于传统，又不乏超现实主义因素。此外，他还创作了一些具有实验性的剧作，只是这些作品几乎无法演出，所以至今尚无人译介。

在深入了解西班牙诗歌历史的基础上，从主流诗人到女性诗歌，再到著名诗人洛尔卡，赵振江先生翻译了西班牙诗歌的主要作品，获得了广泛的赞誉，让西班牙诗歌史上的优秀诗篇在遥远的东方延续了艺术和精神的生命。

二

拉丁美洲的西班牙语诗歌是赵振江先生译介的又一重点。

智利女诗人米斯特拉尔（Gabriela Mistral，1889—1957）是拉丁美洲第一位诺贝尔文学奖获得者，也是西班牙语文学界获此殊荣的唯一女性作家。赵先生很早就开始翻译米斯特拉尔的诗歌，1986 年与陈孟合译，在漓江出版社出版米斯特拉尔诗选集《柔情》，2004 年在河北教育出版社出版《卡夫列拉·米斯特拉尔诗选》，2011 年在东方出版社出版《柔情集》。《卡夫列拉·米斯特拉尔诗选》是目前国内收录米斯特拉尔诗歌最多最全面的译本，包括诗人《绝望集》《柔情集》《塔拉集》《葡萄压榨机》中的重要诗篇以及部分散文诗。米斯特拉尔的童年生活贫寒坎坷，她在诗歌创作道路上找到了实现自我价值的方式，"二战"期间创作了大量反对战争、争取和平的作品，是联合国儿童基金会的参与者与创建者。这三部译诗集足以表明米斯特拉尔在赵先生翻译视界中的地位，但对赵先生而言，他对米斯特拉尔的翻译却是被动的。1979 年至 1981 年，赵先生在墨西哥学院进修时，中国社会科学院外文所的陈光孚先生受漓江出版社之托，要翻译米斯特拉尔诗选，这是诺贝尔文学奖丛书的选题，但是他没有原版书，就提出与赵先生合作。于是，他就在墨西哥买了两本同样的米斯特拉尔诗选，二人约定各自翻译其中的一半。而当赵先生回国之后，陈光孚先生那部分还没有译完，所以第一版《柔情》其实是以他译的为主。《悲哀的咏叹调》也大致如此，后来陈先生出国了，对这些作品的译介，基本就由赵先生一个人承担了。等译介之后，才真正了解了这位女诗人。赵先生非常敬重她的人品，至于她的诗歌，他在诗选的前言中作过一些分析，而就她在拉丁美洲诗坛的地位而言，她还不能和聂鲁达、巴略霍、帕斯这样的大家相提并论，尽管聂鲁达和帕斯对她的诗歌都有很高的评价。虽然赵先生对米斯特拉尔的评价不是很高，但在最新出版的《柔情集》中，赵先生评价这位智利女诗人时说："她的诗并不是以语言的典雅和意象的优美令人瞩目，更不是以结构的精巧和韵律的新奇使人叫绝，而是以火一般的爱的激情感染着读者。这里所说的爱包括炽烈的情爱、深沉的母爱和人道主义的博爱。正是这种奔腾于字里行间的爱的激情，使她的作品在群星灿烂的诗坛上发出了耀眼的光辉。"[①] 表明一个诗人的作品必须具有普适性的情感才会引起其他民族的共鸣，也才有可能被译介到其他语言和文化环境中去。

智利有两位诗人获得过诺贝尔文学奖，在米斯特拉尔之后，聂

---

① 赵振江：《柔情似水　壮志如山——米斯特拉尔的生平与创作》，［智利］米斯特拉尔：《柔情集》，赵振江译，东方出版社 2011 年版，第 8 页。

鲁达于 1971 年再度获此殊荣。我们知道，20 世纪 50 至 80 年代，中国掀起了聂鲁达诗歌翻译的热潮，目的是要让中国人民"清楚地看到和平民主阵营的无比的优越性，劳动人民对幸福的热爱，对帝国主义战争狂人的愤怒控诉，以及对人类美好前途的坚强信念"。① 聂鲁达在获得诺贝尔文学奖时的演讲中说道："不管是真理还是谬误，我都要将诗人的这种职责扩展到最大限度，从而决定自己对待社会和人生的态度，同时它还应当是平凡而又自成体系的。由于目睹光荣的失败、孤独的胜利和暗淡的挫折，才使我做出了这样的决定。置身于美洲斗争的舞台，我知道自己对人类的职责就是投入到组织起来的人民的巨大努力之中，将自己的心血和灵魂，热情与希望全部投入进去，因为作家和人民所需要的变革只有在这汹涌澎湃的激流中才能诞生。"② 聂鲁达创作诗篇的目的之一就是让智利人民在"尊严的领土上自立"，这成为那个时代中国人在国际舞台上争取的最高权益。相比较而言，米斯特拉尔这位先于聂鲁达获得诺贝尔奖的诗人在中国的译介却长期处于沉寂状态，除赵先生先后出版过四个米斯特拉尔的集子外（漓江出版社两个，河北教育出版社一个，还有一个是为少年儿童选编的），很少有其他译本。当然，无论在智利、在拉美还是在世界诗坛，聂鲁达的名气和影响都比米斯特拉尔大得多。赵先生曾在《拉丁美洲诗选》中选译过聂鲁达的短诗，后来与人合译了他的政治抒情长诗《漫歌》。在编著《山岩上的肖像》的前言中，赵先生列举了袁水拍、方敬和蔡其矫等人对聂鲁达诗篇的翻译，同时谈了自己翻译聂氏诗篇的经历。人们都说"政治"和

---

① 邹绛：《葡萄园和风·内容提要》，上海文艺出版社 1959 年版，扉页。

② ［智利］聂鲁达：《获奖演说》，赵振江译，《聂鲁达抒情诗选》，邹绛、蔡其矫等译，四川文艺出版社 1992 年版，第 3—4 页。

"爱情"是聂鲁达诗歌的两大主题,而中国人更热衷于翻译他的政治抒情诗,并且很多译作是从英文或俄文转译而成。时至今日,我们只译介了聂鲁达诗作的一小部分,还有很多诗作没有翻译过来。今后应在深入研究的基础上,有步骤、有选择地译介他其余的诗作。

阿根廷的西班牙语诗歌成就不俗,涌现了多名优秀诗人。胡安·赫尔曼是一位多灾多难的阿根廷诗人,他历经亲人被杀戮的残酷,在长期经受政治迫害的生活中坚持创作了近 40 部诗集。赫尔曼与中国有不解的情缘,20 世纪 50—60 年代任中国新华社记者,增进了西语国家对中华人民共和国的了解,周恩来总理曾两次邀请他来华访问;到了 21 世纪,他于 2009 年到中国参加第二届青海湖国际诗歌节,并获得首届"金藏羚羊国际诗歌奖"。赵先生与人合译的《胡安·赫尔曼诗选》也正是 2009 年在青海人民出版社出版,而赫尔曼是一位有政治理想和坚强人格的诗人,这也许是赵先生翻译他诗歌的主要原因。据赵先生讲,在 2009 年的第二届青海湖国际诗歌节期间,要颁发首届"金藏羚羊国际诗歌奖",这是个终身成就奖,每届只颁给国内外一位诗人。颁给谁呢?组委会经过认真讨论,提出了两个条件:一是在国际诗坛上有重要影响的杰出诗人;二是对华友好的诗人。按照这两项要求和赵先生对赫尔曼的了解,作为西班牙语界的评委,他便推荐了赫尔曼,结果获得了国内外绝大多数评委的赞同,决定将该奖授予他。按照规定,在颁奖前,要出版一本他的诗选,只剩几个月的时间了,赵先生不得已只能请段继承先生和于施洋博士一道翻译,于是便有了《胡安·赫尔曼诗选》的出版。2009 年,赫尔曼两次来华,其中一次是北京塞万提斯学院邀请的(因为他是塞万提斯文学奖得主)。每次朗诵,都是他读西文,赵先生读中文,他们成了好朋友。在青海湖国际诗歌节期间,赫尔曼赠送了赵先生一首诗:

青海湖

——致赵振江

裹在洁白亚麻布中的梦

面对残破的日子

航行在东海上。

死神也放下自己的工作，

看着它们驶向远方。

胡安·赫尔曼

2009 年 8 月 10 日于西宁

　　赵先生和赫尔曼接触的时间虽然不长，但彼此却有了较深的了解和信任。有一次，他对赵先生说："作为塞万提斯文学奖得主，我在新德里、马尼拉、东京和北京的塞万提斯学院都朗诵过诗，每次都有译者用各自的语言朗诵译文；我虽然听不懂，但凭感觉，我觉得只有你翻译的是诗。"听了他的话，赵先生感到些许的欣慰，因为像赫尔曼这样刚直不阿的人，是不会"当面奉承人"的。他的话和他的人格一样，对译者而言永远是一个鼓舞和鞭策。2014 年 1 月 14日，赫尔曼永远离开了我们，赵先生给他的夫人发了一封唁电，立即收到了她的回复。"亲爱的赵振江：谢谢您的话语。我记得您如何接待我们，记得我们相聚的时刻和品尝的美食。胡安，他的骨灰，会感知什么样的鸟儿、小溪或花儿是他的居所，也会在那最奇妙的环境中，发出'吡哟吡哟'的声音向您致意。拥抱。马拉。"斯人已去，风范永存。让我们永远记住并效法这位传奇式的阿根廷诗人：胡安·赫尔曼。赵先生与赫尔曼之间竟有这么一段深厚的友谊，让我们共同祝福诗人在彼岸世界继续诗意地活着。

赵先生翻译的阿根廷诗人中，罗贝托·阿利法诺（Roberto Alifa-no，1943—　）是最年轻的一位，他是阿根廷诗歌学会副会长，曾获阿根廷诗歌学会大奖（1997年）、智利艺术批评奖（2003年）、智利聂鲁达诗歌创作奖（2003年）。他先后出版了《梦与行者》（1967年）、《浓厚的灰浆》（1972年）、《俳句与短歌》（1974年）、《无限的明镜》（1977年）、《梦想》（1981年）、《数字》（1989年）、《我忘记影子的地方》（1992年）、《忆友人》（1997年）、《这条冬天的河》（1998年）、《阿利法诺诗选》（2004年）、《月亮的守护者》（2005年）和《美妙爱情之歌》（2006年）等12部诗集。赵先生翻译的阿利法诺诗选《伴随时间的流程》，2012年在青海人民出版社出版，对于这样一位多产的诗人，目前国内似乎只有赵先生的这个译本。相对于赵先生翻译的其他拉美诗人而言，年轻的阿利法诺的诗歌有新鲜的艺术或情感元素吗？他的作品还值得进一步翻译和介绍吗？对于这些问题，赵先生分析道：首先，阿利法诺不年轻了，已过了古稀之年。赵先生和他也是在青海湖国际诗歌节上认识的。受诗歌节的委托，赵先生邀请他参加了第三届青海湖国际诗歌节。第四届诗歌节期间，他又和阿根廷作家协会代表团一起，举办"从博尔赫斯到聂鲁达：一条秘密的文学之路"的展览。他曾长期在聂鲁达和博尔赫斯身边工作。聂鲁达说："阿利法诺是一位从不放弃歌唱的诗人，是我们的时代应当关注的成熟的青年诗人。他的诗像春雨一样透明。他具有普遍性和吸引力，是在夜晚和寂静中从不停歇的行者。"阿利法诺是塞万提斯文学奖和诺贝尔文学奖的候选人，但是我们对他的研究还很不够，那本《诗选》是赵先生和北京大学几位研究生合译的。

赵先生翻译的阿根廷史诗《马丁·菲耶罗》是当代译诗界的经典长诗，该译诗 1984 年在湖南人民出版社出版，之后于 1999 年纳入"世界英雄史诗译丛"，由译林出版社再版。阿根廷诗人何塞·埃尔南德斯（José Hernández，1834—1886）创作的关于高乔人生活的史诗，具有高乔诗歌的特征："高乔诗歌不仅要求描写乡村的题材和环境，而且要求用高乔人的语言来描写。诗人要把时代的思想脉搏通过特定的时间、地点和生活以及特定人物的语言表达出来。这个特点在《马丁·菲耶罗》中得到了广泛的体现。这种所谓高乔语言是由多种因素构成的：古代的语言、重音的移动、语音的变化、成语的运用等，这些在史诗中俯拾即是。"① 高乔诗歌的这些特征为翻译《马丁·菲耶罗》设置了障碍，那赵先生在翻译这部史诗时是如何处理诗歌中的语言、语音和典故的？赵先生在谈到翻译和出版《马丁·菲耶罗》的经过时，觉得这是一件挺有意思的事情。上大学的时候，赵先生有一位阿根廷籍外教——来巴勃罗·杜契斯基（Pablo Daochisiky），他在泛读课中选了《马丁·菲耶罗》作教材。赵先生是在农村长大的，对乡村题材的文学作品有兴趣，这部史诗的内容和风格吸引了他。于是，他就试着将一些诗句译成了中文，而真正动手翻译此书，是 1976 年。但那时也只是出于兴趣爱好，从未奢望能够出版。断断续续，日积月累，到了 1979 年，赵先生译完了《马丁·菲耶罗》的上卷——《高乔人马丁·菲耶罗》。1979 年，赵先生有机会去墨西哥学院（墨西哥最高学府）进修，他就想在那里继续把《马丁·菲耶罗》译完，因为当时那里有阿根廷流亡的老师和学生，可以向他们请教翻译中遇到的难题。1981 年回国时，

① ［阿根廷］博尔赫斯：《关于阿根廷高乔人史诗〈马丁·菲耶罗〉》（赵振江译，待出版）。

赵先生基本译完了初稿，但还是有一些问题没解决。回国后，他认识了在北京第二外国语学院任教的阿根廷科尔多瓦大学文学系主任莱吉萨蒙（Leguizamón）教授，他是研究《马丁·菲耶罗》的专家，在他的帮助下，赵先生终于完成了《马丁·菲耶罗》的翻译。要知道，出版诗歌是非常难的，更不用说出版一部在中国尚无人知的高乔史诗了。所以，译完之后就束之高阁了。1984年，是何塞·埃尔南德斯诞辰150周年，阿根廷要展览各种文本的《马丁·菲耶罗》，中国台湾方面首先得到了消息，早早就送去了一大批繁体中文版的《马丁·菲耶罗》。中国驻阿使馆知道了此事，就与国内联系，希望出大陆版的《马丁·菲耶罗》送去参展。时间紧张，只剩几个月了，当时不像今天，有激光照排，那时是手工检字，时间太紧张了，没有出版社肯出版。中国西、葡、拉美文学研究会副会长陈光孚先生在情急之下，就给几位中央领导人写了信，陈明此事，希望得到领导的支持。时任中共中央总书记的胡耀邦同志作了批示，文化部外联局委托湖南人民出版社承担这项任务。陈光孚先生拿上赵振江的一大摞手稿和一本《马丁·菲耶罗》的插图，立即赶往长沙。出版社请龚绍忍等三位资深编辑负责，湖南国画院的钟增亚先生也"赤膊上阵"，冒着酷暑，绘制了8幅插图。该书于1984年8月出版，在国际俱乐部举行了首发式，主办单位有：中国文学艺术界联合会，中国作家协会，中国人民对外友好协会，中国外国文学学会，中国西、葡、拉美文学研究会等单位，作为一本诗作的首发式，可谓盛况空前。在主席台上就座的都是文学界的老前辈，艾青、冯至、叶水夫、陈冰夷等人。这个用中文吟唱的高乔歌手在他的故土受到了热烈的欢迎，《马丁·菲耶罗》译者协会通过当时中国驻阿根廷使馆的文化参赞张治亚先生为赵先生寄来了译者证书和一枚纪念币。又过了 15 年，1999 年，为了庆祝中华人民共和国成立 50 周年，译林出版社要出一套由季羡林先生领衔翻译的英雄史诗丛书，其中包括《马丁·菲耶罗》。按照出版社的要求，赵振江先生对译文进行审校，补译了诗人的两篇序言，并重新作了一篇序。这套英雄史诗丛书荣获了当年颁发的优秀外国文学图书一等奖，他个人则获得了阿根廷总统颁发的"五月骑士勋章"。如今，赵先生的阿根廷籍老师杜契斯基、热情帮助过他的莱吉萨蒙教授、为《马丁·菲耶罗》作插图的钟增亚先生已先后辞世，每次想到他们，便引发赵先生无尽的哀思。令人欣慰的是，赵先生和杜契斯基的儿子尤利以及莱吉萨蒙的女儿莫妮卡建立了联系；他们访华时，他能略尽地主之谊，以表对老师的缅怀之情。

翻译《马丁·菲耶罗》，赵先生花了 6 年时间，这是在他所有的译著中，花时间最多的一部。在翻译过程中，他不时想起书中绰号"美洲兔"老人的话：谁若想成就好事/急性子那可不行：/奶牛要反复倒嚼/牛奶才又纯又浓。"慢工出细活"，一点不假，赵先生的翻译终于获得了广泛的认可。翻译这部高乔史诗，困难很多，更何况这是赵先生第一次尝试着翻译大部头的经典名著。首先，它的形式是模仿流浪歌手的演唱，全诗分《高乔人马丁·菲耶罗》和《马丁·菲耶罗归来》两部，共 46 章 1580 多节 7210 行。全诗按照谣曲的韵律，每行 8 音节，绝大部分每节 6 行，也有 4 行和多行的。因为赵先生考虑到我们的民歌以七言居多，和史诗的八音节相近，因此便选定了七言民歌体（三—四或四—三结构），如开篇的六行（这在阿根廷是家喻户晓的）：

> 我在此放声歌唱，
> 伴随着琴声悠扬。

一个人夜不能寐，

因为有莫大悲伤。

像一只离群孤鸟，

借歌声以慰凄凉。

其实，赵先生感叹这是"自讨苦吃"。因为如果只译几节，或许不难，可要把 7210 行全译成七言，就不那么容易了。"冥思苦索""搜肠刮肚"的时候是常有的事。在翻译过程中，最大的困难，就是诗中的"土话"太多。诗人要模仿高乔歌手的口吻，即席演唱，不规范的词语甚多（有的是作者故意为之），怎么办：一是搜集各种版本，参照多种注释，赵先生手上就有十来个不同版本的《马丁·菲耶罗》，有的还是双语或三语的；二是找阿根廷专家答疑解惑。如：第一章里有一段，原文是这样的：

Me siento en el plan de un bajo

A cantar un argumento：

Como si soplara el viento

Hago tiritar los pastos，

Con oros，copas y bastos，

Juega allí mi pensamiento.

台湾版的译文是这样的：

一个计划由我内心升起，

唱吟一段历史的往绩，

　　但愿如清风飘扬，

　　我将踏破云的陇墙，

　　旨酒金杯纸牌伴随，

　　灵心其中怡然悠悠！

　　在这六行诗里，第一行就难懂：动词"Me siento"是第一人称变位，但既可是 sentarme（我坐）又可是 sentirme（我感觉），台湾版的译者显然理解为"感觉"了，他按照常规，把这行诗中的 el plan 理解为"计划"，el plan 的本意的确是计划，但如果这样理解，就不通了，因为既不能坐在计划上，也不能感觉自己在计划上，于是就译作"一个计划由我内心升起"，再说，el plan de un bajo 是什么意思呢？un bajo 是一块低地，什么叫一块低地的计划呢？问题就出在"el plan"这个词上，原来高乔歌手在发音时吃掉了"plano"（平地）的最后一个字母"o"。了解了这一点，问题就迎刃而解了。因此，赵先生译为：

　　我坐在低矮平地，

　　唱一桩往事传奇。

　　像是那清风习习

　　吹牧草瑟瑟战栗。

　　各种牌手中尽有，

　　出什么随心所欲。

　　倒数第二行的 oros，copas y bastos 是纸牌里的金块（方块）、金杯（红桃—黑桃）和金花（梅花），诗人把自己的思考比喻成玩牌，各种花色的牌应有尽有。台湾同行译为"旨酒金杯纸牌伴随，灵心其中怡然悠悠"，是不是有点词不达意？我们不妨再举两段译文来做个比较，或许能体会到一点赵先生的翻译苦心。上卷第八章有一段是这样的：

él nada gana en la paz

Y es el primero en la guerra；

No le perdone si yerra，

Que no saben perdonar，

Porque el gaucho en esta tierra

Solo sirve pa votar.

台湾版的译文：

在平安时他什么也赚不到手，

在战斗中，他却该一马当先，

如果他错误，却无人予以宽宥，

并且也不会对他宽恕，

因为在这个地方的高卓人，

只是用来作为投票。

赵先生的译文：

和平时分文不挣，

打仗时要你冲锋。

出差错无人原谅，

处罚时绝不宽容。

高乔人别无他用，

只是为投票而生。

另一段原文是这样的：

Para él son los calabozos,

Para él las duras prisiones,

En su boca no hay razones

Aunque la razón sobre;

Que son campanas de palo

Las razones de los pobres.

台湾版的译文：

对他只有牢狱，

对他只有桎梏，

他的讲话总不会有理，

纵然是理由十足，

只有棍棒交柢，

这就是对穷人的讲理。

赵先生的译文：

> 对于他只有牢笼，
>
> 对于他只有酷刑。
>
> 尽管是理直气壮，
>
> 总诬你理屈词穷：
>
> 穷人道理是木钟，
>
> 干敲不响无人听！

这一段的最后两行，原文就是"穷人道理是木钟"，这是一句歇后语，但原文没有说"木头钟——不响"，所以赵先生在翻译时，就把潜在的后半句加上了。在赵先生看来，这是可行的，至于加得好与不好，就要读者来评判了。赵先生还记得当年他们有一位外教，曾经是阿根廷律师协会主席，他说自己在给穷苦人辩护时，经常引用这两行诗。对比了几节译诗之后，我们当然觉得赵先生的译文更胜一筹，不但保留了诗歌的形式，而且语言也更容易理解，最重要的是译文有诗味。

赵先生翻译的《马丁·菲耶罗》被誉为"英雄史诗"，诗歌中的主角马丁·菲耶罗的确具有英雄气质，他历尽戍边的苦难，后在流浪中与人格斗并杀死对手，然后在与警察的对决中得到军曹克鲁斯的帮助，两位惺惺相惜的英雄成为朋友，他们决心穿过沙漠去寻找栖身的处所。但续篇《马丁·菲耶罗归来》的结局却让昔日的"英雄"马丁·菲耶罗相形见绌，因为在与黑人歌手"决斗"的过程中，黑人回答了很多自然科学的知识，也提出了什么是爱情和法律，批判了种族歧视并谴责了社会的不公。这位黑人歌手是被马丁·菲耶罗杀死的黑人的弟弟，他通过文雅的对歌为自己的兄长报了仇，用文明的方式处理了一场血腥的格斗，其英雄的光芒远远遮盖了马丁·

菲耶罗，从而让后者的英雄形象黯然失色。有很多读者不能理解埃尔南德斯对史诗结尾的设置，因为这会削弱英雄史诗对"英雄"形象的塑造。但根据赵先生的说法，这部史诗并不是一气呵成的，埃尔南德斯原本并没想写续篇。《高乔人马丁·菲耶罗》出版后，深受广大读者的喜爱，"杂货店里都要摆上几本"，连小孩打架，都要先背诵几句。在读者强烈要求的呼声中，七年后，埃尔南德斯才发表了《马丁·菲耶罗归来》。他说"这题目是读者早就起好的"，他不得不把故事写完。七年后，国家形势发生了变化，独裁者罗萨斯下台了；作者的思想也发生了变化，批判的棱角没有那么锋利了。因此，黑人为兄长报仇的手段变得文明了。这是时代变化的反映，也是作者思想变化的反映，是合乎逻辑的变化。这说明文学与其所处的历史时代是分不开的。

赵先生对拉美西班牙语文学的翻译涉及多个国家，其中墨西哥诗歌是他关注的重点之一。墨西哥诗人奥克塔维奥·帕斯（Octavio Paz，1914—1998）在西班牙语文学界享有盛名，1990 年获得诺贝尔文学奖。授奖词精辟地评价了帕斯的诗歌，认为其作品"成功地将拉美大陆的史前文化、西班牙征服者的文化和西方现代文学同为一体"，并具有深刻的人文关怀。1993 年，赵先生与人合译的《帕斯作品选》在云南人民出版社出版；2006 年，他主译的《帕斯选集》（上、下卷）在作家出版社出版，标志着这位墨西哥诗人在中国译介的成熟。帕斯曾被墨西哥政府任命为驻印度大使，因此他对东方佛教文化和中国的道家思想有一定的研究，同时还翻译过中国唐宋时期的诗词，因此他作品的成功也汇聚了东方文化的因子。作为西班牙语文学研究的专家，赵振江先生从文化语境出发，认为拉丁美洲文学具有独特的魅力，其原因之一就是在这块大陆上有着不同种族和不同文化的交融。加西亚·马尔克斯的魔幻现实主义小说为我们提供了成功的范例。帕斯的成长环境就是印欧文化交融的缩影。他的祖父是记者并发表过以印第安人生活为题材的小说；父亲是记者和律师，曾任墨西哥革命著名将领萨帕塔的外交特使，母亲是西班牙安达卢西亚移民，虔诚的天主教徒。帕斯的童年就是在这样一个土著文化与欧洲文化互相渗透、自由气氛和宗教气氛彼此交融的环境中度过的。他从五岁开始上学，受的是法国和英国式的教育。此外，他从小就和阿玛丽娅姑妈学习法语，后来便开始阅读卢梭、米什莱、雨果及其他浪漫派诗人的作品。帕斯十四岁入文哲系和法律系学习，然而这完全是为了满足父母的愿望，至于他本人则更愿意走自学之路。在祖父的图书馆里，他如饥似渴地阅读现代主义和古典诗人的作品，后来又接受了西班牙"1927年一代"和法国超现实主义诗人的影响。1931年，帕斯才十七岁，便与人合办了《栏杆》（*Barandal*）杂志，并担任主编。两年后又创办了《墨西哥谷地手册》（*Cuadernos Del Valle De Mexico*），介绍英、法、德等国的文学成就，尤其是刊登西班牙语国家著名诗人的作品。1933年，他出版了第一部诗集《野生的月亮》（*Luna Silvestre*）。当时帕斯对哲学和政治怀有浓厚的兴趣，阅读了大量具有马克思主义倾向的书籍。墨西哥共产党中的托洛茨基派以及第四国际曾对他产生过较大的影响。

在帕斯的一生中，1937年是至关重要的。这一年，他去了尤卡坦半岛，为了使当地的农民子女受到教育，在那里创办了一所中学。在那里，他发现了荒漠、贫穷和伟大的玛雅文化，这便是《石与花之间》（*Entre la piedra y la flor*）创作灵感的源泉。同年六月他从梅里达返回墨西哥城，与小说家艾莱娜·伽罗结婚（后离异，他们的女儿才去世不久）。这一年，经聂鲁达和阿尔贝蒂的推荐，他与艾莱娜应邀去西班牙参加了反法西斯作家代表大会，结识了当时西班牙和拉美诗坛上最杰出的诗人——巴列霍、维多夫罗、安东尼奥·马查多、塞尔努达、阿尔托拉吉雷、米格尔·埃尔南德斯等。值得一提的是，在会议期间，作为与会最年轻的作家，他敢于鼓动比自己年长十五岁的同胞诗人卡洛斯·佩伊塞尔与他一道，对大会组织者开除法国作家纪德的动议进行了抵制，表明了自己刚直不阿与"反潮流"的精神。他曾与阿尔贝蒂等人一起赴反法西斯前线工作，血与火的洗礼给他留下了终生难忘的印象。这一年，阿尔托拉吉雷在瓦伦西亚为他出版了《在你清晰的影子下及其他关于西班牙的诗》；回到墨西哥后，又出版了诗集《休想通过》和《人之根》。在离开西班牙之后，他去巴黎作了一次短暂的逗留。古巴作家卡彭铁尔带他去访问代斯诺斯。这是他与超现实主义作家们最早的接触。从那时起，他就和超现实主义结下了不解之缘。

西班牙内战以后，大批共和国战士流亡到墨西哥，帕斯积极热情地投入了救援工作。在此期间，他出版了《世界之滨》和《复活之夜》（1939 年），并创办了《车间》（*Taller*，1938—1941）和《浪子》（*El Hijo Prodigo*，1943）杂志。此后，在对待斯大林以及社会主义现实主义的态度上，帕斯与聂鲁达产生了分歧（直至 1968 年，两人才重归于好）。1944 年他获得了古根海姆奖学金，赴美国考察。一方面，"可怕的美国文明"令他吃惊；另一方面，他有幸结识了艾略特、庞德、威廉斯、斯蒂文斯等著名诗人。在考察期间，他创作了著名散文集《孤独的迷宫》（1950 年），对墨西哥人的性格进行了精辟透彻的剖析。如果说 1937 年是帕斯人生道路上的里程碑，1944 年则同样对他的创作生涯产生了不可逆转的影响。从 1945 年起，由于外交部部长卡斯蒂略·纳赫拉和诗人戈罗斯蒂萨的帮助，帕斯开始从事外交工作。鉴于帕斯与法国超现实主义运动的主将勃勒东早有神交（勃勒东曾于 1938 年去过墨西哥，当时的革命刊物对他做了大量的宣传），而且又收到了后者的邀请，外交部便首先将他派往法国。在巴黎，他积极参加了超现实主义和存在主义作家们的活动，结识了萨特、加缪等著名人物，经常同他们一起切磋诗艺，探讨人类命运，思考文学与政治、诗人与社会的关系。此后，他曾先后在驻日本和印度使馆供职。从 1953 年至 1959 年，帕斯回到墨西哥，一面继续从事外交活动，一面进行文学创作。在此期间，他于 1956 年在《墨西哥文学杂志》（第七期）上发表了剧本《拉帕其尼的女儿》。1962 年，他再次回到新德里，任驻印度大使，直至 1968 年为抗议本国政府在"三文化"广场镇压学生运动而愤然辞职，从此他再也没有从事外交活动。以后，除了文学创作，他的主要活动是在美国和英国的大学讲学。

帕斯和博尔赫斯一样，对古老的中国文明，尤其对庄子和唐宋诗词，怀有浓厚的兴趣。据《博尔赫斯全集》的编者林一安先生说，帕斯认为自己"是墨西哥最有资格担任驻华大使的人"。在帕斯的诗作中，有多处体现了他熟悉并热爱中国的文学经典。在组诗《持久》（6 首）中，诗人用《易经》的第 32 卦（"恒"）作题解，即风—雷：恒。可见帕斯对中国典籍不仅熟悉，而且学以致用。在长诗《回归》中，他索性将王维的《酬张少府》镶嵌在自己的诗中：

> 我们被围困
>
> 我又回到起点
>
> 是赢还是输？
>
> （要问成败

遵循什么样的标杆？

打鱼人的歌声

漂荡在静止的岸前

王维酬张少府

在他水中的茅庵

而我却不愿

作个知识居士

在圣安赫尔或科约阿坎）

一切都是赔

便一切都是赚

　　我们知道，王维的《酬张少府》是这样的：晚年惟好静，/万事不关心。/自顾无长策，/空知返旧林。/松风吹解带，山月照弹琴。/君问穷通理，渔歌入浦深。《回归》作于1969年至1975年间。众所周知，帕斯于1968年为抗议本国政府镇压学生运动愤然辞去驻印度大使职务。这样的经历使他对王维的《酬张少府》产生兴趣是合乎逻辑的事情。当年的王维看到自己的前辈张九龄被罢相贬官，遂心灰意冷，参禅悟道，吟诗作画，寄情于清风明月、秀水幽篁。帕斯虽有类似的处境，却"不愿作知识居士"，依然坚守自己的信念，在"迷宫"中孤独地前行，这种精神不值得我们效法吗？

　　帕斯的另一首小诗，题为《借鉴》，是这样写的：

蝴蝶在汽车间飞舞。

马丽·何塞对我说：

一定是庄子

从纽约经过。

但是蝴蝶

不知道自己是梦想

成为庄子的蝴蝶

还是梦想

成为蝴蝶的庄子。

蝴蝶毫不迟疑；

向前飞去。

　　帕斯对中国文化的兴趣还体现在他对中国诗词的翻译上。在
2003 年出版的《帕斯全集》（16 卷）的第 2 卷和第 12 卷中，有《中
国》和《中国杂论》两部分。前者是他的翻译作品，后者是关于中
国诗歌翻译的论述。论述部分有关于庄子、竹林七贤中的嵇康和刘
伶以及唐朝散文大家韩愈和柳宗元的概述；诗歌部分有傅玄（217—
278）的《豫章行苦相篇》，王维的《送别》《汉江临泛》《酬张少
府》《终南山》《鹿柴》《送元二使安西》等 7 首，李白的《下江陵》
《山中问答》《越中怀古》《独坐敬亭山》等 6 首，杜甫的《题张氏
隐居》（二首选一）、《春望》、《赠卫八处士》等 11 首，元结 1 首，
韩愈 2 首，白居易 3 首，陈陶 1 首（陇西行），苏轼的《海棠》《登
州海市》《书鄢陵王主簿所画折枝》《书李世南所画秋景》《书王定
国所藏烟江叠嶂图》《江城子》（十年生死两茫茫）等 13 首，李清
照的《如梦令》（常记溪亭日暮）、《武陵春》（风住尘香花已尽）、
《一剪梅》（红藕香残玉簟秋）等 6 首。从上述这些例证，可见帕斯
的博学多才，他不仅是诗人，也是一位哲人和文人。从中也可以看
出，中国传统文化在这位墨西哥诗人那里产生了不同寻常的影响。

赵先生 2012 年在人民出版社出版了《墨西哥诗选》，成为中国读者窥视墨西哥诗坛全貌的切入口，具有非同寻常的意义，再次证实了他在西班牙语拉美诗歌译介领域的成就和地位。据相关资料显示，早在帕斯获得诺奖的第二年，即 1991 年就有董继平先生翻译的《奥克塔维奥·帕斯诗选》在北方文艺出版社出版，2003 年河北教育出版社出版了朱景冬等人翻译的《奥克塔维奥·帕斯诗选》，以及 2005 年人民日报出版社以"帕斯诗歌经典重译"之名推出的《废墟间的颂歌》。对于这些西语诗歌的翻译，赵先生知道译事之难，高低优劣都是相对而言，没有十全十美，最好是互相取长补短，所以能对别人的翻译持包容和理解的态度。但他认为，不在不得已的情况下，诗歌不要转译；从原文直接翻译就已经很难了，再转译成第三种文字，就更容易"离谱"；而且译错了，也不知道是哪位译者错的。一般说，转译要容易些，因为第一译者已经"消化"一遍了，但问题往往就出在这"消化"上，因为它往往是难点之所在。赵先生对转译的理解十分深刻，看来我们翻译诗歌最好从原文直接翻译，而不应该从第三种语言转译。

在拉丁美洲的西班牙语文学中，赵先生重点翻译的是智利、阿根廷和墨西哥的诗歌，但他对尼加拉瓜诗人鲁文·达里奥（Ruben Dario，1867—1916）作品的翻译同样投注了热情。达里奥是拉丁美洲现代主义诗歌运动中的天才诗人，虽然未能获得诺贝尔文学奖，但他对拉美诗歌的影响十分深远，智利诗人米斯特拉尔和墨西哥诗人帕斯谈到他的诗歌都赞不绝口。达里奥被拉美诗坛尊为"诗圣"，是西班牙语文学界公认的大师，甚至有人将其与《唐·吉诃德》的作者塞万提斯相提并论。但就是这样一位杰出的西语诗人，国内对他的翻译和介绍都比较匮乏，仅就诗歌而言，国内只有赵先生翻译的如下作品：《生命与希望之歌——鲁文·达里奥诗文选》（云南人民出版社 1997 年版）、《鲁文·达里奥诗选》（河北教育出版社 2003 年版）、《生命与希望之歌》（上海译文出版社 2013 年版）和《世俗的圣歌》（上海译文出版社 2013 年版）。鲁文·达里奥于 1916 年去世，那时诺贝尔文学奖的评审还不很规范，评不上达里奥，不足为奇。但他对西班牙语诗歌的贡献却是举世公认的。作为人，他是凡夫俗子；作为诗人，他是"旷世奇才"。我们知道，现代主义是拉丁美洲文学第一次以自己独特风格对欧洲文坛产生了反作用，尤其对伊比利亚半岛的文学产生了积极影响。西班牙"1898 年一代"诗人安东尼奥·马查多和"1914 年一代"诗人希梅内斯都曾把鲁文·达里奥作为崇拜的偶像。达里奥将法国的象征主义和帕尔纳斯派融为一体，又从印象派和颓废派艺术中吸收了营养，向惠特曼学习了文学自由，向爱伦·坡学习了音乐性，他不仅学习同时代的西班牙诗人，而且借鉴了黄金世纪诗歌的辉煌成就。他是拉丁美洲现代主义的大师，名副其实的中流砥柱，可以说，没有他，就没有拉丁美洲的现代主义。这样一位诗人，在诗坛享有崇高威望，是实至名归、顺理成章的事情。

赵先生曾与人合作翻译过秘鲁作家马里奥·巴尔加斯·略萨（Mario Vargas Llosa，1936—　）的长篇小说《世界末日之战》。这部小说是略萨自认为写得最好的作品，于 1981 年出版，仅仅两年之后的 1983 年，江苏人民出版社就出版了赵先生与赵德明、段玉然合作的中译本，翻译出版的时间比较迅速。20 世纪 80 年代，在中国有一股"不大不小的拉丁美洲文学热"，尤其是对"文学爆炸"那一代作家，大家争先恐后地译介。巴尔加斯·略萨的这部小说出版后，在国内颇有反响，记得陈光孚先生曾在报刊上发了一篇文章，介绍这部长篇小说，惊呼"拉丁美洲文学的又一次爆炸"。江苏人民出版社约赵德明教授翻译该书，但他手上没有原本，正巧赵先生1981年从墨西哥回国时买了这本书，决定二人合译；考虑到篇幅较长，约60万字，于是又约了段玉然，三人合译，很快就出版了。这是30多年前的事情了，当时的稿酬是每千字六元五角。赵振江先生回想起来觉得合译还是欠妥，只是当时大家都急于出成果，难免有"急功近利"的成分，合译不是不可以，但三人的语言风格不尽相同，统一起来很难，所以后来就没有继续合译了。此后，鉴于翻译小说者甚多，而翻译诗歌者很少，加上赵先生本人从小就喜欢诗歌，上中学和大学时也常写写"诗"，于是渐渐就只译诗歌了。

2010年10月7日，瑞典皇家科学院宣布将该年度的诺贝尔文学奖授予秘鲁作家略萨。因为略萨获得诺贝尔文学奖的原因，人民文学出版社在2011年重新出版了赵先生等人翻译的《世界末日之战》。在整理赵先生的译作时，我们会发现他所翻译的作家很多都是诺贝尔文学奖获得者，比如智利的米斯特拉尔1945年获诺奖、聂鲁达1971年获诺奖；西班牙的希梅内斯1956年获诺奖、阿莱克桑德雷1977年获诺奖；墨西哥的奥克塔维奥·帕斯1990年获诺奖。这表明赵先生在选择原作时秉承了"经典"的原则，他自认为翻译时奉行的基本原则是选译经典，译"好书"。用时尚的话说，就是"为社会提供正能量"。但"不如意事常八九"，主观意志往往起不了决定性作用。出什么书，译什么书，往往不是译者决定的，而是出版社、是市场决定的，正如美国翻译理论家勒菲弗尔所说，"赞助人系统"决定了翻译的选材和质量。因此，赵先生呼吁多一些有眼光、有品位的出版家（而不是出版商），当然，译者也要坚持自己的选材标准。此事说起来容易，做起来难。出版社要赚钱，天经地义，谁能光"赔本赚吆喝"呢？但赵先生认为，只要是好书，是经典，总会有市场的。但市场需要培养，需要下功夫研究，要让读者认识、了解你所介绍的诗人和作家。这方面，新版《百年孤独》的发行，给我们提供了范例。原来的三个所谓"盗版"已经发行近30年，不知多少万册了，新版的发行又超过一百万册了。难道这也是魔幻吗？值得研究。

四

透过赵先生的译作，我们发现他是一位十分负责任的译者，不仅是对原作者负责任，对译语国读者负责任，更重要的是对诗歌艺术负责任，能够把一首外国诗歌翻译成汉语后仍保留了诗歌的形式特征。比如译智利诗人米斯特拉尔的诗歌时，很重视形式的均齐和押韵，《小羊》、《迷人》、《夜晚》和《我不孤独》等便是这类译诗的代表。他对阿根廷史诗《马丁·菲耶罗》的翻译既注意了形式要素，也注意了口传诗歌语言的通俗性。人们常引用美国诗人弗罗斯特的话"诗是在翻译中丢失的东西"，来说明诗歌翻译的难度以及翻译不易保存诗歌艺术的客观性，而赵先生的翻译却赋予了译作精神和艺术价值，所以他的翻译观念值得倡导。

中国现代译诗从肇始之初便有人提出"译事难"的命题，赵振江先生对此深表认同。他指出，从某种意义上说，诗有不可译性，但又不是完全不可译；诗歌的内容可译，诗歌的形式一般不可译。内容可译，但依然不容易翻译，比如抒情诗，因为它不同于叙事，后者有情节，有故事，有逻辑性，而抒情诗则不同，尤其是现当代诗歌，没有情节，没有故事，甚至没有逻辑性；它靠的是意象，是隐喻，是丰富的想象力。译者很难吃透原诗的内涵，翻译起来自然就不容易了。赵先生从自身的翻译实践出发,认为理解原诗很重要的一点是"设身处地",是"进入角色",是体会原诗作者在彼时彼地的情感和心态,这样离原诗的内容总不会太远。译诗与原诗,只能"似",不可能"是";译者的最高追求无非北京大学英语系辜正坤教授提出的"最佳近似度"而已。赵先生说的"进入角色",是因为译者有点像演员,是二度创作。比如,北京人民艺术剧院的舒绣文和李婉芬都演虎妞,但她们的扮相、神采、韵味,各有千秋,却都没有离开原作,都是老舍先生《骆驼祥子》里活灵活现的虎妞儿。你一定要说哪一个更像,恐怕就见仁见智、众说纷纭了。

赵振江先生以为诗歌的表现形式一般不可译(当然,"硬译"也不是不可以,但往往事倍功半),尤其是将汉语译成西方语言或反之。因为汉语是表意文字,一个字一个音节,而且有四声变化;欧美语言表音,每个单词的音节数目不等,可以长短搭配,加上重音,可以产生鲜明的节奏,但没有汉语的声调变化。就西班牙语而言,它只有五个元音(A-E-I-O-U),韵脚比较单调,因此现当代诗歌多采用自由体,重节奏而不再押韵。而汉语呢,几乎是"无韵不成诗",即便是自由体,也要大体有个韵脚。否则,很难为大多数读者所接受。既然诗歌的形式一般是不可译的,而译者却要把外文诗化作中文诗,就只有靠二度"创作"了。所以说"二度创作",因为它不是自由创作,而是用自己的语言表达别人(即作者)的意思,即所谓"戴着镣铐跳舞"。自严复提出"信、达、雅"以来,不断有人对文学翻译提出各种各样的标准。诸如"形似与神似"、"表层含义与深层含义"以及"化"的理念等。但赵先生认为,这些都是对译作的要求。至于如何达到这样的要求,难以提出具体方法,因而不具可操作性。无论是"似"还是"化",关键在于进行二度创作时要把握一个"度":"不及"难以传神,"过"则容易离谱。赵先生在翻译中的原则是首先要力争理解到位,同时要关照原诗艺术风格,十四行要像十四行,谣曲要像谣曲,总不能把十四行译成"顺口溜"吧。但既然把原诗译成汉语诗,总要让国人认为是诗。这些均是赵先生对诗歌翻译内容和形式的精彩见地,不过他对自己的译作满意的少,多感到力不从心,他说每当看到自己的翻译,就想修改。

赵先生在介绍拉美诗歌的文章中提及现代主义诗歌于 19 世纪上半叶诞生于拉丁美洲,很多国家在独立战争之后,面对国际国内严峻的争斗和矛盾,"民族资产阶级及其知识分子感到沮丧与困惑。这种情绪首先在最敏感的文学形式——诗歌里表现出来。在拉美诗坛上,独立战争时期朝气蓬勃、积极乐观的浪漫主义诗歌凋零了。这时的诗人们已不再是政治家,他们感到无法改变眼前的现实,便力图在诗歌创作上追求构思的新奇、用词的典雅和韵律的和谐,力图通过对文学的改革来彻底摆脱宗主国的影响,并实现自身的人生价值与心理平衡。这就是拉美现代主义诗歌产生的时代背景"[1]。而我们通常认为现代主义诗歌的兴起与欧洲文化传统遭遇质疑有关,战争和工业文明让人类异化,人们在现实生活中产生了消极、悲观和失望的情绪,强烈的虚无感弥漫在作品中。如果将拉美现代主义诗歌与西方现代主义诗歌加以比较,除表象上的悲观和失望情绪之外,二者产生的文化背景和精神内核还是存在较大差异。依据赵先生的理解,拉美诗歌与西方现代主义诗歌根本就不是一回事。这非常容易给国内学界造成混乱。拉丁美洲的现代主义诗歌与国内评论界一

---

[1] 赵振江:《现代主义诗歌与鲁文·达里奥》,〔尼加拉瓜〕达里奥:《鲁文·达里奥诗选》,赵振江译,河北教育出版社 2003 年版,第 2 页。

般所说的西方现代派诗歌分属不同的文化语境，"现代主义"一词最早出现在拉丁美洲，就是以鲁文·达里奥为代表的现代主义。大约三十年后，欧美文学界无视这一事实，将另一种完全不同的文学现象仍然称作现代主义，这便导致了名称上的混乱。墨西哥诗人帕斯对此颇有微词，称其为"文学沙文主义"。但事实即如此，我们只有接受。国内学界一般所称的西方现代主义诗歌，在拉丁美洲叫先锋主义或先锋派诗歌。

赵先生对拉丁美洲文学倾注了浓厚的热情，1989 年，他参与撰写了《拉丁美洲文学史》，由北京大学出版社出版；2002 年，北京大学出版社出版了他独著的《西班牙与西班牙语美洲诗歌导论》；2007 年，赵先生与人合著的《拉丁美洲文学大花园》在湖北教育出版社出版。就翻译作品而言，1985 年，赵老师与人合译的《拉丁美洲抒情诗选》由江苏人民出版社出版；1988 年，他选译的《拉丁美洲历代名家诗选》在云南人民出版社出版。尽管如此，国内对西班牙语文学，尤其是拉丁美洲的西班牙语文学的翻译依然欠缺。正如赵先生所说："实事求是地说，在我国，从事西班牙语文学翻译和研究的人员，在数量、水平和经验方面，就总体而言，还远不能与英、德、法、俄语界相提并论。但如果纵向与自身相比，西语界近二十年来翻译出版的名家名作，却大大超过了此前的总和，有的作品还出现了多种译本。不过，有一个问题却始终未能解决，即研究和评论一直是个薄弱环节。在叙事文学方面是如此，在诗歌方面就更是如此。由于种种原因，我国从事西班牙语诗歌翻译的人屈指可数，至于研究就更谈不上了。"[①] 此话虽然是针对西班牙语文学的翻译和

---

① 赵振江：《西班牙与西班牙语美洲诗歌导论》，北京大学出版社 2002 年版，第 2 页。

研究，但更是针对拉丁美洲西班牙语文学翻译和研究现状发出的感叹。针对拉美西语文学翻译的现状，赵先生认为，20世纪八九十年代，是中国翻译拉美文学的高潮。一方面是社会上迫切需要，另一方面是"文化大革命"前毕业的西语人才正值年富力强。进入21世纪后，虽然设置西班牙语的院校急剧增加（由于就业形势优越），但大都只注意语言培训，毕业生一般做不了文学翻译，再加上翻译稿酬微薄，能做的也未必肯做，而老一辈的翻译家多已力不从心，所以现在西语的文学翻译反倒"不景气"了。这也不奇怪，总是高潮就没有高潮了。至于对西班牙语文学的研究和批评总是滞后，情况虽有所改变，但不明显。原因是我们的外语专业，前面已经讲过，一般只注意语言教学，缺乏文艺理论的基本功训练，赵先生觉得他本人的学术背景也是如此；而中文系出身的评论家，由于不懂原文，往往又隔靴搔痒，甚至以讹传讹，很难做到恰如其分。这种情况今后会渐渐改善，我们寄希望于高等院校开设的世界文学与比较文学专业，希望能培养出相当数量的，既有文艺理论修养又懂西班牙语的人才，这样，对西班牙语文学的翻译和研究会上一个台阶。

不管是墨西哥的帕斯，还是尼加拉瓜的达里奥、智利的米斯特拉尔和聂鲁达，他们的作品都是深深地扎根于本土文化，在吸纳外国文化精髓的基础上传递出普适性的人文关怀，这似乎成为优秀作家的共相。而拉美作家的成功，也给中国诗人和作家的创作提供了某些启示。西方诗歌对中国新诗创作的影响伴随着中国新诗发展的历程，翻译诗歌对中国新诗的影响也成为不争的事实。赵先生曾多次在一些关于诗歌翻译的研讨会上说过一句话：诗歌翻译要像创作，而诗歌创作不能像翻译。他认为，我们的诗歌还是应植根于我们的文化传统之中，对西方诗歌只是借鉴而已，还是要创作具有汉语特色的诗歌。西班牙诗歌也是如此，从格律诗到自由体，在不断地创新。我们也应在不断探索和创新的过程中，铸造我们中国新诗的辉煌。对于翻译过来的外国诗，可以借鉴，但不要模仿，尤其是对那些谁也看不懂的诗，更要谨慎。其实原诗也未必就是这样，因为你读到的并不是某某外国诗人写的，而是某某译者写的，译者的汉语水平可能远不及原诗作者的外语水平，这是不难想象的。要是再没看懂，就更麻烦了。正是从这个意义上，赵先生提出了"诗歌创作不能像翻译"。总之，"古为今用，洋为中用"，虽是老生常谈，却是有道理的。

毫无疑问，拉美文学蕴含着巨大的艺术和精神宝藏，但国内从事拉美文学翻译和研究的人屈指可数。1985年，赵先生与陈光孚等编译的《拉丁美洲抒情诗选》在江苏人民出版社出版，是当时也是迄今国内唯一的拉丁美洲诗歌选集。该书的"前言"力图找到中国诗歌和拉美诗歌的共同点：一是汉语和西班牙语在语音和音色上相似，成就了中国诗歌和拉美诗歌强烈的音乐感；二是中国和拉美人民都经历了反帝反封建和反政治寡头的斗争，这让中国和拉美诗歌具有强烈的反抗性。[①] 在21世纪的新语境中，如何开掘拉美文学这座富矿，如何调整国人对拉美文学的认识和定位，如何在拉美文学和中国文学之间找到融合的交集？赵先生从自身的翻译历程出发，对这些问题给出了自己的意见。比如谈到20世纪五六十年代我们对外国文学译介的选题标准是"政治挂帅"。这是历史环境使然，当时必须要"提高警惕，擦亮眼睛"。当然，"风声鹤唳，草木皆兵"，肯定是有的。所以才要不断地反思、反省，不断地"推陈出新"。《拉丁美洲抒情诗选》在江苏人民出版社出版，已经30年了，说实

---

① 陈光孚：《前言》，《拉丁美洲抒情诗选》，陈光孚、赵振江等译，江苏人民出版社1985年版，第2—3页。

在话，陈光孚先生在写那篇序言时，头脑里可能还有"政治挂帅"的影子，所以要强调"中国和拉美人民都经历了反帝反封建和反政治寡头的斗争，这让中国和拉美诗歌具有强烈的反抗性"。在经济一体化、文化多元化的今天，我们要以更开阔的视野、更博大的胸襟，从人类的文化宝库中吸收营养，从而进一步繁荣我们自己的文化，为实现伟大的中国梦做贡献。这听起来是套话，但也是实话。实践证明，无论是诗歌还是小说，拉丁美洲都为中国创作界提供了丰富的营养。今后，我们要对其做更准确、更全面的了解、研究和译介。不要一说拉丁美洲小说就是魔幻现实主义，其实魔幻现实主义从来就不是拉美小说的主流，而且我们最推崇的魔幻现实主义大师加西亚·马尔克斯本人都不接受这个称谓；也不要一说拉美诗歌就是聂鲁达，其实拉丁美洲还有许多大诗人值得借鉴，比如，秘鲁当代最大的诗人塞萨尔·巴略霍（1892—1938），他在国际诗坛的地位毫不逊色于聂鲁达，在中国却鲜为人知。

赵振江先生关于西语诗歌的评论以及翻译，处处闪现着深刻的经验和朴素的道理。安第斯山脉的雪山飘荡着神秘的气息，苍翠的丛林隐现着古老的印第安文明；墨西哥高原洒满了明媚的阳光，太阳城下的仙人掌诉说着玛雅文明的璀璨；伊比利亚半岛在温润的地中海季风中重新焕发华彩，狭长的直布罗陀海峡挡不住西班牙风情的四溢。新世纪的曙光已然笼罩在地球的每个角落，愿西班牙语文学在遥远的东方激起更强烈的共鸣，也祝愿赵先生在西班牙语文学译介的道路上迎来更多的鲜花和掌声。

第五章　诗歌翻译与苦难担当

　　新时期以来，中国社会文化和经济建设取得了长足的进步，国家各项事业蒸蒸日上，自由而开放的语境为诗歌翻译和创作营造了良好的氛围。但面对人类既有历史的创伤，展望人类未来的命运，很多诗人还是会不自觉地陷入迷惘与痛苦的沉思之中。国外诗人对苦难的担当和书写具有充分的自觉意识，比如俄罗斯白银时代的诗人，比如米沃什、策兰等经历了残酷战争的流亡诗人。国内诗坛对这些诗人的翻译，同样显示出中国当代诗人对人类共同命运的思考，对苦难的担当。

第一节　诗歌翻译对苦难的担当

　　自 20 世纪 90 年代以来，王家新先生在创作诗歌之余，开始翻译俄罗斯白银时代诸位诗人、德国与东欧的流亡诗人以及那些与苦难顽强抗争的众多诗人的作品，先后出版了《保罗·策兰诗文选》（河北教育出版社 2002 年版）、《带着来自塔露萨的书：王家新译诗集》（作家出版社 2014 年版）、《新年问候：茨维塔耶娃诗选》（花城出版社 2014 年版）、《死于黎明：洛尔迦诗选》（华东师范大学出版社 2016 年版）、《我的世纪，我的野兽：曼德尔施塔姆诗选》（花城出版社 2016 年版）、《没有英雄的叙事诗：阿赫玛托娃诗选》（花城出版社 2018 年版）等译诗集，以及研究和解读外国诗人的专著《在一颗名叫哈姆莱特的星下》（中国人民大学出版社 2012 年版）、《在你的晚脸前》（商务印书馆 2013 年版）、《黄昏或黎明的诗人》（花城出版社 2015 年版）、《教我灵魂歌唱的大师》（人民文学出版社 2018 年版）等，显示出对这些诗人强力的认同感。

王家新先生还专门出版了谈论诗歌翻译的专著《翻译的辨认》（东方出版中心 2017 年版）。纵观这些翻译诗歌集和谈论翻译的文章，我们会发现王家新先生在诗歌翻译领域逐渐积淀起了自身独特的思想，有些观点具有较高的启发性和创新价值，是对中国当代翻译诗学的有益补充。

一

文学翻译标准一直是学界争论不休却没有定解的话题，尤其是对诗歌翻译而言更是莫衷一是。作为当代中国著名诗人和译者，王家新从自身创作和翻译实践出发，认为诗歌翻译应该遵循"诗性原则"，在语言、形式和情感上尊重原作，在译语环境中允许创造甚至改写现象的存在。

翻译研究随着文学批评方法和文艺观念的改变而不断更迭，以卡特福德、奈达等为代表的翻译语言学派随着翻译文化学派的兴起而逐渐式微，而勒菲弗尔和巴斯奈特的观点虽然极大地开拓了文学翻译的研究空间，但继之而起的以皮姆为代表的翻译社会学派更是在庞杂的"赞助人系统"之外，将社会操控和种族/民族差异纳入研究范畴，进一步体现出翻译研究的跨学科视野。从这个意义上讲，翻译绝非语言和意义的简单对应，在更深层次上它旁涉了原作者与译者、原语文化和译语文化的主体间性。如同拉康所说"主体是由其自身存在结构中的'他性'界定的"，[①] 译者主体性的建构同样离不开作为"他者"的原作者的参与，诗歌翻译正是相关二项对立模式之间协商和妥协的结果。王家新对外国诗歌的翻译以充分理解原作为前提，尽可能再现原作的精神风貌和诗人固有的气质，他在翻译西班牙诗人洛尔迦的《梦游人谣》时便充分展现了这种风格。在英语世界里，人们常把《梦游人谣》的第一句翻译为："Green oh how I love you green" "Green，how much I want you green" 或者 "Green how I want you green"。首度将之翻译进汉语诗坛的戴望舒译文是"绿啊，我多么爱你这绿"，虽已是传神之译，但王家新认为这与洛尔迦"重意愿""轻行为"的性格不符，因此将其翻译成"绿啊 我多么希望你绿"。王家新在谈到这句诗的翻译时，结合了洛尔迦的个性以及他所经历的特殊生活，认为这样翻译可以"强调诗人的祈愿本身，并以此与诗中血腥、苦难的现实形成一种更强烈的对照"。[②] 诚然，与"绿"的既成事实相比，诗人更希望压抑的现实生活中一切都呈现出祥和的"绿"意，王家新的翻译更加充分地道出了洛尔迦内心对平和世界的诉求，而非对已有现实的热爱。

诗歌翻译相较于叙事文体而言，具有自身特殊的话语方式和表达艺术，因而既需以原作为基础，但又不能完全拘泥于原作。王家新认为译者应该在忠实性和创造性的张力间找到翻译的最佳平衡点，

---

① ［法］拉康：《拉康选集》，褚孝泉译，生活·读书·新知三联书店 2001 年版，第449 页。

② 王家新：《绿啊 我多么希望你绿——洛尔迦的诗歌及其翻译》，王家新：《教我灵魂歌唱的大师》，人民文学出版社 2017 年版，第 328 页。

译作不能偏离原作太远，又不能被原作禁锢而失去再造译作生命力的可能性。他评价王佐良翻译奥登的《赫尔曼·麦尔维尔》这首诗时，觉得译者就是抓住了原作翻译的难度，从而给自己带来了广阔的创造空间，也给中国诗坛引入了艺术资源："奥登是极其难以翻译的。他的诗，讲究音韵形式，在诗思上艰深而又狡黠，语法和词语的歧义性往往让人不知所措，其讥诮而充满嘲讽的语气也难以把握。但对王佐良这样的译家来说，翻译的难度，也正是创造的机遇。我想他的目标不仅是要译出一些好诗来，还要尽可能给中国当代诗人们的写作带来新的艺术参照。"① 更进一步讲，优秀的诗歌翻译往往伴随着译者的主观创造性，王家新在谈卡明斯基对茨维塔耶娃的翻译时，发现前者从后者那里吸收了艺术营养才使自身的诗歌创作得以提升，并由此在翻译的过程中获得了回报后者的可能性。因此，当卡明斯基在译作中将"信件"译为"情书"，并添加了语气感叹词的时候，王家新不但没有质疑译者的能力，反而对此创造性叛逆给予了高度肯定：这样的翻译"不仅充满了非一般译者所能具备的创造性，也达到了一种'更高的忠实'"。② 正是这种创造性的翻译，让全球的读者重新领略到了"一个面貌一新、光彩熠熠的茨维塔耶娃"，也显示出卡明斯基非凡的创作能力和艺术天分。就通常的诗歌翻译而言，任何译本与原文都存在差异，但这种差异不一定就是对原文的背叛，反而可能会使译作在新的文化语境中被赋予更加旺盛的生命力。因此，王家新在翻译夏尔的时候，"译文中所做的变化和'改写'"是为了"强化原诗的某种东西，有些是从汉语诗的独特表

---

① 王家新：《奥登："我们必须去爱并且死"》，王家新：《教我灵魂歌唱的大师》，人民文学出版社 2017 年版，第 52 页。

② 王家新：《翻译作为回报》，《上海文化》2013 年第 11 期。

现效果来考虑的，或者说，是为了让夏尔能够在汉语中重新开口讲话"，而他作为一个译者"必须对此负责"。也即是说，所有的译者为了让原作在异质文化语境中获得广泛的接受和传播，就必须发挥创作的能力去改变原文的部分内容，创造性的改写应该成为译者必须承担的翻译责任，译者不必拘泥于原作并忠实地复制原作，他"必须以自身富有创造性的方式为诗和语言的刷新而工作"。① 译者的任务不是忠实地再现原文，而是对诗歌语言的创新和对译作诗性的追求。

王家新认为不能因为诗歌形式的整齐和语言的音乐性而限制了原文情感的迻译再现。在处理洛尔迦诗歌的音乐性效果时，王家新认为戴望舒一反常态地重新拥抱"韵律和整齐的字句"是其诗歌观念和翻译实践的退化，② 不仅因为这种做法本身有碍于诗歌情绪的抒发，更是因为洛尔迦本人并非以格律诗创作见长，倘若刻意追求押韵和句式的整饬，则会对原作浑然天成而跌宕起伏的情感表达带来人为的中断，对原作而言是一种更大的伤害。因此，王家新先生要求自己"和翻译对象建立一种精神、语言和音调上的'亲密性'，同时又能以汉语译文自身的节奏、句法和韵律（即使不是押韵）"，从而让读者"听出那原初的生命，听出诗的在场"。③ 译者唯有如此，方能将原诗的"真精神"传达出来，还原诗人的自由精神和抒情

---

① 王家新：《夏尔：语言激流对我们的冲刷》，王家新：《教我灵魂歌唱的大师》，人民文学出版社 2017 年版，第 298—299 页。

② 戴望舒曾在《诗论零札（一）》中说道："诗不能借重音乐，它应该去了音乐的成分。……韵和整齐的字句会妨碍诗情，或使诗情成为畸形的。"（《流浪人的夜歌：戴望舒作品集》，中国华侨出版社 2012 年版，第 232—233 页）但他在翻译洛尔迦的诗歌时，却关注其音乐性和押韵效果，因此王家新认为这是一种矛盾的行为，他对这种翻译方式持保留态度。

③ 王家新：《绿啊　我多么希望你绿——洛尔迦的诗歌及其翻译》，王家新：《教我灵魂歌唱的大师》，人民文学出版社 2017 年版，第 328—329 页。

的流畅性。王先生在这里其实涉及诗歌评判的本质性问题，那就是形式和内容孰轻孰重？他的核心观点也许并不是要反对"因文害意"的形式追求，而是在抒情视野的观照下尽量自由地书写情感，形式相对而言无足轻重，顶多对情思的表达起到锦上添花的作用。

译作富有质感的语言和与原作精神气质的吻合是王家新衡量优秀译文的标准。从王家新自己的翻译实践经验来看，他看重的是译诗与原诗的"神似"，而不是译诗对原文情感内容的完整再现，也不是在语言和形式上奉原诗为圭臬，也即是说要注重译文本身的"诗意和形象感"，① 译文也必须看起来是一首优美的汉语诗篇。这种观念也影响到了王家新对翻译诗歌的评价，他曾对穆旦翻译奥登的《悼念叶芝》给予了高度评价，理由无外乎以下三点。一是穆旦的译文语言富有质感和现代感受力，表达"确切无误，而又有如神助，一直深入到悲痛言辞的中心"；二是穆旦的译文具有高度的创造性，将"An afternoon of nurses and rumours"翻译成"走动着护士和传言的下午"，增加的"走动"二字"顿时赋予了诗句以活生生的姿态，也一下子传达了那种关切的、大事发生的氛围"，这样的译文是在"为原作增辉"；三是穆旦在译作中融入了自我的生命体验，对一个时代的诗歌精神具有建构之功，更能够激发读者的同情和共鸣：《悼念叶芝》之所以是一首优秀的译作，"还在于它出自一个诗人对自身命运的深刻辨认。正是在苦难的命运中，他把这首诗的翻译，作为了一种对诗歌精神的发掘和塑造"②。与原文精神气质的吻合其实有

---

① 王家新：《奥登："我们必须去爱并且死"》，王家新：《教我灵魂歌唱的大师》，人民文学出版社 2017 年版，第 44 页。

② 同上书，第 44—45 页。

两个层面的内涵：首先是译文在内容上与原文保持高度一致，译者具有"传神"的翻译能力和语言表现力；其次是译者自身的精神世界和情感经历与原文暗合，原作就像是译者意欲创作出来表达自我情感的作品。在王家新看来，后者无疑更能成就译文的质量，因为只有当译者怀着与原作者相似的情感去翻译外国诗歌时，才更能激发他的艺术表现力和创造性，从而将译文塑造成"文质彬彬"的佳作。所以，他称赞穆旦对奥登《美术馆》的翻译，原因是"这同样是一首把他自己'放进去'的译作"。[①] 穆旦在译作中对现实的反讽，以及试图对自身痛苦命运的超越等，无不是原作与他本人精神世界的契合。

王家新一直主张诗歌翻译要有创造性，要让译语国读者感觉到译文的诗意，加上他特别在意翻译语言的诗性特征，因此对诗歌翻译过程中有意识的误译行为表示支持和肯定。这种诗歌翻译观念最典型地体现在王家新谈论策兰对莎士比亚十四行诗的翻译上，他对策兰的"误译"和"改写"非但没有加以诟病，反而是竭力维护其"合理性"。策兰式的"重写"体现在他对艾米丽·狄金森的翻译中，而在翻译莎士比亚十四行诗的过程中，这种"重写"策略变得更加"刺目"，但王家新却认为正是莎士比亚的经典地位给策兰提供了"重写的空间和可能性"。他列举了具体的诗作加以说明，特别指出策兰哪怕是冒着"篡改的风险"也要让自己的译文"更有强度"，并据此发现了重写型的翻译带来的积极意义："正是通过这样的重写，策兰的译作带来了一个重要的转变，即把原诗中诗人与'你'的关系，变成了译者与原作、诗人与诗歌本身关系的

---

① 王家新：《奥登："我们必须去爱并且死"》，王家新：《教我灵魂歌唱的大师》，人民文学出版社 2017 年版，第 46 页。

一个转喻。如果说莎士比亚是在赞颂他的爱人，策兰则是在对语言本身讲话。"① 这种与语言本身对话的翻译特质使策兰的翻译赢得了王家新的青睐，并从创作的角度契合了他自身的"晚期风格"。我们由此不难理解王家新为何对策兰的"误译"如此"袒护"，这当然与他对策兰的主观偏爱有关，但也符合他一贯的诗歌翻译原则，即诗歌翻译要有创造性，译作本身要有诗意。

从译文的角度出发，翻译中的诗性原则是王家新诗歌翻译思想的重要内容，它打破了文学翻译固守的"标准"和"原则"，也消解了诗歌翻译过程中形式与内容的二项对立，在充分重视原文、原作者、原文化的基础上，确立了更为宽松且严苛的翻译路径，从而使译作更具诗性特质。

二

"译诗难"和"诗歌是否可译"是中国海禁解除以后，诗歌翻译在中外文学交流过程中得以中兴的背景下，很多译者或评论者发出的呼声。但一个多世纪以来，诗歌翻译仍在继续，译者仍在不断地发出喟叹，而从翻译理论的角度对这些问题加以讨论的成果却不多见，有创新性和阐释度的观点更是少见。王家新抱着深入透彻地理解原文并与之达成"一种诗的精确"的忠实性初衷，再依据汉语的诗性表达方式去置换或变动原文的某些细节，从而将翻译对象以读者乐于接受的方式引入中国诗坛，借助传播的广度和接受的深度来激活译作的生命力。因此，王家新从译者的角度出发，对诗歌可译性问题的重新思考就具有重要的历史意义。

---

① 王家新：《在你的晚脸前》，商务印书馆 2013 年版，第 308 页。

　　译者只有与原作者心灵相通，才具备用母语翻译外国文学的前提条件，也才能使译作像原作者用翻译语言重新创作的诗篇，从而达到译文与原文除语言差异之外皆"等质"的高度。对外国诗人作品的热爱，以及意图把优秀的诗篇奉献给国内读者，是王家新走上诗歌翻译道路的直接原因。如同本雅明在《译者的任务》中所说，一部作品是否能够被翻译，完全取决于原作的可译性与理想译者的翻译能力，[①] 故就更深层次的心理动因而言，王家新之所以会翻译外国诗歌，其实就是原作的魅力诱惑及他本人的诗歌表达能力。何为一首诗歌的理想译者？无非是与原诗人及作品心灵相通的异国读者，同时兼具翻译和创作的能力。唯有如此，我们方能理解王家新对俄罗斯白银时代诸位诗人的偏爱，因此他在谈为什么会翻译茨维塔耶娃的时候这样写道："我并非一个职业翻译家，我只是试着去读她，与她对话，如果说有时我冒胆在汉语中'替她写诗'，也是为了表达我的忠实和爱。我不敢说我得到了'冥冥中的授权'，但我仍这样做了，因为这是一种爱的燃烧。"[②] 如果翻译能达到与原创作如出一辙的境地，译者的翻译就像是原作者在操纵翻译语言进行创作一样，那这样的翻译必将再造一首伟大的诗篇，为原作在异域赢得强大的"来世生命"。由此而论，王家新对茨维塔耶娃、曼德尔斯塔姆、阿赫玛托娃、帕斯捷尔纳克等人诗歌的翻译无疑是成功的，这些译作如同原诗人在冥冥中"授权"给他用汉语替他们在写作，是那些伟大的诗人和诗篇在遥远的东方国度的重生或再造。正是基于这样的翻译观念，他对张曙光翻译米沃什的《献辞》一诗大加赞赏，认为

---

　　① Walter Benjamin, *The Task of the Translator*, *Illuminations*, Edited and with an introduction by Hannah Arendt, New York, Schocken Books, 1988, p. 3.

　　② 王家新：《她那"黄金般无与伦比的天赋"》，王家新：《教我灵魂歌唱的大师》，人民文学出版社 2017 年版，第 106 页。

"张曙光的翻译十分到位。他之所以对米沃什的这首诗心领神会，是因为他和许多中国诗人一样，也在那个年代经历了这样的自我诘难和诗学转变"①。王家新为何会称赞张曙光的翻译，或者说张曙光的翻译具备了哪些可供谈论的特质？很显然，译者与原作者相似的经历以及由此带来的相似的情感表达诉求，在王家新看来是一个译者必须具备的素质，也是诗歌翻译得以展开的必要经验，只有这样的译者才能翻译出优秀的诗篇。

诗歌是一种特殊的文体，其翻译方式与其他文类相比殊异；诗歌翻译过程中所谓的"忠实"也别有深意，除了前面论及的译文与原文精神气质的融合之外，更是译者与原作者之间心灵的息息相通。王家新在谈穆旦对普希金诗歌翻译时，认为这是一种"大胆"而"忠实"的翻译行为："'忠实'并不等同于字面上的'直译'或语言形式上的对应，它首先建立在对原诗精神实质的深刻理解上，建立在对诗人'心灵的活动'的进入和体验上。为了达到这种'忠实'，译者有时还必须打破原诗的语言形式结构或是对原文的某些部分进行'改写'，亦即通过所谓的'背叛'来达到忠实。"② 在王家新眼里，诗歌翻译的忠实本质上是一种精神和意蕴的忠实，而非语言形式上的忠实，为了达到"质"的忠实反而可以牺牲"文"的忠实乃至改写和背叛。比如在论述袁可嘉翻译叶芝的《当你老了》这首诗时，有人认为袁译与原文存在明显的偏差，但据此认定袁可嘉的翻译没有价值和意义是荒谬的，因为中国读者愿意相信叶芝的原诗就是袁可嘉翻译的那个样子，"正是这种有意的强调和楔入原作诗

① 王家新：《"诗的见证"与"神秘学入门"》，王家新：《教我灵魂歌唱的大师》，人民文学出版社 2017 年版，第 205 页。
② 王家新：《穆旦：翻译作为幸存》，王家新：《翻译的辨认》，东方出版社 2017 年版，第 78 页。

歌精神的改写"，使"一首本来笼罩着忧伤调子的诗，被推向了一个更崇高也更感人的生命境界"。① 而正是这种不"忠实"的翻译，赋予了译作更强的生命力和更浓厚的艺术气息，反倒使译诗在精神气质上更忠实于原作。

在言及对德国犹太诗人策兰的翻译时，王家新对我们这个时代和生活的悲悯情怀无意间被唤醒。除认识到策兰的语言根性之外，更与他对策兰之思想和情感的认同不可分割。策兰从第二次世界大战中领略了人类的血腥和冷酷，他目睹了母亲和弟弟在法西斯集中营奥斯维辛被折磨致死的惊悚场面，后侥幸存活下来并出走法国，但那些苦难的民族及家族记忆却一直和他厮守在一起，演绎成他内心无法平复的感伤情调。但即便如此，策兰在诗歌中拒绝书写犹太民族遭遇的大屠杀和整个人类的劫难，"他没有以对苦难的渲染来吸引人们的同情，而是以对个人内在声音的深入挖掘，以对语言内核的抵达，开始了更艰巨，也更不容易被人理解的艺术历程"②。这样的诗人对中国读者而言，无疑会引发巨大的共鸣与同情，像王家新及其前辈所经历的各种生活磨难，无形中与策兰的心路历程具备了诸多相似之处，所以他这样谈论自己翻译策兰的理由："我翻译策兰，这首先就包含了一种经历、身份、心灵上的认同。也正因为如此，策兰的那些'死亡赋格'，也会照亮我们自己所盲目忍受的生活，并一再地撕开我们自身的创伤。"③ 需要说明的是，王家新对策兰的翻译应该是基于两个方面的原因，除心灵上的惺惺相惜之外，也与策兰"不容易被人理解"的艺术探索历程有关，后者对语言陌

---

① 王家新：《诗人、批评者、译者》，《翻译的辨认》，东方出版社 2017 年版，第 152—153 页。

② 王家新：《在你的晚脸前》，商务印书馆 2013 年版，第 260 页。

③ 同上。

生化的追求引起了前者的兴趣。从鲁迅、韦努蒂等人的异化翻译观出发，王家新看到了翻译之于民族语言改进的巨大功用，因此他一直十分珍视翻译的语言问题，在其撰写的文章中多次谈到翻译语言的异化及其影响。王家新对诗歌翻译过程中的语言探讨不局限于译文语言，原文语言的特殊性同样会激起他的兴趣。比如在论述策兰诗歌的翻译时，他注意到诗人作品的语言对原语读者而言"也是一种外语"的独特现象，并对美国译者乔瑞斯的话深表认同："策兰的德语是一种诡异的、几乎幽灵般的语言；它既是母语，牢牢地抛锚于一个死者的国度，又是一种诗人必须激活，必须重新创造，重新发明，以带回到生命中的语言。"①

译者与原诗人的心灵相通是诗歌翻译得以展开的基础，而一旦译者进入了与原作者心灵相通的境界之后，其翻译就无异于原作者操翻译语言在进行诗歌创作。在王家新看来，翻译诗歌虽然有别于诗人本身的创作，但却是中国新诗的有机构成部分，没有翻译诗歌的中国诗坛不可能孕育出繁花满园的春景。他在评价卞之琳20世纪40年代对奥登诗歌的翻译时说，尽管卞译"在今天看来还有些问题，但这并不影响它在那个时代的重要性。可以说，同冯至、穆旦等人在那时的诗一样，它们构成了40年代中国诗歌最精华的一部分"。② 抗战时期的诗歌创作因为特殊的语境而具有不同寻常的情感特质，与此相应，20世纪70年代的语境也对诗歌创作的方向和形式产生了某种"规定性"影响，而恰恰是穆旦等人的诗歌翻译承续了新诗"现代性"艺术的探索历史，显示出比其时的创作更为重要的

---

① ［美］乔瑞斯：《〈换气〉译者导言》，引自王家新《在你的晚脸前》，商务印书馆2013年版，第7页。

② 王家新：《对奥登的翻译与中国现代诗歌》，《翻译的辨认》，东方出版社2017年版，第31页。

作用。王家新说："穆旦的翻译本身就构成了中国现代诗歌最好的一部分。他那献身性的翻译，不仅使译诗本身成为一种艺术，他的那些优秀译作还和他曾写下的诗篇一起，共同构成了'我们语言的光荣'。"① 王家新再次将翻译诗歌视为中国新诗的构成部分，这绝非偶然的言论，而是他对翻译诗歌的定位和认同，背后隐藏着更为深刻的历史与现实原因。王家新认为现代性"是中国现代文学和诗歌的最主要命题"，② 在特殊的时代语境中，反而是翻译一直在坚持不懈地代替创作探索追求着中国文学自身的现代性。翻译诗歌不仅是中国新诗的有机构成部分，而且延续了中国新诗"现代性"的艺术探索之路，让很多诗人在特殊的语境中"幸存"下来，其精神和艺术造诣不致被现实扼杀。也即是说，诗歌翻译行为在某种意义上就是诗歌创作行为，穆旦与苏联诗人阿赫玛托娃、帕斯捷尔纳克等人一样，在创作受到限制的情况下便转向了翻译，这虽是不得已而为之的选择，但对穆旦而言，"从事翻译甚至有了'幸存'的意义——为了精神的存活，为了呼吸，为了寄托他对诗歌的爱，为了获得他作为一个诗人的曲折的自我实现"。③ 比如穆旦对普希金《寄西伯利亚》的翻译，就是以"在西伯利亚的矿坑深处"来隐喻自己的现实生活处境，通过译诗来代为表达创作之情。因此，"在那个很难有真正的诗的存在的年代，穆旦幸好没有继续写诗！他的才华没有遭到可悲的扭曲和荒废，而是以'翻译的名义'继续侍奉于他所认同的语言与精神价值，并给我们留下了如此宝贵的遗产"④。从这个意义上讲，翻译诗歌一方面表达了穆旦个人的情感和精神，满足了他对诗歌创作所

① 王家新：《穆旦：翻译作为幸存》，《翻译的辨认》，东方出版社 2017 年版，第 73 页。
② 王家新：《诗人、批评者、译者》，《翻译的辨认》，东方出版社 2017 年版，第 157 页。
③ 王家新：《穆旦：翻译作为幸存》，《翻译的辨认》，东方出版社 2017 年版，第 70 页。
④ 同上书，第 73 页。

寄予的全部诉求，同时也让他的创作艺术和价值追求在译诗中得到了最好的演绎与提升，对他个人和整个中国新诗发展而言，都是一件值得庆幸的事情。

出于诗歌表现艺术的特殊性，王家新十分赞同诗人译诗，认为这种现象业已成为中国现当代诗歌的传统，而且诗人的翻译行为也是中国诗歌历史的重要构成，是最有价值的部分："诗人译诗不仅深刻参与和推动了中国现代诗歌的求索和发展，其优秀、富有创造性的译作也构成了新诗历史中最有价值的一部分，成为留给我们的重要资源和遗产。"[1] 此外，王家新在评价中国台湾诗人杨牧对叶芝的翻译时，引用其他学者的话评价："杨牧的翻译就是他的创作。的确，在忠实的前提下，很多时候他都是在汉语中替叶芝写诗。"[2] 这些言论无不表明王家新对诗歌翻译和创作同质关系的深刻理解，翻译在无形中肩负起了比创作更为艰巨的任务，可被视为一种不折不扣的创作行为。

诗歌翻译的目的当然是将外国艺术和精神的精华传递给国内读者，实现跨文化和语际交流之目的；但从译者自身的角度来讲，诗歌翻译的作用是深刻理解和进入一个诗人内心世界的最好途径。在翻译以色列诗人阿米亥的时候，王家新这样写道："我不是阿米亥诗歌的主要译者。这样的翻译尝试只是我进入一位杰出诗人的途径。同时，我也由此更多地了解了休斯与阿米亥是如何合作的，这不仅让我感到了一种诗的友情，更重要的，是有助于我们体察诗是如何在翻译中诞生的。"[3] 又比如王家新在翻译茨维塔耶娃的诗歌时，认

---

[1] 王家新：《诗人译诗：一种现代传统》，《翻译的辨认》，东方出版社 2017 年版，第 120 页。

[2] 王家新：《"我们怎能自舞辨识舞者？"》，《翻译的辨认》，东方出版社 2017 年版，第 160 页。

[3] 王家新：《翻译的授权：对阿米亥诗歌的翻译》，《翻译的辨认》，东方出版社 2017 年版，第 282 页。

为自己是在用汉语代替她在写作，他由此获得了对其诗歌翻译的授权，并坦诚地说："我不是职业翻译家，但却'习惯了翻译'，因为只有通过翻译才能使我真正抵达一个诗人的'在场'。"① 正是通过翻译实践，王家新对叶芝、策兰、米沃什、曼德尔斯塔姆、茨维塔耶娃、阿赫玛托娃、洛尔迦等人的诗歌有了本质性的认识，并与这些诗人建立了血肉相连的情感默契，进而促进并完善了自我的诗歌创作和精神历练。

翻译与创作相比，其目的性更强，要么是出于外在的"赞助人系统"的利益考量，要么是出于译者自身主观抒情的需要。相应地，翻译选材便具有一定的针对性和原则性，绝非译者率性而为的结果。王家新先生的翻译带有极强的"互文性"，他所翻译的外国诗人总是在交互"翻译"与"影响"之间构成富有张力的关系网络。首先，王家新与被译的诗人之间有共同的"偶像"，比如对流亡美国的犹太诗人卡明斯基的翻译，就是源于后者阅读并翻译了二人高度认同的白银时代的诗人茨维塔耶娃、曼德尔斯塔姆、阿赫玛托娃等，这是建立在诗学观念认同基础上的关联；其次，王家新与被译的诗人之间有共同的"纽带"，比如对勒内·夏尔的翻译，就是源于策兰的纽带作用，前者翻译了策兰，而策兰又翻译了夏尔，所以他通过策兰的中介作用又开始翻译夏尔，这是认识和研究翻译对象的一种努力：翻译作为策兰的一种写作资源，王家新只有翻译了夏尔，才能更深刻地认识策兰。同时，王家新翻译的诗人大多具有苦难担当意识，这种所谓的"苦难"并非个体生命在逆境中的不幸遭遇，而是对人类共同命运的深刻思考，对人性无可避免的悲剧的叹息。比如对俄

---

① 王家新：《翻译的辨认——曼德尔斯塔姆诗歌及其翻译》，《翻译的辨认》，东方出版社 2017 年版，第 248 页。

罗斯白银时代众诗人的翻译、对"奥斯维辛"诗人策兰的翻译、对两次世界大战亲历者米沃什的翻译、对西班牙"1927 年一代"诗人洛尔迦的翻译等，这些原作者无疑具有非常鲜明的辨识度，那就是富于抗争的精神以及对人类命运的普适性关注。

王家新在 21 世纪重新提出"诗人译诗"的话题，除自身的翻译实践是对这一传统的承续之外，从翻译理论的角度来看，此话题包含着他对诗歌可译性的深刻认识。王家新认为只有当译者是诗人的时候，他才可能在语言修炼和情感体验上与原作者产生高度的一致，进而使译诗成为译者用母语替原作者重新书写的诗篇，既保证了译诗与原诗精神气质的吻合，又保证了译诗充满诗意。

三

王家新对诗歌翻译活动的认识是建立在宏大的中外文学交流的基础上，从促进民族语言发展的角度出发，他对鲁迅以来的中国翻译史上的"异化翻译"持肯定态度，认为翻译是民族语言发展的重要资源。

作为译者，王家新从不避讳谈论外国诗歌对中国新诗语言和精神情感的启示，但他心目中的中外诗歌关系具有双向度的影响路径，并非只是外国诗歌作用于中国新诗，在更宏大的"世界文学"视野下，"任何一个国家的诗歌都不可能只在自身单一、封闭的语言文化体系内发展，它需要在'求异'中拓展、激活、变革和刷新自身"①。王家新以 20 世纪初叶的中美诗歌为例来阐发中外诗歌的交互影响，当庞德、罗威尔等人将诗歌艺术的创新寄予移译中国或日本诗歌及

---

① 王家新：《翻译与中国新诗的语言问题》，王家新：《翻译的辨认》，东方出版中心 2017 年版，第 4 页。

书画艺术时，中国诗人却将目光转向了西方诗歌及流行的文艺思潮。这种认识不仅具有翻译和学术上的观念性价值，从后殖民语境出发，此种翻译观具有划时代的意义，它打破了自近代以来中外文学交流过程中的不平等关系，将中国诗歌和外国诗歌放置在天平的两端，并吸收了以韦勒克为代表的比较文学美国学派之"世界文学"观念，从而站在本民族文学的立场上来看待中外诗歌之间的交流与影响。

在平等交流的基础上，译者肩负着创新民族语的重任："对于中国新诗史上一些优秀的诗人译者，从事翻译并不仅仅是为了译出几首好诗，在根本上，乃是为了语言的拓展、变革和新生。深入考察他们的翻译实践，我们会发现他们在某种程度上正是那种本雅明意义上的译者：一方面，他们'密切注视着原作语言的成熟过程'；另一方面，又在切身经历着'自身语言降生的阵痛'。正是这样的翻译，他们为中国新诗不断带来了灼热的语言新质。"① 从译者的翻译目的在于创造原作的"来世生命"到民族语言的新生，王家新一直认为译者的任务不只是忠实地再现原作艺术和精神，在更高层次上，它具有再造或超越原诗的任务，以及刷新民族语固有的陈旧表达等使命。这种翻译观念在一定意义上是对鲁迅翻译观念的延展，后者认为采用"信而不顺"的语言翻译的作品，才能够改变中国语言固有的不足，因为正是这些并非"绝对的正确和绝对的中国白话文"的翻译文本"不但在输入新的内容，也在输入新的表现法。中国的文或话，法子实在太不精密了，作文的秘诀，是在避去熟字，删掉虚字，就是好文章，讲话的时候，也时时要词不达意，这就是话不

---

①　王家新：《翻译与中国新诗的语言问题》，王家新：《翻译的辨认》，东方出版中心2017年版，第8—9页。

够用，所以教员讲书，也必须借助于粉笔。这语法的不精密，就在证明思路的不精密，换一句话，就是脑筋有些糊涂"。① 鲁迅对中国旧语言文字在表达上的弊端的指认，使人想起了胡适、傅斯年等人相似的观点，② 因此，鲁迅认为"宁信而不顺"的翻译可以医治中国语言的疾病，他说："要医这样的病，我以为只好陆续吃一点苦，装进异样的句法去，古的，外省外府的，外国的，后来便可以据为己有。"③

王家新类似的观点在一篇名为《"翻译体"问题》的文章中得到了进一步的阐发，尽管人们对"翻译体"诟病不断，但他却坚持认为这是一种有价值的存在方式，并以鲁迅创作中的翻译体来辨析其对本土语言文化的改造之功。与此同时，王家新认为诗歌的"翻译体"是在特殊时代保持语言诗性的最佳方式，他以 20 世纪 70 年代穆旦对艾略特《荒原》的翻译为例，认为异化翻译所带来的翻译体"不仅精确地再现了一种现代诗的质地、难度和异质性，而且给中国新诗带来了真正能够提升其语言品质的东西"④。王家新先生进一步指出，中国诗坛正是有了此种"翻译体"的存在，才使新时期以来的数代诗人"重新获得自己的声音和语言"，"才形成了我们今

---

① 鲁迅：《关于翻译的通信》，载罗新璋编《翻译论集》，商务印书馆 1984 年版，第 276 页。

② 傅斯年曾说："现在我们使用白话做文，第一件感觉苦痛的事情，就是我们的国语，异常质直，异常干枯。……我们不特觉得现在使用的白话异常干枯，并且觉得它异常的贫，——就是字太少了。"（《怎样做白话文》，载胡适选编《中国新文学大系·建设理论集》，上海良友图书印刷公司 1935 年版，第 223—224 页）他指出了白话的两大弱点：缺乏表现力，语言词汇有限。胡适认为"中国语言文字孤立几千年，不曾有和其他种高等语言文字相比较的机会"是导致中国语言文法和句法"贫弱"的根本原因，因此翻译可以增加中国语言和外国语言接触的机会，从而促进中国语言的发展。（《国语与国语文法》，载胡适选编《中国新文学大系·建设理论集》，上海良友图书印刷公司 1935 年版，第 230 页）

③ 鲁迅：《关于翻译的通信》，载罗新璋编《翻译论集》，商务印书馆 1984 年版，第 276 页。

④ 王家新：《"翻译体"问题》，《翻译的辨认》，东方出版社 2017 年版，第 61 页。

天的写作方式和说话方式"。① 因此，当有学者认为穆旦对奥登的翻译"与我们固有的写作和欣赏习惯相脱节"② 的时候，王家新毅然站在了相反的立场上，认为正是这种异化的翻译"才有力地起到了一种疏离当时的主流话语的历史性作用"，③ 体现出穆旦"现代性"追求的自觉意识；倘若没有外来因素的加入，中国新诗很难自造新质。王家新之所以会形成这样的翻译思想，除受到韦努蒂"异化翻译"和鲁迅"宁信勿顺"观念的影响外，也是基于他想通过翻译来建构民族语言的夙愿，即增强民族语言的表现力是译者的主要任务之一。

对"翻译体"及其建构中国语言之功用的看重，并不表明王家新完全不顾及中国诗歌和语言的固有传统和审美特质。如何增强现代汉语的诗性特征？除通过"翻译体"吸纳外来资源外，回头从中国诗歌及语言的内在肌理中采集花蜜同样也是必不可少的发展之途。因此，王家新在讨论旅美诗人兼学者叶维廉的翻译诗学时，首先关注到了其用中国诗的语言和句法来翻译甚至改造西方诗的做法，并对此表示肯定，认为这样的翻译语言体现出文言文和白话文之间、书面语与口语之间的张力关系，目的"就是要在白话文太'白'、太过于散文化、逻辑化的情形下，运用文言来重新整合它，以恢复语言的力量，达成一种更凝练、纯粹的语言表现"。④ 叶维廉如此译诗的结果，自然是从传统诗歌语言中挖掘出诗性要素，汇聚成中国现代新诗语言急需的雨露，进一步滋养民族诗歌和语言的表现力。又

---

① 王家新：《"翻译体"问题》，《翻译的辨认》，东方出版社 2017 年版，第 62 页。
② 江弱水：《伪奥登风与非中国性：重估穆旦》，《外国文学评论》2002 年第 3 期。
③ 王家新：《"翻译体"问题》，《翻译的辨认》，东方出版社 2017 年版，第 88 页。
④ 王家新：《从〈众数歌唱〉看叶维廉的翻译诗学》，《翻译的辨认》，东方出版社 2017 年版，第 134 页。

比如王家新在评价杨牧翻译的《叶芝诗选》时，专门谈到了他的翻译语言，认为后者在使用"保有传统的文化意蕴和语言质地"的汉语进行翻译时，还"有意以更为'古典'的语言来译，这就形成了杨牧版《叶芝诗选》典雅、玄奥、沉雄、绵密的语言风貌"，唯有选用了这样的语言，才使读者在"那些看似古奥、繁复的译文中"，"能真切感受到诗的脉搏的跳动"，同时又与原作"有着高度统一的文体风格和语感"。① 倘若杨牧没有采用古典化的语言去翻译叶芝的诗篇，那不仅会丧失原文的风格，译诗也不会具有如此浓厚的诗性色彩，杨牧的译文也不会自成风格并充满难度和创造性。从这些评价可以看出，王家新依然十分看重汉语自身的诗性特征，而非一味地追逐西方。

此外，王家新对那些在中外诗歌交流史上做出过巨大贡献的译者总是怀着谦卑的心态，对他们的译作加以充分的肯定。王家新不似布鲁姆在《影响的焦虑》中所谓的"后来者"诗人那样，试图通过一系列的"修正比"来打败前辈诗人，② 从而获得切入诗歌历史的机会；他的想法和做法更接近艾略特的观念，③ 认为自身的修为和成就总是离不开前人的"拓荒"或"发现"之功，他是在前辈译者辛勤耕耘的基础上对原作者及其作品之译介的拓展和完善。因此，在王家新看来，他并非仅凭一己之力就将曼德尔斯塔姆、阿赫玛托娃、帕斯捷尔纳克、米沃什、策兰以及洛尔迦等人的诗歌翻译推向了高峰，而是与众多不同时代的译者一道参与了当代诗歌翻译史的

---

① 王家新：《"我们怎能自舞辨识舞者？"》，《翻译的辨认》，东方出版社 2017 年版，第 160—161 页。

② ［美］哈罗德·布鲁姆：《影响的焦虑》，徐文博译，江苏教育出版社 2006 年版，第 31—80 页。

③ ［美］T. S. 艾略特：《传统与个人才能》，卞之琳译，朱立元、李钧主编：《二十世纪西方文论选》上卷，高等教育出版社 2002 年版，第 259—261 页。

建构。在翻译西班牙诗人洛尔迦的时候，他对中国第一位直接从西班牙语翻译诗人作品的戴望舒给予了高度肯定和评价，认为"戴望舒对洛尔迦的翻译，具有任何后来者都不可替代的'发现'的意义，他也影响到包括我自己的好几代人。因此我的翻译，不仅是对洛尔迦，也是对这位前辈的一次致敬"①。就是在翻译质量上，他也对戴望舒赞不绝口："戴先生对一些诗作的翻译，几近完美地再现了洛尔迦的神韵。这是对声音奥秘的进入，是用西班牙谣曲的神秘韵律来重新发明汉语。"② 其"重新发明汉语"的评价足以见出戴望舒的翻译在语言组织和运思方式上给中国读者带来的"陌生化"审美效果，也预示着译文必将给中国诗歌创作带来全新的启示，故而其成为"朦胧诗派"的重要艺术资源就不足为奇了。及至当代的西语译者陈实和赵振江等也是王家新称赞的对象，他从来不以自己的译作去否定别人的翻译，始终认为他的翻译是在前人的基础上展开的，目的是为读者提供新的参照性文本，以更好地阅读和接受外国诗歌。王家新从诗性立场出发对前辈学人的翻译给予合理的评价，他在谈叶芝诗歌在中国的接受情况时，高度肯定了穆旦对《一九一六年复活节》的翻译，认为"穆旦的译文，深刻传达出来自他个人生命和汉语世界的共鸣"；同时，他对《驶向拜占庭》的翻译也是迄今为止国内所有译本中最成功的，"其理解之深刻、功力之精湛，今天读来仍令人佩服"③。他在评价卞之琳对叶芝《长时间沉默之后》的翻译时，结合王佐良的观点，认为译文具有"一种生命脉搏的跳动"：

---

① 王家新：《绿啊 我多么希望你绿——洛尔迦的诗歌及其翻译》，王家新：《教我灵魂歌唱的大师》，人民文学出版社 2017 年版，第 325 页。

② 同上书，第 326 页。

③ 王家新：《叶芝："教我灵魂歌唱的大师"》，王家新：《教我灵魂歌唱的大师》，人民文学出版社 2017 年版，第 13—14 页。

"在卞之琳晚年的翻译中，不仅'字里行间还活跃着过去写《尺八》《断章》的敏锐诗才'（王佐良语），而且有一种雄姿勃发之感，成为对他过去偏于智性、雕琢的诗风的一种超越。"① 这无疑是对卞之琳诗歌翻译的高度认可，即他的译本避免了创作中常见的"雕琢"气，比他自己的诗歌作品更具活力。

也正是出于中外诗歌交流的目的，王家新对诗歌翻译中的"转译"也给予了充分的肯定。我们通常主张翻译最好直接取材于原语版本而拒绝转译，否则读者欣赏到的就会是与原文有很大差距的译文。清末时期，梁启超从日文版翻译了法国科幻作家儒勒·凡尔纳的《十五小豪杰》，而"小豪杰"的形象从法文到英文遭遇了第一次改写，从英文到日文遭遇了第二次改写，从日文到中文则遭遇了第三次改写。梁启超译文中的人物形象与凡尔纳相比发生了很大的变化，故而翻译界常用"豪杰译"来指代译文有较大改变的翻译，同时也是对转译行为的诟病。但凡事都有例外，首先，如果译者通过自身的艺术造诣使原文在译语国呈现出生机盎然的意趣，而另一国译者以此超越了原作的译本为蓝本进行翻译，转译的作品无疑会比以原作为蓝本的翻译更具文学性。因此，倘若以译文的文学性而不以是否忠实于原作为衡量标准，那转译未必就是蹩脚的翻译。其次，如果某种译文是对原文忠实的翻译，那第三国译者以此译本为准进行的翻译也并不妨碍原作意义的表达，这样的转译同样无碍于原作精神的传递。正因为如此，王家新并不否定转译，反而认为这是一种有价值的翻译，即便是直接凭借原文的翻译，也不妨以第三方语言的译本为参照，有助于进一步完善译文的质量。在谈到对茨

---

① 王家新：《叶芝："教我灵魂歌唱的大师"》，王家新：《教我灵魂歌唱的大师》，人民文学出版社 2017 年版，第 17 页。

维塔耶娃、曼德尔斯塔姆、阿赫玛托娃、帕斯捷尔纳克等俄罗斯作家的翻译时，王家新曾给予转译这样的阐释："这样的诗人，完全可以通过英译来'转译'。即使直接从俄文译，也最好能参照一下英译。在英文世界有许多优秀的俄罗斯诗歌译者，他们不仅更'贴近'原文（他们本身往往就是诗人，或是俄语移民诗人），对原文有着较精确、透彻的理解，而且他们创造性的翻译、他们对原文独特的处理和在英文中的替代方案，都值得我们借鉴。"① 在王家新看来，通过转译的方式翻译俄国诗歌时，会因为其积聚了俄罗斯诗人和英语诗人的创作艺术而使译文更加动人。正是凭借这些英语世界的优秀译者或俄语译者的翻译文本，王家新翻译的阿赫玛托娃等诗人的作品与直接从俄语翻译过来的相比，诗性色彩显得更加浓厚。不过需要提及的是，王家新虽然赞同因语言阻隔而不得已的转译方式，但他在根本上还是对直接翻译原文更为看重。举例来讲，在谈对以色列诗人阿米亥的诗歌翻译时，王家新说小语种诗歌往往注定了具有转译的命运，并承认："诗歌，当然最好是直接从原文翻译（虽然这种'直译'就像我们所常看到的，并不一定具有天然的优势，甚至并不像人们想象的那样'可靠'），但是'转译'——从优秀的、可信赖的英译本中'转译'，也不失为一条途径。"② 简单而言，王家新认为诗歌翻译最重要的是所依据之蓝本的诗性特质，而不用刻意计较是否是原文。

从诗歌翻译的诗性原则到译者与原作者的精神契合，再到翻译与民族语言的创新，以及对前辈译者的尊重和转译新论等，王家新

① 王家新：《她那"黄金般无与伦比的天赋"》，王家新：《教我灵魂歌唱的大师》，人民文学出版社 2017 年版，第 80 页。

② 王家新：《翻译的授权：对阿米亥诗歌的翻译》，《翻译的辨认》，东方出版社 2017 年版，第 278 页。

对诗歌翻译提出了很多富有创见的看法，构成了自身较为完备的翻译诗学系统，对中国当代诗歌翻译实践及诗歌翻译批评而言，具有十分重要的理论价值和参考意义，值得我们认真学习和研究。

第二节　诗歌翻译对人类命运的见证

切斯瓦夫·米沃什（Czesław Miłosz）于 1911 年 6 月 30 日生于立陶宛，2004 年 8 月 14 日在波兰克拉科夫去世。他的一生经历了两次世界大战，经历了希特勒和斯大林两次极权统治，经历了法国和美国两次流亡生活，几乎见证了近一个世纪里国际风云的变幻和人世间的各种悲剧，是 20 世纪人类历史的见证人。1980 年，米沃什因获得诺贝尔文学奖而逐渐被世人所知，也正是从这时开始他进入了中国读者的视野。从米沃什初临中土的 1981 年算起，其诗至今在中国已有近四十年的译介历史。以纵向的时间来划分，米沃什诗歌在中国的翻译情况大体上可以分为四个阶段：20 世纪 80 年代为起步期；90 年代为停滞期；21 世纪头十年为回暖期；2011 年至今为中兴期。随着改革开放以来时代语境的变迁，中国读者对米沃什的认识也在不断的改变，诗人的形象也在不断地转化。米沃什最初被中国读者界定为"政治诗人"，人们主要翻译和挖掘他作品中的现实主义思想，注重他作为弱小民族诗人所具有的反抗精神，但随着翻译的深入开展，人们从米沃什的作品中读出了更为丰富的内容，认为他是一个不属于社会主义阵营和资本主义阵营的诗人，他自始至终都在追求自我内心的真实和写作的自由；尤其是进入 21 世纪之后，米沃什诗歌内涵的丰富性和思想的深刻性被中国读者所津津乐道，多元化的诗人形象逐渐浮出水面，中国读者最终还原了他真实的诗人形象。

一

20世纪80年代之前，中国读者对米沃什一无所知，伴随着诗人获得诺贝尔文学奖的消息传遍世界，其作品才开始进入中国。

80年代是米沃什的诗在中国译介的初始阶段，1982年8月，《读书》杂志刊登了《米沃什的〈故国〉》一文，由"去年诗人获得诺贝尔奖奖金"① 这句话可以推断出，该文实际上写于1981年，即米沃什获奖后的第二年，表明大陆文坛对海外文学热点的追踪速度也是相当迅捷的。1983年12月，沈阳春风文艺出版社推出了《世界抒情诗选》，选录米沃什的诗歌七首：王永年翻译的《诗的艺术？》和《云》，韩逸翻译的《使命》，艾迅翻译的《献词》和《偶然相逢》，林洪亮翻译的《黑人小姑娘演奏肖邦》以及陈敬容翻译的《窗》，这是大陆较早的米沃什诗歌译作。1986年8月，外国文学出版社出版的《外国诗》（五）收录了阿木翻译的米沃什诗歌八首；1987年7月，《外国诗》（六）选登了程步奎翻译的"波兰当代诗选"，其中有米沃什的长诗《冬日钟声》的选段，当时诗人的译名是切斯拉夫·米洛兹。② 专门从事翻译工作的林洪亮先生认为，中国对米沃什的大量翻译和阅读是从20世纪80年代后期开始："禁锢被打破，接触米沃什作品，阅读他的文字，感觉他的诗非常丰富，很难用一个形容词来形容。他就是非常复杂，非常丰富。1985年以后我

---

① 泾人：《米沃什的〈故国〉》，《读书》1982年第8期。

② 《波兰当代诗选》，程步奎译，《外国诗》（六），外国文学出版社1987年版，参见第47—50页。

们的工作量就大了，国内好多杂志比如《诗刊》还有地方的一些杂志都有刊登米沃什的诗歌。当时在中国诗歌界，阅读米沃什成了一股潮流。"① 在这股潮流的推动下，1989 年 2 月，漓江出版社推出"诺贝尔文学奖作家丛书"，其中有绿原翻译的英文诗集《拆散的笔记簿》，该译作是大陆出版的第一本米沃什诗集，也是 80 年代中国译介这位波兰诗人的代表性成果。这本写于二战前后的诗集是米沃什的自选集，由诗人和美国的波兰文专家一起将之翻译成英文后在美国出版。抒写了米氏不同寻常的生活体验：20 世纪 40 年代的巴黎生活、纳粹占领下的华沙灾难以及 80 年代美国伯克利的异国文化等，构成了米沃什内心无法卸载的沉重感情。因此，《拆散的笔记簿》表达了诗人对故国家园和同胞的思念，对民族压迫者和战争的愤慨，对异邦流亡生活的厌倦以及与他文化格格不入的心态，写出了一个幸存的 "流亡者的伤心的自白"，② 其深厚的民族情感由此得以彰显。

20 世纪 90 年代是米沃什诗歌翻译的停滞期，也是他作为散文家被译介的阶段。长期以来，米沃什不常被中国读者提起，关于他作品的翻译和介绍成果也不多见，但米沃什创作的丰富性成为 90 年代中国接受视域中的亮点，即人们开始认识到他不只是一位诗人，也是一位优秀的散文家和小说家。在整个 90 年代，米沃什作品的翻译只有为数不多的散文作品，几乎没有诗歌被翻译到中国，这不禁让人产生疑问：为什么人们会丢下米氏的诗歌转而去翻译他的散文呢？除与时代语境有关外，也与人们力图还原米氏创作文体的多元化有关。

事实上，90 年代中国对这位波兰诗人的翻译存在两个方面的不

---

① 夏榆：《离乡的米沃什》，《南方周末》2004 年 8 月 26 日。
② 绿原：《发自幸存者的责任感》，载 ［波兰］切斯瓦夫·米沃什《拆散的笔记簿》，绿原译，漓江出版社 1989 年版，第 4 页。

足：一是翻译不够深入，二是翻译文体单一。有编者曾说："不知何故，对他的译介总是不够深入，不够全面。大多数中国读者都以为米沃什仅仅是位优秀的诗人。根本不知道他还是位深刻的散文家。因此，我们觉得有必要译介一些他的散文作品。"① 1995 年 1 月，《世界文学》杂志介绍了米沃什的日记体散文集《猎人的一年》，这部带有自传性质的作品主要讲述诗人内心情感的变动。1996 年 9 月，袁洪庚先生翻译的米沃什散文作品《随笔六篇》发表在《世界文学》第 5 期上，成为首次集中翻译介绍米氏散文作品的案例。这六篇散文作品出自米沃什的随笔集《圣弗朗西斯哥的海湾幻境》（*Vision from San Fransisco Bay*），包括《我的意图》《此情可待成追忆》《片言只语论作为社会代表的女人》《迁徙》《我与他们》和《亨利·米勒》。1999 年 1 月，贵州人民出版社推出林贤治主编的流亡者文丛"散文卷"《我们的时代》，其中载有米沃什的散文《另一个欧洲的孩子》。中国大陆 90 年代对米沃什诗歌的翻译是空白的，目前能查到与他诗歌有关的仅是两篇鉴赏文章：一篇是 1994 年 1 月发表的对诗歌《当月亮》的鉴赏②；另一篇是 1997 年 11 月发表的对诗歌《窗》的鉴赏③；前者所引用的诗歌出自绿原的翻译，后者则出自陈敬容之手。

二

21 世纪头十年是米沃什译介的回暖期，人们开始重新关注米氏及其诗歌作品。

---

① 高兴：《编辑语》，《世界文学》1996 年第 5 期。
② 阿蒙：《读诗札记：米沃什的月亮》，《新青年》1994 年第 1 期。
③ 贲立人：《一首精妙的小诗——米沃什〈窗〉简析》，《阅读与写作》1997 年第 11 期。

　　首先来看发表在报刊上的译作：2002 年 9 月，《同学》杂志刊登了张振辉翻译的《牧歌》。2003 年 5 月，《诗刊》刊登了韩逸翻译的《天赋》。2005 年 1 月，《世界中学生文摘》刊登了《美好的一天》，译者不详；3 月，《扬子江诗刊》刊登了张曙光翻译的《共享》；5 月，《诗选刊》刊登了佚名翻译的《歌谣——致耶日·安杰耶夫斯基》；同月，《扬子江诗刊》刊登了张曙光翻译的《米沃什诗选》，包括《二十世纪中叶的肖像》《一个民族》《美丽的时光》《傍晚》和《住所》五首。2006 年 1 月，《诗刊》刊登了米沃什的《偶遇》，配有大解对该诗的解读和介绍文字；同月，《诗潮》杂志刊登了北塔翻译的《切斯瓦夫·米沃什诗选》，包括《献词》《住所》《为世纪末而作》和《1945 年》四首；9 月，《世界中学生文摘》刊登了薛菲翻译的《美好的一天》，并配有相应的鉴赏文字。2007 年 2 月，《中学生读写》（考试）杂志刊登了薛菲翻译的《美好的一天》，并配有简单的鉴赏文字；7 月，《诗选刊》刊登了李以亮翻译的《切斯拉夫·米沃什诗歌》，包括《与简妮交谈》《一小时》《得克萨斯》《在黑色的绝望里》《自白》《准备》《在某个年龄》七首；8 月，《文学界》（专辑版）刊登了张曙光翻译的《米沃什诗选》，包括《然而书》《铁匠铺》《亚当和夏娃》《林内乌斯》《在音乐中》《住所》《后继者》七首，译诗之后附有译者撰写的《翻译米沃什之后》的文章，该文与 2002 年出版的《切·米沃什诗选》的《译者前言》内容一致；10 月，《世界中学生文摘》发表了张振辉翻译的《牧歌》。2008 年 8 月，《文苑》（经典美文）发表了陈敬容翻译的《窗》。2009 年 6 月，《新青年》再次发表了陈敬容翻译的《窗》。2010 年 4 月，《中学生优秀作文》（高中版）刊登了《幸福》，译者不详；7 月，《诗潮》杂志刊登了李以亮翻译的《米沃什诗选》，包括《一小时》《忘

却》《非我所属》《自白》《在黑色的绝望里》《得克萨斯》六首；9
月，《中学生优秀作文》（初中版）刊登了《礼物》，译者不详。这
一时期米沃什翻译的最大成就是两部译诗集的出版：一是 2002 年 5
月，张曙光先生翻译的《切·米沃什诗选》作为“20 世纪世界诗歌
译丛”之一，在河北教育出版社出版，该诗集共计翻译一百一十九
首诗歌和五个组诗，其中组诗《世界》包含二十首诗歌，《不幸人的
歌》包含六首诗歌，《摘自波尔尼克城的编年史》包含五首诗歌，
《诗的六篇演讲辞》包含六首诗歌，《立陶宛，五十二年后》包含五
首诗歌，整个诗集共计一百六十一首诗歌。2005 年 1 月，人民日报
出版社出版了米沃什的诗选集《城市在它的辉煌中》，这是一本多人
翻译的合集。此外，2004 年 2 月，西川和北塔翻译的《米沃什辞
典》在生活·读书·新知三联书店出版，这虽然是本散文体的回忆
录，但却有助于我们更好地理解米沃什的诗歌作品。

　　21 世纪的第二个十年，米沃什在中国的翻译和接受超过了之前
的所有阶段，呈现出异常繁盛的景象。在前五年的时间里，几乎每
年都有一部米沃什的作品在中国翻译出版：2011 年 11 月，黄灿然翻
译的《诗的见证》在广西师范大学出版社出版，“这本诗论集的一
些观点，已散见于他一些散文和访谈，包括诺贝尔文学奖受奖演说。
但这一次他可以说是一方面总结一生的经验，另一方面总结二十世
纪诗歌的经验，正式地、集中地、浓缩地谈诗”①。该书是米沃什
1981 年至 1982 年在哈佛大学担任诗歌教授时所写的诗论文章，包括
“从我的欧洲开始”、“诗人与人类大家庭”、“生物学课”、“与古典
主义争吵”、“废墟与诗歌”以及“论希望”六个部分。2012 年 8

---

　　① 黄灿然：《译后记》，［波兰］切斯瓦夫·米沃什：《诗的见证》，黄灿然译，广西师范
大学出版社 2011 年版，第 173 页。

月，林贤治主编的《自由诗篇：从弥尔顿到米沃什》在花城出版社
出版，其中选入米沃什的《使命》、《可怜的诗人》、《哀歌》和《逃
亡》四首诗歌。2013 年 3 月，乌兰和易丽君合译的《被禁锢的头
脑》在广西师范大学出版社出版，此书是对东欧历史的深刻揭示，
尤其对作家和知识分子在极权制度下如何面对权利的诱惑作出了思
考，触及很多值得知识分子反思的问题。2014 年 2 月，西川和北塔
合译的《米沃什辞典：一部 20 世纪的回忆录》在广西师范大学出版
社再版，该书 2004 年曾在生活·读书·新知三联书店出版，此次出
版时书名加了说明性文字"一部 20 世纪的回忆录"。2015 年 5 月，
周伟驰翻译的《第二空间》在花城出版社出版，周先生在中译本前
言《米沃什晚期诗歌中的历史与形而上》中谈到这部诗集的主题内
容："米沃什在诗里写了些什么呢？这跟一个高龄诗人面临的迫切的
问题有关：他必然思考'生死'这个宗教核心问题，顺带牵出时间、
生活的意义、写作的意义，乃至神学问题。所以我们不要奇怪，诗
集大部分的诗都跟神学搅在一起，有一首就干脆以'关于神学的论
文'作题。"① 这部诗集由五个部分构成：第一部分包括二十八首短
诗，主要是对时间和生命的喟叹，第二部分《塞维利奴斯神父》是
对终极关怀和基督教问题的追问，第三部分《关于神学的论文》是
对神、原罪和进化论等问题的思考，第四部分《学徒》是对堂兄奥
斯卡·米沃什的刻画，第五部分《俄耳甫斯和欧律狄刻》是根据古
希腊神话改编的长诗。《第二空间》可以说是大陆出版的真正意义上
的第三本米沃什诗集，在米沃什译介的历程中具有十分重要的意义。

在这几部译作之外，国内报刊最近五年也发表了很多米沃什的

---

① 周伟驰：《米沃什晚期诗歌中的历史与形而上》，［波兰］切斯瓦夫·米沃什：《第二
空间》，周伟驰译，花城出版社 2015 年版，第 2 页。

诗歌作品。2011 年是米沃什诞辰一百周年，中国诗坛借此机会扩大了对他作品的翻译和传播。2011 年 8 月，《诗刊》推出"纪念米沃什诞辰一百周年"专栏，发表了易丽君翻译的《如此之少》，西川翻译的《礼物》，杜国清翻译的《世界末日颂》、《密特堡根》、《诞生》和《岁月》，绿原翻译的《第十三页》、《第三十一页》、《她》、《太阳》和《诅咒》。此外，这一年的 1 月，《读写天地》还发表了《礼物》，没有署译者的名字，但据查证为西川的译本。2012 年 1 月，《诗潮》杂志刊登了李以亮翻译的《切斯瓦拉夫·米沃什晚期诗选》，包括《蝰蛇》、《在某个年龄》、《准备》、《反对拉金之诗》、《处方》和《湮没》等六首；5 月，《视野》杂志刊登了绿原翻译的诗歌《世界》，这首译诗保留了当初绿原译诗集《拆散的笔记簿》中的原貌，即加了副标题"一首天真的诗"；6 月，《意林》杂志刊登了绿原翻译的《世界》。2013 年 3 月，伊沙、老 G 编译的《当你老了：世界名诗 100 首新译》在青海人民出版社出版，选入米沃什的《馈赠》一首。同年 3 月，《今日中学生》刊登了艾迅翻译的《偶然相逢》；5 月，《五台山》杂志刊登了诗歌《逃离》，虽没有注明译者，但据查证为张曙光的译本，不过和他所译《切·米沃什诗选》中的文本存在一定的差异；6 月，《少年文艺》（下半月刊）发表了西川翻译的《礼物》；8 月，《诗潮》杂志刊登了秀陶翻译的散文诗《波兰诗人切斯拉夫·米沃什作品》，包括《诗况》、《风景中》、《另有其人》、《过去》、《在非洲》、《入浴》、《来自何方》、《啊!》、《语言》和《倒转的望远镜》等十首，这是中国大陆期刊上第一次刊登米氏的散文诗作品；9 月，《文苑》（萌）发表了张曙光翻译的《那么少》。2014 年 10 月，《中文自修》杂志发表了陈黎翻译的《相逢》。2015 年 3 月，《今日中学生》第 8 期发表了沈睿翻译的《礼物》；4 月，《语文教学与研究》第 12 期发表了薛菲翻译的《美好的一天》；5 月，《文苑》（经典美文）第 5 期发表了《世界》，译者不详；同月，《北方人》（悦读）第 5 期发表了薛菲翻译的《美好的一天》；7 月，《诗选刊》第 7 期发表了林洪亮翻译的《战犯之歌》和《结束与开始》；10 月，《青春期健康》杂志第 20 期发表了散文《我们该如何看待声名》，译者信息不详；11 月，《散文诗》杂志第 11 期发表了阿木翻译的《存在》；12 月，《诗歌月刊》第 12 期发表了连晗生翻译的《米沃什诗十七首》，包括《揭示》《进入树》《意识》《黄昏，一只轻便马车》《化身》《哈努塞维奇先生》《个哈西德派的故事》《语言学》《一张照片》《但丁》《共有》《一个球体》《退休者》《彼此相对》《守护天使》《魏基》《雾中》《乌龟》等十八首，并非标题所说的"十七首"。2016 年 1 月，《课堂内外创新作文》（初中版）发表了诗歌《礼物》，译者不详。

三

中国读者对米沃什诗歌艺术的看法自始至终都保持着相同的态度，那就是他不是一位讲求技法的诗人，而是一位追求"真实"的思想者和历史见证人。

在米沃什初入中国诗坛的 80 年代，人们认为他是一位真诚的诗人，"他实在无意于精雕细刻，把诗当作一种纯粹的工艺品，而是用一切办法说出他所要说的'真实'来。他反复申说，他在追求本来意义上的真实的过程中，不可能依靠超然物外的冥想，而是离不开他几乎加以神圣化的'记忆母亲'"。① 这就是为什么我们在阅读米

---

① 绿原：《发自幸存者的责任感》，［波兰］切斯瓦夫·米沃什：《拆散的笔记簿》，绿原译，漓江出版社 1989 年版，第 4 页。

沃什作品时，会发现很多富于变化的形式，在通常的诗歌分行体之外，还有不分行的诗歌乃至散文作品掺杂其中。21世纪初年，中国读者对米沃什诗歌艺术的认识仍然如此，比如2002年张曙光先生在《切·米沃什诗选》的"译者前言"中说："米沃什的语言质朴、精确，他并不刻意雕饰，或过分玩弄技巧，他追求的是真实和深度。他始终是一位严肃的诗人和思想者。"①

通过以上列举可以看出，米沃什的同一首诗歌往往出现了多个译本，且同一首译作出现了多个刊物登载的现象，这当然可以说明中国米氏诗歌翻译的盛况，但同时也出现了引人深思的问题，比如米沃什诗歌的译作多次以美文的"身份"选入各种诗歌刊物和中学生读物，这一方面表明中国读者褪除了诗人身上的政治色彩，将其还原为一个关心身边景致的诗人形象；另一方面表明诗人的深刻性以及对世界和人类的悲悯情怀还需要中国读者去深入挖掘。此外，也存在诗歌篇名翻译不统一的情况，当然这种情况会随着经典译文或权威译本的出现而逐渐得到改善。另外，从译介的数量上讲，中国对米沃什诗歌的翻译还远远不够。仅就诗歌而言，米沃什一生用波兰语出版了二十三部诗集：《凝冻时代的诗篇》（1933年）、《三个冬天》（1936年）、《诗》和《计算》（1940年）、《平原》（1941年）、《生还》（或译为《拯救》）（1945年）、《白昼之光》（1953年）、《生活在蝎子中的人》（1961年）、《波别尔国王和其他的诗》（1962年）、《波波变形记》（1965年）、《无名的城市》（1969年）、《日出日落之处》（1974年）、《珍珠颂》（1982年）、《无法抵达的土地》（1984年）、《从我的街道开始》（1985年）、《形上学的休止符》

---

① 张曙光：《译者前言》，[波兰]切斯瓦夫·米沃什：《切·米沃什诗选》，张曙光译，河北教育出版社2002年版，第4页。

（1989 年）、《河畔》（1994 年）、《路边的小狗》和《岛上的生活》（1997 年）、《它》（2000 年）、《第二空间》《俄尔甫斯与欧律迪克》和《伟大的诱惑》（2002 年）、《最后的诗》（2006 年）。此外，用英文出版的诗集有十部：《诗选》（1973 年）、《冬日钟声》（1978 年）、《旧金山海湾幻境》（1983 年）、《拆散的笔记簿》（1984 年）、《无法抵达的土地》（1986 年）、《诗选，1931—1987》（1988 年）、《省份》（或译为《故里》）（1991 年）、《此》（2000 年）、《新旧诗合集（1931—2001）》（2002 年）、《第二空间：新诗集》（2004 年）。① 国内目前真正意义上的米沃什诗集翻译仅三部，其中一部还是译诗选集，因此根本无法呈现米氏诗歌的全貌。

面对米沃什如此丰富的诗歌创作成就，国内对其译介的数量和进度还远远不能满足读者的需求，也无法凸显米氏诗人形象的丰富性，希望有更多的译者关注并翻译米沃什，为中国读者了解这位波兰诗人的深刻性提供更多的诗歌文本。米沃什在中国的译介历史虽然只有短短的不到 4 年，但中国读者对他的接受和形象塑造却经历了较大的变迁，其在中国的形象也逐渐从"政治诗人"过渡到"追求真实的诗人"，并最终还原成"思想者"的形象，折射出改革开放以来中国对外国诗人接受视域的不断变化。

四

米沃什一开始是以政治诗人的形象出现在中国读者面前，这既

---

① 关于米沃什出版诗集的书名和统计数据，主要依据如下文献整理而来：［波兰］切斯瓦夫·米沃什《拆散的笔记簿》，绿原译，漓江出版社 1989 年版，第 231—232 页；［波兰］切斯瓦夫·米沃什《被禁锢的头脑》，乌兰、易丽君译，广西师范大学出版社 2013 年版，第 283—289 页；杨德友《切斯瓦夫·米沃什诗集：〈从日出之地到日落之处〉》，《名作欣赏》2013 年第 13 期；［波兰］切斯瓦夫·米沃什《米沃什词典：一部 20 世纪的回忆录》，西川、北塔译，广西师范大学出版社 2014 年版，第 445—451 页。

是时代语境下的阅读期待所致，也是现代以来译介弱小民族文学之特殊情怀的延续。然而，中国读者对米沃什的形象建构或主观想象与真实的诗人存在较大的差距，属于典型的误读。

20世纪80年代，台湾率先翻译出版了米沃什的作品，成为中国译介该诗人的前沿阵地。1981年7月，《禁锢的心灵》（大陆后来译名为《被禁锢的头脑》）在台北九五文化事业有限公司出版；1982年5月，杜国清翻译的《米洛舒诗选》（即《米沃什诗选》）在台北远景出版事业公司出版，这是米沃什诗歌的第一个中文译本。大陆最早介绍米沃什的文章出现在1982年8月的《读书》杂志上，这篇名为《米沃什〈故国〉》的文章虽然短小，但却宣告了米沃什在大陆的第一次出场。该文对米沃什的描述如下："诗人的童年时代正遇到波兰民族主义崛起和反犹太情绪高涨的时期；在巴黎，作为学生的米沃什，看到了法国的荣耀，也目睹了那些无家可归、在死亡线挣扎的悲惨世界的人们；这一切促成了他政治的醒悟。"[1] 这段引文的字里行间透露出米沃什具有底层人反抗压迫的情怀，他政治的醒悟是建立在对底层人同情的基础上，米氏具有普罗诗人的形象。20世纪80年代，米沃什在中国接受视域内被界定为政治诗人，他的诗歌被界定为政治诗。对米沃什政治诗人的形象塑造除基于作品承载的情感之外，更多的是源于中国社会的时代需求和读者的阅读期待。米沃什的诗歌远离个人的悲欢离合，因其厚重的历史文化质地而具有时间和空间的穿越性。作为波兰的民族诗人，米沃什经历了国家的沦陷和流亡异国的苦闷生活，他体味到了战争和人性的残酷，因此他的诗歌是面对无数同胞的亡灵书写而成的，在一定范围内"发

---

① 泾人：《米沃什的〈故国〉》，《读书》1982年第8期。

挥暮鼓晨钟的警世作用"。

大陆一开始便将"诗人投身政治的过程"① 视为介绍的重要内容，折射出 20 世纪 80 年代前后，中国对文学和诗歌的审美要求主要限定在现实主义框架内，外国作家只有被纳入这个接受视域内才具有民族文学的意义。为了让米沃什符合中国人的审美诉求，以绿原为代表的译者首先给政治诗作了宽泛的界定："一般说，政治诗兴于动荡岁月，而衰于承平时期；承平时期，诗人容易转向内心，缠绵于纤细的感觉，而在动荡岁月，诗人往往无以派遣周围的刺激及随之而来的忧患意识，有所感而发为诗，则无往不是政治诗。"② 为进一步说明米沃什创作的是符合中国人审美期待的政治诗，译者又列举了波兰民族被多次瓜分的苦难历史，以及在二战期间被纳粹党屠杀的灾难，认为在这样的民族历史背景下，米沃什的诗歌不可能会淡然和超然，更不可能"没有政治烟火气息"。而实际上，我们对米沃什政治诗人形象的塑造带有牵强的成分，难道拥有相同民族背景和二战经历的波兰诗人都会创作政治诗？不过这也反映出所谓的"赞助人系统"对翻译文学的影响和制约。也正是基于对米沃什政治诗人的定位，当时国内读者比较看重他作品中反战争和民族压迫的内容，而对于其作品中体现出来的个人情感或感伤失意，则表示理解但不能苛求相同。比如绿原认为："仅仅沉溺于个人的悲欢离舍，低回于即时即地的同感或共鸣，终不免流为衰飒的呻吟或者明日黄花的应景之作了。回头来看米沃什的这些诗，我们一点感觉不到冷嘲的口吻和概念化的痕迹，这自是他

---

① 泾人：《米沃什的〈故国〉》，《读书》1982 年第 8 期。

② 绿原：《发自幸存者的责任感》，［波兰］切斯瓦夫·米沃什：《拆散的笔记簿》，绿原译，漓江出版社 1989 年版，第 5 页。

作为政治诗作者的成功处；虽然不时从中触拂到一些失意伤感的情调，但如从他的‘特定时空环境’来理解，也可以不必求之过苛了。”①

中国 20 世纪 80 年代对米沃什的翻译和形象定位延续了五四新文化运动后期的接受视域，那就是将波兰置于弱小民族的地位，将米沃什的作品视为反民族压迫和剥削的诗篇。尽管时代发生了变化，但昔日的弱小民族在 20 世纪依然处于弱势地位，在欧洲大陆的版图上，除了发达的资本主义国家外，还存在像波兰这样充满无尽苦难的“另一个欧洲”。人们之所以翻译米沃什，是因为中国对战后波兰及东欧文学的了解十分有限，而这些国家与中国有政治同盟国的感情，加上米氏获得诺贝尔文学奖，这为中国人翻译波兰文学提供了契机。正如鲁迅所说：“一般人仅知有‘大英’，‘花旗’，‘法兰西’和‘茄门’，而不知世界上在还有波兰和捷克。”② 五四新文化运动兴起之后，弱小民族的文学受到了《小说月报》的青睐，文学研究会大量翻译了被损害民族的诗歌。茅盾认为文学作品是了解民族性的最好途径，站在平等对待一切民族文学的立场上，他们认为中国的社会现实和其他被压迫民族有相似之处，因而翻译这些文学作品更有价值：“凡被损害的民族的求正义求公道的呼声是真的正义真的公道。在榨床里榨过留下来的人性方是真正可宝贵的人性，不带强者色彩的人性。他们中被损害而向下的灵魂感动我们，因为我们自己亦悲伤我们同是不合理的传统思想与制度的牺牲者；他们中被损害而仍旧向上的灵魂更感动我们，因为由此我们更确信人性的沙砾

---

① 绿原：《发自幸存者的责任感》，［波兰］切斯瓦夫·米沃什：《拆散的笔记簿》，绿原译，漓江出版社 1989 年版，第 6 页。
② 鲁迅：《“题未定”草》，《鲁迅全集》第六卷，人民出版社 1981 年版，第 356 页。

里有精金，更确信前途的黑暗背后就是光明！"① 在《被损害民族的文学号》上，茅盾翻译了阿美尼亚、乔具亚、乌克兰、塞尔维亚、捷克、波兰等国②的作品，丰富了译作的民族色彩。但半个多世纪之后，鲁迅当年所说的情况并没有改变，人们对波兰等东欧文学的译介依然稀少，而且接受视野依然停留在弱小民族文学的层面上，认为米沃什的诗歌是对侵略波兰的非正义战争和民族压迫的控诉，是对民族感情的凝聚和民族传统的认同。所以，米沃什在80年代被中国读者从反民族压迫的角度加以接受，认为其诗歌可以"看作一个被出卖民族的苦难的变体文献"。③

作为社会主义国家，作为长期被压迫的民族，中国诗歌界对波兰诗人米沃什的翻译所倚重的立场其实带有很大的误读性，因为米沃什本人对民族和同胞的热爱并不表明他对波兰政府的认同。也许中国读者所希望看到的反抗压迫和战争的民族诗人并非米沃什的全貌，他的确反对战争和民族压迫，但这并不证明他拥护社会主义。作为东欧社会主义阵营的重要成员，波兰在相当长的时间内推行的是社会主义制度。波兰在宗教文化上属于地道的西方国家，与信仰东正教的东欧诸国存在差异，苏联模式的社会制度自然让很多人感到压抑和不适应，这也许是米沃什1951年辞去国家驻外文化参赞的职务，然后旅居巴黎的主要原因。种种迹象表明，米沃什对新建的波兰社会主义国家并不抱希望，于是才开始了自我流亡的艰难生活。实际上，米沃什是一个对社会主义感到失望的诗人，他曾在美国哈佛大学的讲座中这样调侃过社会主义："不要以社会学中

---

① 记者：《被损害民族的文学号·引言》，载《小说月报》1921年第12卷第10号。
② 此处所使用的国家名和人名均采用《小说月报》上的原初翻译，未加修改。
③ 绿原：《发自幸存者的责任感》，[波兰]切斯瓦夫·米沃什：《拆散的笔记簿》，绿原译，漓江出版社1989年版，第4页。

（包括文学社会学中）有马克思主义倾向的学派们喜欢采取的那种方式来理解。由于我在这类社会教条的困境中待过，所以我对它们的贫乏太清楚了，不想再在这里谈论它们，尽管我确实也曾经看过它们被巧妙地——以及滑稽地——应用过，就是在二十年代波兰前卫派关于哪种韵律是社会主义韵律的争吵中。"①从这段话中我们不难看出，米沃什把曾经在社会主义氛围下的生活视为"困境"，把社会主义观念在文学中的应用视为滑稽的技巧性表演，他举出了具体的实例，那就是关于社会主义韵律的文学论争。如此种种，当能反映出米沃什对社会主义的心迹。试想，如果中国读者之前知道米沃什对社会主义的态度，那他还会被视为值得翻译的现实主义诗人或政治诗人吗？他的作品还会被翻译到中国吗？中国读者还会将他的诗歌视为被压迫民族的诗歌吗？显然，米沃什与广大中国读者之间已经产生了"阶级"的对立，真实的诗人已然不是中国读者所认为的"政治诗人"形象，也决然不是站在中国人民立场上反对战争和民族压迫的"同类人"形象。

米沃什在社会主义波兰时期流亡国外，直到政治的冰冻解除之后，他才得以在 20 世纪 90 年代初重回波兰。所以，米沃什早期在中国的接受和形象塑造属于典型的"误读"行为，只有随着时间的推移和作品翻译的增多，中国人才会逐渐认识并还原诗人本来的形象。

五

进入 20 世纪 90 年代，人们开始注意到米沃什诗歌表现内容的

---

① ［波兰］切斯瓦夫·米沃什：《诗的见证》，黄灿然译，广西师范大学出版社 2011 年版，第 15 页。

丰富性和广阔性，对其"政治诗人"的形象开始产生质疑。

20世纪90年代是米沃什诗歌翻译的停滞期，也是他作为散文家被译介的阶段。长期以来，米沃什不常被中国读者提起，关于他作品的翻译和介绍成果也不多见，但米沃什创作的丰富性成为90年代中国接受视域中的亮点，即人们开始认识到他不只是一位诗人，也是一位优秀的散文家和小说家。在整个90年代，米沃什作品的翻译只有为数不多的散文作品，几乎没有诗歌被翻译到中国，这不禁让人产生疑问：为什么人们会丢下米氏的诗歌转而去翻译他的散文呢？除与时代语境有关外，也与人们力图还原米氏创作文体的多元化有关。1995年，一篇名为《米沃什的〈猎人的一年〉出版》的介绍性文章看似无足轻重，但在中国米沃什接受史上却具有划时代的意义。因为他首次在中国文坛上公开表明米沃什并非一位政治诗人，而应该是一位具有民族主义情怀的诗人，且他热爱的不仅仅是波兰，而是包括了中欧乃至整个人类生存的区域。作者引用美国《纽约时报书评》杂志1994年8月28日的报道文字称："那些认为米沃什主要是一位政治作家的人将会感到吃惊，因为他们将看到多年来米沃什实际上是在两极之间摇摆的经历。他既为共产党政权服务过，又为西方世界服务过，而在他的生活中起主导作用的是他的民族主义、爱国主义。但他爱的又不仅仅是波兰，而是包括立陶宛、白俄罗斯和乌克兰的整个中欧地区，他把这个地区看作自己感情与精神的'故国'。"① 这段话几乎颠覆了米沃什在中国作为政治诗人的正面形象，因为他热爱的不是某个具体的国家，他在政治上也不只做过"左派"，而且还为当时中国憎恨的资本主义国家"服务过"。由此

① 海仑：《米沃什的〈猎人的一年〉出版》，《世界文学》1995年第1期。

推断，米沃什怎么都不会成为中国读者所能接受的诗人。

21世纪初年，中国读者对米沃什诗歌的接受与之前相比，发生了明显的转变。如果说20世纪80年代前后，人们认为米沃什是一位政治诗人，其作品主要表达了对民族压迫的反抗和对战争的控诉，以及作者内心的流亡之殇，那么在新世纪里，人们认为米沃什是一位思想者和诗人，其作品主要表达了对时间的沉思和对人类的拯救，以及诗人内心对现实毫不妥协的姿态。从"政治诗人"到"思想者"，这反映出中国读者对米沃什接受的内在一致性，但同时也体现出在不同的时代语境中，人们对诗人诗作的认识存在细微甚至根本性的差异。作为译者的张曙光先生认为："米沃什诗中表现的情感和经验复杂而又深邃，但仍可以看到一个贯穿始终的主题，即时间与拯救。"[1] 外国诗人和作品有时就像一个能指符号，在不同的民族文化和不同的时代里会被译者或异域读者冠以确定的所指意义；米沃什的诗歌主题在中国从反压迫和战争转变为时间和拯救，折射出"误译"的各种可能性原因。但不管怎么说，米沃什在这一时期褪去了政治色彩，重新被还原成一个超越政治价值而具有人类普适性关怀情结的诗人。对时间的书写早已成为诗人或哲人的命题，但因为米沃什的童年在立陶宛波兰语区的维尔诺度过，30年代作为波兰先锋派文学的领袖创办过"灾祸派"诗社，二战期间又加入地下抵抗运动并编选了反纳粹的诗文集《不可征服之歌》，在经历了屠杀与种种不适之后自我流亡到美国，这些丰富而复杂的经历使诗人对时间"充满了困惑、疑虑和悲伤，这就使得他的诗具有了一种浓重的沧桑感"。[2] 与此同

---

① 张曙光：《译者前言》，［波兰］切斯瓦夫·米沃什：《切·米沃什诗选》，张曙光译，河北教育出版社2002年版，第1页。

② 同上书，第2页。

时，米沃什在时间流逝的过程中体验到了人类的残酷和远离故国的愁绪，因此他开始对历史和现实产生了怀疑，这种怀疑势必将他的诗歌主题导向拯救一端。与其他诗人不同的是，米沃什在时间的流逝中对现实产生的怀疑态度，"并没有把他引入一种虚无主义，而是使他具有了见证人的身份。作为诗人，他相信语言的力量（这可能是他唯一拥有的），并力图通过语言来拯救时间和随时间逝去的一切"。①

　　需要特别说明的是，米沃什对时间的悲剧性体验不仅源于他本人的生活经历，其实也与他从小生活的语言文化语境以及宗教语境密切相连。米沃什从小居住在罗马天主教和东方基督教的分界线上，据他本人讲，他们居住的地方多倾向于接受来自罗马的宗教和语言，而不是来自俄罗斯的东正教和斯拉夫语。也即是说，波兰以及立陶宛的部分地区在文化上多归属于传统意义上的西方文化，因此我们在谈论波兰的诗歌时，一定要注意到这样的文化维度，恰如米沃什本人所述："在分界线的我们这边，一切都来自罗马：作为教会语言和文学语言的拉丁语、中世纪的神学争论、作为文艺复兴时期诸诗人的楷模的拉丁语诗歌、巴洛克风格的白色教堂。此外，文学艺术的崇拜者们也是把他们的热望投向南方，投向意大利。现在，当我试图较理智地谈论诗歌时，这些东西绝不是抽象的考虑。"② 正因为米沃什的故乡在文化上亲近罗马而非莫斯科，所以他们"很早就感到来自东方的某种威胁"，此处源于地理方位的所谓"东方"当然是指俄罗斯，因为俄罗斯选用斯拉夫语而不是希腊语作为教会语言，

---

　　① 张曙光：《译者前言》，［波兰］切斯瓦夫·米沃什：《切·米沃什诗选》，张曙光译，河北教育出版社 2002 年版，第 2 页。
　　② ［波兰］切斯瓦夫·米沃什：《诗的见证》，黄灿然译，广西师范大学出版社 2011 年版，第 5 页。

导致其长期处于被孤立的状态，它在遭遇西方的各种观念并感到格格不入的时候，冲突就不可避免。而处于中西方文化和宗教分界线的波兰及立陶宛部分地区，无疑是俄罗斯西进和发动战争的首要对象，难怪米沃什会说："波兰对危险的感觉太明显了，根本不需要深入研究其历史原因。"① 处于这样一个风潮激荡的敏感地带的诗人，他对现实和时间的观照当然会与其他地区的诗人存在差异，这从更深层的文化肌理的角度决定了米沃什诗歌的时间主题会长着沧桑的面孔。

21 世纪的第一个十年，中国读者对诗人作品与形象有了新的定位，米沃什被从厚重的政治诗人形象还原成一个正常的诗人形象。2004 年 8 月 14 日，米沃什的离世再次引发了中国文坛对他的关注热潮，其诗人形象也进一步得到了证实。2004 年 8 月 26 日，《南方周末》刊登了夏榆整理的文章《离乡的米沃什》。该文算是这位波兰诗人去世后中国文坛作出的最早回应。在这篇文章中，作者写道，人们普遍认为米沃什对政治和文化问题的深刻透视使他超越了诗人的身份，而成为一个思想家或启蒙者。比如大量阅读并翻译过米沃什作品的西川认为，与其他欧洲诗人注重诗歌语言艺术不同，米沃什给他造成的最大影响不是技艺而是"必须要面对生活"，米氏的作品"有强烈的文化色彩和历史色彩，还有道德色彩"；崔卫平先生认为米沃什是一个"诚实的诗人"，一个"宽容的人"，一个"有勇气的人"，一个"用写作担当起自己的责任"的人。② 米沃什也许是为了反对苏联集团而开始自我流亡，但在流亡期间又拒绝为反苏联集

---

① ［波兰］切斯瓦夫·米沃什：《诗的见证》，黄灿然译，广西师范大学出版社 2011 年版，第 6 页。

② 夏榆：《离乡的米沃什》，《南方周末》2004 年 8 月 26 日。

团的《欧洲自由之声》写作，拒绝对祖国波兰作任何形式的诋毁，哪怕他在巴黎过得十分窘迫而穷困也没有为权贵和金钱折腰，因而在本质上米沃什是"一个诗人，一个向往自由创作的人"。崔卫平为了纪念这位伟大诗人的去世，写下了《米沃什：一位兄弟的离去》来寄托哀思，文中他坚持认为米沃什是位勇敢的诗人："如果说，他有什么过人的勇气，这勇气就体现在他能够面对自身的软弱，承担一般人不能承受的软弱。"① 林贤治先生认为，"米沃什是个怀有自由理想和个人尊严的作家"，② 他在纪念文章《米沃什的根》中，将米沃什一生的选择维系在"自由"上："为了自由宁可放弃祖国，获得自由却又怀念祖国，这就是米沃什。自由使他一生长受困扰，使他冒险，使他逃亡，使他得深沉的怀乡病。自由使他区别于其他的东欧人、美国人，也区别于其他的作家和诗人。自由一开始便使他陷于分裂和瓦解，使他在空虚中追逐，呼告于无边际的旷野。"③ 这些论述让中国读者进一步认清了米沃什的诗人形象。

米沃什因反感新生的波兰社会主义而自我流亡，但在流亡的过程中却没有因为要讨好西方社会而贬斥苏联和波兰的新政权，哪怕他一度陷入食不果腹的艰难境地。这充分证明了米沃什不为任何一种政治所束缚，他追求的始终是内心的真实和写作的自由。

六

21 世纪的第二个十年，人们对米沃什形象的定位进入了客观冷静的阶段，即在还原他诗人形象的同时，并没有完全断然而彻底地

---

① 崔卫平：《米沃什：一位兄弟的离去》，《南风窗》2004 年第 17 期。
② 夏榆：《离乡的米沃什》，《南方周末》2004 年 8 月 26 日。
③ 林贤治：《米沃什的根》，《花城》2014 年第 12 期。

否定他政治诗人的形象，只是认为将其定格为政治诗人会遮蔽米氏诗歌的丰富性。

　　杨德友先生在介绍米沃什的诗集时说："有人认为是出于政治原因，这样的见解未免有失偏颇。早在 20 世纪 30 年代，他就是著名诗人，一直发表作品，直到九十二岁高龄。他的作品涵盖了文化、历史、哲学、艺术、大自然、政治等诸方面，反映了广阔的生活层面，题材丰富，但是始终保持了诗的理论化特点，具有哲理性，注重诗的教化作用。他的诗歌体现出斯多葛派的哲学观，善于发掘世界的美与和谐。"① 翻译诗集《第二空间》的周伟驰先生指出，中国人翻译米沃什往往注重他的东欧经验和流亡生活等政治文化因素，而较少关注宗教对其文学创作和情感思想造成的影响，因而对米氏诗歌理解不免有隔靴搔痒之弊："中国诗人译米沃什，大都对他的东欧经验感兴趣，这是情境相似引发的共鸣。可是翻译欧洲诗人，如果不了解他们背后的宗教传统，到底是隔靴搔痒，难有深契，只能看到一些政治、技艺类的形而下。这就好比一个外国译者翻陶渊明或杜甫，如果他对于儒道不了解，就只能做字句或意象的对译，却难以译出文字背后的精义。"② 此话看似在说中国读者对米沃什的接受存在宗教视野的缺失，但其实也暗示了从政治的角度去理解米氏的诗歌是片面的，因为米氏在本质上是一位诗人和思想家，该时期人们多从诗歌和思想的角度来定位他的形象，较少涉及政治内容："米沃什是一个多层次多侧面的诗人兼思想家，空间上跨了东欧、西欧和美国，制度上跨了纳粹主义、社会主义和资本主义，时间上跨了整个

---

　　① 杨德友：《切斯瓦夫·米沃什诗集：〈从日出之地到日落之处〉》，《名作欣赏》2013年第 13 期。
　　② 周伟驰：《米沃什晚期诗歌中的历史与形而上》，［波兰］切斯瓦夫·米沃什：《第二空间》，周伟驰译，花城出版社 2015 年版，第 1 页。

'极端的年代'，他本身就是一部活生生的二十世纪西方史。……在技法上他或许不如希姆博尔斯卡、赫贝特，但是在历史的沧桑感上，在文明视野的宽广上，在胸怀的博大上，却可说是略胜一筹。"① 因此，21 世纪第二个十年对米氏形象的定位更加客观化，人们并非偏于一端地认为他属于何种形象或流派，而是从丰富性和复杂性的角度去理解其人其作，对他的形象认知更趋合理。

无论米沃什在政治上作出何种选择，他始终行走在自己追求内心和外在真实的道路上。米沃什对社会主义制度的失望并不表明他的作品不适合中国读者，恰恰相反，其诗歌对 20 世纪人类战争和社会文化的反思有助于中国人更好地认识自身所处的时代，以及在全球文化背景下所面临的发展机遇与挑战。米沃什对社会主义的失望基于他认为 20 世纪人类处于一个 "充满乌托邦希望的世纪"，人类在希望的名义下发动战争并相互杀戮，后来 "那个希望已经以一场革命的面目出现，其目标是以国家垄断和计划经济来取代金钱那样不祥的力量"。俄国革命在世界各地释放了伟大的能量并唤起了伟大的期待，而实际上 "市场经济环境下生命的非人性，造成文学艺术中人的形象如此阴暗"。比如马雅可夫斯基在革命之后写了不少 "巨人症般令人惊叹的修辞术诗歌"，但真理却 "居住在奥西普·曼德尔斯塔姆和安娜·阿赫玛托娃温声细语的诗中"。② 不仅苏联内部出现了诗歌艺术和情感的错位，就是那些曾经在苏联影响下建立起来的社会主义国家的诗歌，也同样没有很好地履行革命前期和革命期间的理想主义情怀，真正的诗歌陷入了失望和反抗的行列："那些在第

---

① 周伟驰：《米沃什晚期诗歌中的历史与形而上》，[波兰] 切斯瓦夫·米沃什：《第二空间》，周伟驰译，花城出版社 2015 年版，第 1 页。

② [波兰] 切斯瓦夫·米沃什：《诗的见证》，黄灿然译，广西师范大学出版社 2011 年版，第 23 页。

二次世界大战之后被纳入苏联轨道的国家的诗歌，也都没有证实该制度所做的任何欢乐承诺。相反，反讽和挖苦被譬如波兰诗歌提炼至非常的高度，尽管这诗歌是反抗的诗歌，而悖论的是，正是这反抗使它保持活力。"[①]

如果我们将米沃什对社会主义制度的失望简单地归结为他对该制度的反对，那实际上是狭窄化和片面化地理解了他对人类深沉的关爱。事实上，米沃什自始至终都站在相当的高度上观照我们生活的现实，他的一生见证了20世纪人类的各种灾难，他先知般的对人类未来的失望心理不得不与法国知识界产生裂隙，因为其时的法国部分知识分子如萨特和波伏娃等对社会主义怀有理想化的期待。这些生活经历让米沃什既关注现实，又远离现实，如同他在诺贝尔文学奖的获奖感言中所说："拥抱真实，使它保存在它的古老的善与恶、绝望与希望的纷纭之中，只有通过一种距离，只有翱翔在它上面，才是可能的。"[②]

这种"距离"使他得以用一个"见证者"的身份去打量人类的现实并祈祷人类的未来，同时也让他成为一个追求现实与真实的诗人。黄灿然先生在分析米沃什诗歌的"真实"时，曾区分了它与中国现实主义的不同："米沃什心目中的真实是世界的真相。因而，它可以说是无边的，而现实主义如果我们正确地理解，应是一种无边的现实主义，而不是我们现时所见的中国新文学以来的狭窄现实主义或中国新文学以来对外国现实主义的狭窄理解。"[③] 正是对现实性

---

① ［波兰］切斯瓦夫·米沃什：《诗的见证》，黄灿然译，广西师范大学出版社 2011 年版，第 24 页。

② ［波兰］切斯瓦夫·米沃什：《受奖演说——1980 年 12 月 8 日写于美国伯克利加利福尼亚大学》，绿原译，载《拆散的笔记簿》，漓江出版社 1989 年版，第 222 页。

③ 黄灿然：《译后记》，［波兰］切斯瓦夫·米沃什：《诗的见证》，黄灿然译，广西师范大学出版社 2011 年版，第 174 页。

和真实性的追求，让米沃什以现实主义诗人的身份得到了中国诗坛的青睐，虽然他所谓的现实与中国现代文学所崇尚的现实有所差别，但毕竟他的诗歌在一定程度上契合了中国现实主义的审美诉求。

相应地，米沃什对社会主义制度的反感并不表明他会无条件地去拥抱西方社会制度，他的写作具有强烈的自我主体性，不是一种迎合性写作。米沃什在反映现实的时候抛弃了个人主观的爱憎："他只是诚实地写出了自己看到的东西，将不同声音、不同人们自己的解释和理由写进书里，他提到了巴赫金的多声部叙述，而没有为了仇恨或怨恨，将事情简单化、符号化，更没有迎合一些等待在那里的人们的需要。"① 德国人雅斯贝尔斯也曾就米沃什的这一姿态发表过相似的看法，认为在米沃什"这样的人身上，读者看不到那种气势汹汹的而对自由的狂热……他的写作也不同于作为反对派的波兰侨民，这些人实际上考虑的是颠覆和复辟还乡。他是作为一个深受感触的人，通过对于在恐怖中发生的事实的分析来发言的，这同样也显示出他具有追求正义、追求并非伪造的真理的精神。通过他，对于极权制度下的人，我们将会更谨慎地作出判断"。② 米沃什与一般的波兰流亡者不同，他写作的目的甚至抨击波兰乃至东欧专制的目的，不是要迎合西方的审美趣味，也不是要以谴责专制作为写作的主要目标，而是出于对国家和民族的热爱，其背后有强大的波兰文化认同感和历史经验。米沃什从自己一贯坚守的写作立场出发，对解冻后的波兰青年作家发出了意味深长的叹息和警告："对于那些1989 年之后开始为西方出版市场写作的波兰作家，我无法抱以好感。

---

① 崔卫平：《黑格尔式的蜇伤——〈被禁锢的头脑〉中文版导读》，[波兰]切斯瓦夫·米沃什：《被禁锢的头脑》，乌兰、易丽君译，广西师范大学出版社 2013 年版，第 8 页。
② [德国]卡尔·雅斯贝尔斯：《德文版序》，杨德友译，[波兰]切斯瓦夫·米沃什：《被禁锢的头脑》，乌兰、易丽君译，广西师范大学出版社 2013 年版，第 20—21 页。

对于那些模仿美国诗歌的青年诗人我也是一样的态度。我和整个'波兰派'（Polish school）做我们自己的事情，心里装着我们的历史经验。"① 米沃什无非是劝诫波兰青年作家要坚守属于波兰人的写作立场和历史经验，不能为迎合强势文化的阅读期待而写作。正是从这个意义上讲，米沃什对战争和极权的反抗，对社会主义制度以及整个 20 世纪人类命运的失望，不是个人生活际遇的展示或个人恩怨的表达，而是他对人类真实生存现状的揭露和展示，表达了诗人对人类命运的担忧和对未来社会的希望，他的诗歌具有更高的普遍性价值，理应被翻译到中国乃至世界各地，成为人类共同拥有的精神财富。

米沃什已经离开了这颗蓝色的星球，人类繁芜的生活仍在日复一日地延续，各种争斗和悲剧仍在继续上演，谁将成为下一个历史和现实的见证者，我们不得而知。但米沃什留下的诗歌为我们指明了追求真实的方向，中国诗坛应该加大力度翻译米沃什的作品，让它成为滋养我们精神和思想的甘露。

---

① ［波兰］切斯瓦夫·米沃什：《米沃什词典》，西川、北塔译，广西师范大学出版社 2014年版，第 78 页。

后　记

从博士论文选题算起，我做诗歌翻译研究已有十四个年头了。

长期以来，我将自己的研究局限在现代时期，总以为那些业已历史化的人事静静地躺在时间深处，我可以按照自己的方式去打量它们，尽管期间我会遭遇很多"前见"的限制。既然专注于诗歌翻译研究，便无可避免地要在其纵向的历史语境中穿行，突破时间界限的步伐迟早会迈出去。这些年来，我对当代诗歌翻译研究陆续以个案展开，而这些个案基于不同的背景又折射出鲜活的时代特征。于是，几经思考和糅合，我将翻译诗歌个案研究的文章装入了"时代面影"的框架内，一则让它们显得更像是专著的内容，二则力图为当代诗歌翻译研究贡献一分力量。至于分类的方法和研究内容的不足，留待时间去检验，也留待读者去批评。

逝去的人生，短暂而漫长，人生盛年的朝气与活力也许在离我远去。在西南的小城北碚，我大部分时间端坐在书桌前，从搜集资料到获取观点，再到论文写作与发表，我享受着"劳动"的喜悦。但同时，变动不居的时代对我内心构成了不小的冲击。转念想来，一切都是虚妄之物，唯有自然生命方能与天地同辉。总有一天，一切都会归于平静，每个人又将回到最初的起点。那时候，倘若我们能再欣赏花开和明月，能再倾听鸟鸣和流水，方才觉得天地开阔，岁月静好。人生不过如此！

我最终安居何方？与其苦苦抗争，不如低头生活，我接受所有宿命的安排。凡事皆有忧喜，仅执于一端，便会陷入苦思与迷茫。曾幻想到文化中心、经济中心乃至大海边上的宜居城市生活，可每晚依然枕着嘉陵江的流水入梦，醒来看见的还是缙云山巅的朦胧烟雨。现实无奈，理想漂浮，生活游移，我逆着"老不出蜀"的常理，在寒冷的冬季从嘉陵江畔来到黄浦江畔，继续着也许依然是无谓的生活，但求心安无悔，以慰余生。

生活仍将继续，唯愿初心不改。来日方长，唯愿诸事平顺。

熊　辉

2019 年 12 月 26 日